suhrkamp taschenbuch 1969

»Eine Geschichte von zwei Freunden. Beide sind Filmregisseure. Beide sind berühmt; der eine für Horrorfilme, der andere für Kunstfilme. Der Regisseur des Horrors begeht Selbstmord. Videokassetten tauchen auf, auf denen er spricht, auf denen er Dinge zeigt, die es nicht geben kann. Der Inhalt dieser Kassetten beginnt zu wachsen, sie entwickeln Eigendynamik. Ein Suchmotiv ergibt sich: Der lebende Regisseur jagt nach der Formel, die den letzten Horrorfilm des Toten erfolgreich abschließen kann... Zwei Regisseure treten in einen Dialog. Zwei Ich-Erzähler diskutieren Kunst, Filme, Hollywood, Ethik, Moral, Krankheit, Gesundheit, ihre Leben, Frauen. Aus dem Dialog zwischen dem lebenden und dem toten Regisseur entsteht ein Spannungsfeld, in dem sich eine Fülle von phantastischen Ereignissen entfaltet. Aber die Geschichte bleibt nicht nur im Bereich des Phantastischen, sondern wird zu einer Kritik populärer Kunst und (post)-modernen Lebens und seiner Bedingungen allgemein.«

Herbert Genzmer

Jonathan Carroll, geboren 1949, studierte an mehreren amerikanischen Universitäten Englische Literatur und »Creative Writing«. Heute unterrichtet er an der American International School in Wien.

Von Jonathan Carroll sind im Suhrkamp Verlag erschienen: *Das Land des Lachens*. Roman (1986), *Laute Träume*. Roman (1988), *Die panische Hand*. Erzählungen (1989) und *Die Stimme unseres Schattens*. Roman (1989) und *Schlaf in den Flammen* (1990).

Jonathan Carroll
Ein Kind am Himmel

Roman

Aus dem Amerikanischen
von Herbert Genzmer

Phantastische Bibliothek
Band 286

Suhrkamp

Redaktion und Beratung: Franz Rottensteiner
Titel der Originalausgabe: *A child across the sky*
Umschlag: Beverly Carroll

suhrkamp taschenbuch 1969
Erstausgabe
Erste Auflage 1992

Satz: Hümmer GmbH, Waldbüttelbrunn
Druck: Nomos Verlagsgesellschaft, Baden-Baden
Printed in Germany
Umschlag nach Entwürfen von
Willy Fleckhaus und Rolf Staudt

1 2 3 4 5 6 – 97 96 95 94 93 92

Ein Kind am Himmel

Für Beverly – Mein Leben am Himmel

Sie sind gekommen,
uns gute Manieren beizubringen...
Aber es wird ihnen nicht gelingen,
denn wir sind Götter.
Lampedusa, *Der Leopard*

Erster Teil

Die Menschen, die man liebt,
sollten all ihre Sachen mitnehmen,
wenn sie sterben.
Gabriel Garcia Marquez,
Liebe in den Zeiten der Cholera

1

Eine Stunde bevor er sich erschoß, rief mein bester Freund Philip Strayhorn an, um sich über Daumen zu unterhalten.

»Ist dir schon mal aufgefallen, daß du deine Daumen nie saubermachst, wenn du dir die Hände wäschst?«

»Wie meinst du das?«

»Es ist dein wichtigster Finger, aber weil er absteht, also vom Rest weg, wäschst du ihn nicht richtig. Vielleicht tauchst du ihn ein bißchen ein und rubbelst dran herum, aber er bekommt nicht annähernd genug Aufmerksamkeit für die ganze Arbeit, die er tut. Und dabei ist er wahrscheinlich der Finger, der am dreckigsten wird.«

»Hast du mich angerufen, um mir das zu erzählen, Phil?«

»Es ist sehr symbolisch. Denk mal drüber nach. Was liest du so in letzter Zeit?«

»Stücke. Ich versuche immer noch, die richtigen zu finden.«

»Übrigens habe ich kürzlich zufällig Lee Onax getroffen. Er sagte, er gibt dir immer noch eine halbe Million, wenn du für ihn Regie führst.«

»Ich will keine Filme mehr machen, Phil. Du weißt, wie ich darüber denke.«

»Sicher, aber fünfhunderttausend Dollar würden deinem Theater wirklich helfen.«

»*Fünf* Dollar würden wirklich helfen. Aber wenn ich jetzt zurückginge und einen Film machte, würde es am Ende noch ein Vergnügen und so verlockend, daß ich wahrscheinlich wieder Filme drehen wollte.«

»Erinnerst du dich an die hundertvierzigtausend verschiedenen Arten von Schmerz in der *Aeneis*? Ich frage mich, was wohl deine Zahl wäre? ›Ich will kein berühmter Hollywood Regisseur mehr sein, weil es mich verwirren würde.‹ Schmerz Nummer 1387.«

»Von wo rufst du an, Phil?«

»L.A. Wir schneiden immer noch den Film.«

»Wie heißt er?«

»*Mitternacht tötet.*«

Ich grinste. »Großartig. Was ist das Furchtbarste, was du darin machst?«

Die Telefonleitung zischelte über die dreitausend Meilen.

»Bist du noch da, Phil?«

»Klar. Das Furchtbarste ist das, was ich *nicht* gemacht habe.«

»Mann, du machst einen Film. Schlimme Sachen passieren eben manchmal.«

»Jaja. Wie geht es *dir,* Weber?«

»Gut. Einer meiner Hauptdarsteller ist sehr krank, aber damit muß man rechnen, wenn man hier arbeitet.« Ich schaute auf die kleine Fotokopie eines Posters, die an das Brett über meinem Schreibtisch gepinnt war. »DAS NEW YORK KREBSENSEMBLE präsentiert FRIEDRICH DÜRRENMATTS *Der Besuch der alten Dame* »Unsere Premiere ist in einem Monat. Wir werden langsam alle nervös.«

»Theater ist so anders, nicht? Beim Film bedeutet die Premiere, daß alles vorbei ist. Du kannst nichts anderes mehr machen als dich zurücklehnen und zusehen. Im Theater dagegen fängt es damit erst an. Ich erinnere mich daran.«

In seiner Stimme war ein abgespanntes Echo, das ich für Erschöpfung hielt. Ich irrte mich.

Sasha Makrianes rief an, um mir zu sagen, daß er tot war. Sie war gekommen, um ihm das Mittagessen zu kochen, und fand ihn auf der Veranda in seinem Lieblingssessel mit der hohen Rückenlehne. Von hinten sah es so aus, als sei er beim Lesen eingeschlafen. Neben ihm auf dem Boden lag ein Band mit Gedichten von Rilke und eine ungeöffnete Dose Dr. Pepper. Sie rief ihn und sah, daß das Buch mit Blut befleckt war. Als sie zu ihm ging, bemerkte sie, daß er vornübergesunken war. Was von seinem Kopf übrig war, ergoß sich in einem breiten, losen Bogen über alles hin.

Als sie ins Haus rannte, um die Polizei anzurufen, fand sie die Leiche von Flea, seinem Shar Pei Hund, in dem großen braunen Weidenkorb, den Phil aus Jugoslawien mitgebracht hatte.

Zu hören, daß er den Hund auch getötet hatte, war fast so schockierend wie die Nachricht von Phils Tod. Sasha scherzte oft mit knirschenden Zähnen, er liebe Flea so sehr wie sie.

Das erste, was mir einfiel, war unsere Diskussion über Daumen. Sollte er eine Stunde später, als er die Pistole lud und sie sich in den Mund steckte, daran gedacht haben? Warum hatte er für unser letztes Gespräch gerade *dieses* Thema gewählt?

Vor ein paar Jahren machten wir zusammen ein Erdbeben

durch. Als der Boden rumpelte, sagte Phil immer wieder »Das ist kein Film! Das ist *kein* Film!«

Wir hatten schon so lange Drehbücher geschrieben oder bearbeitet, daß alles, an das ein Teil von mir jetzt denken konnte, die Szene und die letzten Worte waren, die diese Figur, Philip Strayhorn, gewählt hätte. Ich schämte mich, daß mein Verstand so arbeitete, aber wenn Phil es gewußt hätte, gelacht hätte er. Wir hatten zwanzig Jahre damit verbracht, unsere Namen auf die Leinwand zu bringen, und dabei hatten wir einen Teil unserer Objektivität dem Leben gegenüber eingebüßt. Wenn jemand stirbt, den man liebt, sollte man weinen – nicht an Kameraeinstellungen und Dialogfetzen denken.

Nach dem Telefongespräch ging ich spazieren. Unten, am Ende der Straße war ein Reisebüro, wo ich für den nächsten Tag meinen Flug nach Kalifornien buchen wollte. Aber nach ein paar Schritten schon wurde mir klar, daß ich in Wirklichkeit Cullen James besuchen wollte.

Cullen und ihr Mann Danny wohnten oben am Riverside Drive, eine gute Stunde Fußweg von meiner Wohnung aus. Ich schlug meinen Kragen hoch und machte mich in der Hoffnung auf den Weg, daß die Bewegung und die daraus resultierende Müdigkeit der Nachricht von Philip Strayhorns Tod ein wenig von ihrem Grauen nähme.

In den letzten paar Jahren war Cullen auf eine merkwürdige Weise sehr berühmt geworden. Als wir uns kennenlernten, machte sie gerade etwas durch, das man wohl am besten ein außerweltliches Erlebnis nennt. Für mehrere Monate träumte sie jede Nacht von einem Land namens ›Rondua‹, wohin sie auf einer bizarren Suche nach etwas reiste, das sie ›die Knochen des Mondes‹ nannte. Ich verliebte mich damals in sie. Das war nicht gut, denn sie war mit einem netten Mann glücklich verheiratet und stillte gerade ihr erstes Kind. Ich stehle keine Frauen, aber Cullen James brachte mich um den Verstand, und ich lief ihr hinterher, als sei sie der goldene Ring auf meinem ganz persönlichen Karussell. Wäre ich ein Seemann gewesen, ich hätte mir ihren Namen auf den Arm tätowieren lassen.

Ich habe sie nicht für mich gewonnen, aber während dieser wirren und sehr leidenschaftlichen Zeit begann auch ich von Rondua zu träumen. Diese Träume haben mein Leben verändert. Diese Träume und das Erdbeben.

Ihre Autobiographie / Lebensbeichte / Wie-immer-wir-das-auch-nennen-wollen, *Knochen des Mondes* war einer der größten Bestseller des Jahrzehnts. Es war mir nie klar, warum sie es geschrieben hatte, aber das Buch machte sie berühmt und reich, jedoch auch zum Gegenstand von enormem Spott.

Die *New York Review of Books* nannte sie Shirley MacLains astrale Gesinnungspartnerin. Auf der Titelseite der *New York Times Sunday Book Review* stand, daß es ein interessanter Phantasy Roman hätte sein können, als Lebenserinnerung jedoch stinke es nach Selbstbeweihräucherung und Dummheit. Abgesehen davon erhielt sie jedoch über ihren Verleger pro Woche an die zweihundert Briefe von Cullen-Cult-Clubs, Wahnsinnigen, ›Ronditen‹ (es war zu schwer ›Ronduaiten‹ zu sagen), ›Koukounariern‹ und von Leuten, die tatsächlich an das glaubten, was ihr geschehen war. Ich glaubte es, weil ich selbst dort gewesen war … eine Zeitlang.

Als ich am Haus der James ankam, war mir innerlich und äußerlich kalt. Der Tod einer geliebten Person raubt einem eine Art von lebensnotwendiger innerer Hitze. Vielleicht bläst er auch das Pilotlicht deines Durchlauferhitzers aus. Was auch immer, ich brauchte eine Stunde und einen strammen Spaziergang durch die blaue, bleierne Kälte eines New Yorker Dezembers, um mir wirklich vollends klar zu machen, daß mein bester und ältester Freund tot war. Er war fast keiner Grausamkeit fähig. Nach den zwanzig Jahren, die ich Philip Strayhorn kannte, wußte ich, daß er noch gütiger war, als ich jemals gedacht hatte. Einmal sagte er, das Jahr habe einunddreißig Millionen Sekunden; so wenige seien einer Erinnerung wert. Die es aber sind, erregen und verletzen uns ohne Ende.

»Hallo?«

»Cullen! Ich bins, Weber. Ich bin unten. Kann ich hoch kommen?«

»Oh Gott, Weber, wir haben gerade das von Phil gehört. Komm hoch.«

An ihrer Tür hing ein gigantischer Adventskranz. Die James waren vernarrt in Weihnachten. Für sie fing es im November an und dauerte bis lange in den Januar hinein. Ihre Tochter Mae benutzten sie als Entschuldigung für die Festlichkeiten, aber es war klar, daß sie es mehr mochten als das Kind. In den Ecken jedes Zimmers waren immer mit Zimtstangen gespickte Orangen.

Weihnachtskarten auf den Fensterbänken, ein Baum aus einem Vierziger Jahre Film wie *Jede Frau braucht einen Engel* oder *Ist das Leben nicht schön?* Es war ein angenehmer Ort. Hausschuhe gehörten dahin – ein freundlicher Hund, der einem von einem Zimmer ins andere folgte.

Cullen öffnete die Tür und lächelte. Es gibt makellose Gesichter. Einige habe ich gekannt und mit ihnen geschlafen, aber eigentlich sollten sie ruhig und unberührt bleiben und nicht vom Hin und Her großer Gefühle zerwühlt werden oder von einer langen und erfüllten Nacht im Bett. Sie sind wie Smokings – man trägt sie nur zu bestimmten Anlässen und hängt sie dann behutsam zurück in den Schrank; ein Fleck oder eine Falte ruiniert alles. Cullen hat kein makelloses Gesicht. Sie lächelt zu viel, und oft ist es offensichtlich falsch. Es ist ihr ungefährlicher und einfacher Verteidigungsmechanismus gegen eine neugierige und zudringliche Welt. Aber sie ist schön und... unversehrt. Als ich sie kennenlernte, war sie erfüllt von Liebe und Verwirrung. Selbst damals wollte ich alles und wußte doch, daß ich nie auch nur ein Stückchen abbekommen würde. Ohne es zu wollen, kettete sie selbst sich mit Handschellen an mein Herz.

Als sie an diesem traurigen Tag die Tür öffnete, nahm sie, statt mich zu umarmen, ein silbernes Armband von ihrem Handgelenk und gab es mir. Als ich sie für mich zu gewinnen versuchte, hatte ich sie einmal genau darum gebeten. Es war die einzige körperliche Intimität, die wir jemals teilten: ihre Körperwärme und meine wenigen Momente, diese zu fühlen. Obwohl sie errötete, als ich es ihr zum ersten Mal sagte, ist es seitdem unsere Art, zu sagen: Ich bin hier, Freund. Ich tue, was ich kann.

»Wie geht es dir, Weber?«

»Nicht so gut. Wo ist Mae?«

»Drinnen, mit Danny. Wir haben ihr noch nichts gesagt. Du weißt, wie sehr sie Phil gemocht hat.«

»So ein guter Mann.« Ich begann zu weinen. »Soll ich dir was völlig Wahnsinniges erzählen? Das letzte Mal, als Phil auf seinem Weg zurück von Jugoslawien bei mir war, schlief er auf dem Sofa und trug meinen Schlafanzug. Als er am nächsten Morgen weg war, nahm ich aus irgendeinem seltsamen Grund den Schlafanzug und drückte ihn mir ins Gesicht, damit ich daran riechen konnte. *Ihn* riechen konnte. Cullen, ich weiß nicht, warum. Er war da. Er ist weg. Er war überall.«

Sie legte mir ihren Arm um die Schulter und zog mich sanft in die Wohnung. Fast genau in dem Moment, als die Tür hinter uns ins Schloß fiel, kam ein kleiner schwarzer Cairn-Terrier, der genau so aussah wie der Hund in *The Wizard of Oz* mit wichtiger Miene aus einem anderen Raum ins Zimmer getrabt. Seine Schnauze war eigenartig weiß. Er hatte offensichtlich gerade noch in etwas Dikkem und Schaumigem herumgewühlt.

»Mama, Negnug hat die ganze Sahne gegessen!« Mae James kam hereingestürmt: Fünf Jahre alt, wirbelnde Arme, die Zunge herausgestreckt, große glänzende Augen. »Weber!« Sie sprang an mir hoch und schlang ihre Beine um meine.

»Holla Mae! Ich bin auf einen Sprung vorbeigekommen.«

»Weber, du kannst dir nicht vorstellen, was gerade passiert ist! Negnug hat die ganze Schlagsahne gegessen, die Mama für den Kuchen gemacht hat.«

Danny kam mit seinem großen, warmen Lächeln herein. Etwas, das ich immer gerne sah. Er streckte seine Hand aus, und wir schüttelten uns kräftig die Hände. Nach einer Weile legte er seine andere Hand auf meine. »Ich bin froh, daß du gekommen bist, Weber. Wir haben uns um dich gesorgt. Laß uns einen trinken.«

»Aber Paps, was ist jetzt mit der Sahne? Gibst du Negnug keine Haue? *Mir* würdest du Haue geben, wenn ich das machen würde! Jetzt bricht sie sicher alles auf dem Teppich aus, wie beim letzten Mal.«

Im Kamin im Wohnzimmer brannte ein kleines Feuer. Der Hund lag daneben. Er sah zufrieden und erschöpft aus. Mae ging hinüber, stemmte ihre Hände in die Hüften und schüttelte empört den Kopf über diesen haarigen Verräter.

»Wegen *dir* wird unser Kuchen jetzt nur halb so gut schmecken, du Stinker.«

Cullen und ich saßen auf der Couch, Danny in einem Sessel mit Paisley-Muster daneben.

»Mae, meine Süße, würdest du mir einen Gefallen tun und nachsehen, ob der Tee schon fertig ist? Sag mir nur, wenn das Wasser kocht, aber faß nichts an, ja?«

»In Ordnung, Mutti.«

Als das Kind das Zimmer verlassen hatte, sprach Cullen sehr schnell. »Weber, spiel ein bißchen mit ihr, ja? Und dann geht Danny mit ihr ins Kino. Du und ich, wir müssen uns unterhalten.«

»Über Phil?«

Sie sahen sich an. Danny redete. »Über mehrere Dinge.« Er faßte nach unten und zog eine Schachtel unter seinem Sessel hervor. »In der Post war vor einigen Tagen ein Päckchen von Phil. Wir dachten, es wäre ein Weihnachtsgeschenk für Mae. Aber als wir es öffneten, war diese Dose zusammen mit zwei weiteren darin. Dein Name steht darauf.«

Ich lehnte mich nach vorne. »Es ist von Phil?«

Danny zuckte mit den Achseln. »Wir haben es auch nicht verstanden, aber er weiß eben, daß wir alle Weihnachten zusammen verbringen, und Cullen dachte, er wollte vielleicht, daß wir unsere Geschenke gemeinsam öffnen.«

»Mama, das Wasser fängt gerade an zu kochen. Aber ich hab nichts angefaßt. Nicht mal den Griff.«

Cullen stand langsam auf. »Er war ein trauriger Mann, Weber. Hatte absolut *keine* Geduld mit der Langsamkeit der Welt. Aber das weißt du besser als jeder andere. Er tat *alles* schnell und gut, aber das bringt immer große Probleme mit sich, denn dann bist du immer enttäuscht darüber, daß niemand deinem Beispiel folgen kann. Ich mochte Phil sehr, aber was passiert ist, erstaunt mich nicht.«

»Das ist sehr hart, Cullen.«

Sie ging in Richtung Küche, blieb dann aber neben mir stehen. »Es gibt zwei Sachen, die dich nicht in Frieden lassen, Weber: Liebe und Enttäuschung. Man kann weder das eine noch das andere abstellen wie einen Ventilator, man kann auch nicht einfach den Luftzug in eine andere Richtung drehen.«

»Ich erzähl dir was. Einmal, als er ziemlich am Ende war, rief Phil an, sagte einen Satz und legte auf: »Das Leben ist entweder im Arsch oder es kann dich am Arsch lecken.«

»Sicher, aber gleichzeitig habe ich niemals jemanden kennengelernt, der so erfüllt vom Leben war wie er. Er war auf alles neugierig.«

»Richtig, aber das hält dir das Herz nicht voll.«

»Und was ist dann mit Sasha?«

»Mami, komm schon, es kocht!«

»Sie haben nicht mehr zusammengelebt. Eine Minute. Ich hole eben den Tee und komme sofort wieder.« Sie berührte meine Schulter und ging.

»Willst du dir das Päckchen ansehen?« Danny hielt es mir hin.

»Was meinst du, Dan?«

»Ich habe Phil letzte Woche gesehen.«

»*Was?* War er hier?«

Er nickte. »Er bat mich, ihn im Pierre zu treffen, aber wollte nicht, daß Cullen oder du davon erfuhren.«

»Warum nicht, Herrgottnochmal? Was hat er gesagt?«

»Ok, alle miteinander! Tea time!« Cullen trug ein großes Tablett mit Tee und Gebäck herein. Ich sah schnell hin, dann wieder zu Danny. Er schüttelte den Kopf und sagte nur »Schau in das Päckchen.«

»In das hier? Das von ihm?«

»Ja. Wir sprechen darüber, wenn dus gesehen hast.«

»Wenn ich was gesehen habe?«

»Die Videos. Kann ich dir helfen, Cul?«

Ein neuer Holzscheit aus Apfelholz lag im Feuer. Das Zimmer war für eine Weile still, während Cullen und ich in die Flammen schauten. Ich schüttelte den Kopf. »Er wollte gemocht und verehrt werden. Er wollte, daß man ihn in Frieden ließ.«

»Wer will das nicht? Du weißt, was Ruhm bedeutet, Weber. Wenn er kommt, ist er wie ein verrückter Fan, der dich nicht in Ruhe läßt. Der dir aber auch verflucht angst machen kann. Er entwickelt eine fixe Idee, die in jeder Beziehung falsch ist. Du kennst den alten Spruch, wie eine Frau ihren Mann fängt? ›Er ist mir nachgelaufen, bis ich ihn gefangen habe.‹ Genauso ist das mit dem Ruhm. Du willst ihn, aber wenn du ihn einmal hast, stellst du fest, daß er schon immer auf dich gewartet hat... wie irgend so ein Monster aus Phils Filmen. Er ist wie Bloodstone!«

»Philip Strayhorn wollte ein sehr berühmter Mann sein und trotzdem sein Privatleben haben, sein eigenes Leben leben. Na viel Glück dabei. Das kennen wir alle nur zu gut.«

»Schau mal, ihr Jungs habt genau das bekommen, was ihr wolltet oder wovon ihr geträumt habt, als ihr noch in Harvard wart. So ähnlich habt ihr es mir jedenfalls erzählt. Und was habt ihr zwei mit diesem Ruhm gemacht, den ihr so unbedingt wolltet? *Du* warfst ihn weg, um mit Sterbenden in obskuren Stücken Regie zu führen. Und Phil? Er hat sich erschossen. Das sind keine neuen Geschichten, Mister Gregston.«

»Du bleckst heute wirklich deine Zähne, nicht?«

Sie seufzte. »Nein. Es steigt mir nur wie ein ganz langsamer Nebel in mein Bewußtsein, daß der liebenswerte Phil Strayhorn wirklich tot ist. Das sind jetzt zwei Freunde, die eines gewaltsamen Todes gestorben sind. Ich hasse es. Keiner von ihnen hat es verdient.«

»Phil hat sich selbst erschossen.«

Sie fuhr sich mit der Hand über den Mund. »Glaubst du das, Weber?«

»Ja. Er sprach sehr viel über Selbstmord.«

»Scheiße. Ich glaubs auch. Ich wünschte, es wäre nicht so. Weißt du, was mir nicht aus dem Kopf will? Auf welch reizende und exakte Weise er eine Orange schälte.«

Ich öffnete mein Päckchen von Phil noch bevor der Aufzug das Erdgeschoß des Hauses, in dem die James wohnten, erreicht hatte. Genau wie Danny gesagt hatte, waren drei Videobänder darin. Sonst nichts. Ich wollte eine kurze Nachricht oder irgendeine Erklärung, aber da waren nur die drei Bänder, jedes davon 240 Minuten lang. Beschriftet waren sie mit »Erstens«, »Zweitens«, »Drittens«.

Im Taxi nach Hause starrte ich sie weiterhin an. Was war darauf? Ich dachte daran, wie ich Cullen davon erzählt hatte, daß ich nach seinem letzten Besuch an seinem Schlafanzug gerochen hatte. Für einen Moment wollte ich auch an den Bändern riechen, an jedem einzelnen, für den Fall, daß ich irgendeine Spur von ihm darauf fände. Aber das war dumm und auch seltsam, unnötig: Ich hatte siebenhundertzwanzig Minuten von etwas, das Phil für wichtig genug hielt, um es mir kurz vor seinem Tod zu zeigen. Das müßte reichen. Die Antworten müßten da drauf sein.

Der Blick von einem meiner Fenster geht direkt in die Wohnung einer gutaussehenden Frau, die gern nackt darin herumwandert. Ich bin überzeugt davon, daß sie sich sofort, wenn sie nach Hause kommt, auszieht, so wie manche Leute ihren Regenschirm in den Ständer an der Tür stecken. Sie muß eine ziemlich hohe Heizkostenrechnung haben, denn im Sommer wie im Winter flitzen und hüpfen ihre rosa Haut und ihre kleinen spitzen Brüste zu jeder Tageszeit durch die Räume. Sie scheint es immer eilig zu haben. Rennt ständig hierhin und dorthin, hält Dinge in den Händen, telefoniert, während sie auf und ab geht. Immer geschäftig und immer mit blankem Arsch.

Ich habe sie oft beobachtet, obwohl mich weder sie noch ihre Nacktheit erregt. Mir gefällt, daß ich in der Lage bin, in ihrer alltäglichen, ganz privaten Sphäre zu leben. Nicht wie die sprichwörtliche Fliege an der Wand, denn dieses Bild bedeutet, daß man etwas Verbotenes sieht. Nein, manchmal fühle ich mich wie ihr Ehemann oder Mitbewohner; ihr nah und gleichzeitig so vertraut damit, sie nackt in die Küche kommen zu sehen, daß ich ihre bekannten Reize genieße, ohne sie jedoch haben zu müssen.

Als ich aus dem Taxi stieg, schaute ich hoch und sah sie da stehen und vielleicht einen Meter entfernt warten. Ich hatte so viel im Kopf und war so überrascht, sie so aus der Nähe zu sehen, daß das erste, das ich zu ihr sagte, war »Wollten Sie diese Brust?«

»Wie bitte?«

»Ähm, dieses *Taxi*. Möchten Sie dieses Taxi?«

»Ja, bitte!« Sie sah mich an, als hätte ich einige Schrauben lokker. Ich stieg schnell aus und hielt ihr die Tür auf. Sie trug ein angenehmes, nach Holz riechendes Parfum. Ich hätte sie beinahe nach ihrem Namen gefragt, aber hielt mich zurück. Wollte ich tatsächlich wissen, wer sie war? Dann wäre sie nur noch eine Leslie oder eine Jill. Ein Name, eine Postleitzahl, ein Diners Club Mitglied. Ich warf die Tür hinter ihr zu und war zum ersten Mal an diesem Tag froh. Ich weiß nicht warum. Es machte den Weg zurück in meine leere Wohnung um so vieles einfacher.

Nachdem Phil meine New Yorker Wohnung das erste Mal gesehen hatte, lachte er und sagte »›Ein Zimmer in Brooklyn‹ nicht?« Später am selben Tag ging er aus und kaufte mir das Buch *Die Notizbücher von Lousie Bogan*. Darin hatte er diesen Absatz angestrichen.

›Edward Hoppers *Ein Zimmer in Brooklyn*. Ein Zimmer, nach dem mein Herz sich sehnt: Ohne Vorhänge, kaum möbliert, mit einem Blick über Dächer. Ein sauberes Bett, ein Bücherregal, eine Küche, Ruhe, ein oder zwei halbleere Zimmer. Das ist alles, was ich vom Leben will, und ich habe es noch nicht geschafft. Ich habe mich zu sehr nach den falschen Dingen verzehrt. Wenn ich mich darauf besinnen würde, und das spärliche Zimmer tatsächlich wollte, so könnte ich es fast sofort haben... ich muß es haben.‹

In meinem Schrank sind zwei Paar Hosen, und gleichzeitig sind nie mehr als fünf Bücher in der Wohnung erlaubt. Es klingt prätentiös und riecht nach Pseudo-Zen, aber so zu leben war für mich unangenehm und lehrreich zugleich. Tief im Herzen bin ich der perfekte Yuppie, denn ich hab Spaß an Dingen. Zu Zeiten war ich eine wandelnde Reklametafel für renommierte Marken und genoß es. Italienische Lederjacken, englische Anzüge, Kashmirpullover von Hilditch and Key in Paris. Her mit der Qualität und jede Menge davon. Und wenn sie eingestickte Initialen haben – dann ist das auch ok – ich hab nichts dagegen, eine wandelnde Werbetafel zu sein. Das war eine der Freuden als Filmregisseur, denn wegen deiner Position als pirschender, junger, kreativer Löwe erwartet man, daß du diese Dinge trägst. Die Errungenschaften der Schlacht von Hollywood: Wenn du einmal einen Film gemacht hattest, der in die schwarzen Zahlen ging, ermutigte man dich dazu, deine erste Patek Philippe Armbanduhr anzulegen. Du zücktest deine Brieftasche aus einer Miyake Hosentasche, und die Lampe, die du nachts ausknipstest, war entweder von Richard Sapper oder Harry Radcliffe entworfen worden. Lang lebe der Überfluß!

Aber nachdem ich nach New York gezogen war, schaffte ich mir absichtlich alles vom Hals. Vielleicht, weil ich all das Zeug so sehr mochte, vielleicht, weil es einfach unproblematischer war, in einem Zimmer zu leben, das nur mit Luft und weißen Wänden eingerichtet war.

Ich war nach einem Jahr in Europa zurückgekommen, wo ich in der Art von Pension gewohnt hatte, in der man zum Ende des Korridors gehen mußte, um zu pinkeln, und wenn man eine Dusche wollte, mußte man nicht selten extra dafür bezahlen. Zu Beginn des Trips trug ich einen Rucksack für fünfhundert Dollar von ›Hunting World‹. Er wurde mir im Bahnhof von Krakau prompt gestohlen. Den Rest meines Jahres in Übersee verbrachte ich mit einem Pappmachékoffer aus Krakau, einem polnischen Anzug, polnischen Schuhen und einem Lodenmantel, den ich auf dem Flohmarkt in Wien für vier Dollar kaufte.

Ich hatte Thoreaus *Economy* und die Lebensgeschichten von einigen Heiligen gelesen, aber bis zu dem Erdbeben und dem Europatrip stimmte ich nicht damit überein, daß das Leben mit weniger besser oder daß weniger mehr war. Die Lektion, die ich nach Krakau lernte, war, daß all die wunderbaren teuren Dinge in meiner geklauten Tasche nicht unentbehrlich waren und daß sie ersetzt werden konnten. Sehr einfach sogar. Wieso sollten sie etwas Besonderes sein, wenn man losgehen und sich sofort neue kaufen konnte, oder zehn, wenn man wollte?

Als ich also nach *Morka* (so nannte Phil es) zurückkam, trennte ich mich von fast allem. Zog mit meinem polnischen Koffer, den gerade erschienenen *Lauten Träumen* und dem echten Verlangen, zu probieren, ob da noch andere Fenster waren, durch die man nach draußen sehen konnte, als die, die ich in den letzten paar Jahren gekannt hatte, in mein New Yorker Leben.

Zwei Dinge aus den »alten Tagen« jedoch behielt ich – es mußte einfach sein. Es war schwer, den Filmregisseur aus meinem Inneren zu verbannen. Und abgesehen davon war ich auch nicht sicher, ob ich das wollte. Ich behielt eine kleine Videokamera und ein TV-Video-System, das ich mir kaufte, als ich von den Erträgen meines Films *Kummer und Sohn* noch die Taschen voll hatte.

Ohne mir den Mantel auszuziehen, schaltete ich den Fernseher und das Videogerät an, schob das erste Band ein. Ich hockte vor den Geräten wie ein Baseballfänger, der auf den Anwurf des Spiels wartet, und rieb mir meine kalten Hände.

Das elektrische graue Schwirren und Zischen wich einem klaren Bild. Phils Gesicht erschien. Er saß auf dem Sofa in seinem Wohnzimmer und tätschelte Flea. Der Hund lag halb auf ihm und schaute aufmerksam in die Kamera. Mit all diesen unmöglichen, zum Schreien komischen Falten sah er aus wie ein lebender Eisbrecher mit heißer Schokoladensauce.

»Hallo, Alter. Tut mir leid, was passiert ist. Du weißt, ich liebe dich und werde dich mehr als jeden anderen vermissen. Du warst der einzige Bruder, den ich jemals hatte. Dafür liebe ich dich mehr als alles andere. Du – du – du: Ich sage das viel zu oft.

Danny und ich haben uns vor ein paar Tagen getroffen. Er kann dir die meisten Fragen beantworten, die du hast. Aber bitte frage ihn nichts, bevor du nicht zwei Dinge getan hast – sieh dir den Rest dieses Bandes bis zum Ende an, dann telefoniere mit Sasha. Noch was – laß dich von dem, was du siehst, nicht schocken. Du hast in den nächsten Monaten ziemlich harte Sachen vor dir. Ich hoffe, daß einiges von dem, was du hier siehst, dir helfen wird, damit fertig zu werden.

Woher ich das weiß? Ich weiß es eben, Weber. Das ist zum Teil der Grund, warum ich tot bin, wenn du das siehst. Kann nicht mehr damit umgehen. Aber ich glaube, du kannst es. Es gibt auch andere, die das können.

Noch eine letzte Sache: Du wirst dir das zweite und dritte Band nicht ansehen können, bevor du nicht in Kalifornien warst. Du wirst schon verstehen, was ich meine.«

Der Hund sah etwas in Kameranähe. Er sah mich direkt an und begann zu bellen. Phil lächelte und liebkoste Flea, bis er wieder still war. Er sah ihn an und leckte seine Hand.

»Ich liebe dich, Weber. Vergiß das nie. Was auch immer passieren mag.«

Er hob eine Hand und winkte mir langsam ein Adieu. Das Bild verblaßte. Einen Moment später begann alles.

Meine Mutter kam bei einem Flugzeugabsturz ums Leben, als ich neun war. Sie flog weg, um ihre Familie in Hartford, Connecticut, zu besuchen, und kehrte nie zurück. Das Flugzeug flog beim Start in einen Schwarm Stare und wie in einem dümmlichen Zeichentrickfilm saugte es die Vögel in seine Maschinen. Dann versagten die Motoren. Dann stürzte es ab. Siebenundsiebzig Menschen starben. Man fand Mamas Handtasche, und sie war völlig makellos (an ihrem Taschentuch waren immer noch Spuren von ihrem Parfum), aber ihr verbrannter Körper konnte nur mit Hilfe zahnärztlicher Karteikarten identifiziert werden.

Als man mir die Nachricht erzählte, war das einzige, woran ich denken konnte, ob sie schnell gestorben ist. Zu jener Zeit war ich von Flugzeugabstürzen völlig gefesselt: gefesselt auf eine Art, wie jeder Vorpubertierende das Makabre und Gefährliche aus der Entfernung mag. So lange es nicht zubiß oder in mein Zimmer kommen wollte, würde ich meine Nase so dicht ich konnte gegen sein Glas drücken. Aber plötzlich war *meine* wundervolle Mutter nicht mehr da. In meinem Leben brach alles auseinander.

Unglücklicherweise wußte ich aus den Artikeln, die ich las, oder den Bildern von Katastrophen, die ich anstarrte, genug, um zu wissen, daß dies in diesen letzten, langsamen, wenigen Minuten oder Sekunden des Lebens einer von tausend möglichen, grauenvollen Abstürzen in den Tod gewesen sein konnte. War ihr Ende schnell gekommen? Langsam? Schmerzhaft?

Das waren die Fragen, die mich dreißig Jahre lang verfolgten. Wann immer ich flog, sah ich mich in der Kabine nach Vorhängen um, die brennen, nach Sitzen, die in der Mitte entzweibrechen könnten und ihre gezackten Teile durch Körper treiben würden wie mittelalterliche Waffen ... Ihr Körper war verbrannt, und das war schlimm genug, aber war das Verbrennen an sich *alles*? War da noch mehr, *Schlimmeres,* das ich nicht wußte? Warum *wollte* ich das wissen?

Ich kann es nicht beantworten, aber Phils erstes Videoband beantwortete die Fragen.

Das erste, was ich hörte, war eine gedämpfte, unechte Stimme. »Guten Tag, meine sehr verehrten Damen und Herren. Hier spricht ihr Flugkapitän, Mike Maloy. Willkommen an Bord unseres Fluges 651 nach Washington. Unsere Flugzeit wird voraussichtlich eine Stunde und fünfzehn Minuten betragen...«

Es dauerte einen Augenblick, bis mir klar war, daß ich in einem Flugzeug war und alles durch die Augen einer anderen Person sah, eine Fahraufnahme – mehrere Frauen trugen pastellfarbene Jackie Kennedy Pillbox-Hüte, die Männer hatten kurzes Haar und lasen *The Hartford Courant* vom März 1960. ›Ich‹ sah auf meinen Schoß und wußte unvermittelt, mit einem wilden Zucken des Wiedererkennens, wer ich war – meine Mutter. Da war ihre rote Lederhandtasche, das graue Kleid, das sie nur zu bestimmten Gelegenheiten trug. Ich hatte an dem Tag ihrer Abreise auf ihrem Bett gesessen und sie beobachtet, wie sie das Kleid behutsam faltete und in ihren Koffer legte.

»Wann kommst du wieder, Mami?«

»Dienstag, mein Schatz. Ich bin schon wieder hier, bevor du aus der Schule kommst.«

Der Pilot sprach weiter. Meine Augen, Mamas Augen, schauten aus dem ovalen Fenster auf das Flugfeld und die kleinen gelben Laster, die unten auf dem Boden hin und her fuhren. Das Flugzeug kam auf Touren und begann sich rückwärts zu bewegen.

Ich sah durch ihre Augen, hatte aber meine eigenen Gedanken. Entsetzt und verzaubert, wußte ich genau, was geschehen würde. War das die Art, in der Gott die Dinge sah? Legte er sich oben gemütlich in seinen ledernen Sessel und warf die Glotze an, um sich irgend jemandes Leben in einer Verzweiflungsphase anzusehen? Fast auf dieselbe Weise, in der wir uns Seifenopern ansehen und in der unser Interesse an den Schicksalen der Personen geweckt wird?

Was hätte ich tun sollen? Den Film anhalten? Mein ganzes Leben lang hatte ich wissen wollen, wie diese letzten Minuten für sie gewesen waren. Die Fragen im Zusammenhang mit ihrem Tod waren die Grundlage für einen Großteil des Durcheinanders in meiner Jugend, ganz abgesehen von der Inspiration für meinen ersten Film, *Die Nacht ist blond.*

Der Mann neben Mama bot ihr eine Ausgabe des *TIME-Magazine* an. Auf dem Titel war Fidel Castro. Sie dankte ihm, sagte aber, daß ihr vom Lesen im Flugzeug schwindlig werde. Er versuchte sie in ein Gespräch zu ziehen, aber sie lächelte nur und beschäftigte sich mit dem Sicherheitsgurt. Ich erinnerte mich daran, wie nervös sie wurde, wenn fremde Männer sie ansprachen. Sie war gutaussehend, aber schüchtern; mein Vater hatte sie durch sanfte Hartnäkkigkeit gewonnen. Sie sagte, sie habe sich zuerst in seine Ausdauer verliebt.

Ihre schmalen Hände waren so vertraut. Die goldenen Verlobungs- und Eheringe, die so widerstandslos von ihren Fingern und zurück an ihren Platz glitten, wenn sie sich die Hände wusch. Die glänzende Narbe über ihrem Daumen, wo sie sich einmal tief geschnitten hatte, als sie das Mittagessen zubereitete.

Das Flugzeug machte einen abrupten Linksschwenk und begann dann über das Rollfeld zu fahren. Eine Stewardess kam und bot in einer Schale Drops an. Mamas Lieblingsbonbons. Wir machten oft Witze darüber, daß sie so gern Süßes aß. Bei diesem letzten Mal nahm sie zwei – einen orangenen und einen grünen. Sie sah wieder aus dem Fenster auf das schöne Wetter. In der Ferne am südlichen Himmel einige violettgraue Wolken. In eineinhalb Stunden würden wir in Washington landen. In eineinhalb Stunden würden Feuerwehrleute immer noch versuchen, die Flammen unter Kontrolle zu bringen, die in den klaren Himmel über Hartford leckten. Sie steckte sich ein Bonbon in den Mund. Die Maschine begann zu beschleunigen. Mit einem nervösen Lächeln in ihrem blonden Gesicht eilte eine Stewardess durch den Gang nach hinten.

Das Flugzeug rast schneller und schneller, der Blick aus dem Fenster beginnt zu verschwimmen. Dann dieser schnelle, den Magen ins Schlingern bringende Moment des Abhebens, und das harte Nach-*oben*-ziehen.

Einige Sekunden nach oben, oben...

Ein lautes schnelles Klong – Klong – Klong. KLONG. Alles hält inne. Hört einfach *auf*. Das gesamte Flugzeug erzittert... es fällt zurück, verrückter Winkel und alles. Jemand schreit. Mehr Schreie. Explosionen. Ich würge. Das Bonbon ist mir im Hals steckengeblieben. Ich kann nicht atmen! Würgen, Versuch, es herauszubringen. Explosion. Tot.

Der Bildschirm wurde dunkel und dann mit Philip Strayhorns Gesicht wieder hell. »Sie war in einer halben Sekunde tot, Weber. Ein einziger großer Schlag, den sie nicht einmal fühlte. Das verspreche ich dir. Ich weiß es ganz sicher.

Auf diesem Band ist noch mehr, das du sehen mußt. Aber jetzt nicht. Du kannst dir den Teil mit deiner Mutter noch mal anschauen, wenn du willst, aber es gibt nichts, was du dazulernen könntest. So ist es passiert.

»Ruf Sasha an, ok?«

Das Band wurde wieder dunkel und wurde schließlich zu dem elektronischen Schwirren, das am Ende eines jeden Videobands so ärgerlich ist. Ich langte nach vorn und spulte es im Schnellvorlauf bis zum Zählerstand von einhundert und drückte dann wieder die Play-Taste. Schwirren. Spulte zum Anfang zurück, spielte ein wenig von dem, was ich schon gesehen hatte: Phil in seinem Wohnzimmer mit dem Hund. Schnellvorlauf. Mama werden wieder Drops angeboten. Kleines Stück Schnellvorlauf. Schwirren.

Ich griff die anderen Bänder (*zweitens* und *drittens*) und versuchte sie beide. Nichts als Schwirren. Ohne ersichtlichen Grund schob ich das erste wieder ein und ließ es bis zum Ende durchlaufen. »Ruf Sasha an, ok?«

Aber jetzt war mehr da.

Ein bißchen Schwirren, dann wieder sein Gesicht. Ich fuhr zurück, als wäre ich geschlagen worden. »Dieses Band geht weiter und gibt dir, wie du siehst, immer mehr, Weber.

Offensichtlich hast du jetzt die beiden anderen ausprobiert und festgestellt, daß sie nicht funktionieren. Aber später, wenn du fertig bist, *werden* sie das. So wie dieses. Je mehr du herausfindest, um so mehr werden die Bänder dir mitteilen. Fast so wie die Dechiffrierung der Hieroglyphen.« Er lächelte. »Die Fahrt beginnt hier, Scruno. Ich wünschte, ich hätte es zusammen mit dir angehen können, aber ich versuchte es, und es fraß mich auf.

Laß dich dadurch aber nicht verunsichern. Ich bin hier, auf diesen Bändern. Auf gewisse Weise werde ich dir helfen können. Erinnerst du dich an Kenneth Patchens Spruch? ›Es mag zwar noch lange hin sein bis zum Morgen, aber es gibt kein Gesetz gegen das Sprechen im Dunkeln.‹ Ruf Sasha an, ja?«

2

Sasha Makrianes' Mutter war Russin und ihr Vater ein Grieche, und einer dieser Glücksmenschen, die etwas absolut Lächerliches erfinden, das Wegwerffeuerzeug zum Beispiel, und dadurch über Nacht reich werden. »Alexandra« erbte nicht nur tonnenweise Geld, sondern auch die tiefliegenden braunen Augen und die hohen Wangenknochen, die eine attraktive Russin oder Griechin faszinierend machen, jedoch gleichzeitig auch düster und ein wenig unheimlich. Wörter wie »Zigeunerin« oder »Revolutionärin« kommen darin vor.

Sasha und ich wurden einander in Wien von Freunden vorgestellt. Obwohl ihr Arm in einer Schlinge steckte, konnte ich mir bei diesem ersten Treffen nicht vorstellen, daß sie jemals verlöre oder ausgenutzt würde. Ihr Leben mußte ein fügsames und zutrauliches Haustier sein, das sie, ohne viel darüber nachzudenken, an einer silbernen Leine ausführte. Sie sah verwöhnt, aber gleichzeitig stark und entschlossen aus. Es kam mir in den Sinn, daß sie wahrscheinlich dieselbe Ausstrahlung gehabt hätte, wäre sie arm gewesen.

Wie ich mich irrte! Eine Woche bevor wir uns kennenlernten, hatte sie sich von ihrem Freund getrennt, mit dem sie zwei Jahre zusammen war. Ihr Arm war in einer Schlinge, denn als sie das Restaurant, in dem sie ihren letzten Streit hatten, blind und ausgelaugt verließ und auf die Straße trat, war sie von einem Taxi angefahren worden.

»Unsere Beziehung war sowieso immer nur so dünn wie ein Spinnennetz: Zerbrechlich und entzückend, aber die leichteste Brise ging gradewegs durch. Er wurde langsam wie ein Bauchredner, der seine Hand in meinem Rücken hat und meine Lippen bewegt – ich hatte solche Angst, etwas Falsches zu sagen.

Liebe ist brutal, weißt du? Man kann ihr nicht aus dem Weg gehen und sie sich auch nicht vom Leib halten. Sie kommt oder kommt wieder oder überfällt einen, oder was auch immer, und wir können genausogut unsere Hände in den Schoß legen und einfach auf das Beste hoffen. Hab ich recht?

Mein Analytiker hat mir gesagt, ich sei von meinem Freund weggelaufen wie ein Kind, wenn es vom Vater oder der Mutter verfolgt wird – weißt du –, es lacht und jauchzt und schaut sich dabei die ganze Zeit über die Schulter und ist versessen darauf, gefangen zu werden.«

Sie hörte nicht auf zu reden, obwohl das meiste, nach dem anfänglichen Gerede über den Freund, interessant war. Aber in den Menschen, die niemand anderen zu Wort kommen lassen, findet sich immer etwas Mitleiderregendes und Verzweifeltes.

An diesem ersten Abend schlief ich fast schon, als wir die Wohnung meiner Freunde verließen und die Bennogasse zu ihrem Wagen hinuntergingen.

»Immer wenn ich zu den Easterlings zum Abendessen gehe, fühle ich mich wie ein häßlicher Frosch, der durch ein Aquarium mit lauter farbenprächtigen, exotischen Fischen schwimmt. Weißt du, was ich meine?«

Ich blieb stehen und nahm ihre Hand. »Du bist so *angespannt*. Was ist los mit dir?«

»Du bist *Weber Gregston*! Du hast den besten Film gemacht, den ich jemals gesehen habe: Du hast *Wundervoll* gedreht. Du hältst mich für ein Arschloch, nicht?« Sie trat einen Schritt zurück und zog ihre Hand aus meiner. »Ich war *so* aufgeregt, dich kennenzulernen. Ich wollte nicht, daß du diesen blöden Arm siehst, und wollte nicht diesen ganzen Blödsinn quatschen... ich wollte *dir* zuhören... Jetzt habe ich wieder mal alles versaut...« Sie wollte noch mehr sagen, aber Tränen unterbrachen sie.

Eine schöne Frau mit ihrem Arm in einer Schlinge, die mitten in der Nacht an einer Straßenecke in Wien steht und weint, das ist eine gute Einstellung für einen Film, aber nicht das wirkliche Leben.

Ich lud sie zu einem Kaffee ein, und wir gingen über die Straße zu einem schäbigen Café, das aus lauter gelbem Licht und altem Zigarettenrauch bestand. Ich erinnere mich sogar noch an den Namen – Café Hummel. Niemand summte dort im Café Hummel.

Bei ihrem Vater war gerade Bauchspeicheldrüsenkrebs festgestellt worden. Ihr Freund hatte sie verlassen, weil sie ihn langweilte. Sie wollte irgend etwas mit ihrem Leben anfangen. Wir blieben bis drei im Café und redeten, dann gingen wir zu ihr und schliefen miteinander. Das war ein Fehler. Es war nicht besonders gut.

Aber etwas Wichtigeres geschah in dieser aufgeheizten Nacht und den darauf folgenden gemeinsamen Tagen – eine Freundschaft begann, die uns beiden augenblicklich guttat. Bald schon mochten wir uns so sehr, daß wir wußten, wir hatten etwas Wundervolles und Entscheidendes gefunden.

Spontan ließen wir alles stehen und liegen und fuhren für ein langes Wochenende nach Zermatt, denn es schneite überall in Europa in diesem Winter.

Es gibt Orte auf der Welt, in die man sich mit der Leidenschaft und Lebensfreude verliebt, die wir normalerweise für die großen Liebesaffairen aufsparen. Wir sehen uns um und wissen vom ersten Augenblick an: Das wird dauerhaft und gut. Wenn wir sehr viel Glück haben, wird unser Hiersein unserem Leben für jetzt und später Umsicht und Weisheit geben.

Als wir dort miteinander schliefen, war es ohne diese Leidenschaft mit angehaltenem Atem, wie zu Beginn unserer Beziehung. Es war zärtlich, ohne Hast und lang – zwei gute Freunde auf einem gemeinsamen Spaziergang durch eine wundervolle, vertraute Stadt.

Am Tag unserer Abfahrt saßen wir auf dem Balkon unseres Hotelzimmers, hielten uns bei den Händen und sahen zum Matterhorn hinauf. Wir waren erschöpft und erfüllt, in einen Moment unserer Leben verliebt, in dem wir beide die richtige Entscheidung getroffen hatten, die uns zu einem Schatz aus hohem Eis, Stille und *Schlagobers* im Kaffee geführt hatte.

»Flucht kann teuer sein, aber manchmal ist sie notwendiger als Atmen, oder?«

»Wie meinst du das?« Das Licht des späten Nachmittags war müde und dunkel geworden.

»Die ganze Tour ist... Bevor wir in Wien in den Zug stiegen, sah ich mich um und schaute auf die Welt da. Ein Teil von mir wußte, daß nach dieser Fahrt, egal was zwischen uns geschähe, nichts mehr so sein würde wie vorher. Etwas endete da für mich. Und... ich schaute auf Wien, als wenn es irgendwie das letzte Mal wäre.

Ich mache solche Sachen eigentlich nicht, Weber. Ich fahre nicht mit Leuten ins Wochenende, es sei denn, ich bin verliebt. Wir beide wissen, daß wir nicht verliebt sind. Aber dieses Mal hab ich ein wenig abgehoben von meinem alten Ego. Es hat mir gezeigt, wie die Dinge mit einem guten Abstand aussehen.

Es hat mir gezeigt, daß es Zeit ist, heim nach Amerika zu fahren. Zu wissen, daß Weber Gregston, mein Freund und *nicht* mein Geliebter, bald auch da sein wird, macht es besser. Danke!«

Eine Woche später flog sie zurück, um bei ihrem Vater zu sein, als er starb. Während ich durch Europa streifte, schrieben wir uns häufig, und sie flog nach Kalifornien, als ich zurückkam. Der sexuelle Teil unserer neuen Geschichte war vorüber, aber wir waren sehr froh, uns wiederzusehen.

Ich stellte sie Phil Strayhorn vor. Am Anfang jagten sie sich gegenseitig einen Schrecken ein.

Sie kannte ihn mehr als Autor; hatte alle seine *Mitternacht in Hollywood*-Kolumnen im *Esquire* gelesen und mochte sie sehr. Als sie hörte, daß er mein bester Freund sei, und ich wollte, daß sie ihn kennenlernte, lieh sie sich den ersten *Mitternachts*-Film. Nach zehn Minuten schaltete sie ihn ab und schrie »Genug!«

»Wie sieht er aus?«

»Du meinst, ob er wie Bloodstone aussieht? Nein, er ist irgendwie mittelgroß und ihm fallen die Haare aus.«

»Aber es ist *so* gewalttätig, Weber! Ich habe früher schon andere Horrorfilme gesehen, aber der war der schlimmste. Zum Beispiel der Teil, wo der Hund das Kind frißt.«

»Das ist von Hieronymus Bosch. ›Der Garten der Lüste‹. Die meisten seiner schlimmsten Szenen kommen aus berühmten Gemälden oder Büchern, die er liest. Habe ich dir erzählt, daß Phil sein Examen in Physik und Kunstgeschichte summa cum laude abschloß? Jahrelang wollte er nur Bilder restaurieren.«

»Wie ist er denn bei Horrorfilmen gelandet?«

»Einen Monat vor unserem Examen entschloß er sich, Filme zu machen.«

Er hielt sie für zu gut, um wahr zu sein.

»Phil, geh jetzt bitte da raus und rede mit ihr!«

»Ich mache gerade den Salat.« Er sah mich nicht an.

»Du machst keinen Salat – du versteckst dich. Vergiß nicht, daß wir jahrelang auf einer Bude gewohnt haben.«

»Das ist wahr, Weber, sie ist schön, sie ist reich *und* liebenswürdig? Scheiße!«

»Tatsache! Mein Ehrenwort drauf!«

»Weiß sie, daß ich die *Mitternachts*-Filme mache? Daß ich Bloodstone spiele? Hast du ihr das erzählt?«

»Alles habe ich ihr erzählt. Du schreibst sie, führst Regie, spielst die Hauptrolle... Jetzt gib mir schon den verfluchten Salat und geh und unterhalte dich mit ihr!«

Ich glaube, sie haben sich des Hundes wegen ineinander verliebt. Ein schwarzer chinesischer Shar-Pei namens Flea. Phil nannte die Rasse immer »Shappy«.

Bei ihrer ersten Verabredung führte er Sasha ins Beverly Center, um den neuen Film der Gebrüder Taviani zu sehen. Als sie mit dem Aufzug in diesen monströsen Taubenschlag eines Einkaufscenters fuhren, erkannte eine Gruppe von Teenagern Bloodstone und umlagerte ihn für Autogramme. Er war immer nett, was das anbelangte, aber sie wurden zudringlich und frech. Schließlich faßte er Sashas Hand und rannte einfach los. Die Bande folgte, bis Phil ein paar Haken schlug und sie sich in einer Tierhandlung verbargen.

Ich kenne den Laden, weil ein Hamster dort ungefähr genausoviel kostet wie ein Abendessen bei Spago. Aber einer von beiden (später konnten sie sich nie darauf einigen, wer zuerst) sah den kleinen schwarzen faltigen Haufen in einem Eckkäfig.

Eine der ältesten Hausweisheiten, die ich kenne, ist, kauf keinen Hund in einer Tierhandlung, denn er ist hundertprozentig krank. Phil sagte, sowas hätte er noch nie gesehen, und war er nicht einfach umwerfend? Sasha sagte, er sähe aus wie ein Stück dehydriertes Obst; träufel Wasser drauf, und er bläst sich zu seiner ganzen Größe auf. Phil lachte nicht. Es war das absonderlichste Tier, das er jemals gesehen hatte. Er zahlte mit einer Kreditkarte und holte die Kreatur nach dem Film ab.

Er saß so königlich und ruhig auf dem Rücksitz wie eine Bugatti Kühlerfigur. Bis er auf Sashas Wildledertasche kotzte. Als sie schließlich bei Phil waren, erbrach sich der Welpe noch stundenlang. Sie brachten ihn zu einer durchgehend geöffneten Tierklinik, wo man ihnen sagte, es seien nur die Nerven; er müsse sich an sein neues Leben erst gewöhnen.

Wieder daheim, sangen sie ihm schließlich alle möglichen Lieder vor, von denen sie dachten, sie würden ihn beruhigen. Sasha sagte, daß Phil mitten in »Yesterday« auf den Namen Flea kam.

Wann überschreiten Menschen die Grenze zur Liebe? Wacht man eines Morgens auf und hat nicht nur ihren vollen Geschmack im Mund, sondern gleichzeitig die Gewißheit, daß das Aroma so lange bleibt, wie wir daran arbeiten, es zu behalten und zu genießen?

Phil drückte es anders aus. Für ihn öffnete man in einem erstaunlichen Moment den Mund, und mit dem ersten unerwarteten

Wort wurde einem klar, daß man plötzlich in der Lage war, eine völlig neue Sprache zu sprechen und zu verstehen. Eine, von der man vorher keine Ahnung hatte.

»Du weißt, wie das ist, wenn man in einem fremden Land reist und hier und da ein paar Wörter oder einen Satz aufschnappt, um sich durchzuschlagen. So Sachen wie ›Donnez-moi le pain‹. Diese Sprache aber funktioniert nicht so. Entweder kannst du sie im ersten Augenblick perfekt oder niemals. Es gibt keine Berlitz-Phrasenbücher, und auf der Straße kann man sie auch nicht lernen. Es gibt keine Straßen, wo diese Wörter benutzt werden.

Aber selbst wenn du die Sprache gut beherrschst, heißt das noch lange nicht, daß du auch Gedichte darin schreiben kannst.«

»Wie meinst du das?«

»Als mir klar wurde, daß Sasha und ich verliebt waren, daß wir beide diese neue Sprache sprachen und verstanden, war ich wahnsinnig aufgeregt. Es war unsere Sprache, und wir konnten damit machen, was wir wollten. Wenn du dein Italienischexamen bestehst, hältst du dich für einen ganz schön heißen Braten, oder? Aber dann liest du Dante oder Pavese und stellst fest, daß du Italienisch verstehst, was großartig *ist,* aber du kannst mit diesen selben Worten nicht so zu den Göttern singen, wie sie es taten.«

»Meinst du, daß deine Liebe nicht genug war?«

»Weber, du kennst mich, ich will immer mehr. Sobald ich von dieser neuen Sprache wußte, wollte ich, daß wir aufstiegen zur nächsten Stufe und *ohne* Wörter kommunizierten. Außersinnliche Wahrnehmung oder so was. Vielleicht besteht das Leben nur aus Habgier.«

Der Hund kotzte drei Tage lang. Sasha kam einmal nach Hause, um ihre Kleider zu wechseln und mir einen vollen Bericht abzulegen. Als wir das nächste Mal miteinander sprachen, war es am Telefon, und sie rief an, um mir zu sagen, daß der Hund noch immer krank sei und sie auf Phils Couch schlafe.

Das tat sie. Aus unserer gemeinsamen Zeit in Wien wußte ich, daß sie schnell bereit war, mit jemandem ins Bett zu gehen, aber ihre Beziehung zu Phil verlief anders. Für lange Zeit machte er keine Anstalten in diese Richtung und sie auch nicht. Er schlief in seinem Schlafzimmer, und sie schlief auf dem Sofa. Sie verbrachten vier volle Tage damit, Flea gesund zu sprechen und zu pflegen.

Er kochte für sie und hörte nicht auf, Fragen nach ihrem Leben zu stellen. Manchmal erzählte sie ihm die Wahrheit, manchmal log sie.

»Ich wußte, daß ich nah dran war, mich in ihn zu verlieben, als ich anfing, ihm so viele Lügen aufzutischen. Ich hatte Angst, daß er mich nicht mochte. Ich wollte immerzu das Richtige sagen.«

»Hast du mich belogen, als wir uns kennenlernten?«

»Nein, denn ich glaube, ich wußte sofort, daß du und ich uns nie auf diese Weise lieben würden, Weber. Teils auch, weil du am Anfang Mitleid mit mir hattest. Mitleid ist nicht gut, um eine Basis zu schaffen.

Phil hörte mir so aufmerksam zu. Ich merkte, wie ich immer weniger sprach, denn ich stellte fest, daß er tatsächlich über all das nachdachte, was ich sagte.

In Wien, in diesem Café? In deinem Gesicht spiegelte sich so viel Sorge, daß ich mir schwachsinnig oder behindert vorkam. Dankbar war ich, daß du mir zugehört hast, aber ich war überzeugt, du machtest das nur, weil du ein netter Kerl bist, nicht weil ich eine interessante Person war.

Phil war gefesselt.«

Still sah sie sich die beiden ersten *Mitternachts*-Filme an und hielt die ganze Zeit über seine Hand. Sie bat ihn, den Apparat abzustellen, wenn er zur Toilette ging.

Sie sagte ihm, was sie davon hielt. Er machte ihr Ćevapčići. Flea fühlte sich gut genug, auf den Patio hinauszugehen und herumzuschnüffeln. Er mußte jaulen, um wieder eingelassen zu werden, denn sie küßten sich zum ersten Mal.

Der Mann, mit dem sie in Wien zusammengelebt hatte, war ein Rockmusiker, der sie und ihr Geld ausnutzte und keine Reue empfand, wenn er sie schlecht behandelte.

Phil war galant und schüchtern. Er war kein gutaussehender Mann und er war sich nicht sicher, ob sein Talent oder seine Intelligenz ausreichten, um sie zu halten. Er hatte in seiner Jugend so viel Zeit allein verbracht oder auch damit, sich Gedanken darüber zu machen, wie er überhaupt *irgendein* Mädchen beeindrucken könnte, daß er selbst in seinen erfolgreichen Dreißigern, als er ein Filmstar und ein reicher Mann war, für das geliebt werden wollte, was er war, und nicht dafür, was er geworden war. Aber Hollywood ist keine gute Stadt, um diese Art von verständnisvollen Menschen zu finden. Der Schauspieler Stephen Abbey soll einmal gesagt haben: »Man kommt nach Hollywood, um berühmt und nicht um gefickt zu werden. Der größte Fick der Welt ist, wenn man seinen Namen zum ersten Mal auf der Leinwand sieht. Punkt.«

Ihre Liebe wuchs versuchsweise und aufrichtig. Beide wollten daran glauben, aber sie waren zu klug und in ihren Leben oft genug verletzt worden, um mit dem Himmelsleuchten der Liebe unbedacht umzugehen.

Eines Morgens rief sie mich von einer Telefonzelle aus an und sagte, er habe sie gebeten, bei ihm einzuziehen; was solle sie tun? An jenem Nachmittag rief Phil von einer anderen Telefonzelle aus an, um mitzuteilen, daß er sie gebeten habe, mit ihm zusammenzuziehen. Hielt ich das für eine gute Idee?

Sie reisten gemeinsam nach Japan. Als sie zurückkehrten, sprachen sie mit der Übertriebenheit und Vertrautheit von aufgeregten Neuvermählten. Ich war sicher, sie würden heiraten, aber sie lebten weiterhin zusammen und schienen glücklich genug damit.

Sasha beteiligte sich an Phils Produktionsfirma, *Schnellvorlauf*, und sie stellte sich als gewiefte und oft phantasievolle Geschäftsfrau heraus, die zum großen Teil für die Beteiligung der Firma an einigen erfolgreichen Projekten außerhalb der *Mitternachts*-Serie verantwortlich war. Sie erzählte mir, Phil habe so viel Vertrauen in sie und ihre Beziehung, daß sich das auf natürliche Weise auch auf andere Bereiche ausgedehnt habe. Ich sagte ihr, sie hätte eben bisher nur noch nicht den richtigen Platz zum Landen gefunden, was aber nicht bedeutete, daß sie auch unfähig sei.

Sie schüttelte den Kopf. »Ich weiß, was ich kann, Weber. Ich hatte nur noch nie irgendeinen Grund, es auf irgendwas anzuwenden. Oder, um bei deinem Bild zu bleiben, es war immer einfacher, nur von Ort zu Ort zu fliegen. Landen ist anstrengend; ständig muß man seine Instrumente überprüfen und dann den automatischen Piloten in der Maschine abstellen.«

Auf der Höhe ihres Glücks zog ich nach New York um. Auf dem letzten Bild, das ich von ihnen im Kopf habe, stehen sie in der Einfahrt zu Phils Haus in Laurel Canyon, zusammen mit Flea, der die Rosensträucher in der Nähe untersucht. Ihre Hände hatten sie hinter ihren Rücken. Als ich davonfuhr, drehten sie sich um und dann schnell wieder zurück und beide trugen sie diese grauenvollen Bloodstonemasken, die damals gerade in allen Geschenkboutiquen zu haben waren. Sie winkten. Flea schaute von den Büschen auf, sah zwei Monster, wo seine Freunde gerade noch gewesen waren, und bellte.

Später besuchten sie mich in New York. Während des Abendessens gestand Phil verlegen, sie dächten daran, entweder zu heiraten oder ein Kind zu haben.

»Beides geht nicht?«

Sasha sagte: »Eins nach dem anderen.«

Immer wenn sie aus Kalifornien anriefen, klang alles besser als jemals zuvor.

Bis drei Wochen bevor er sich umbrachte und ich diesen Brief von Sasha bekam.

Weber,

Phil und ich leben nicht mehr zusammen. Die ganze Angelegenheit ist provisorisch und noch nicht durchdacht, deshalb will noch keiner von uns darüber sprechen. Du wirst es als erster erfahren, wenn wir zu irgendeiner Entscheidung gekommen sind. Bitte rufe Cullen und Danny an. Wir bleiben im Kontakt. Das versprechen wir.

Ich rief mehrmals an, um herauszufinden, was los war, aber das einzige, das bei ihnen Hallo sagte, war Bloodstones Stimme auf ihrem Anrufbeantworter. Ich hinterließ, ich sei für sie da, falls sie darüber sprechen oder mich besuchen wollten oder was auch immer ihnen gerade helfen würde. Ich habe nichts mehr gehört, bis Sasha anrief, um mir zu sagen, daß er tot sei.

»Sasha?«

»Weber? Hallo. Ich habe auf deinen Anruf gewartet.« Sie klang so alt und trocken.

»Ich, äh, ich mußte einfach nochmal anrufen, Sasha.«

»Ich weiß. Du hast Phils Bänder?«

»Das weißt du?«

»Ja. Ich habe heute morgen selbst eins mit der Post bekommen, direkt nachdem wir miteinander gesprochen hatten.«

»Kannst du mir sagen, was drauf war?«

»Es war ein Video von Phil. Phil und Flea sitzen auf der Couch. Es ist schwer zu ... ich ...« Stille.

»Sasha?«

Langes Einatmen, dann: »Er sagte, er wolle mir meine Zukunft zeigen.

Die nächste Einstellung von mir in einem Krankenhausbett, Weber. Ich bin hochschwanger. Ich dachte, ich wäre da, um ein Kind zu bekommen, aber das ist es nicht. Ich bin im Krankenhaus, weil ich Krebs habe, und sie werden versuchen, es aus mir herauszuschneiden.«

»*Bist* du schwanger?«

»Das kann nicht sein, Phil und ich haben seit Monaten nicht mehr miteinander geschlafen. Ich hatte auch gerade noch meine Periode.

Weber, als alles vorbei war, erschien Phil wieder und sagte, alles hinge von dir ab. Was meint er damit?« Sie begann zu weinen. »Was geschieht hier, Weber?«

»Ruhig, Sasha, sssh. Oh, Süße, warte. War sonst noch was auf dem Band?«

»Nein. Nur das Band und eine Fotokopie von ›Mr. Fiddlehead‹.«

»Was ist das?«

»Eine Kurzgeschichte, es sollte sein nächstes Projekt werden.«

»In Ordnung. Tu mir jetzt einen Gefallen: Leg auf und spiel das Band nochmal ab. Sieh nach, ob da noch irgendwas anderes drauf ist.«

»Okay.« Sie fragte nicht einmal warum – legte auf und rief ein paar Minuten später wieder an. »Da ist nichts weiter. Nur ich, schwanger im Krankenhaus, mit Krebs. Kommst du?«

»Ja. Ich bin morgen da.«

»Ich habe seine Eltern angerufen. Weißt du, was sein Vater gesagt hat? ›In Ordnung. Wann ist die Beerdigung?‹ Nur das. Völlig ruhig. ›Wann ist die Beerdigung?‹«

»Hast du seine Schwester Jackie angerufen?«

»Der Vater sagte, sie kann nicht erreicht werden. Ist in Nigeria irgendwo, Käfer studieren, oder sowas. Sie schicken ihr ein Telegramm. Ich komme nicht darüber weg. ›In Ordnung. Wann ist die Beerdigung?‹ Das ist alles. Nicht mehr. Mann, wach auf! Phil ist tot! ›In Ordnung. Wann ist die Beerdigung?‹«

Eine Stunde später hatte ich eine Tasche gepackt, saß am Fenster und dachte über alles nach, was passiert war.

Als Sasha fragte, was auf den Bändern sei, die Phil mir geschickt hatte, sagte ich, nicht mehr als ein kurzes Adieu von ihm und ein wenig Blödsinn, den wir mit der Videokamera geschossen hätten, als ich das letzte Mal dort gewesen sei.

Nachdem ich den Hörer aufgelegt hatte, schob ich das erste Band wieder in die Maschine, aber es war nichts Neues zu sehen. Auch auf den beiden anderen nicht.

Ich knipste das Licht im Zimmer aus, weil ich im Dunkeln nachdenken wollte. Nach einer Weile merkte ich, daß ich auf die unbeleuchtete Wohnung der nackten Frau gegenüber geschaut hatte, ohne mir dessen bewußt zu sein. Als sowohl mein Verstand als auch meine Augen wieder zu fokussieren bereit waren, sah ich, daß in ihrer dunklen Wohnung auch jemand am Fenster saß. Schaute sie auch herüber, ohne sich dessen bewußt zu sein? Ich lächelte. Das wäre eine gute Szene in einem Film gewesen.

Am nächsten Morgen um sieben klingelte es an meiner Tür. Ein Postbote mit einem Expreßbrief aus Kalifornien, aufgegeben am vorigen Tag. Als ich unterschrieb, schaute ich auf den rotweißblauen Umschlag und die Anschrift in Phils Handschrift. Darin war die Kurzgeschichte, die Sasha gestern erwähnt hatte, »Mr. Fiddlehead«. Nichts weiter: Keine Nachricht von Phil, keine Randmarkierungen auf der Geschichte selbst. Sorgfältig getippt und ohne den Namen eines Autors, also nahm ich an, daß sie von Phil war.

Mr. Fiddlehead

An meinem vierzigsten Geburtstag lud mich Lenna Rhodes zu sich zum Geburtstag ein. Das ist Tradition – wenn einer von uns Geburtstag hat, gibt es ein Mittagessen, ein schönes Geschenk und einen guten fröhlichen Nachmittag, um die Tatsache zu überdekken, daß wir auf der großen Treppe eine weitere Stufe nach unten gestiegen sind.

Wir haben uns vor Jahren kennengelernt, als wir zufällig in dieselbe Familie hineinheirateten: Sechs Monate nachdem ich Eric Rhodes mein Jawort gegeben hatte, gab sie seinem Bruder Michael das ihre.

Lenna zog das bessere Los: Sie und Michael sind immer noch

sehr glücklich miteinander, während Eric und ich uns über alles und nichts stritten und schließlich scheiden ließen.

Aber zu meiner großen Erleichterung und auch zu meinem Erstaunen waren sie mir eine große Hilfe in der Zeit der Scheidung, obwohl es offensichtliche Schwierigkeiten dabei gab, über das Dornengestrüpp von Familien- und Blutzugehörigkeit zu steigen.

Sie leben in einer großen Wohnung oben in der 100sten Straße, mit langen Fluren und wenig Licht. Aber die Düsterkeit der Wohnung wird durch das viele Kinderspielzeug überall, durch die bunten Jacken, die übereinanderhängen, und die Kaffeetassen mit Aufdrucken wie »Die beste Mutti der Welt« und »Dartmouth« ausgeglichen. Ihr Heim ist eins voller Liebe und Hektik, am Kühlschrank kleben Kinderzeichnungen neben der Erinnerung, *La Stampa* zu kaufen. Michael besitzt einen sehr eleganten Laden für alte Füllfederhalter, und Lenna arbeitet als freie Mitarbeiterin für *Newsweek*. Ihre Wohnung ist wie ihr Leben: Mit hohen Decken, durchdacht, ein Überfluß an interessanten Kombinationen und Möglichkeiten. Es ist immer wieder schön, dorthin zu gehen und ein wenig daran teilzuhaben.

Ich fühlte mich ganz wohl dabei, vierzig zu sein. Endlich war ein bißchen Geld auf der Bank, und jemand, den ich mochte, sprach von einer gemeinsamen Reise im Frühjahr nach Ägypten. Vierzig war ein Meilenstein, aber einer, der im Moment noch nicht sehr viel bedeutete. Wenn ich an mich dachte, betrachtete ich mich ohnehin schon als jemand in den besten Jahren, aber ich war gesund und hatte gute Aussichten, also. Also was! Zum Wohl auf den Beginn der fünften Dekade!

»Hast du dir die Haare schneiden lassen?«

»Gefällt es dir?«

»Du siehst irgendwie französisch aus.«

»Ja ja, aber *gefällt* es dir?«

»Ich glaube ja. Ich muß mich erst daran gewöhnen. Komm rein.«

Wir saßen im Wohnzimmer und aßen. Ellbogen, ihr Bullterrier, legte seinen Kopf auf mein Knie und nahm seine Augen nicht eine Sekunde vom Tisch. Nach dem Essen räumten wir die Teller weg, und sie gab mir eine kleine rote Schachtel.

»Ich hoffe, es gefällt dir. Ich habe sie selbst gemacht.«

In der Schachtel war ein Paar der schönsten goldenen Ohrringe, die ich jemals gesehen habe.

»Mein Gott, Lenna. Sie sind *wunderschön*! Die hast *du* gemacht? Ich wußte nicht, daß du Schmuck machst.«

Sie schaute mich glücklich und verlegen an. »Magst du sie? Sie sind aus Gold, kannst du mir glauben.«

»Ich glaubs. Das ist Kunst! *Du* hast sie gemacht, Lenna? Ich komme nicht darüber weg. Das ist wirklich ein kleines Kunstwerk; sie sehen aus wie etwas von Klimt.« Behutsam nahm ich sie aus der Schachtel und legte sie an.

Sie klatschte wie ein kleines Mädchen in die Hände. »Oh, Juliet, sie sehen wirklich gut aus.«

Unsere Freundschaft *ist* wichtig und reicht eine lange Zeit zurück, aber das war ein einmaliges Geschenk – eins, das man seinem Lebenspartner macht oder jemandem, der einem das Leben gerettet hat.

Bevor ich das (oder etwas Ähnliches) sagen konnte, gingen die Lichter aus. Ihre beiden Söhne trugen den Geburtstagskuchen mit seinen vierzig Kerzen herein.

Ein paar Tage später ging ich die Madison Avenue hinunter, und durch etwas aufmerksam geworden, schaute ich in die Auslage eines Juweliers. Da waren sie – meine Geburtstagsohrringe. Genau dieselben. Als ich genauer hinsah, entdeckte ich mit offenem Mund das Preisschild. Fünftausend Dollar! Ich stand wohl einige Minuten mit aufgerissenem Mund da. So oder so, es war schockierend. Hatte sie mich belogen, als sie sagte, sie hätte sie selber gemacht? Oder sollte sie fünftausend Dollar für mein Geburtstagsgeschenk ausgegeben haben? Lenna war keine Lügnerin, und sie war nicht reich. Na gut, sie hatte sie also in Messing oder so kopieren lassen und nur *gesagt*, sie seien aus Gold, damit ich mich wohl fühle? Aber das war auch nicht ihre Art. Was zum Teufel war hier los?

Meine Verwirrung gab mir den Mut, geradewegs in das Geschäft zu gehen. Oder besser, direkt zur Tür und die Klingel zu drücken. Nach kurzem Warten ließ man mich ein. Die Verkäuferin, die hinter dem Vorhang erschien, sah aus, als hätte sie in Radcliffe angewandte Weltfremdheit studiert. Vielleicht war das die Voraussetzung, um hier zu arbeiten.

»Kann ich Ihnen helfen?«

»Ja. Ich würde gerne das Paar dieser Ohrringe sehen, das Sie im Schaufenster haben.«

Als sie auf meine Ohren sah, war es, als würde ein Vorhang aufgezogen, und sie schenkte mir zum ersten Mal wirkliche Beachtung. Das heißt, als ich eintrat, war ich irgendeine Niemand in einem karierten Rock, die um das Privileg bat, einmal ihre Nase in diese feine Luft stecken zu dürfen. Aber festzustellen, daß ich ein Paar ihr bekannter fünf Riesen an meinen Ohrläppchen hängen hatte, veränderte alles: Sie wäre meine Sklavin – oder Freundin – ich mußte mich nur entscheiden.

»Aber natürlich. Die ›Dixies‹.«

»Die Was?«

Sie lächelte, als hätte ich gerade einen Witz gemacht. Es wurde mir schnell klar, daß sie davon ausgehen mußte, daß ich genau wußte, was »Dixies« waren, da ich ja selber welche trug.

Sie nahm sie aus dem Schaufenster und legte sie behutsam vor mich auf eine schwarze Samtkarte. Sie waren wunderschön, und während ich in ihre Bewunderung versunken war, vergaß ich für einen Augenblick völlig, daß ich selber welche trug.

»Ich bin sehr überrascht, daß Sie ein Paar besitzen. Sie sind erst vor einer Woche hereingekommen.«

Ich reagierte schnell und sagte »Mein Mann hat sie mir gekauft. Ich mag sie so sehr, ich denke darüber nach, für meine Schwester auch welche zu kaufen.

Erzählen Sie mir von dem Designer.

Wie heißt er gleich? Dixie?«

»Ich weiß nicht sehr viel, gnädige Frau. Nur daß der Besitzer weiß, wer ›Dixie‹ ist, und woher sie kommen ... Aber wer auch immer es ist, er ist ein wirkliches Genie. Anscheinend waren sowohl Bulgari als auch schon Leute aus der Memphis Gruppe hier, um zu fragen, wer es ist und wie sie mit ihm in Verbindung treten können.«

»Woher wissen Sie, daß es ein Mann ist?« Ich legte die Ohrringe hin und sah sie direkt an.

»Oh, das weiß ich natürlich nicht, aber die Arbeit scheint so maskulin, daß ich davon ausging. Vielleicht haben Sie recht; vielleicht *ist* es eine Frau.« Sie nahm einen Ohrring auf und hielt ihn ins Licht. »Ist Ihnen aufgefallen, daß sie Licht nicht reflektieren, sondern es erst wirklich zur Geltung bringen? Goldenes Licht. Sie können es besitzen, wann immer Sie wollen. Ich habe so was noch nie gesehen. Ich beneide Sie.«

Sie waren echt. Ich ging zu einem Juwelier in der 47sten Straße, um sie schätzen zu lassen, und dann zu den beiden einzigen anderen Geschäften in der Stadt, die »Dixies« verkauften. Niemand wußte etwas über ihren Schöpfer, oder sie sagten nichts. Beide Händler waren sehr höflich und angenehm, aber Schweigen war die Parole, wenn ich nach der Herkunft des Schmucks fragte.

»Der Herr bat uns, keine Auskünfte zu geben, gnädige Frau. Wir müssen seine Wünsche respektieren.«

»Aber es *ist* ein Mann?«

Ein professionelles Lächeln. »Gewiß.«

»Könnte ich durch Sie mit ihm in Verbindung treten?«

»Ja. Ich bin sicher, daß sich das machen ließe. Kann ich Ihnen sonst noch irgendwie behilflich sein, gnädige Frau?«

»Was für andere Stücke hat er entworfen?«

»Soweit ich weiß nur diese Ohrringe, den Füller und diesen Schlüsselring.« Er hatte mir den Füller gezeigt, und er war nichts Besonderes. Als nächstes präsentierte er einen kleinen goldenen Schlüsselring in der Form eines weiblichen Profils. Lenna Rhodes' Profil.

Die Türglocke klingelte hell, als ich in den Laden trat. Michael war mit einem Kunden beschäftigt, lächelte mir zur Begrüßung zu und gab mir ein Zeichen, daß er komme, sobald er fertig sei. Er hatte *Ink* fast direkt nach seinem Examen am College eröffnet, und es war von Anfang an ein Erfolg. Füllfederhalter sind verschrobene und nachtragende Dinge, die volle Aufmerksamkeit und Ruhe erfordern. Aber sie sind auch eine ganze Handvoll zur Schau getragener Eleganz der alten Welt; befriedigende Langsamkeit, die keine andere Belohnung bietet als den Anblick glänzender Tinte und ihren nassen Fluß über eine trockene Seite. Die Kunden von *Ink* waren reich oder auch nicht, aber alle hatten sie diesen feurigen Sammlerblick im Auge und die Lust von Abhängigen nach mehr. Ein paarmal im Monat arbeitete ich dort, wenn Michael Hilfe brauchte. Das lehrte mich nicht nur, von Teilen aus altem Bakelit und Gold aufgeheitert zu werden, sondern noch eine andere Art von Leidenschaft.

»Juliet, hallo! Roger Peyton war heute morgen da und hat den gelben Parker ›Duofold‹ gekauft. Den, den er schon seit Monaten im Auge hatte.«

»Na endlich. Hat er den vollen Preis gezahlt?«

Michael grinste und sah weg. »Rog könnte sich den vollen Preis nie erlauben. Ich lass' es ihn in Raten machen. Was gibt es bei dir Neues?«

»Hast du jemals von einem ›Dixie‹-Füller gehört? Sieht ein bißchen so aus wie der ›Santos‹ von Cartier?«

»›Dixie‹? Nein. Wie der ›Santos‹ soll er aussehen?« Sein Gesichtsausdruck verriet, daß er die Wahrheit sagte.

Ich zeigte ihm die Broschüre des Juweliergeschäfts, schlug sie bei der Fotografie des Füllers auf und gab sie ihm. Er reagierte umgehend.

»Also, dieser Bastard! Wieviel muß ich mir von diesem Mann eigentlich noch bieten lassen?«

»Du kennst ihn?«

Michael sah von dem Foto auf, und in seinem Gesicht kämpften Ärger und Verwirrung um die Oberhand. »Ob ich ihn kenne? Klar kenn ich ihn. Er wohnt in meinem gottverfluchten *Haus*, so gut kenn ich ihn! ›Dixie‹, wie? Netter Name. Netter Kerl.

Warte mal, ich zeig dir was, Juliet. Bleib da. Beweg dich nicht von der Stelle! Dieser Scheißkerl.«

Hinter der vorderen Verkaufstheke bei *Ink* ist ein Spiegel. Als Michael in den Hinterraum des Ladens stampfte, sah ich mich darin an und sagte »*Jetzt* hast du es geschafft.«

Er war sofort wieder da. »Sieh dir das an. Willst du was Schönes sehen? Sieh dir das an.« Er gab mir etwas in einem blauen Samtkästchen. Ich öffnete es und sah ... den »Dixie«-Füller.

»Aber du hast doch gesagt, du hättest noch nie davon gehört.«

Seine Stimme war verletzt und laut. »Es ist *kein* ›Dixie‹-Füllfederhalter. Es ist ein ›Sindbad‹. Ein original, massivgoldener ›Sindbad‹ in der Benjamin Swire Füllfederfabrik in Konstanz, Deutschland, um 1915 hergestellt. Es gibt das Gerücht, der italienische Futurist Antonio Sant'Elia hätte ihn entworfen, aber man hat das nie bewiesen. Schön, nicht?«

Er *war* schön, aber Michael war so wütend, daß ich auch niemals gewagt hätte zu sagen, er sei es nicht. Ich nickte eifrig.

Er nahm ihn zurück. »Ich verkaufe jetzt seit zwanzig Jahren Füller, aber ich habe in dieser ganzen Zeit nur zwei von diesen gesehen. Einer gehörte Walt Disney, und ich habe den anderen. Sammlerwert? Vielleicht siebentausend Dollar. Aber, wie ich schon sagte, es gibt einfach keine.«

»Werden diese ›Dixie‹-Leute keine Schwierigkeiten kriegen, weil sie ihn kopiert haben?«

»Nein, denn ich bin sicher, daß sie entweder den Entwurf gekauft haben, oder es gibt kleine Unterschiede zwischen dem Original und diesem neuen. Laß mich die Broschüre nochmal sehen.«

»Aber du hast ein Original, Michael. Es behält doch seinen Wert.«

»Darum geht es nicht. Es kommt nicht auf den Wert an. Ich würde den hier niemals verkaufen.

Kennst du den klassischen Porsche 959? Einer der seltsamsten und toll aussehendsten Wagen unserer Zeit. Irgendeiner cleveren, zynischen Person ist das aufgefallen, und er macht jetzt Glasfiberkopien von dem Ding. Sie sind sehr gut gemacht und mit den letzten technischen Neuerungen ausgestattet.

Aber, Juliet, das Auto ist verlogen; steck die Nase rein, und es riecht nur nach heute – kleine Plastikdinge und clever gemachte Ecken und Kanten hier und da, die man nicht sieht. Nicht wichtig für das Auto, aber lebenswichtig für das wirkliche *Objekt*. Das Wunderbare an dem Ding war, daß Porsche es vor so langer Zeit so gut und durchdacht entwarf. Das ist Kunst. Aber die Kunst liegt in der originalen Gesamtheit und nicht nur in der Äußerlichkeit oder einer überzeugenden Kopie. Ich garantiere dir, daß dein ›Dixie‹-Füller jede Menge Plastik da hat, wo du es nicht sehen kannst, und eine Goldfeder, in der vielleicht ein Drittel von dem Gold des Originals ist. Sieht gut aus, aber bei allem Drum und Dran begreifen sie das Wesentliche nicht.

Schau, früher oder später wirst du es sowieso erfahren, also halte ich es für besser, du erfährst es jetzt.«

»Wovon redest du?«

Er holte unter der Theke ein Telefon hervor und gab mir ein Zeichen, einen Moment zu warten. Er rief Lenna an und erzählte ihr in wenigen Worten von den »Dixies« und davon, daß ich sie entdeckt hatte.

Er sah mich an, als er fragte »Hat er dir gesagt, daß er das macht, Lenna?«

Was auch immer sie in ihrer langen Antwort sagte, sein Gesicht blieb ausdruckslos. »Gut, ich werde Juliet mit nach Hause bringen. Ich will, daß sie ihn kennenlernt. Was? Weil wir etwas daran tun müssen, Lenna! Vielleicht hat sie eine Ahnung, was man machen kann. Hältst du das für normal? Ach, ja? Das ist interessant. Glaubst du denn auch, daß das für *mich* normal ist?« Speichel spritzte von seiner Lippe und flog durch den Raum.

Als Michael die Tür öffnete, stand Lenna mit fest über ihrer Brust verschränkten Armen unmittelbar dahinter. Ihr weiches Gesicht war eine einzige verkniffene Herausforderung.

»Was er dir auch erzählt haben mag, es ist nicht wahr, Juliet.«

Ich hob beide Hände als Zeichen, daß ich aufgab. »Er hat mir gar nichts erzählt, Lenna. Ich will eigentlich überhaupt nicht hier sein. Ich habe ihm nur das Bild eines Füllers gezeigt.«

Das war nicht völlig wahr. Ich zeigte ihm ein Bild eines Füllers, weil ich mehr über »Dixie« und vielleicht über meine Fünftausend-Dollar-Ohrringe erfahren wollte. Ja, manchmal bin ich neugierig. Mein Exmann hat das ein paarmal zu oft zu mir gesagt.

Beide Rhodes waren ruhige und solide Menschen. Ich glaube, ich habe sie noch nie anderer Meinung erlebt, wenn es um eine wichtige Angelegenheit ging, habe sie auch nie gegeneinander laut werden hören.

»Wo ist er? Ißt er wieder?« knurrte Michael.

»Vielleicht. Was solls? Was er ißt, schmeckt dir sowieso nicht.«

Er wandte sich an mich. »Unser Gast ist Vegetarier. Sein Lieblingsessen sind Pflaumenkerne.«

»Oh, das ist *bösartig,* Michael. Das ist wirklich bösartig.« Sie drehte sich um und verließ das Zimmer.

»Also *ist* er in der Küche? Gut. Komm schon, Juliet.« Er griff meine Hand und zog mich hinter sich her auf seinem Weg zu ihrem Besucher.

Bevor wir ihn sahen, hörte ich Musik. Ragtime Piano. Scott Joplin?

Am Tisch saß mit dem Rücken zu uns ein Mann. Er hatte langes rotes Haar, das ihm über den Kragen seiner Sportjacke hing. Eine sommersprossige Hand spielte mit der Skalenscheibe an einem Radio neben ihm.

»Mr. Fiddlehead? Ich möchte Ihnen Lennas beste Freundin vorstellen, Juliet Skotchdopole.«

Er drehte sich um, doch schon bevor er sich vollends umgedreht hatte, war ich ihm verfallen. Was für ein Gesicht! Vergeistigt und dünn, mit hohen Wangenknochen und tiefliegenden grünen Augen, die fröhlich und unergründlich waren. Diese Märchenbuchaugen, das karottige Haar und überall Sommersprossen. Wie war es möglich, daß Sommersprossen plötzlich so verflucht sexy sein konnten? Die waren für Kinder und niedliche Werbung reserviert. Aber ich wollte jede einzelne an ihm berühren.

»Hallo, Juliet! ›Skotchdopole‹, richtig? Das isn guter Name. Würde mir nix ausmachen, ihn selbst zu tragen. Viel besser als Fiddlehead, finde ich.« Seine tiefe Stimme lag in der Hängematte eines starken irischen Akzents.

Ich streckte meinen Arm aus, und wir schüttelten uns die Hände. Während ich nach unten sah, ließ ich meinen Daumen einmal schnell und weich über seinen Handrücken gleiten.

Mir war heiß und schwindlig, so als hätte jemand, den ich begehrte, zum ersten Mal seine Hand behutsam zwischen meine Beine gelegt.

Er lächelte. Vielleicht fühlte er es. Auf dem Tisch neben dem Radio stand ein gelber Teller mit irgend etwas darauf. Um ihn nicht länger so peinlich anzustarren, schaute ich hin und sah, daß der Teller voll mit Pflaumenkernen war.

»Mögen Sie die? Sie sind köstlich.« Er nahm einen von dem glänzenden, orangebraunen Haufen, ließ das steinige Ding in seinen Mund gleiten und biß zu. Etwas krachte laut, als hätte er sich einen Zahn abgebrochen, aber er behielt sein Engelslächeln bei, während er drauflos kaute.

Ich schaute Michael an, der nur mit dem Kopf schüttelte. Lenna kam in die Küche und drückte Mr. Fiddlehead an sich und gab ihm einen dicken Kuß. Er lächelte nur und aß weiter... Kerne.

»Juliet, also das erste, was du wissen solltest, ich habe dich belogen, was dein Geburtstagsgeschenk anbelangt. Ich habe diese Ohrringe nicht gemacht, das war Mr. Fiddlehead. Aber da er ich ist, habe ich nicht *wirklich* gelogen.« Sie lächelte auf eine Weise, als wäre sie sicher, ich wüßte genau, wovon sie sprach. Hilfesuchend sah ich Michael an, aber der stocherte im Kühlschrank herum. Der wunderschöne Mr. Fiddlehead aß immer noch.

»Wie meinst du das, Lenna, er ist ›du‹?«

Michael nahm eine Flasche Milch und gleichzeitig eine Pflaume heraus, die er auf übertriebene Weise seiner Frau anbot. Sie zog ein Gesicht und riß sie ihm aus der Hand.

Sie biß hinein und sagte »Erinnerst du dich daran, daß ich dir erzählt habe, daß ich ein Einzelkind war? Wie viele andere einsame Kinder auch löste ich mein Problem auf die beste mir mögliche Art – ich erfand einen imaginären Freund.«

Ich riß meine Augen auf und schaute auf den rothaarigen Mann. Er zwinkerte mir zu.

Lenna fuhr fort. »Ich dachte mir Mr. Fiddlehead aus. Ich habe damals so viel gelesen und geträumt, daß ich es eines Tages alles zusammen in meine Vorstellung von einem perfekten Freund stopfte: Zuerst mal mußte er Mr. Fiddlehead heißen, denn ich hielt das für den komischsten Namen der Welt; ein Name, der mich immer zum Lachen bringen würde, wenn ich traurig war. Dann sollte er aus Irland kommen, denn das war das Land aller Kobolde und Feen. Eigentlich wollte ich eine Art lebensgroßen menschlichen Kobold. Er sollte rote Haare und grüne Augen haben, und immer wenn ich wollte, mußte er mir goldene Armbänder und Schmuck aus der Luft zaubern.«

»Erklärt das den ›Dixie‹-Schmuck in den Geschäften?«

Michael nickte. »Er sagte, ihm sei langweilig, wenn er den ganzen Tag nur so herumhinge, also schlug ich vor, daß er was Sinnvolles macht! Alles war in Ordnung, solange es nur die Ohrringe und Schlüsselringe waren.« Er knallte das Glas auf die Küchenbar. »Bis heute wußte ich nichts von dem Füllfederhalter. Was ist *damit*, Fiddlehead?«

»Weil ich mich dran versuchen wollte. Den, den du mir gezeigt hast, mochte ich so sehr, daß ich mir dachte, den nehm ich als Modell. Warum nicht? Perfektion kann man nicht verbessern. Ein bißchen mehr Gold hier und da war das einzige, was ich gemacht habe.«

Wie eine Studentin, die eine Frage hat, hob ich meine Hand. »Aber wer ist ›Dixie‹?«

Lenna lächelte und sagte »Ich. Das war der Geheimname, den ich mir gab, als ich klein war. Die einzige andere Person, die ihn kannte, war mein geheimer Freund.« Sie deutete mit dem Daumen auf ihn.

»Wunderbar! Jetzt werden also ›Dixie‹-Füller, die in Wirklichkeit lausige Kopien der ›Sindbads‹ sind, von jedem Arschloch in New York gekauft, das sich eine Piaget Uhr oder einen Hermes Aktenkoffer erlauben kann. Das macht mich krank.« Michael starrte den anderen Mann an und wartete streitsüchtig auf eine Antwort.

Statt einer Antwort lachte Mr. Fiddlehead wie Woody Woodpecker.

Das brachte Lenna und mich zum Lachen.

Das brachte ihren Mann dazu, aus der Küche zu stürmen.

»Stimmt das?«

Beide nickten.

»Ich hatte auch einen imaginären Freund, als ich klein war! Der Bimbergooner. Aber richtig habe ich ihn nie gesehen.«

»Vielleicht hast du ihn nicht wirklich genug gemacht. Vielleicht hast du ihn dir nur zusammengestrickt, wenn du traurig warst oder jemanden zum Reden brauchtest. In Lennas Fall war es so, daß ich um so wirklicher wurde, je mehr sie mich brauchte. Sie brauchte mich eine Menge. Eines Tages war ich einfach für immer da.«

Ich sah meine Freundin an. »Soll das heißen, daß er da ist, seit du ein kleines Mädchen warst? Und er lebt bei dir?«

Sie lachte. »Nein. Als ich größer wurde, brauchte ich ihn weniger. Ich war glücklicher und hatte mehr Freunde. Mein Leben wurde erfüllter. Also kam er nicht mehr so oft.« Sie langte nach ihm und berührte seine Schulter.

Er lächelte, aber traurig, erfüllt von Erinnerungen. »Ich kann ihr große Töpfe voll Gold geben und tolle Tricks vorführen. Ich habe sogar Bauchreden geübt und kann meine Stimme tatsächlich ein bißchen zum Tragen bringen. Aber du glaubst gar nicht, wie wenig Frauen Bauchredner mögen.

Aber wenn ihr beiden mich jetzt bitte entschuldigen würdet. Ich glaube, ich gehe hinüber und sehe mit den beiden Jungs ein bißchen fern. *Die Drei Stooges* fangen gleich an. Erinnerst du dich noch daran, wie sehr wir diese Sendung gemocht haben, Lenna? Ich glaube, eine Folge haben wir zehnmal gesehen. Die, wo sie einen Friseursalon in Mexiko eröffnen.«

»Ich weiß. Du mochtest Moe, und ich mochte Curly.«

Verbunden durch die gemeinsame Erinnerung, strahlten sie sich an.

»Moment mal, wenn er das ist, was du sagst ... wieso ist er dann jetzt zurückgekommen?«

»Du weißt nichts davon, aber Michael und ich machten vor einer Weile eine *sehr* üble Zeit durch. Er zog sogar für zwei Wochen aus, und wir beide dachten, das wars: Ehe zu Ende. Eines Abends ging ich ins Bett, heulte wie verrückt und wünschte mir so sehr, Mr. Fiddlehead wäre wieder da, um mir zu helfen. Und plötzlich war er da, stand in der Badezimmertür und lächelte mich an.« Sie drückte seine Schulter wieder. Er legte seine Hand auf die ihre.

»Großer Gott, Lenna, was hast du gemacht?«

»Geschrien! Ich habe ihn nicht erkannt.«

»Wie meinst du das?«

»Ich meine, er ist auch gewachsen! Der Mr. Fiddlehead, den ich mir ausdachte, als ich klein war, war genau in meinem Alter. Ich vermute, er wurde älter, so wie ich älter wurde. Sinn macht das schon.«

»Ich setze mich jetzt erst mal. Ich muß mich setzen, denn das ist der seltsamste Nachmittag meines Lebens.« Fiddlehead sprang auf und gab mir seinen Stuhl. Ich nahm ihn. Er verließ das Zimmer, um mit den Jungs fernzusehen. Ich beobachtete ihn. Ohne weiter nachzudenken, nahm ich Michaels halbleeres Glas Milch und trank es aus. »Und alles, was du mir erzählt hast, ist wahr?«

Sie hob ihre rechte Hand. »Ich schwöre bei unserer Freundschaft.«

»Dieser schöne Mann da draußen ist ein alter Traum von dir?«

Sie schrak zusammen. »Oh, findest du ihn schön? Wirklich? Also ganz ehrlich, ich finde, er sieht irgendwie witzig aus. Ich liebe ihn als Freund, aber –« schuldbewußt schaute sie auf die Tür, »– ich würde nie mit ihm *ausgehen* wollen oder so.«

Ich ja, und das taten wir auch. Nach den ersten paar Verabredungen wäre ich mit ihm in die South Bronx gegangen, um Ratten zu jagen, wenn ihm das gefallen hätte. Wie zu erwarten stand, hatte ich mich völlig in ihn verschossen. Die Nackenlinie eines Mannes kann dein Leben verändern. Die Art und Weise, wie er in seinen Taschen nach Kleingeld kramt, kann dein Herz zum Kreischen bringen und deine Hände kalt werden lassen. Wie er deinen Ellenbogen berührt oder den offenen Knopf an seiner Manschette, das sind Dämonen, die er freiläßt, ohne es zu wissen. Sie besitzen uns augenblicklich. Er ist ein durch und durch unwiderstehlicher Mann. Zum Anlaß seiner Anwesenheit in meinem Leben wollte ich mich zu etwas aufschwingen und zu etwas werden, dessen ich mich vorher nie für fähig gehalten hatte.

Ich glaube, er begann mich auch zu lieben, aber er sagte solche Dinge nie. Nur daß er glücklich war oder daß er Sachen teilen wollte, die er sein ganzes Leben in der Reserve gehalten hatte.

Weil er wußte, daß er früher oder später wieder gehen mußte (*wohin* sagte er nie, und ich hörte auf, danach zu fragen), schien er alle Vorsicht in den Wind geschlagen zu haben. Doch bevor ich ihn kennenlernte, hatte ich nie etwas verschwendet und immer Umsicht walten lassen. Ich war eine vorsichtige Leserin von Stundenplänen, machte als erstes jeden Morgen säuberlich mein Bett und haßte Geschirr im Becken. Mein Leben war mit vierzig wohltuend eng und geordnet. Durchdrehen oder überschnappen waren nicht in meinem Repertoire, und Leute, die das taten, machten mich für gewöhnlich argwöhnisch.

Ich wurde mir an dem Tag darüber klar, daß ich verliebt *und* übergeschnappt war, als ich ihm beibrachte, Racketball zu spielen. Nachdem wir eine Stunde auf den Ball eingedroschen hatten, saßen wir in der Halle und tranken eine Coke. Mit zwei Fingern flippte er den Schweiß von seiner Stirn. Ein heißer und intimer Tropfen fiel auf mein Handgelenk. Schnell legte ich meine Hand darauf und rieb ihn in meine Haut. Er merkte nichts. Da wußte ich, daß ich alle Erwartungen, die ich haben mochte, ablegen und ausschließlich in seinem Fahrtwind leben mußte, egal wohin er mich führte. An jenem Tag stellte ich fest, daß ich alles für ihn tun würde, und für einige Stunden lief ich herum wie eine Heilige, eine Fanatikerin, wie fleischgewordene Liebe.

»Warum läßt Michael zu, daß du da wohnst?«

Er nahm eine Zigarette aus meiner Schachtel. Vor einer Woche hatte er das Rauchen angefangen und war verrückt danach. Fast so sehr wie nach dem Trinken, sagte er. Der perfekte Ire. »Vergiß nicht, daß er es war, der Lenna verließ, nicht umgekehrt. Als er zurückkam, lag er ihr so ziemlich zu Füßen. Er mußte ja. Er konnte nicht sehr viel dazu sagen, daß ich da war. Besonders nachdem er herausgefunden hatte, wer ich war und warum ich gekommen war. Hast du vielleicht ein paar Pflaumensteine dabei?«

»Zweite Frage: Warum in Gottes Namen ißt du dieses Zeug?«

»Das ist einfach: Weil Pflaumen Lennas Lieblingsfrüchte sind. Als sie klein war, hatten wir Teeparties nur für uns zwei. Musik von Scott Joplin, imaginärer Tee und wirkliche Pflaumen. Sie aß die Frucht und dann legte sie den Stein für mich auf meinen Teller. Macht doch völlig Sinn.«

Ich strich ihm mit der Hand durch sein rotes Haar und liebte es, wie sich meine Finger in all den dicken Locken verfingen. »Das ist ekelhaft. Das ist wie Sklaverei! Warum komme ich dahin, daß ich meine beste Freundin nicht mehr so sehr mag?«

»Wenn du mich magst, solltest du auch sie mögen, Juliet. Sie hat mich gemacht.«

Ich nahm seine Hand. »*Den* Teil mag ich. Könntest du dir jemals vorstellen, mit mir zusammenzuziehen?«

Er küßte meine Finger. »Ich würde mir das nur zu gerne vorstellen, aber ich muß dir sagen, daß ich glaube, ich werde nicht mehr sehr viel länger hier sein. Aber wenn du möchtest, dann bleib ich bei dir, bis ich, äh, gehen muß.«

»Wovon redest du?« Ich setzte mich gerade.

Er hielt seine Hand dicht vor mein Gesicht. »Schau genau hin, dann siehst du es.«

Es dauerte einen Moment, aber dann stöhnte ich: Aus bestimmten Blickwinkeln konnte ich durchsehen. Sie war leicht transparent geworden.

»Lenna ist wieder glücklich. Es ist die alte Geschichte – wenn sie down ist, braucht sie mich und ruft.« Er zuckte die Achseln. »Wenn sie wieder glücklich ist, werde ich nicht gebraucht, also schickt sie mich weg. Nicht bewußt, aber ... Schau, wir wissen alle, daß ich ihr kleines Frankensteinmonster bin. Sie kann mit mir machen, was sie *will*. Sich sogar ausdenken, daß ich Scheißpflaumensteine gerne esse.«

»Das ist so ungerecht!«

Er seufzte, setzte sich aufrecht hin und begann an seinem Hemd herumzuziehen. »Es ist ungerecht, aber so ist das Leben, meine Süße. Da können wir nicht viel machen, weißt du.«

Sein Rücken war mir zugewandt. Ich dachte an das erste Mal, als ich ihn gesehen hatte. Sein Rücken war mir damals zugewandt. Das lange rote Haar fiel über seinen Kragen.

Als ich nichts weiter sagte, drehte er sich um und sah mich lächelnd über seine Schulter hinweg an.

»Wir können etwas tun? Was können wir tun?«

Seine Augen waren sanft und liebevoll, Augen, die ich für den Rest meines Lebens sehen wollte.

»Wir können sie traurig machen. Wir können sie dazu bringen, daß sie dich braucht.«

»Wie meinst du das?«

»Genau so, wie ich es sagte, Fiddy. Wenn sie traurig ist, braucht sie dich. Wir müssen entscheiden, was sie für lange Zeit traurig machen würde. Vielleicht irgendwas mit Michael. Oder mit den Kindern.«

Seine Finger hielten inne und fuhren nicht mehr über die Knöpfe. Schlanke Künstlerfinger. Sommersprossen.

3

Finky Linky fuhr mich zum Flughafen, und das machte mich nervös, denn es bestand immer die Möglichkeit, daß er jeden Moment tot umfiel. Finky Linky, alias Wyatt Leonard, ehemaliger Star des witzigsten und innovativsten Kinderprogramms im Fernsehen.

Da war erst Pinky,
dann kam Winky.
Vergiß nie Pee Wee –
Aber der Größte von allen ist
FINKYYYYYYYYYYYYYYYYYYYYY!

Erinnerst du dich? Erinnerst du dich an die Finky-Pinky-Ringe? Oder an den fliegenden Finky Linky Stinky Teppich, mit dem niemand jemals fliegen wollte, weil er so stark roch?

Wyatt kam so schnell so groß raus, weil er gescheit und verrückt war und bereit, alles zu tun, um Kinder zum Lachen zu bringen. Ich habe noch nie jemanden kennengelernt, der Kinder so sehr liebte wie Wyatt Leonard.

Ich habe ihn ein paar Jahre bevor er unserer Krebs-Theater-Gruppe beitrat, kennengelernt. Er war der Freund eines Freundes von Cullen James und auf dem Gipfel seines Erfolgs, als man herausfand, daß er Leukämie hatte. Er hat sein Schicksal sehr ruhig akzeptiert. Vielleicht weil er nie wirklich daran glaubte, daß es ihn treffen könnte, oder auch, wie er selbst sagte, weil die Liebe von Millionen von Kindern ihn über die gruslige See des Todes navigierte.

Sechs Wochen nachdem ich meine Arbeit mit der Gruppe in New York aufgenommen hatte, kam er vorbei und fragte, ob er zusehen könne.

Es sollte noch ein ganzes Jahr vergehen, bevor wir tatsächlich versuchten, etwas auf die Bühne zu bringen, denn diese Anfangstage waren eher Gruppentherapiesitzungen als etwas anderes. Eine verbitterte junge Frau, durch Bestrahlungstherapie kahl geworden, zeigte auf ihren Kopf und fragte, ob er in seiner Sendung für sie eine Rolle hätte. Er hatte eine. Erinnerst du dich an die Perückenfrau mit dem pinkfarbenen Kleid und all den verschiedenen Perücken? Der erste Star, der aus dem New Yorker Krebsensemble hervorging. Leute, die an der Sendung mitarbeiteten, hielten sie für eine Verrückte mit einem rasierten Kopf. Weder Wyatt noch sie haben ihnen jemals die Wahrheit gesagt. Dann starb sie, und Finky Linky machte seine Show über den Tod, die ihm den Emmy Award einbrachte.

Als die medizinische Behandlung und die ständigen Krankenhausaufenthalte seine Energien und Reserven auffraßen, gab er die Fernsehshow auf und wurde das am härtesten arbeitende Mitglied unserer Gruppe.

Phil war ein großer Fan der Sendung und begeistert, als er hörte, daß ich Wyatt kannte, also stellte ich sie einander vor. Einen Monat später wurde Finky Linky von der Schnellvorlauf Produktionsgesellschaft nach LA geflogen, um ein bizarres Stück in *Mitternacht* 2 zu spielen, das alle Welt zum Lachen brachte ... und zum Würgen.

Nachdem ich an jenem Morgen »Mr. Fiddlehead« gelesen hatte, rief ich Wyatt an und bat ihn, die Proben zu unserem Stück zu übernehmen. Als er hörte, warum ich die Stadt verließ, sagte er, ich solle jemand anderen finden, denn er komme mit mir.

»Wieso?«

»Das erzähl ich dir im Flugzeug. Wann fliegen wir? Ich fahr uns zum Flughafen.«

Ich bin schon mit berühmten Leuten gereist, und es ist immer wieder interessant zu sehen, wie der Mann auf der Straße reagiert. Bei Filmstars erlebt man, wie zu erwarten, Bewunderung und Begierde, aber auch sehr viele dunkle Dinge – Neid und Hunger, wirkliche Wut.

Bei Wyatt war das völlig anders. Als er seinen Wagen im Parkhaus für Langzeitparker am Kennedy Airport abstellte, ließ sich der Wärter nicht nur seine Baseballkappe von ihm signieren, sondern rannte gleich hinüber zum Hot-Dog-Stand und erzählte es denen. Es folgte ein Massenansturm, und alle schrien »Finky!« Das Programm wurde seit einem Jahr nicht mehr gesendet, aber er war noch immer ihr lustiger Held und Freund. Zuerst mußte er fünf Leuten den geheimen Handschlag geben – berühr das Herz, berühr die Nase, blas 'ne Kußhand, schütteln, jetzt! Dann Autogramme, und ein verwahrloster Mann bat um ein persönliches Souvenir. Wyatt gab ihm das Taschenbuch, das er in seiner Tasche hatte. Der Mann bat ihn, es zu signieren.

»Aber ich habe es ja nicht geschrieben!«

»Ja schon, aber *besessen*!«

Dasselbe geschah im Flughafengebäude und auf dem gesamten Weg zur Maschine: Begrüßungen, Händeschütteln, reine Liebe für einen alten Freund, den man vermißt.

Nachdem wir gestartet waren, kam eine Stewardeß und sagte, sie habe einmal mit einem Finky Linky T-Shirt einen Wet-T-Shirt-Wettbewerb gewonnen. Wyatt sah lange auf ihre Brüste, lächelte und sagte dann in seiner Finky-Stimme »Na, *das* T-Shirt hatte vielleicht ein Glück!«

Lächelnd ging sie weg. Ich fragte ihn, warum er mitgekommen war. Das Flugzeug stieg noch, und bevor er antwortete, stießen wir durch die Wolken in das reine Blau von einigen tausend Metern Höhe.

»Wir hatten einmal ein Verhältnis.«

»Du und *Phil*?«

Er sah mich an und berührte für einen Moment meine Hand. »Er war nicht schwul, Weber. Wollte nur wissen, wie es war. Erinnerst du dich, als ich hinüberflog, um *Mitternacht* mit ihm zu drehen? Wir waren ein paar Tage lang zusammen. Nichts Besonderes, nur behaglich für mich und neu für ihn. Er mochte es nicht sehr, aber das hat mich nicht erstaunt.«

Obwohl ich wußte, daß er homosexuell war, weil wir darüber gesprochen hatten, erschien Wyatt nicht so. Es gab einmal einen bösen Auftritt in unserer Gruppe, als eine Frau sich in ihn verliebte, er es aber nicht erwiderte. Er sagte mir, daß Geschlechtlichkeit in seinem Leben sowieso durch die Krankheit ersetzt worden sei. »Wenn du Krebs hast und sie Dinger in dich reinstekken oder andere rausschneiden, ist es schwer, sich sexy zu fühlen. Ganz abgesehen davon, ein sexy Mann oder eine sexy Frau zu sein.

Bist du schockiert, Weber?«

»Sicher. Aber es ist auch interessant. Du glaubst, du kennst deine Freunde, aber eigentlich kennst du sie nicht.«

»Vielleicht hätte ich es dir nicht sagen sollen, besonders jetzt.«

»Nein, ich bin froh, daß du es getan hast, Wyatt! Einer der Gründe, warum ich nach Kalifornien fliege, ist herauszubekommen, warum Phil sich erschossen hat. Bis gestern kannte ich ihn so nicht. Macht es dir was aus, mir zu erzählen, was zwischen euch beiden war?«

»Er dachte, ich sei witzig, und ich dachte, er sei ein Genie. Eine gegenseitige Bewunderungsgesellschaft. Wir unterhielten uns am Drehort, dann sind wir zusammen essen gegangen und dann... den Rest kennst du. Das Seltsame war, daß ich ihn gar nicht angemacht habe. Ich erzählte ihm, daß ich schwul sei, aber keine große Sache. Er stellte immer wieder Fragen darüber, und ich beantwortete sie. Ich glaube nicht, daß im Innersten seines Herzens jeder heterosexuelle Mann eigentlich schwul ist und nur auf den rechten Moment wartet, um damit rauszukommen und es der Welt zu gestehen. Einige ja und einige nein. Phil war nicht schwul; nur neugierig. Auf alles. Darum war er ein so interessanter Mann.«

»Wenn er nicht schwul war, warum wart ihr dann zwei Tage lang zusammen. Hätte eine Nacht nicht gereicht?«

»Nicht für Phil. Er wollte so viel wie möglich darüber herausbekommen.«

Um bei Kindern so erfolgreich zu sein, wie Wyatt es war, mußte man die Offenheit und das Staunen eines Kindes haben. Als ich ihm die Geschichte des vergangenen Tages erzählte, auch mein Erlebnis mit den magischen Videobändern, die meine Vergangenheit zeigten, und von Sashas Bändern, die ihr einen Schnellvorlauf in ihre Zukunft boten, schüttelte er nur den Kopf und brummte. Er fragte, ob Phil mir noch etwas geschickt habe. Ich zog »Mr. Fiddlehead« aus meiner Tasche und reichte es ihm.

»Was ist das?«

»Eine Kurzgeschichte. Sasha sagte, es sollte sein nächstes Projekt werden.«

»Kann ich sie lesen?«

»Gibt es noch etwas, das du mir verschweigst?«

Er sah die Geschichte in seiner Hand an. »Laß mich zunächst das hier lesen.« Er nahm die berühmte Finkybrille aus seiner Tasche und setzte sie auf. Die mit dem brutal dreinschauenden Schwein auf dem Motorrad, dessen Räder die Gläser halten? Die!

Während er las, sah ich aus dem Fenster und dachte an Phil,

dann an meine Mutter. Wyatt kicherte ein paarmal. Einmal sah er auf und sagte »Das muß Phil geschrieben haben. Ich höre ihn schon, wie er es erzählt. Du bist ganz offensichtlich Mr. Fiddlehead.«

»Warum? Mein rotes Haar und meine grünen Augen?«

»Zum Teil. Laß mich zu Ende lesen.«

Phil tot. Phil schläft mit Wyatt. Phil schreibt »Mr. Fiddlehead«. Das Flugzeug rüttelte heftig, und die Lichter für die Sicherheitsgurte schalteten sich ein.

»Ich verstehe das Ende nicht.«

»Was gibt es daran nicht zu verstehen?«

»Was bedeutet es?« Er las laut vor.

> »Schlanke Künstlerfinger. Sommersprossen. Fiddy und ich waren in einem Taumel, und wir wußten es. Er schaltete das Licht wieder aus. Blut schoß mir in den Kopf, und ich hoffte, ich leuchtete nicht im Dunkeln. Ich begann ihn zu hassen. Ich fühlte mich, als müsse ich ihn für etwas verantwortlich machen, das noch nicht geschehen war.«

Ich nahm Wyatt das Manuskript aus der Hand und sah es an. Die neuen Sätze, die er gelesen hatte, *waren* auf der Seite. Wörter, die vor einigen Stunden, als ich die Geschichte zum ersten Mal gelesen hatte, noch nicht dagestanden hatten.

»Die Geschichte, die ich gelesen habe, endete mit dem Wort ›Sommersprossen‹. Die letzten Zeilen sind seitdem neu hinzugekommen.«

»Hat Phil dir jemals von Pinsleepe erzählt?«

»Wyatt, hast du gehört, was ich gesagt habe? Diese Geschichte ist seit heute morgen *gewachsen*!«

»Ich habs gehört. *Weißt* du etwas über Pinsleepe?«

Ich schüttelte den Kopf. Das war alles zu viel für mich. Echt!

Eine Woche vor seinem Tod kam Phil nach New York. Wenn er kam, war es gewöhnlich wie die 500 Meilen von Indianapolis, ein Herumrasen zu allen Lieblingsorten und -leuten. Er mochte die Stadt nicht, war aber vernarrt in alles, was sie bot, also waren seine Besuche wahnsinnig, aber unregelmäßig. Er mochte es, wenn sich alle seine Freunde trafen; liebte große Abendessen in Restaurants, wo sensationelle oder ausgefallene Leute lange Geschichten erzählten, die die Tafel im Bann hielten.

Das letzte Mal war anders. Er setzte sich nur mit zwei Leuten in Verbindung – Danny James und Wyatt Leonard. Der Rest seiner Freunde und Fans – Händler seltener Bücher, ein Dinosaurier-Spezialist an der Columbia Universität, der Gemüse-Chefkoch von Benihana, *ich*... wußten nichts von diesem letzten Besuch.

Aus dem, was Wyatt und Danny sich zusammenreimten, stieg er im Pierre Hotel ab und verbrachte den Großteil seiner Zeit damit, mit unbekannten Zielen in und außerhalb der Stadt herumzureisen. Beide waren erstaunt, als er anrief und sagte, er sei da, schockiert, als sie ihn sahen. Danny glaubte, er sehe sehr krank aus, Wyatt, er sei geistesgestört.

»Kennst du dieses verrückte Aussehen, das Leute bekommen, wenn sie von einem Blitzlicht überrascht werden? Das war sein Ausdruck während der ganzen Zeit, die wir zusammen waren. Er war sehr entspannt und freundlich, aber seine Augen hatten diesen hysterischen Schein einer Person, die gerade den Tod vor Augen oder einen flüchtigen Blick auf unsere Zukunft erhascht hatte. Wir liefen herum, aßen zu Abend und sprachen stundenlang, aber der Gesichtsausdruck blieb. Es machte mir angst.«

»Hast du ihn gefragt, was los war?«

»Finky Linky will einen Drinky. Will Weber auch einen? Ja. Ich habe gefragt, was los war. Wir saßen gerade im Four Seasons und aßen Hummer. Er fragte, ob ich je W. H. Auden gelesen hätte. Ja, ich hatte Auden gelesen. Ob ich dann auch die Zeile kannte ›Wir werden von Kräften gelebt, die wir vorgeben zu verstehen‹? Er nahm seine Bissen mit unglaublicher Langsamkeit, wie in Zeitlupe, sehr elegant und ruhig, aber seine Augen schauten, als stehe er davor, erschossen zu werden. W. H. Auden. Ich sagte ›Das beantwortet meine Frage nicht, Phil. Was ist mit dir los?‹«

Pinsleepe war los.

Es gibt eine jüdische Legende, die sagt, daß ein Kind vor seiner Geburt alle Geheimnisse des Universums kennt. Aber während der Geburt berührt ein Engel seinen Mund und läßt es vergessen. Nach allem, was Wyatt Leonard mir mitteilte, glaubte Phil, daß er diese Geheimnisse wiederentdeckt hatte, bevor er starb, aber nicht aus sich selbst heraus, sondern mit Hilfe des Engels Pinsleepe.

»Einmal begann er sie zu beschreiben und alles, was geschehen war. Ich konnte ihn nicht aufhalten. Es war, als habe er nur auf jemanden gewartet, dem er alles über sie erzählen konnte.

Ich weiß von ›Mr. Fiddlehead‹. Da kommt Pinsleepe zum ersten Mal vor. Phil sagte, er habe die Idee für die Geschichte schon vor langer Zeit gehabt und manchmal daran gedacht, sie als Drehbuch zu schreiben. Als er in Jugoslawien drehte, begann er es, denn er langweilte sich da drüben. Er schrieb zwei Seiten, aber dann gab es wegen irgendwas ein Problem mit den jugoslawischen Behörden, und er legte das Drehbuch beiseite und vergaß es.

Schnitt hinüber nach Kalifornien, einige Monate später. Er ordnet seine Papiere, an denen er in Jugoslawien gearbeitet hat, und ihm fallen fünf Seiten einer Kurzgeschichte mit dem Titel ›Mr. Fiddlehead‹ in die Hände. Er erinnerte sich daran, zwei Seiten eines *Drehbuchs* mit demselben Titel geschrieben zu haben. Liest diese fünf Seiten und bekommt es mit der Angst zu tun. Es ist dieselbe Handlung, die er für seinen Film im Kopf hatte, aber das hier ist eine Kurzgeschichte, und was da steht, ist mehr, als er geschrieben hat.

Das alles erzählte er mir zwischen gemächlichen Bissen Hummer mit hochoktangepeitschten ausgeflippten Augen.

Die Kurzgeschichte zu finden war schlimm genug, aber danach hatte er seine erste Vision. Weißt du, was für eine? Daß Flea getötet wird. Er sieht sie auf die Straße laufen, und sie wird nicht von einem Auto überfahren, sondern von irgendeinem Irren, der eine Spritztour im Canyon macht, erschossen. Aus seiner Vision kannte er den Tag, an dem es passieren würde, auch die Zeit, sogar die Automarke und das Gesicht des Wahnsinnigen. Er wußte auch, daß es kein Scheiß war und er die Warnung besser beachtete. Zu dem Zeitpunkt also, an dem es geschehen sollte, schloß er Flea ein, ging aus dem Haus und wartete in der Einfahrt. Da kam ein weißer Toyota mit einem Woody Woodpecker Abziehbild auf der Seite. Der Fahrer verlangsamte vor Phils Haus und sah ihn an. Phil sagte, der Kerl hätte so einen seltsamen Gesichtsausdruck gehabt, daß es aussah, als hätte er *gewußt,* daß er irgendwie um seinen Hundeabschuß geprellt worden sei.«

Die Visionen setzten sich fort, genau wie die Kurzgeschichte auch. Phil erzählte es niemandem, obwohl Sasha sich über sein Benehmen zu beschweren begann. Als ich die Ereignisse Revue passieren ließ, erinnerte ich mich daran, daß sie mich damals einige Male angerufen und beiläufig erwähnt hatte, wie mürrisch und seltsam er war, seit er aus Jugoslawien zurückgekehrt war.

»War das, *bevor* Matthew Portland starb?«

»Lange vorher, Weber. Zu dieser Zeit sagte Phil, daß Pinsleepe jetzt jeden Tag zu ihm komme. Er sagte auch, sie hätte ihm tatsächlich erzählt, der Portland Zwischenfall würde sich ereignen, und daß er nichts tue, um es zu verhindern.«

»Erzähl mir mehr von dem Engel.«

Das Mittagessen wurde serviert. Eine Stewardess namens Andrea brachte unsere Tabletts und bat uns, ihr etwas in ihr Autogrammbuch zu schreiben. Wyatt zeichnete schnell ein Bild von Finky Linky, Andrea und mir, wie wir uns bei den Händen hielten, während wir gemeinsam durch den Himmel flogen.

»Was ist das?«

»Keine Ahnung. Fleisch? Kuchen?« Wir stocherten in den braunen Objekten auf unseren Tabletts herum.

»Vielleicht ist es die Serviette. Die Videobänder, die er dir und Sasha schickte, sind ein recht guter Beweis dafür, daß *irgend etwas* daran ist; ob sie nun ein Engel ist oder nicht, wer weiß?«

»Warum glaubte er, daß sie ein Engel war?«

»Weil sie kam, um ihm zu sagen, er solle aufhören, die *Mitternachts*-Filme zu machen.«

Der erste *Mitternacht* begann als eine Art von verzweifeltem Witz. Vor acht Jahren war Phil Strayhorn nur Zentimeter davon entfernt, den Boden unter den Füßen zu verlieren. Er hatte kein Glück dabei, die Hollywood-Nuß zu knacken, und war so weit heruntergekommen, daß er als Freier auf allen Gebieten und für alle möglichen Leute Forschungen betrieb und Bearbeitungen machte, nur um seine Rechnungen zahlen zu können. Da er ein bescheiden aussehender Mann mit nur geringer Schauspielerfahrung war, war er nur einer von vielen, die auf ein Rollenangebot warteten. Zwischendurch hatte er versucht, in einem Studio in der Planung zu arbeiten, aber war weder gesellschaftlich gewandt noch verschlagen genug, um dabei Erfolg zu haben. Er liebte es zu schauspielern und er liebte Filme, war aber an einen Punkt gekommen, an dem es keine Möglichkeit gab, es für sich zu verwirklichen.

Jemand, der ein Buch über das Okkulte schrieb, bat ihn, den Zoroastrismus zu bearbeiten. Während er sich durch das Thema arbeitete, entdeckte er *Das Buch von Arda Viraz*, die Biographie eines persischen Priesters, der angeblich den Tod überlebt hatte und zurückgekommen war, um zu berichten, wie es »da drüben« war.

Dort drüben mußte Viraz, neben anderen Aufgaben, die »Brücke des Trennenden« überqueren, auf der er (und alle anderen Seelen) auf sein Gewissen traf, um eine Neubeurteilung all dessen vorzunehmen, was er in seinem Leben getan hatte.

Von der Idee begeistert, grub Phil tiefer und fand Parallelen in der islamischen Tradition. Dort, so die Geschichte, muß man am Tag des Jüngsten Gerichts

> »al-Sirat überqueren, die Brücke, die dünner als ein Haar, schärfer als ein Schwert und, in einigen Versionen, mit Haken und Dornen gespickt ist; die Gerechten überqueren sie leicht und gelangen in den Garten, aber für die Gottlosen ist die Brücke schlüpfrig und dunkel, und nachdem sie Tausende von Jahren mit dem Versuch verbracht haben, sie zu überqueren, stürzen sie in das Feuer darunter.«

Ich sah ihn zu jener Zeit nicht sehr häufig, denn ich war auf dem Weg nach Europa, um *Babyhaut* zu drehen, und deshalb in Selbstgesprächen gefangen. Aber wahrscheinlich war es gut so, denn unsere Beziehung war angespannt. Nach dem Examen hatte ich eine Sammlung von Gedichten veröffentlicht und einen Film gemacht, der gut rezensiert worden war. Ich machte meinen Weg, und egal, wie sehr er mich mochte oder meinen Erfolg feierte, ich wußte doch, wie schwer es für ihn war, einen anderen zu beobachten, der alle Einser bekam. Besonders Phil, der sein ganzes Leben lang der Klassenprimus gewesen war.

Als ich mehrere Monate später aus Europa zurückkehrte, holte er mich vom Flughafen ab. Noch während er den Wagen vom Bordstein am Flughafen in LA wegsteuerte, gab er mir ein Drehbuch.

»Was ist das?«

»Ein Drehbuch, das ich geschrieben habe. Du magst es sicher nicht, denn es ist ein Horrorfilm. Aber bitte lies es trotzdem und sag mir, ob es was taugt. Oder ob es überhaupt Potential hat.«

»Ein Horrorfilm? *Mitternacht.* Wovon handelt er?«

»Davon, unser Gewissen auf einer Brücke zu treffen.«

Etwas glitschte im Universum. Wir finden nie heraus, warum, aber es ist schon früh im Film angedeutet, daß es die Schuld der Menschheit ist. Kriege, Habgier, das Herumschnüffeln in bestimmten gefährlichen Ecken der Wissenschaften... was immer;

die Dinge brachen auf kosmischer Ebene auseinander, und die Zeremonie der Unschuld traf auf Bloodstone. Was immer auch geschah, es verursachte, daß ein Teil des Todes die tödliche Linie zum Leben, in der Gestalt von Bloodstone, überschritt. Vielleicht war er einfach nur ein wütender kleiner Splitter des Todes oder ein Teil unseres Gewissens, der gekommen war, uns auf der Brücke des Trennenden zu treffen... *wenn* wir tot wären, aber das sind wir nicht. Er konnte sogar der Tod selbst sein, hilflos dazu verdammt in unserem Osten Edens zu leben. Alles, worauf es in Bloodstone ankommt, ist Wut – Wut, hier zu sein, Wut auf dieses verhaßte Land. Phil lächelte immer und nannte ihn den Fremdenhasser.

Das Maß an Gewalt und Einfallsreichtum in den Aktionen von Strayhorns Bösewicht war sowohl obszön als auch aufsehenerregend. Als ich das Drehbuch zum ersten Mal las, konnte ich nicht glauben, was er da Seite um Seite tat. Aber Bloodstone vollbrachte es immer wieder auf die einfallsreichste und greulichste Weise. Ich nannte es Car-Crash-Kunst – du willst nicht hinsehen, aber du mußt.

Ich rief den Produzenten Matthew Portland an, der immer auf der Suche nach Drehbüchern voller Titten, Blut und interessantem Schleim war. Er fragte mich schon am Telefon nach der Geschichte. Statt ihm etwas zu erzählen, las ich ihm die inzwischen berühmte Szene mit Bloodstone, dem Kind und dem Vergrößerungsglas vor.

»Das ist das ekelhafteste, was ich je gehört habe. Wer hat das geschrieben?«

Wir aßen zu dritt zu Mittag. Nachdem sie sich zum ersten Mal die Hände geschüttelt hatten, sagte Portland, das Skript gefalle ihm, aber es müsse noch viel daran gearbeitet werden. Wir alle wußten, daß das Drehbuch perfekt war, aber das sagen alle Produzenten beim ersten Treffen. Phil lächelte und sagte still, daß Matthews letzter Film *Krankes Versteckspiel* ein Haufen dampfender Scheiße sei. Der andere lächelte zurück und sagte, er wisse das, aber es zahle die Rechnungen.

Fast während des gesamten Essens tauschten sie Beleidigungen aus und einigten sich dann so: Phils Drehbuch blieb, wie es war, und er selbst würde die Rolle des Bloodstone spielen. Dafür bat er nur um sehr wenig Geld, aber einen netten, fest garantierten Anteil an den Bruttoeinnahmen.

Als Regisseur holten sie sich einen jungen Mann direkt aus der

USC Filmakademie, der so ungefähr alles über jeden Horrorfilm wußte, der jemals gemacht worden war, inklusive eines Heulers wie *Plan Neun aus dem All.* Aber sie hatten Glück, denn sie fanden in ihm einen echten und begeisterten Fan des Genres, der darüberhinaus genau wußte, was er tat.

Es dauerte neunundzwanzig Tage, um *Mitternacht* in einer nordkalifornischen Stadt zu schießen, deren sechshundert Einwohner begeistert darüber waren, daß ein Filmteam ihre Straßen in Brand steckte und nachgemachte Körperteile aus ihren Fenstern warf.

Matthew Portland und die Hälfte des Teams spielten Rollen, Phil übernahm drei (inklusive Bloodstone). Der Regisseur war ein Perfektionist, der alle stocksauer machte, aber dessen Enthusiasmus jeden bei der Stange hielt.

Bei einer inoffiziellen ersten Vorführung des Films in Hibbing, Minnesota, erlitt eine Teenagerin einen Herzschlag und starb. Das wurde in den nationalen Nachrichten gebracht und war die beste Gratiswerbung, die sie sich wünschen konnten.

Millionen wurden gemacht. T-Shirts und Poster wurden gemacht. Händler und Verleihgesellschaften und große Studios leckten sich die Lippen nach dem, was sie für eine lange, glückliche Ehe zwischen Gold und Ghul hielten.

Der Begeisterungstaumel wuchs. Es war verständlich. *Mitternacht* ist auf seine Art ein Meisterwerk, aber es ist gleichzeitig unmoralisch und zu überzeugend, zu echt. Es macht Spaß, sich Horrorfilme anzusehen, denn sie sind gewöhnlich so abscheulich oder übertrieben, daß man die halbe Zeit damit verbringt, über all diesen roten Unsinn zu lachen.

Mitternacht ist anders. Zum einen ist es ein sehr intelligenter Film. Obwohl Phil sagte, er sei durch die Werke von Hieronymus Bosch inspiriert worden, wußte ich doch, daß ein Großteil aus seiner völlig unglücklichen Kindheit stammte. Nicht so sehr der Horror als vielmehr die fast greifbare Traurigkeit, die auf dem Film lastet, wie der Dämon des Alptraums auf der Brust der schlafenden Frau in dem berühmten Gemälde von Füeßli. Pauline Kael sagte das als erste, als sie eine wundervolle Rezension schrieb, in der sie *Mitternacht* mit De Palmas *Carrie* und Terence Malicks *Himmlische Tage* verglich. Das gab der Intelligenzia die »Erlaubnis«, in den Film zu gehen. Es war fast so wie in den Siebzigern, als Leonard Bernstein sagte, er möge die Beatles.

»Leben wir wirklich in der Welt, die Bloodstone heimsucht? Wenn dem so ist, dann ist er nicht das wirkliche Monster in der Geschichte – sondern es ist unser eigenes Mittelmaß. Unser Schweigen und die Abwesenheit von uns selbst. Vergessen Sie die Gerissenheit...« Sie zitierte ebenfalls den Künstler Robert Henri: »Niedere Kunst ist es, einfach etwas zu erzählen; wie, Da ist die Nacht. Große Kunst vermittelt das Gefühl von Nacht... Hier ist eine Gefühlslandschaft. Es ist wie etwas Gedachtes, etwas Erinnertes.« Tatsächlich war »Etwas Gedachtes, Etwas Erinnertes« der Titel ihres Essays, der, mit einer vagen Anspielung auf Proust, noch mehr Prestige hinzugewann.

Jahre nachdem ich den Film zum ersten Mal gesehen hatte, hörte ich Spalding Gray in einem seiner Monologe. Mittendrin sagte Gray etwas, das ebenfalls Teil des Kerns von *Mitternacht* war: »Eine der größten Ängste meines Bruders war der Keller unseres Hauses. Wenn unsere Eltern ausgingen, schaltete er das Licht aus und kroch auf dem Bauch vom Schlafzimmer die Eingangstreppe hinunter, dann die Kellertreppe und mit geschlossenen Augen fühlte er die Wände des Kellers ab, jeden Riß, tastete sich durch den gesamten Raum, bis er entweder starb oder überlebte.«

Irgendwie hatte Phil Strayhorn eine Geschichte geschaffen, in der seine Zuschauer mit ihren eigenen Kellerängsten bei ausgeschaltetem Licht und ohne Waffe zur Hand konfrontiert wurden.

Als Phil noch ein Junge war, erzählte sein Vater ihm und seiner Schwester gewöhnlich »Gute-Nacht-Geschichten«. Mr. Strayhorn war kein freundlicher Mann, und er betrachtete es sicher als gute Gelegenheit, das bei zwei Kindern wieder gutzumachen; Kindern, die er weder mochte noch ihnen jemals geholfen hatte. Wenn man seinem Sohn Glauben schenken kann, waren die Geschichten dieses Mannes lang und gut, aber zu oft unnötig traurig und angsteinflößend.

»Er verängstigte uns bis aufs Blut und brachte uns zum Weinen. Dann legte der Bastard seinen Arm um uns und sagte ›Ist doch gut, ist ja gut. Vati ist hier! Vati beschützt euch doch.‹ Er wollte unsere Liebe und unsere Furcht. Mann, das ist nicht fair.«

Wenn du *Mitternacht* 2 gesehen hast, dann wirst du mit dieser Szene vertraut sein. Nur daß im Film Vati der verkleidete Bloodstone ist, und was mit den Kindern geschieht, *ist nicht in Ord-*

nung. Phil und seine Eltern brachen den Kontakt ab, nachdem der Film herauskam. Er sagte: Schade, die Geschichte hat ihnen nicht gefallen, weil die Teile über sie wahr waren.

An der Kasse (und in den Videoläden) war *M 2* dreimal so erfolgreich wie sein Vorgänger. Als Ergebnis gründeten Phil und Matthew Portland die Schnellvorlauf Produktionsgesellschaft, und sie begannen sich nach anderen Stoffen umzusehen, die sie verwerten konnten.

Eins der lustigeren Ergebnisse des ersten Films war die erstaunliche Popularität des Schauspielers Matthew Portland. Für seine Darstellung von Paul Eddoes, Bürgermeister und Dorftrottel, erhielt er so viel Fanpost, daß er und sein neuer Partner sich entschlossen, Paul für den zweiten und dritten Teil der Serie am Leben zu erhalten. Matthew war begeistert.

Der dritte Teil war *Mitternacht kommt immer,* aber als sie ihn schließlich abgedreht hatten, nannte Phil ihn »Mitternacht geht nie vorüber«. Er hatte genug von Bloodstone, genug von dem Schleim, genug davon, Autogramme zu geben, weil er ein verehrter Massenmörder war.

»Ich will nicht Off-Broadway gehen, um *König Lear* zu spielen, Weber, aber es wäre schön, mal in was anderem als in einem Blutbad eine Rolle zu spielen.«

Ich schoß damals gerade *Wundervoll* und fragte, ob er gern die kleine Rolle des Transvestiten Lily Reynard spielen wolle. Er sagt direkt zu und war verdammt gut darin.

Kurz darauf geschah das Erdbeben, und Phil rettete mir das Leben. Hätte er mich nicht direkt aus dem Restaurant gezerrt, als die Erdstöße begannen, ich bin sicher, ich wäre mit den anderen zerquetscht worden, als das Dach mit einem gewaltigen und entsetzlichen *Whom!* einstürzte.

Erschöpft und leer und noch immer erschüttert von dem Geräusch dieses Dachs, fuhr ich nach Europa, sobald ich *Wundervoll* abgedreht hatte. Ich wollte aus Kalifornien raus und war mir schon halb darüber klar, daß ich aus meinem Leben dort raus wollte. Europa war ein hoffnungsvolles Licht am anderen Ende meines Ankerplatzes. Ich war überzeugt, daß mein Aufenthalt dort mir wenigstens einige Perspektiven vermitteln würde.

Außer ein paar Postkarten mit vagen Zeilen wie, er denke gerade über neue Möglichkeiten nach, hörte ich während meines Jahres in Übersee nicht viel von Phil.

Als ich zurückkehrte, zeigte er mir *Der brennende Zirkus*. Ein Fünfzehn-Minuten-Video, das ihm von der Rockgruppe Vitamin D in Auftrag gegeben worden war. Der Film ist ein Kleinod. Eine winzige Josef Cornell Dose voller Staunen und Tücke. Man kann ihn sich fünfmal hintereinander ansehen und sich auf das sechste Mal freuen. In vieler Hinsicht ist es das beste, was er jemals gemacht hat, aber die Rowdies aus der Gruppe fanden es zu »schwer« und sagten nein. Sie hatten erwartet, daß Bloodstone ihnen ein Video wie *Mitternacht* machte. Was sie statt dessen bekamen, war eine merkwürdige Sache mit fast keiner Musik und Marionetten, die irgendwelche uralten Chiffren skandierten.

Ohne ein Wort zu verlieren, legte er es in die Schublade und arbeitete wieder an *Mitternacht tötet*. Als ich ihn fragte, wie er sich fühlte, sagte er, die Arbeit an dem Video habe ihm eine ausgezeichnete Idee für einen neuen Film gegeben. Und nachdem er erneut Bloodstone gespielt hätte, verfüge er über genügend Geld, um das gesamte Projekt allein zu finanzieren. Was diese neue Idee war? Er wollte es nicht sagen. Das war ein gutes Zeichen.

Ungefähr zur selben Zeit passierten ihm zwei sehr unterschiedliche Dinge. Zunächst lernte er Sasha kennen, dann kamen die Morde in Florida.

Viele Zeitungen versuchten sie »Die Bloodstonemorde« zu nennen, aber glücklicherweise blieb der Spitzname nicht haften. Ein siebzehnjähriger Wahnsinniger aus Sarasota hatte sich *Mitternacht* zu oft angesehen und eines Nachts, während er auf seine Geschwister aufpaßte, brachte er seinen kleinen Bruder und seine kleine Schwester auf dieselbe Weise um, wie Bloodstone zwei Leute im Film erwischte.

4

Die Toten glühen. Ich weiß noch immer nicht warum, aber es stimmt. Hier gibt es viel Liebe, Wärme und Erbarmen... Alle guten Dinge, dazu haben wir – oder besser, wir sind es selbst – dieses weiche Licht. Es ist nicht so anders, aber am Anfang kann man ein Lächeln nicht verhindern, wenn man hinschaut und feststellt, daß man mit Glühwürmchen eine ganze Menge gemein hat.

Diese Kinder, von denen Weber erzählt hat, sind hier. Sie sind still und niedlich, und ich gebe mir große Mühe, ihr Freund zu sein.

Das muß ich, denn es ist meine Schuld, daß sie hier sind. Als ich noch lebte, glaubte ich das nicht, aber jetzt verstehe ich. Das ist Teil des Prozesses. Man wird im Verstehen unterrichtet.

Natürlich gibt es eine Revision des Lebens, aber es war sehr viel interessanter, als ich mir das jemals vorgestellt hatte. Zum einen zeigen sie Ihnen, wie und wo Ihr Leben tatsächlich stattgefunden hat. Dinge, die Sie nicht bewußt erlebt haben oder die Ihnen nicht einmal klar waren, die jedoch die Textur Ihres Lebens in ihrer endgültigen Farbe getönt haben.

Man zeigte mir die Nacht, in der meine Eltern miteinander schliefen und mich zeugten (mein Vater kam zu schnell, Mutter klopfte ihm auf den Rücken und schlief augenblicklich ein).

Unbekannte Fragmente wirklichen Schmerzes, von Überraschung und Liebe, die innerhalb der Mauern der Häuser unseres Erwachsenwerdens lebten, in unseren jungen Herzen. Dem meiner Eltern, meiner Schwester, meines eigenen.

Jetzt habe ich es gesehen: Jeffrey Vincent, wie er seinen kleinen Bruder und seine kleine Schwester ermordet. Wie Sasha meinen Körper auf der Veranda findet. Selbst den Tod von Webers Mutter.

Man hat mir erlaubt, ihm das zu zeigen, obwohl sie sagen, das hätten sie vorher ganz selten nur gemacht: Leuten zu erlauben, einen Teil *ihrer absoluten Wahrheit zu sehen, solange sie noch leben. Es ist ein wesentlicher Teil der Lebensaufgabe, allein alles Mögliche über diese inneren Ruinen herauszufinden und ihre Hieroglyphen zu übersetzen. Die Archäologie des Herzens ist das einzig wichtige Studium.*

Zum Beispiel existiert ein Foto von mir (neben anderen) auf Webers Anrichte in New York. Ich bin in seinem komfortablen alten Ledersessel, die Hände im Schoß, ein Bein über das andere geschlagen. Mein Gesicht ist die gewöhnliche, ausdruckslose schmale Piksieben mit Haaren oben drauf. Auf dem Boden neben dem Sessel sind vier von diesen Bloodstonemasken, die einmal sehr populär waren. Ich brachte sie Weber an jenem Tag aus Jux mit.

Ich sitze da und sehe sehr selbstzufrieden aus in meinem Anderson and Sheppard Jackett, mit dem silbernen Halstuch, das auf seine pompöse Weise absolut korrekt um meinen Hals geknotet ist. Auf dem Boden sind diese identischen silbernen Gesichter willkürlich verteilt.

Weber hat sich dieses Bild oft angesehen, behutsam oder nostalgisch, glücklich... Uns stehen so viele Möglichkeiten zur Verfügung, eine Fotografie anzusehen, die uns etwas bedeutet. Aber obwohl er hingeschaut hat, hat er nie gesehen, was da wirklich wichtig ist. Nicht daß es einfach wäre.

Warum fotografieren wir, warum schauen wir, warum erinnern wir so wenig und vergessen so viel? Es ist kein Zufall. Die alten Römer fanden heraus, was zu tun war: Haruspizium. Das Studium der Eingeweide toter Tiere, die Ordnung und Form von allem und jedem in der Welt. Sie hofften Hinweise auf die Zukunft in dieser Ordnung zu finden.

Sie hatten recht. Würde Weber sich dieses Foto richtig ansehen, er sähe so viel von dem, was ihm geschehen wird. Nicht weil es ein Bild von mir ist. Wegen der Art, wie die Masken auf dem Boden liegen, der feste Knoten in der Seide, der Halbschatten auf der einen Seite meines Gesichts. Als er das Foto machte, sagte er immerzu »Dreh deinen Kopf. Beweg deine Hände. Schau ein wenig weg. Ich muß die Masken auch drauf kriegen... Da! Ja, jetzt! Bleib so!«

Warum war es das und nicht etwas anderes? Weil mein Freund in irgendeinem Teil seiner selbst wußte, daß er dabei war, einen Splitter seiner Zukunft auf Film zu bannen. Unglücklicherweise wußten seine anderen Teile nicht, wie das zu sehen war, deshalb rahmte er nur diesen Splitter ein und stellte ihn zusammen mit anderen auf ein Regal.

Das gilt für alles. Die Zigarette, die er gleich rauchen wird. Wie er sie hält, die Menge der Züge, die er nimmt. So viele Antworten schweben faul über unseren Leben in der Luft, wie der graue Rauch am Ende von Webers Gesicht.

»Hat Phil dir jemals von dem Hund erzählt und der Zeit, als der Tod in sein Zimmer kam?«

»Wyatt, was geschah mit Pinsleepe dem Engel? Ich dachte, du würdest mir *darüber* etwas berichten.«

Er spitzte seine Lippen und nickte. »Tue ich, aber wir haben noch drei Stunden vor uns.

Das hab ich am *Decamerone* und an den *Canterbury Tales* immer gemocht – da es nichts anderes zu tun gab, saßen sie alle herum und erzählten sich sensationelle Geschichten, während draußen die Pest umging, oder sie hatten bis Canterbury noch hundert Meilen vor sich.

Laß mich dir zuerst vom Tod und dem Hund erzählen. Es hat sowieso etwas mit Phil und Pinsleepe zu tun.

Als er noch klein war, hatte Phils Familie einen Hund namens Henrietta. Sie ließen sie frei herumlaufen, und so hatte sie ziemlich regelmäßig Junge. Sie schlief in einer Ecke von Phils Zimmer, und wenn die Zeit des Werfens kam, ging sie einfach zu ihrem Bett hinüber und ließ sie einfach kommen.

Einmal hatte sie einen Wurf mit einem wirklich kranken Zwerg dabei. Phil sagte, man hätte gleich gesehen, daß das Ding eingehen würde, aber Henrietta war verrückt nach dem Jungen und behandelte es am besten aus der ganzen Gruppe. Was seltsam ist, denn Tiere ignorieren für gewöhnlich oder töten diese Zwerge sogar.

Aber Henrietta liebte es und sah zu, daß es genug zu essen hatte und ausreichend geleckt wurde... Eine Zeitlang sah es aus, als würde der Welpe jeden überraschen und es schaffen, aber dann wurde er doch irgendwie krank und begann zu sterben.

Während er eines Abends seine Hausaufgaben machte, sah er auf, als er Henrietta knurren hörte. Sie war keine verbellte Hündin, und als er sich umsah, stellte er fest, daß nichts zum Anknurren da war. Aber sie hörte nicht auf. Grrrr! Immerzu. Dazu schaute sie ständig auf ein Fenster im Zimmer. Phil schaute auch hin, sah aber nichts. Ihr Schwanz wedelte wie verrückt, sie fletschte die Zähne... Alles Zeichen für einen Kampf, der jeden Moment ausbricht. Aber da war nichts!

Plötzlich sprang sie auf und stand einfach da, ihre Hinterläufe zitterten, die Zähne lagen frei, der Schwanz peitschte hin und her. Immer noch sah sie auf dieselbe Ecke des Zimmers, aber dann begann ihr Kopf sich langsam zu bewegen, als beobachtete sie jemanden, der durch das Zimmer auf sie zukommt.

Sie hatte neben den Jungen gelegen und sie gefüttert, aber jetzt staksten sie alle auf ihren drei Tage alten Beinen herum und suchten blind nach Mami. Mit Ausnahme des Zwergs. Er war so schwach, er konnte sich nicht bewegen.

Phil sagte, er habe etwas in der Luft gespürt; keinen kalten Wind oder eine unheimliche Hand in seinem Nacken – einfach irgend-*etwas*. Vielleicht war es sogar angenehm; er konnte sich nicht erinnern. Was immer es war, es machte seine Nähe beiden, dem Jungen und der Hundemutter, bemerkbar.

Ein paar Sekunden lang wurde Henrietta steif und still. Gefroren. Dann begann sie zu jaulen und sah auf die Jungen. Sie wimmerten und wälzten sich, alle, bis auf das kranke. Es war tot. Sehr offensichtlich tot.«

»Der Tod war ins Zimmer gekommen?«

Er nickte. »Das hat Phil gedacht. Er sagte, die Mutter habe beobachtet, wie der Tod durch den Raum gradewegs auf das Junge zuging. Und das war einen Moment später tot. Wie würdest du das sonst erklären?«

»Es ist eine Szene aus *Mitternacht.*«

»Genau was ich sage. Ich fragte ihn, wieso er das nie benutzt hat. Er dachte, es sei zu schön, um es da zu benutzen. Ich glaube allerdings, er wollte es in *Fiddlehead* verwenden.«

»Was hat das alles mit Pinsleepe zu tun?«

»Pinsleepe war der Engel des Todes.«

Strayhorn war reich, berühmt und unter vierzig. Er überlebte ein Erdbeben und ist von einem der einflußreichsten Kritiker in Amerika ein bedeutender Künstler genannt worden. Er schrieb für ein berühmtes Herrenmagazin eine Kolumne über alles, was ihm gerade in den Sinn kam...

Das Leben von anderen Menschen kommt in zwei Größen – lebensgroß und traumgroß. Phil hatte das letztere. Aber was viel wichtiger ist, er blieb bis zum Ende seines Lebens ein guter und einfühlsamer Mann. Was in Hollywood nicht typisch ist.

Ich habe bis jetzt noch nicht genug über die Menschlichkeit des Mannes gesagt, aber das ist absolut notwendig, bevor ich seine Verbindung mit Pinsleepe beschreibe.

In Harvard lebten wir vier Jahre zusammen, und wir verbrachten genug gemeinsam durchquatschte Nächte, in denen ich ein klares Bild von seiner trostlosen und ergreifenden Kindheit bekam.

Seine Eltern waren fürsorglich, aber eben nicht genug. Sie ersetzten echte Anteilnahme durch Autorität und gaben einen kräftigen, erwachsenen Händedruck, wo eine Umarmung wichtig gewesen wäre. Es ist eine alte Geschichte und langweilig ist sie auch, wenn es nicht um Phils Reaktion ginge. Wenn sie ihm anboten, seine Hand zu schütteln, sprang er auf ihren Schoß und versuchte sie zum Lachen zu bringen. Sie waren so strenge Menschen, daß er ihr Lächeln und ihr seltenes Lachen als die einzigen Zeichen ihrer Liebe ansah: Seinen wirklichen Erfolg bei ihnen. Vielleicht mochten sich deshalb Finky Linky und er so sehr. Es war kein »bring sie zum Lachen« oder »alle Welt liebt einen Clown«, es war eher – wenn ihr grinst, kann ich atmen. Wenn ihr lacht, habe ich genug Nahrung, um wieder ein paar Tage zu funktionieren.

Mr. Strayhorn hatte einen Füllfederladen, und sein Hobby war es, Pudel zu züchten. Er war in Harvard, graduierte aber nur mit einem Diplom und der dummen Überheblichkeit, die oft eine erstklassige Ausbildung begleitet, um einen durchs Leben zu bringen. Aber nach ein paar Jahren oder einem ersten Job, kümmert es die Welt reichlich wenig, welche Universität man besucht hat, es kommt nur darauf an, daß man sich durchsetzt. Der Alte konnte das nicht, also setzte er sich mit einer Rente aus Arroganz und Ablehnung von der wirklichen Welt zur Ruhe. Das hielt ihn wenigstens am Leben, bis er in seinen frühen Sechzigern Krebs bekam und noch schwieriger wurde.

Seine Frau war auch nicht besser. Ein Kleinstadtmädchen, das niemals über die Stufe der Dankbarkeit dafür hinausgewachsen war, von einem Mann geheiratet worden zu sein. Betty Strayhorn glaubte, was er sagte, egal wie hanebüchen (»Denk dran, dein Vater war in Harvard.«), und hielt den Mund, wenn er sich irrte. Ihr Lieblingssatz war: »Für Ruhe und Frieden in der Familie.« Bei Familie Strayhorn war Frieden, aber nur weil Vater alles besser wußte und man einen drauf bekam, wenn man mal versuchte, das letzte Wort zu haben.

Jackie ist unzweifelhaft die Vorlage für Janine, die Heldin aus allen *Mitternachts*-Filmen. Sie sehen sich sogar ähnlich. Obwohl er sich niemals klar darüber war wie, aber über die Jahre half Phil ihr, eine selbstzerstörerische Rebellion zu überwinden und ihr Leben in Ordnung zu bringen. Schon als Teenager interessierte sie sich für Naturwissenschaften, und sie wurde schließlich Biologin. Sie rechnete das ihrem Bruder als Verdienst an, ihren Eltern nicht.

»Er hat mich eine Sache gelehrt, die ich nie vergessen habe, Weber. Einmal, als ich wieder einmal alles mit den Eltern versaut hatte, sprachen wir darüber. Ich sagte, ich wolle mich umbringen, weil das Leben so sinnlos und unfair sei. Er drehte nicht durch und schüttelte mich auch nicht. Sagte nur ›Denk dran, Schwester. Die Welt braucht von dir nichts, aber du brauchst es, der Welt etwas zu geben. Darum lebst du. Bring dich jetzt um, und du gibst der Mehrheit recht – du unterscheidest dich durch nichts von Billionen von anderen Schädeln unter der Erde. Gib ihr irgendwas, egal wie lang- oder kurzfristig es sein mag, und du hast gewonnen.‹«

Phil arbeitete weiterhin daran, seine Familie zusammenzuhalten, und lächelte, bis er sein Examen summa cum laude abschloß. Sein Vater schüttelte ihm die Hand und gab ihm einen ›Sindbad‹-Füller aus seiner eigenen Sammlung.

Als Phil ihnen später in jenem Sommer mitteilte, daß er nach Kalifornien gehen und versuchen wollte, Schauspieler zu werden, nannte sein Vater ihn einen lächerlichen Esel und verließ das Zimmer. Mrs. Strayhorn sagte dem Stolz und der Freude ihres Lebens, er solle hinterhergehen und sich bei Vati entschuldigen. Phil packte seine Sachen und ging. Zwei Jahre lang haben sie kein Wort miteinander gesprochen.

Als er nach Los Angeles kam, mieteten wir zusammen eine Wohnung auf Mansfield Avenue in Hancock Park und machten uns an die Arbeit, berühmt zu werden. Es klappte nicht. Keiner von uns beiden machte auch nur annähernd Karriere, und so kellnerten wir in verschiedenen schicken Restaurants in Beverly Hills.

Mitten in dieser wirren und enttäuschenden Zeit veröffentlichte ich eine Sammlung Gedichte. Ohne daß ich davon wußte, ging Phil durch die Buchläden von Venice Beach bis Hollywood Boulevard und machte überall dort, wo sie eine Lyrikabteilung hatten, Werbung für mein Buch. Fast wie im Film hörte eine Person, die in der Planungsabteilung einer unabhängigen Produktionsfirma arbeitete, eine Lesung, die ich in einer dieser Buchhandlungen hatte. Hinterher kam sie zu mir und sagte, meine »Dialoggedichte« hätten ihr gefallen, fragte dann, ob ich schon jemals daran gedacht hätte, zu versuchen, einen Film zu schreiben. So fing ich an. Es wäre nie passiert, wenn Phil Strayhorn nicht Klinkenputzen gegangen wäre und Skeptiker davon überzeugt hätte, daß mein Buch wert war, bestellt zu werden.

Ich hatte Glück. Ich schrieb drei Drehbücher um und machte dann ein eigenes. Phil hörte jede einzelne Zeile jedes einzelnen davon und war ein klarer und hilfreicher Kritiker. Mein Drehbuch

Kalte Kleider wurde ein ganzes Jahr lang herumgereicht, bis jemand Ja sagte. Man gab mir eine Menge Geld, aber der Film wurde nie gemacht. Diese neue finanzielle Sicherheit gestattete es mir, ein wenig zu bremsen und alles nochmals zu überdenken. Das war genau das, was ich brauchte. Das Resultat war das Skelett meines ersten eigenen Films *Die Nacht ist blond.*

Aber warum spreche ich über mich, wenn das doch Phils Geschichte ist? Weil er genauso hart an seinem Durchbruch arbeitete wie ich, nur leider ohne Erfolg. Unser Geld hatten wir immer zusammengeschmissen, aber er nahm nichts von dem, das durch die Drehbuchbearbeitungen hereinkam. Er sagte, es sei meins. Was ich auch sagte, er schüttelte den Kopf. Zum Essen konnte ich ihn einladen, aber sonst nichts. Als ich ihm zum Geburtstag ein gutes Leitz Fernglas kaufte, kamen ihm die Tränen.

Es gibt Menschen auf der Welt, die keine Heiligen sind, aber unbewußt tun sie alles für die, die sie lieben. Es ist für sie kein Opfer, sie wollen auch keinen Dank, sie tun es einfach aus Liebe. Was daran noch herzerwärmender ist, ist ihre Überraschung, wenn ihnen etwas von dieser Liebe und Sorge zurückgegeben wird. Ich glaube nicht, daß sie sich für unwürdig halten, von anderen umsorgt zu werden; einfach erstaunt sind sie, wenn einer daran denkt, ihnen etwas zu geben. Die meisten gütigen Menschen sind überrascht (und gerührt) von der Großzügigkeit anderer gegenüber ihnen selbst.

Sein Pech hörte nicht auf. Die vielen Leute, die sich um ihn Gedanken machten, versuchten ihm zu helfen, wo immer sie konnten, aber jene langen Monate waren Phils »Backpfeifen-Tage«. Sein Image. Er sagte, daß er morgens schon damit aufwachte, sich vor der Hand zu ducken, von der er *wußte,* sie würde aus dem Nichts auftauchen und anfangen, ihn gelassen über den Tanzboden seines Lebens hin und her zu prügeln. Manchmal konnte er sich verkriechen, aber diese Hand schien ihn ausnahmslos immer wieder zu finden. Vielleicht beschäftigten sich sogar zwei gleichzeitig mit ihm.

Er war mit einer Frau zusammen, die ihn möglichst immer in ihrem Bett haben wollte. Das machte ihn ruhig, und auf eine komische Weise kriegte er davon Goldfischaugen, aber sie nahm auch quer durch den Garten jede Menge hochprozentiger Drogen. Phil war zu niedergeschlagen, um nicht durch ihre Streifchen »Purple Haze«-LSD in Versuchung geführt zu werden oder durch

Experimente mit Kokain. An einem Nachmittag rauchten sie ein paar Joints mit Psylocibin getränktem Marihuana aus Kolumbien. Seine Halluzinationen waren so stark, daß er rückwärts aus ihrem Haus ging und so drei Blocks weiter die Straße hinunter marschierte.

Gott sei Dank lernte er dann das Schwein kennen.

Ihr Name war Connie, und sie war ein vietnamesisches Hängebauchschwein. Stell dir ein Wildschwein ohne Hauer vor, mit einem Rücken, der in ein haariges gebogenes U von den Schultern bis zur Hüfte abfällt, einem Bauch, der über den Boden leckt, ständigem Appetit auf M&M Bonbons, einem sehr klaren Verstand, und du hast Connie.

Phil war ein Mensch, der durch nichts abgeschreckt werden konnte. Als also eines Abends, als wir im Garten saßen und dort gegrillt hatten, diese Kreatur auftauchte, drehte er sich nur um und fragte, ob sie zum Nachtisch vorbeigekommen wäre.

Ich wollte wissen, was zum Teufel das sei, und er antwortete, ein vietnamesisches Hängebauchschwein. Ich fragte nicht, woher er das wisse, denn Strayhorn wußte von allem irgend etwas. Er war der einzige Mensch, den ich jemals kennengelernt habe, der zum Spaß ganze Enzyklopädien las, der ein volles Stipendium, um am Cal Tech Physik zu studieren, abgelehnt hatte, um Schauspieler zu werden, und der Bücher wie zum Beispiel Ludwig Wittgensteins *Tractatus Theologicus* als Betthupferl vor dem Schlafengehen las.

Das Schwein trug ein reichverziertes, ledernes Hundehalsband mit seinem Namen und einer Telefonnummer auf der Seite eingeritzt. Ich ging ins Haus, um die Nummer anzurufen, während Phil Connie mit Schokolade überzogenen Rosinen fütterte.

Fünfzehn Minuten später erschien ein lustig aussehender Mann auf unserer Veranda. Er war klein und kompakt und hatte das blühende Aussehen von einem, der viel Zeit im Freien verbringt. Ein Gesicht, so rund wie sein Körper, schlohweißes Haar im militärischen Bürstenhaarschnitt, schnelle, helle Augen. Er sah aus wie ein Mann, der seinen eigenen Laster besaß oder der in einer Fabrik arbeitete, wo große Kerle ihre Hände benutzten und pro Tag einen Liter schwitzen.

»Da bist du ja, Connie! Hallo Jungs, ich bin Venasques!«

Phils Genesung hatte begonnen.

Venasques lebte in seinem eigenen Haus am Ende des Blocks mit dem Schwein und einem alten Bullterrier namens Big Top. Dreimal jeden Tag machten sie einen Gang durch das Viertel, obwohl keiner von uns sie jemals zuvor gesehen hatte. Da sie sich von Anfang an gut verstanden, schloß sich Phil später, wann immer er konnte, ihrer Parade an.

Das einzige, was der alte Mann in den folgenden Monaten eindeutig für Phil tat, war, ihm Schwimmen beizubringen. Aber es gingen dort offensichtlich viele andere Dinge vor sich, von denen ich keine Ahnung hatte. Je näher sie sich kamen, um so weniger wurde gesagt. Aber es war von Anfang an klar, daß die Beziehung zwischen ihnen sehr gut war.

Manchmal ist es das winzigste Detail, das uns rettet. Es wird kälter, die Geste eines Kindes, ausgezeichneter Kaffee. Wenn ich fragte, was sie an dem und dem Tag gemacht hatten, lächelte Phil zweideutig und sagte »Geschwommen«, »Geredet«, »Mit den Tieren gespielt«.

Venasques kam aus Frankreich, war aber seit dreißig Jahren nicht mehr dort gewesen. Als Jude, der vor den Nazis geflohen war, hatte er sich während des Krieges in Kalifornien niedergelassen, weil es ihn an seine Heimat um Avignon herum erinnerte. Er war verheiratet gewesen, aber seine Frau war tot. Vor Jahren besaßen sie eine erfolgreiche Imbißstube einem der Filmstudios gegenüber. Egal wann man ihn besuchte, sobald man eintrat, fragte er, ob man ein Sandwich wolle. Denen konnte man nur schwer widerstehen.

Phil und er verbrachten immer mehr Zeit miteinander. Zu Beginn war ich überrascht, dann ein winziges bißchen eifersüchtig. Ich fragte ihn, was er in dem alten Kerl sah, aber Phil sagte nur »er weiß Sachen«; die größte Strayhorn Auszeichnung, die ich kenne.

Was immer es war, das er wußte, es machte meinen Freund glücklich und friedvoller mit sich selbst. Er traf sich nicht mehr mit der Drogenkönigin, hörte auf, im Restaurant zu arbeiten, und begann professionelle Forschungen zu betreiben. Eine Zeitlang hatte er eine kleine Rolle in einer grauenhaften Komödie. Das beschäftigte ihn und zahlte seine vielen Rechnungen. Genau wie ich mochte er Dinge und kaufte sie sich, ob er Geld hatte oder nicht (er machte Witze darüber, daß die Worte über den American Express oder Master Charge Büros eigentlich so lauten sollten »Ihr, die Ihr hier eintretet, gebt alle Hoffnung auf«). Irgendwann in unserer gemeinsamen Vergangenheit hatten wir uns darauf geeinigt, daß es mitten in einer Depression die beste Therapie sei, loszugehen und sich etwas Extravagantes zu kaufen. Was solls, wenn du kein Geld hast – eine neue Aktentasche oder eine Erstausgabe heitert dich ein bißchen auf.

Ich lernte eine Schauspielerin kennen und machte den Fehler, mit ihr zusammenzuziehen. Aus diesem Grund, aber auch wegen meiner eigenen Karriere und Venasques, sahen Phil und ich uns über zwei Jahre sehr viel seltener.

Einige Monate lang lebte er allein in unserer Wohnung, dann zog er zu meiner Überraschung mit dem alten Mann zusammen. Es klang wie ein Märchenhaushalt – der alte Mann, der Gelehrte, das Schwein und der Hund.

Zeit redet hinter unserem Rücken. Von vorn ist sie freundlich und logisch, zögert nie, uns mehr als nötig von sich selbst zu geben. Aber wenn wir nicht hinsehen, stiehlt sie unser Leben und sagt Schlechtes über uns zu den Teilen von uns, die sie uns gestohlen hat.

Jugend, du hättest eine so viel erfolgreichere Zeit haben können, wenn *er* mehr gearbeitet hätte. Freundschaft? Egal, wieviel Zeit ich ihm gab, er wollte dir niemals genug geben. Das Leben mit zwanzig? Du hättest ein Kämpfer sein können, wenn er mich nur auf die richtige Weise genutzt hätte. Die Worte hören wir aus verschiedenen Quellen, am allerwahrscheinlichsten von unseren inneren Stimmen, die unaufhörlich klatschen und tratschen; sie sind nur zu versessen darauf, alles auszuplaudern, was sie von Feinden gehört haben.

Strayhorn und ich wollten zum Film; wir wollten interessante Leben führen. Vielleicht ist das der Unterschied zwischen unserer Generation von Nachkriegsbabies und anderen: Richtig oder falsch, wir haben uns daran gewöhnt, es als Teil unseres Geburtsrechts zu betrachten, wenigstens die Möglichkeit zu haben, eine persönliche Umgebung zu schaffen, die es einem ermöglicht, morgens eifrig zu erwachen und neugierig darauf zu sein, was der Tag für uns in petto hat.

Aber die Zeit fing bereits zu flüstern an. *Die Nacht ist blond* machte ich in 16 mm. Seit so langer Zeit schon hatte niemand mehr einen 16-mm-Film gemacht, daß die Ziffer allein für ein Lächeln und hochgezogene Augenbrauen gut war. Er war schwarzweiß, pervers, aber zart. In meinem liebsten Zitat sagt Phil, der

Film sei so scharf und habe einen so merkwürdigen Geschmack wie Meerrettich. Leute stritten sich darüber, wenn sie das Kino verließen. Man kann ihn auch heute noch in Kinos wie dem Thalia in New York sehen, wo er gewöhnlich in einer Doppelvorstellung zusammen mit Filmen wie *Der Elefantenmensch* oder *Stranger than Paradise* läuft.

Bevor ich nach Europa flog, um *Babyhaut* zu drehen, hielten Phil und ich einen Schwur ein, den wir an dem Tag abgelegt hatten, als wir nach Hollywood gekommen waren: Wenn der erste von uns seinen wirklichen Erfolgsdurchbruch hätte, würden wir losgehen und uns tätowieren lassen. Wir wußten, daß ein Tätowierungssalon nicht das hatte, was wir wollten, also nahmen wir eine Illustration mit, auf die wir uns vor Jahren geeinigt hatten: Eine große schwarze Krähe. Unsere Hautvögel. Wir ließen sie uns hoch oben auf unsere Schultern tätowieren, damit es aussähe, als machten sie einen langen geschwungenen Flug unsere Rücken hinauf.

Als ich fünf Monate später aus Europa zurückkehrte, holte Phil mich mit dem Drehbuch von *Mitternacht* in der Hand vom Flughafen ab.

Der Morgen begleitete Wyatt und mich über das Land. Die Sonne war nur ein frühes, weißes Licht, und selbst Gewitterwolken über Colorado sahen neu und sauber aus. Um zwölf Uhr mittags würden wir in Los Angeles landen. Finky Linky hatte mir immer noch nicht von Pinsleepe erzählt.

Als ich aufstand, um zur Toilette zu gehen, fühlte ich plötzlich einen furchtbaren kratzenden, ziehenden Schmerz in meinem Rücken. Es war so schlimm, daß ich schrie und mich dort anfaßte. Wyatt und die Leute in meiner Nähe starrten mich an, aber es war in diesem Moment unmöglich, etwas zu sagen. Ich wurde angegriffen; irgendein riesiges Maul versuchte, mir die Haut vom Rücken zu saugen. Oder so ähnlich. Ich hatte sowas noch nie zuvor gefühlt.

Während ich durch den Gang eilte, schaute ich auf die Lichter über der Toilettentür und sah dankbar, daß eine von ihnen frei war. Ich schlüpfte in diese telefonzellengroße Bude und ließ das Schloß zuschnappen. Was zum Teufel *war* das? Bevor ich noch genug Zeit hatte, meine Jacke runterzureißen, fühlte ich etwas

Neues, mich gänzlich Verängstigendes dort hinten unter meinem Hemd. Der Schmerz hatte aufgehört, aber etwas bewegte sich jetzt da, wo ich ihn zuvor gefühlt hatte. Etwas Großes, so groß wie eine Hand, kratzte und scheuerte, als wollte es raus.

Ich verlor die Kontrolle. Ich zupfte an mir herum und schaffte es, mir meine Jeansjacke herunter- und einen Hemdschoß mit einigen verzweifelten Zuckungen herauszuzerren. Ich glaube, ich muß Krach dabei gemacht haben. Ich weiß nicht mehr, was ich tat, weiß nur, daß ich hysterisch wurde. Das Gefühl eines Käfers oder so, etwas Kleines, Unbekanntes unter deinem Hemd, unter deinem Rock im Sommer, wenn alles die Möglichkeit hat, dort zu landen und herumzuspazieren. Nimm das mal zehn oder zwanzig. Laß es zucken wie wild, gib ihm einen Pelz oder ähnliches. So mußt du dir das vorstellen. Es war *so* schlimm. Ehrlich.

Und dann war es raus. Es flog geradewegs über meine Schulter und gegen den Spiegel. Die Krähe. Meine Tätowierung. Unsere Hautvögel. Meiner lebte. Runter von meinem Rücken, lebendig, in Panik, fliegt in einem verängstigten aufgescheuchten Durcheinander in einem kleinen metallenen Raum fünf Meilen über der Erde.

Ich brach ihm den Hals. Ohne nachzudenken, griff ich den Vogel aus der Luft heraus, hantierte mit seinem wilden Geflatter, drückte zu. Schnapp! Er hörte auf sich zu bewegen: Von steif und verrückt zu weich und biegsam in einem Augenblick.

5

Es gibt so viel, das Weber nicht weiß. Wo soll ich anfangen? Mit Venasques? Seinem Schwein und dem Bullterrier, die alles verstanden, was man sagte? Oder mit Pinsleepe und der Krähentätowierung?

Venasques. In den dreißig Jahren, die er mit hungrigen Kunden verbrachte, war er nur ein gesprächiger Franzose, der köstliche Sandwiches machte, weil er die Leute gern essen sah. Andere Dinge, die er mochte? Seine Tiere, kochen, fernsehen, Magie.

Venasques der Schamane. Der mächtigste, den ich jemals getroffen habe. Er wußte nicht, woher die Magie kam, aber benutzte sie gut und selbstlos. Er lehrte seine Tiere, zu verstehen, lehrte mich das Schwimmen (besonders durch die schwarzen Wasser meiner Vergangenheit), lehrte Sasha Makrianes, wer sie wirklich war... andere Leute, andere Dinge.

Hätten Sie fliegen müssen, er hätte es Ihnen beigebracht. Ja, er konnte das, wenn er es für notwendig hielt. Aber die meisten Menschen müssen nicht fliegen. Venasques' größte Magie war, einem dabei behilflich zu sein, die Disziplin zu finden, die einem schließlich das Leben retten würde. Zumeist war es etwas völlig Triviales.

Harry Radcliffe erzählte immer eine meiner Lieblingsgeschichten über Venasques. Nachdem er den Pritzker Preis für Architektur gewonnen hatte und auf der Titelseite von TIME *Magazine war, hatte Harry einen Nervenzusammenbruch.*

Er zeigte sich auf eine sehr originelle Weise: Mitten in den Entwürfen für ein wichtiges Gebäude für die Siebenhundertfünfzig-Jahrfeier von Berlin, hörte er plötzlich mit der Arbeit daran auf und begann in seinem Wohnzimmer eine elaborierte Miniaturstadt aufzubauen.

Zunächst bestand sie aus Papiermodellen des Sezessionsmuseums in Wien, des Lloyd Gebäudes von Richard Roger in London, des Teatro del Mundo von Aldo Rossi. Danach fügte er dreißig oder vierzig grelle Souvenirstatuetten von Dingen wie dem Eiffelturm, der Seattle Space Needle, der Freiheitsstatue hinzu. Mengen Sie dazu dann noch sechs Chromteekessel von Michael Graves, einen umgebauten chinesischen Wok, der als Raumstation für Gäste von anderen Planeten diente, ausgewählte andere Modelle, Spielzeuge und Tonfiguren, die Radcliffe machte oder sammelte, und Sie haben eine Ahnung von dem, was da vor sich ging.

Durch Freunde hörte Harrys Frau von Venasques und bat ihn, vorbeizukommen. Er soll dann mit einem Schwein neben sich im Jeep vor ihrem Haus in Santa Barbara vorgefahren sein.

Im Wohnzimmer zertrat Connie die Hälfte von Harrys Stadt, als sie zu dem Tisch hinüberging, auf dem das Mittagessen stand. Venasques kippte den Rest um und sagte »Er hat genug Gebäude. Besorg ihm eine Klarinette.«

Der alte Mann konnte kein Instrument spielen, aber er brachte es Harry mit einem Buch für vier Dollar bei, das sie am selben Tag zusammen mit der gebrauchten Klarinette kauften.

Ich habe Pauwels, Lévi-Strauss, Joseph Campbell, Castaneda und Mircea Eliade zu Magie und Schamanen gelesen. Aber was sie sagen, ist aus einem einfachen Grund falsch – die, die es können, tun es. Die, die es nicht können, reden (oder schreiben) darüber. Als mir zum ersten Mal klar wurde, wessen Venasques fähig war, fragte ich ihn eines Tages ganz naiv, ob es Leute gäbe, die fliegen könnten.

»Ja.«

»Übers Wasser gehen?«

»Sicher. Willst du noch etwas Thunfischsalat?«

»Warum zeigen sie es dann der Welt nicht?«

»Warum sollten sie? Glaubst du denn, daß es denen wichtig ist, wenn du das weißt? Du bist gescheit, Phil, willst du, daß jeder weiß, wie gescheit du bist?«

Er zwinkerte mir zu. »Das ist der Unterschied zwischen dir und dem Typ, der über Wasser gehen kann. Er tut es, um einen Ort auf seiner Landkarte zu finden, und nicht, um in die TONIGHT SHOW *zu kommen.«*

In den sechs Monaten, die er mir gestattete, bei ihm zu wohnen, erfuhr ich von Venasques alles über meine »Landkarte« und darüber, wie bestimmte Koordinaten darauf zu finden waren. Ich erfuhr, daß ich erfolgreich sein würde, aber daß das Umgehen mit dem Erfolg sehr viel schwieriger sein würde, als ihn zu bekommen. Ich lernte zu schwimmen. Ich lernte zu sterben. Ich hörte den Namen »Pinsleepe« zum ersten Mal in einem Traum, den ich hatte, während ich eines Nachts im Ozean schlief. Ja, das habe ich auch gemacht. Er hat es mir gezeigt. Es hat nichts genützt.

Sasha Makrianos hat ein eigentümliches Gesicht. Von vorn ist sie umwerfend – dickes braunes Haar, hohe Wangenknochen, voller Mund, tiefliegende Augen, die vorsichtig, aber offen schauen. Ihr ganzer Ausdruck sagt »Ich höre zu. Erzähl mir alles, bevor ich es beurteile.« Das tun heutzutage nicht viele Menschen. Schau dich um und sieh dir an, wie skeptisch die meisten Augen sind, wie viele Münder in ein hartes »überhaupt nicht!« verkniffen sind, noch bevor du etwas gesagt hast. Sasha fällt da raus – sie will dich mögen, ihr Gesicht sagt, sie hofft, sie kann es auch.

Das gilt von vorn, aber ihr Profil sagt unglücklicherweise etwas anderes. Ein kurzes, weiches Kinn und eine nach unten gebogene Nase werfen deinen ersten Eindruck über den Haufen. Ihre Stirn ist nicht so hoch, wie du dachtest. Es ist die Seitenansicht einer schwachen Person, von jemandem, der nicht völlig vertrauenswürdig ist. Sie selbst sagte das über ihr Gesicht, kurz nachdem wir uns in Wien kennengelernt hatten, und sie hatte recht. In Hollywood (besonders hinter einer Filmkamera) ist es von großer Wichtigkeit, so etwas festzustellen, aber ich war in Europa als *flâneur,* nicht als *auteur,* und sah mir deshalb die Gesichtswinkel von Leuten nicht unter diesen Aspekten an. Es machte das Leben einfacher und mich weniger kritisch.

Als Wyatt und ich durch die letzte Tür des Flughafens in Los Angeles gingen und sie sahen, wirkte sie erschöpft und vergeistigt, als könne sie jeden Moment abheben und davonfliegen. Ihr Gesicht war kabukiweiß, ihr langes Haar in einen festen Knoten hinter ihren Kopf gesteckt. Sie trug Jeans und ein weißes T-Shirt unter Phils einzigem Jackett. Es war das, das er vor Jahren bei Anderson and Sheppard in London gekauft hatte. Als ich ihn fragte, warum da, antwortete er, weil es Fred Astaires Lieblingsgeschäft war.

Sasha wußte, wie sehr er es mochte. Ich empfand eine solche Aufwallung von Liebe und Leid, daß ich sie an mich drücken wollte, bis wir beide von der Umarmung und unserem Gefühl von Verlust zu weinen begannen.

Sie kam keinem von uns nahe. »Es sind meine Hände. Ich will euch damit nicht berühren.«

Ich bemerkte es da erst. Sie waren leuchtend rot, und viele offene Wunden waren aufgebrochen, sie sahen aus, als hätte sie sie zu spät aus einem brennenden Wrack gezogen.

»Es tut mir leid. Das ist nicht mehr passiert, seit ich klein war. Immer wenn ich mich sehr aufgeregt habe, brachen meine Hände so aus. Ich weiß, daß es abstoßend ist, aber der Arzt sagt, ich soll Luft daran kommen lassen und sie nicht mit Handschuhen bedekken. Zur Beerdigung werde ich das aber machen.

Hallo Wyatt. Ich wußte nicht, daß du auch kommst.«

Er ließ seine Tasche fallen und zog sie trotzdem an sich. Sie sah mich über seine Schulter hinweg an, und ihre Augen sagten »Es geht. Ich habe nur viel geweint.«

Draußen war die Sonne ein alter, warmer Freund. Manchmal glaube ich, Kalifornien besitzt alles schöne Wetter der Welt. Oder es ist zumindest verantwortlich dafür, es an den Rest der Welt weiterzugeben, nachdem es hier benutzt worden ist.

Wyatt traf zufällig eine Frau, die mit ihm in seiner Sendung gearbeitet hatte. Als er sie begrüßt hatte, sagte Sasha, wir würden losgehen und den Wagen holen.

Sie rannte gradewegs in den Verkehr, ohne sich umzusehen. Ich riß sie zurück. »Vorsicht, Sash. Langsam.« Wir sahen uns an, dann brachte ich uns, ihren Arm immer noch haltend, über die schwirrende Straße.

»Bleibst du bei mir, Weber? Du nimmst doch kein Hotelzimmer oder?«

»Nicht, wenn du es nicht willst. Sicher, ich bleibe bei dir.«

»Gut.« Sie sah mich nicht an. »Manchmal schlafe ich ganz gut. Manchmal vergeht so die ganze Nacht, und ich habe keine Träume. Aber weißt du, was ich mache, wenn ich nicht schlafen kann? Ich sehe mir Finky Linky Videos an. Drei Uhr morgens und ich lache über alte Bänder der *Finky Linky Show.* Darum war ich so überrascht, ihn hier zu sehen. Es war, als wäre er geradewegs aus seinen berühmten Brotschuhen heraus in mein Wohnzimmer spaziert. Es waren Phils Bänder. Er sah sie sich immerzu an.«

Was sollte ich dazu sagen? Wir beeilten uns, über die Straße und auf einen der Parkplätze zu kommen. Nach ein paar Minuten, in denen sie sich suchend umgesehen hatte, kamen wir zu einem schwarzen 1969er Jaguar XKE. Phils Wagen. Der einzige Mensch, den ich jemals kannte, der sich ein Auto kaufte, weil es wie ein deutscher Füller aussah.

»Den ›Montblanc‹ gibt es also noch, was? Er sagte immer, er wollte sich einen anderen kaufen.«

»Es machte ihm Spaß, ihn anzusehen. Er und Flea fuhren immer mit offenem Verdeck durch die Stadt, Flea schnaubte wütend, und Phil hörte sich seine Paolo Conte Kassetten an.

Ich glaube, er hat dir das Auto wahrscheinlich vermacht, Weber. Sei nicht erstaunt, wenn du die meisten seiner Sachen bekommst. Du und Jackie.« Sie schloß die Tür auf meiner Seite auf und stand sehr dicht neben mir, sah mich an.

»Was ist mit dir?«

»Laß uns damit warten und später drüber reden. Ich bin jetzt zu nervös und aufgekratzt. Ich möchte mich gern zuerst daran gewöhnen, dich hier zu haben, bevor wir mit den großen Dingen beginnen. In Ordnung?«

Noch bevor ich antworten konnte, machte sie etwas, das mich völlig unvorbereitet traf. Sie legte ihre rohen verwundeten Hände auf beide Seiten meines Gesichts, zog mich zu sich und gab mir einen dicken Kuß auf den Mund. Ihre Lippen blieben geschlossen, und der Kuß war mehr wie ein harter, beruhigender Händedruck, aber er dauerte, und ich war ein wenig außer Atem, als sie losließ.

Sie sah zufrieden aus. »Es macht dir nichts aus, oder?« Sie wartete nicht auf eine Antwort, sondern ging und schloß die andere Tür auf. »Ich freue mich so sehr, daß du hier bist. Komm, laß uns Finky Linky holen.«

Bis jetzt bin ich in zwei Häusern von Leuten gewesen, die kürzlich gestorben sind. Als Venasques seinen Schlaganfall hatte, ging ich mit Phil zu seinem Haus, um einen Anzug zu holen, in dem der alte Mann begraben werden sollte. Am verunsicherndsten war dort die Unvollständigkeit von allem. Ein Stuhl im Wohnzimmer war leicht schief, im Kühlschrank wartete eine halbvolle Ketchupflasche, im Badezimmer war eine Illustrierte bei einem Artikel über Don Johnson aufgeschlagen. Ich erinnere mich, daß ich mich gezwungen fühlte, die Illustrierte zuzuschlagen, den Stuhl auszurichten, damit er bündig mit dem Rest dastand. Dinge waren in schludrigen, unordentlichen Winkeln zurückgelassen worden, Dinge, die gerade hingestellt oder gebraucht oder aufgegeben worden wären, wenn der Bewohner nur die Möglichkeit gehabt hätte, zurückzukehren, um Deckel zuzuschrauben, noch ein letztes Mal auf dem Klo zu sitzen und fünf Minuten darauf verwenden zu können, den dämlichen Artikel über seinen Lieblings-Fernsehstar zu Ende zu lesen.

Strayhorns Haus war schlimmer. Nachdem ich Wyatt und Sasha in ihrer Wohnung abgesetzt hatte, nahm ich das Auto und fuhr zu Phil. Ich mußte das machen, denn bis ich nicht dort gewesen war, wäre ich von meinen Vorstellungen heimgesucht worden. Ich mußte mir selbst ansehen, wo er sich erschossen hatte (alles, was ich mir vorstellen konnte, war eine blutbespritzte Ausgabe von Rilkes Gedichten), den leeren Hundekorb, eine Einbuchtung in der blauen Couch, wo er zum letzten Mal gesessen hatte.

Ich wollte sehen, was er in seinem Medizinschrank hatte. War in der Waschmaschine noch Wäsche? Was für andere Gegenstände hatte er am letzten Tag seines Lebens noch in der Hand gehalten? Woran hatte er gearbeitet? Lag auf dem Plattenspieler noch eine Platte? Letzte Blicke, Details, Hinweise. Ist das pervers? Nach einer Autopsie sagt einem der Arzt, was die Person zuletzt gegessen hat. Ekelhaft oder klinisch, es bedeutet etwas. Wenn auch nicht mehr als eine Bestätigung des Endes. Zum Heulen oder eindrucksvoll, ein X markiert diesen Punkt. Hier hörte es auf. Ein Pullover auf einem Stuhl, Vogelfutter auf der Anrichte in der Küche, ein neues Gemälde, das ich noch nie gesehen hatte. Ende.

Ich habe gelogen. Wenn wir mit einem Wunder konfrontiert werden, lügen wir gewöhnlich oder sind still. Das müssen wir. Unfaßbare Dinge fordern zumindest für eine gewisse Zeit Stille. Ich habe niemandem etwas von den unfaßbaren Dingen erzählt, die geschehen waren, seit ich in New York von seinem Tod erfahren hatte. Das Videoband von ihm, das nie endete, Sashas Krankheit und ihre geheimnisvolle Schwangerschaft (wenn es wahr ist), was Wyatt mir im Flugzeug über Phil und Pinsleepe, den Todesengel, erzählte. Oder meine Tätowierung, die lebendig wurde.

Ich habe wegen dem gelogen, was ich an jenem Nachmittag bei Strayhorn fand...

Es tut mir immer noch weh. Als würde ich ein düsteres Geheimnis preisgeben, das ich mein ganzes Leben hindurch versteckt gehalten hatte. Aber es war nicht *mein* Geheimnis. Es ist vielleicht, weil ich Phil Strayhorn liebte und immer noch nicht zugeben will – entweder vor mir oder vor der Welt –, daß das, was er tat, über alle Grenzen von Neugierde oder Sinnsuche hinausging. Was er tat, war unvorstellbar falsch. Was er tun wollte, war ... verständlich.

Ich spreche in Ellipsen. Hier ist, was geschah.

Als ich in die Einfahrt einbog, erinnerte ich mich an den Tag, als Phil und Sasha dort mit den Bloodstonemasken gestanden hatten und mir zum Abschied hinterherwinkten, wie Flea in den Büschen herumschnüffelte. Ich stellte den Motor ab und horchte einen Moment lang auf die Stille. Fröhliche Vögel, das geschäftige Summen von Insekten, in der Ferne fuhr ein Auto davon. Da waren die blühenden Kakteen, die wir gemeinsam gepflanzt hatten, als er in das Haus zog. Vom Wagen aus konnte ich durch eines der vorderen Fenster sehen und einige Objekte im Wohnraum ausmachen.

Etwas bewegte sich darin.

Ich setzte mich aufrecht in den Sitz.

Irgend etwas war für einen Augenblick im Fenster zu sehen und verschwand dann ebenso schnell wieder. Ein Kopf? Ein Kind, das durch den Raum lief, den ich durch das Fenster sehen konnte? Es ließ sich nicht sagen. Kein Kind gehörte in das Haus eines Mannes, der seit drei Tagen tot ist.

Da war es wieder. Es hopste. Es *war* ein Kind. Kurzes Haar. Gelbes Hemd. Winkende Hände in die Luft gestreckt, als es vorübersprang.

Ich stieg aus dem Wagen und suchte die Schlüssel für das Haus und die Alarmanlage an Sashas Schlüsselring. Ich ging den kurzen Weg entlang und hielt nach dem Kopf Ausschau, sah aber nichts.

»Heda, Sie!«

Ich drehte mich um und sah Mr. Piel kommen, Phils Nachbar.

»Wie gehts, Mr. Piel?«

»Gregston? Also, ich bin froh, daß Sie das sind, und nicht wieder welche von diesen greulichen Groupies. Sie hätten sich das ansehen sollen, was wir alles hier oben hatten, seit die Nachricht bekannt wurde. Richtige Scheißköpfe. Bloodstone Fanclubs. Irgend ein fetter Kerl hat sogar den Arm von seinem Briefkasten gestohlen! Man soll die Toten ruhen lassen, sag ich.«

»Es ist sehr, sehr traurig, Weber. Er war ein guter Kerl. Ich mochte ihn. Seine Filme waren Scheiße, aber der Typ war nett und machte keinen Krach. Versteh bloß nicht, warum er den verdammten Hund auch umgebracht hat. Wirklich ein niedliches Ding. Den hätte er auch meiner Frau geben können. Sie hat einen ganzen Tag geheult, als sie das gehört hat.«

»Ist irgend jemand im Haus gewesen, seit die Polizei hier war?«

»Nee, die Bullen habens für ihre Nachforschungen zugesperrt, und danach hab ich hier ein Auge drauf gehabt. Ohne mein Wissen wäre da keiner reingekommen. Klar, Sasha ist ein und aus gegangen, aber sonst niemand nach den Bullen.«

»Da ist also jetzt niemand drin?«

»Keiner, von dem ich weiß. Gehn Sie rein?«

»Ja.«

»Sie haben 'nen Schlüssel? Woher haben Sie den?«

»Ja, Mr. Piel, ich habe einen Schlüssel. Halte ich Sie vielleicht von irgendwas ab?«

»Sie sagen mir, ich soll Leine ziehen?« Er verschränkte seine Arme über einer schmalen Brust. Er hatte mal als Kulissenschieber gearbeitet, aber seine wirkliche Berufung im Leben war die eines professionellen Wichtigtuers. In manchen Momenten mochte man seine Aufdringlichkeit, in anderen wollte man ihm eine reinschlagen.

»Mein bester Freund hat sich da drin sein Hirn rausgeschossen, Mr. Piel. Ich stehe gerade davor, reinzugehen und mir sein Blut auf den Möbeln anzusehen. Ich bin nicht in der Stimmung, höflich zu sein. Danke, daß Sie auf das Haus aufgepaßt haben.«

Er drehte sich um und ging weg. »Manche Leute sind eben undankbar. Ich sollte sie einfach das Haus abreißen lassen. Was kümmerts mich?«

Ich ignorierte ihn, ging zur Tür und benutzte die notwendigen Schlüssel, um den Alarm abzustellen. Ich wollte unbedingt wissen, wer oder was im Haus sein mochte. Ängstlich war ich nicht. Zu viel war geschehen, um mir noch Angst einzujagen. Irgendeine Art von Erklärung stand unmittelbar bevor, und ich war neugierig, sie zu erfahren.

Als ich die Tür öffnete, hörte ich eine sehr vertraute Melodie.

Ex und hopp,
gleich platzt dir der Kopp.
Das ist die *Finky Linky Schau!*
Deine Füße sind groß
in Mathe haste nix los
aber du wirst ja erst noch richtig schlauuuuu...

Ich ging genau in dem Moment in das Wohnzimmer, als das Kind aus der Küche gehopst kam und die Titelmelodie mitsang.

Zuerst dachte ich, es wäre ein sieben(?)jähriger Junge, denn das dunkle Haar war sehr kurz geschnitten, aber die Singstimme war die hohe und zarte Glocke eines kleinen Mädchens.

Barfuß hopste sie in einem Jeansoverall und einem gelben Hemd im Zimmer umher. Je länger ich sie ansah, um so deutlicher wurde mir, daß sie eine *wirkliche* Schönheit war. Nicht nur ein niedliches kleines Kind, diese hier hatte alle Anlagen, um...

Der Schönheitsaspekt verlor sich, als ich sah, wie ungewöhnlich ihr Bauch geformt war. Es sah aus, als versteckte sie unter dem Overall einen Basketball. Sie sah mich an, bis sie merkte, daß ich auf ihren Bauch starrte. Da blieb sie mitten auf dem Boden stehen und zog ihre Jeans und ihr Hemd aus. Sie war schwanger.

Es war obszön und komisch. Sie stand mit ihren Händen an ihren Seiten da und lächelte mich an. Ich konnte meine Augen nicht von ihr nehmen. An meinem Stieren war nichts Sexuelles oder Lüsternes. Es war zu unerhört, um sexy zu sein, etwas, das Eric Fischl oder Paul Cadmus in eines ihrer Bilder gemalt haben könnten. Oder Bosch.

Bosch! *Der Garten der Lüste.* Als *Mitternacht* gerade herausgekommen war, sagte Phil in Interviews, er hätte viele seiner visuellen Inspirationen aus diesem Gemälde bezogen. In Harvard hing ein großer Druck davon über seinem Schreibtisch. Ich konnte mich nur an bestimmte Details erinnern, aber als ich dieses kleine schwangere Mädchen ansah, war ich irgendwie sicher, sie war auch in dem Gemälde. Das gruselte mich mehr als alles andere.

Grusel Nummer zwei kam, als sie sprach. Heraus kam eine tiefe, rauhe Schokoladenmoussestimme. Wie die von Lauren Bacall in *Haben und nicht haben,* sexy und verfügbar. Eine Stimme, die Tausende von Zigaretten geraucht hatte und die Nacht mit dir durchmachen würde.

»Das ist es, was du suchst.« Sie ging zu einem Beistelltisch, nahm ein Buch und brachte es mir. »Das hat er gelesen, bevor er sich erschoß.« Ich wollte sie und das Buch gleichzeitig ansehen.

Sie bot an, es auf einer bestimmten Seite zu öffnen. Zögernd nahm ich es. *Ausgewählte Gedichte von Rainer Maria Rilke.* Auf der weißen Seite waren zwei rote Flecken. »Die zweite Elegie.« Das Mädchen ging zum Fernseher und schaltete ihn aus. Sie drehte sich mir zu und sprach langsam und deutlich.

> Jeder Engel ist furchterregend. Und doch, ach, ich beschwöre euch, tödliche Vögel der Seele von euch zu wissen...
> Aber wenn jetzt der Erzengel, gefährlich, von hinter den Sternen nur einen Schritt abwärts auf uns zu täte: Unser eigenes Herz, schneller und schneller schlagend, schlüge uns zu Tode. Wer bist du?

»Du bist Pinsleepe, nicht wahr?«

»Ja.«

Ich wußte nicht, was ich noch sagen sollte. Sie war Pinsleepe der Engel. Der Engel, der zu Phil gekommen war, bevor er starb, und ihm gesagt hatte, er solle aufhören die *Mitternachts*-Filme zu machen, denn sie seien böse.

»Las er tatsächlich von Engeln, bevor er es tat?«

Ihre Nacktheit war weich und eckig. Frauen haben Kurven, kleine Mädchen Ecken. Selbst schwangere Mädchen. Lächelnd stand sie da.

»Ich glaube ja. Ich war gekommen, um ihm zum Mittagessen ein Sandwich zu machen. Als ich kam, saß er auf der Veranda, und das Buch war auf dieser Seite aufgeschlagen.«

»Sasha sagte mir, *sie* sei gekommen, um ihm das Mittagessen zu machen!«

»Sie wars. *Wir* warens.«

»Ich verstehe nicht.«

Das Mädchen nahm meine Hand und führte mich zur Couch. »Erinnerst du dich an eine Nacht in Wien, als du und Sasha ausgegangen seid, um –« »Schau, komm zur Sache! Ich verstehe *nichts* von alledem. Klar? Mein bester Freund brachte sich um. Rief mich an, um sich über *Daumen* zu unterhalten, und brachte sich dann um. Das macht doch keinen Sinn, oder? Seit zwei Tagen höre ich mir Geschichten über ihn an. Tätowierungen werden lebendig. Videobänder! Auf einem starb meine Mutter! Jetzt du... Herrgottnochmal! Sag mir einfach, was zum Teufel los ist!«

Sie griff sich ein pinkfarbenes Kissen und legte es sich auf ihren haarlosen Schoß. »Mein Name ist Pinsleepe. Ich kam, weil er in Schwierigkeiten war.«

»Was für Schwierigkeiten?«

»Mit Gott.«

»Schau, ich glaube an Engel. Ehrlich! Aber *du* bist nicht das, an das ich glaubte. Verstehst du? Sie müssen ja nicht gerade aus dem Himmel kommen, oder... ich habe mein ganzes Leben lang von ihnen geträumt. Überall nach ihnen gesucht: In Freunden und auf der Straße, wie nach verlorenen Münzen. Ich kannte sogar einmal eine Frau...

Bist du ein Engel. Pinsleepe? Dann beweis mir das. Flieg oder tu ein Wunder. Engel können –« Sie hob eine Hand und brachte mich zum Schweigen, senkte sie dann auf ihren geschwollenen, aufgeblähten Bauch hinab. Unter diesen kleinen Fingern begann er transparent zu werden. Gesunde Hautfarbe schwand augenblicklich und wurde zu Haut aus Glas. Drinnen und deutlich sichtbar, in sich selbst zusammengerollt, dennoch genug vom Gesicht zeigend, um es ausmachen zu können, war ein Fötus mit langen braunen Haaren: Eine winzige ungeborene Sasha Makrianes.

»Sasha und ich sind schwanger miteinander. Weber. Wer von uns zuerst niederkommt, wird leben. Nur das Baby stirbt.«

»Warum? Was hat Sasha mit Phil zu tun? Sie weiß nicht einmal, woher das Baby *kam*! Ist es seins?«

»Nein. Es kam mit ihrem Krebs. Beides sind falsche und unnatürliche Dinge, aber das war Phils Tod auch. Beide sind ein Ergebnis seines Selbstmords.

Ich war gekommen, um ihm das zu sagen. Um ihm zu erklären, daß seine Filme und sein ganzes Leben zu weit gegangen waren. Es gibt ein menschliches Gleichgewicht und es gibt Extreme. Es ist für jeden anders, aber plötzlich kommt man an seine Grenzen.

Wenn man die überschreitet, explodiert die Gier wie eine Bombe in alle Richtungen. Sieh dir an, was mit diesen Kindern in Florida passiert ist. Was mit Matthew Portland geschah. Dasselbe geschieht mit Sasha. Es ist alles Phils Schuld. Hätte er nach der ersten Warnung aufgehört, ich glaube, alles hätte sich wieder eingerenkt. Aber er tat es nicht. Er tat diese anderen Dinge und dann brachte er sich um. Vielleicht dachte er, das sei der einzige Weg, seine Gier zu zügeln. Aber ich habe ihm immer wieder gesagt, daß er für alles, was er tat, verantwortlich war. Immer. Jetzt, da er tot ist, muß das ein anderer sein.«

Zweiter Teil

»Was willst du also?«
»Nichts als Donner.«
Michael Ondaatje,
Im Fell eines Löwen

I

Ich erinnere mich noch genau daran, wo ich anfing »Mr. Fiddlehead« zu schreiben. Nur, daß es damals einen anderen Titel hatte – »Pinsleepe«.

Das ist richtig. Das ist etwas, das Weber wahrscheinlich niemals herausfinden wird, und sie wird es ihm bestimmt nicht erzählen: Der Film sollte ein Stück meiner Kindheit werden wie ein Stück Pizza, wenn man klein ist und sich eine ganze nicht leisten kann. Hier und da hatte ich bereits kleine Teile in den Mitternachts-*Filmen verwendet, aber* Pinsleepe *sollte der größte werden.*

Die Idee bekam ich, als ich an dem Video für Vitamin D arbeitete. Während eines Abendessens mit Victor Dixon, dem Leadgitarristen der Band, sprachen wir über unsere Kindheit. Victor erzählte mir, er kenne eine Frau, die ihr Leben damit verbringe, ihre Kindheit aufzuarbeiten, weil sie so traumatisch war.

Ich fragte, ob er viel über seine nachdenke. Seiner Antwort verdanke ich Pinsleepe.

»Ja, Mann, kann man sagen. Ich war eins von diesen einsamen kleinen Kids, verstehst du? Also habe ich mir diesen geheimen Freund ausgedacht, den Bimbergooner, der mir Gesellschaft leistete. Irgendwie 'ne Mischung aus Sheena, Königin des Dschungels, Tom Terrific und Finky Linky. Ich habe mein ganzes verfluchtes Leben damit verbracht, jemanden wie den Bimbergooner zu suchen, um ihn zum Freund zu haben.«

»War das ein Mädchen?«

»Keine Ahnung. Ich glaub schon. Oder sagen wir, sie war ein Junge, hatte aber alle guten Qualitäten eines Mädchens. Irgendwie so.«

Ich lachte zu laut. Er sah mich merkwürdig an. »Ich lache, denn ich hatte ›Pinsleepe‹. Sie klingt genau wie dein Bimbergooner, nur daß Pinsleepe ganz bestimmt ein Mädchen war. Weißt du warum? Weil meine Traumfreundin nicht gezögert hätte, ihre Hosen runterzulassen und mir ihr Ding zu zeigen, wann immer ich wollte. Natürlich war ich damals versessen darauf herauszufinden, wie ›es‹ aussah, aber meine Schwester Jackie wollte es mir nie zeigen. Ich machte aus Pinsleepe ein Mädchen, damit sie nicht nur meine

Freundin sein konnte, sondern auch die richtigen Rohrleitungen hatte, um meine Neugierde zu befriedigen.«

Victor schnaubte. »Scheiße. Hätte ich nur auch daran gedacht! Ich glaube, ich wußte nicht mal, wie mein Schwanz damals aussah, ganz abgesehen davon, wohin ich den eines Tages mal stecken würde.«

Er sprach weiter über seinen imaginären Freund, aber ich spann schon an einer neuen Idee und Inspiration herum.

Ich wollte einen Film über Pinsleepe machen! Aber eine Pinsleepe, die zwanzig Jahre später zurückkommt, um ihren alten Freund und Schöpfer zu besuchen.

Was würde man machen, wenn das tatsächlich passierte? Wie würden wir mit der Rückkehr unserer Kindheit umgehen? Oder mit einem mysteriösen Teil, der persönlich wieder vorbeikam und eine Weile bleiben wollte, um zu sehen, was sich in der alten Nachbarschaft alles so verändert hatte.

Ich war Bloodstones und seiner dürftigen Welt so überdrüssig geworden (und er langweilte mich auch), daß ich wußte, ich mußte etwas völlig anderes machen, oder ich drehte durch. Ich hatte die kleine Rolle in Webers Film gespielt, aber ich brauchte mehr als nur dieses exotische hors d'œuvre. Das hier, in Lebensgröße aus dem Nichts erschienen, war ein Geschenk des Himmels!

Das Problem war, niemand auf der Welt wollte es machen, auch mein Partner Matthew nicht. »Ich sage dazu zwei Wörter, Phil, und die sagen alles: Woody Allen.« Er lehnte sich zurück und sah aus, als hätte er gerade Einstein widerlegt.

»Was soll das bedeuten, ›Woody Allen‹? Wieso ist das ein Argument?«

»Jedesmal wenn Woody Allen einen Film macht, der nicht komisch ist, geht er direkt ab ins Klo. Die Finanzen, die Rezensionen, alles. Warum? Weil Leute in Woody-Allen-Filme gehen, um was Komisches zu sehen. Und genauso gehen sie in deine Filme, um Bloodstone zu sehen und sich in die Hosen zu pinkeln. Schau dir an, was mit Coca Cola geschehen ist, als sie versuchten, ihre Geschmacksformel zu ändern, Phil.

Klassische Strayhorn-Arbeit. Fang nicht an, mit einer neuen Formel herumzumachen.«

»Was würdest du tun, wenn ich darauf bestehen würde, diesen Film zu machen?«

»*Meine Sammlung großartiger Fünfziger-Jahre-Möbel verkaufen, um die Knete aufzutreiben. Wichser. Das weißt du. Aber das heißt auch noch lange nicht, daß ich dir nicht meine Uzzi ins Auge stecke, wenn wir pleite machen.*

Ich zieh dich nur auf. Mach's! Wen kümmert's? Wie soll das noch mal heißen. Pin Lips? *Meine Güte.*«

»Pinsleepe. *Ich mach dir ein Angebot, Matthew. Ich schreibe* Mitternacht Vier *für dich, und wir machen das zuerst. Dann meinen Film. Abgemacht?*«

»*Yeah, abgemacht! Ich hätte nicht gedacht, ich könnte dich überzeugen, früher als in zwei Jahren* das *Make-up wieder aufzulegen, altes* ›Kotzgesicht‹. *Netter Name, nicht? So haben sie dich in der letzten Ausgabe des* Fangoria-*Magazins genannt.*«

Ich machte mir Notizen zu Pinsleepe und unserer gemeinsamen geheimen Welt gleichzeitig mit Skizzen für Mitternacht tötet.

Es dauerte sehr lange, mich daran zu erinnern, wie sie genau aussah. Ein wirklich klares Bild hatte ich erst Monate später in Jugoslawien, während wir dort über Drehrechte für die nächste Bloodstone-Ausstattung verhandelten.

Ich erinnere mich daran, daß ich eine Zeichnung von ihr auf einer Papierserviette in einem Straßenrestaurant in Dubrovnik machte. Wir aßen Ćevapčići *und tranken ein gutes jugoslawisches* pivo. *Als ich fertig war, steckte ich die Serviette in meine Brieftasche und ließ sie da, bis ich starb. Ich weiß auch nicht warum.*

Bloodstone. Die Rückkehr zu ihm und der Mitternachts-*Welt war eine Qual. Nicht daß es schwierig gewesen wäre, einen vierten Film zu schreiben; ich kannte die Geographie des Ortes (nur zu) gut und wußte genau, wohin ich gehen mußte.*

Was mich abstieß, war die Notwendigkeit, überhaupt dorthin zu gehen. Ich bedauerte am meisten die Tatsache, daß ich diesen Teil meines Lebens nicht einfach hinter mir lassen konnte, wie irgendein Kaff, wo ich aufgewachsen war, das ich aber verließ, sobald ich mit der Schule fertig war.

Auf halber Strecke in einem annehmbaren, aber durch und durch mittelmäßigen Drehbuch schmiß ich alles hin und fing wieder an, diesmal mit neuem Ziel: Wenn, wie ich hoffte, Mitternacht tötet *für lange Zeit der letzte von »diesen« Filmen wäre, warum sollte ich dann nicht so hart wie möglich daran arbeiten, um den besten aus der Serie zu machen? Einen Horrorfilm so siedend und unheimlich, wie Radioaktivität, mit genug Tricks und Fallen darin, um die Leute bis zum Ende in Angst und Grauen zu versetzen.*

Das *war es wert, bis ich die Möglichkeit für eine ernsthafte Arbeit bekam und mit* Pinsleepe *anfangen konnte.*

Ich zog in Matthews Haus in Malibu und schaute drei Tage lang auf den Ozean. Nichts. Keine Inspiration aus Meeresbrisen.

Nachdem ich mich entmutigt wieder nach Hause geschleppt hatte, fand ich bald, wonach ich suchte, auf einer Postkarte von Weber. In Europa hatte er Elias Canetti für sich entdeckt und schickte mir jetzt Karten mit Zitaten des Schriftstellers. Manchmal drei pro Woche.

»Die äußere Haltung von Menschen ist so zweideutig, daß man sich nur so geben muß, wie man ist, um völlig unerkannt und verborgen zu leben.«

Ich las diese Worte dreimal, schaltete dann das einzige Licht im Zimmer aus und lächelte wie eine glückliche Hyäne. Blut strömte in meinen Kopf, und es fühlte sich an, als glühte ich im Dunkeln.

Was wäre, wenn ich Bloodstone diesmal in einem konservativen blauen Anzug auf die Straße ließe, mit einer zerlesenen Bibel in der Hand, wenn »Kotzgesicht« in der süß-sauren Welt eines verlogenen Fernsehpredigers spielte? Was, wenn er diesmal für das, was er tat, verehrt *und nicht gefürchtet würde?*

Verehrt von einer Gesellschaft, die ihren Gott und die Erlösung so einfach und sättigend haben will, zugänglich, *wie einen Deluxe-Cheeseburger mit Pommes frites. Ein Brot- und Wunder-Erlöser.*

Nur, daß er sich im Falle von Bloodstone als die Kehrseite der Erlösung herausstellen würde – Schaut mich an, Brüder und Schwestern! Ich nahm den falschen Weg und beobachtete, was geschehen ist! Ich habe die Hölle gesehen, das Ende, den Ort ohne Wiederkehr. Ja, es ist so schlimm, wie ihr dachtet. Ja, es gibt Teufel dort – Seht mich an. Flammen? Seht euch mein Gesicht an! Schaut mich genau an – ich bin ein lebendiges Visum aus diesen Ländern. Grund für eure schlimmsten *Ängste. Okay, starrt mich an, aber hört mir zu. Ich war da. Ich kann euch hindurch helfen.*

»Leo Knott. *Das war mein Name, Leute. Ein einfacher amerikanischer Name. So amerikanisch wie dein bester Freund. So amerikanisch wie du.*

Leo Knott. *Das war mein Name. Das war* ich.

Nicht der Bloodstone, den ihr jetzt seht. Nicht dieser menschliche Schrei mit einem Gesicht wie Erbrochenes und einer Seele, die nach altem Parfum und Fleisch stinkt.

Nein, nur Leo Knott, ein Diener Gottes, der auf dem rechten Weg begann. Aber dann geschah etwas, Leute. Plötzlich sah Leo Knott, daß er alle Überredungskünste, die ihm zur Verfügung standen, gebrauchen *konnte, um zu bekommen, was er wollte. Nicht, was Gott der Herr wollte, was Leo Knott wollte.*

Habe ich es benutzt, um Frauen zu bekommen? Mein Haus war voll von Blondinen. Mußte den Hörer nebens Telefon legen, sie riefen Tag und Nacht an. Ich besaß zwei schwarze Adreßbücher!

Habe ich es benutzt, um Geld zu bekommen? Ich hatte soviel Geld in der Tasche, es sah aus, als trüge ich immerzu ein paar Sandwichs darin herum.

Das ist der Trick, versteht ihr. Sag den Namen ›Gott‹, und gute Leute kommen angerannt. Sie verkaufen ihre Bauernhöfe und Geschäfte und schicken einen Scheck. Wenn sie einmal glauben, öffnen sie ihre Herzen, und man kann hineinlangen und sich herausnehmen, was man will.

Das tat ich. Ich nahm das Beste von ihnen und dachte nicht einmal darüber nach. Ich nahm ihre Liebe. Ich nahm ihr Vertrauen. Und ja, nahm auch ihr Geld. Nicht für Gott. Für Leo Knott.

Ich brachte es alles durch! Gab es in eleganten Läden und luxuriösen Betten aus. Gab es für Nächte aus, an die ich mich am nächsten Tag nicht erinnern konnte, außer an die vollen Aschenbecher und die pinkfarbenen Lippenstiftflecken an den Rändern der Whiskygläser.

Wißt Ihr, wovon ich spreche?«

So beginnt Mitternacht tötet. *Bloodstone geht selbstbewußt auf der Kanzel in einer fliegenverseuchten Kirche in Watts auf und ab, seine Zuhörer sind eine verrottete Ansammlung von Junkies, Pennern, Leuten, die mit einem Fuß im Grab stehen. Nichtsnutzige Sackgassen an einem Dienstagnachmittag, am Ende ihrer Leben, die einem Freak zuhören, der Gott für sie herunterleiert, bis die Gratissuppe ausgegeben wird.*

Wir hatten die Männer und Frauen unter dem Schlimmsten, was wir auf der Straße finden konnten, herausgesucht. Ich wollte, daß sie so wirklich wie möglich aussahen – ihre Gesichter, ihre Kleidung, ihre ruinierte Hoffnungslosigkeit.

Als ich zu ihnen sprach, fühlte ich keine Notwendigkeit zu schauspielern. Abscheulich wie Bloodstone erschien, so war es doch einfach, er zu sein, denn sein Haß war rein und scharf wie der Geruch von Scheiße. Er war Scheiße: Keine Raffinesse, keine Ruhe, keine Maske. Nur Haß, der in einem Aroma kam, und tut mir leid, wenn du das nicht riechen willst – aber es ist genau hier in deinem Gesicht.

Ich kannte ihn, da ich meinen eigenen wilden Haß kannte. Es wird Sie allerdings enttäuschen, wenn Sie glauben, daß ich jetzt sage, daß ich mein Monster war, daß ich Bloodstone war. Niemals. Ich bin nie mit kralligen Drakulafingern und steinernem Herzen eine Straße hinuntergegangen, um Opfer zu suchen. Auch habe ich nicht von seinen Sünden geträumt und mir gewünscht, ich hätte die Courage oder wäre so pervers, sie zu begehen.

Aber ich werde Ihnen etwas sagen. Das Herz der Dunkelheit oder die Banalität des Bösen ist nichts anderes als Interesse. Die Tatsache, daß wir nicht völlig verwundert dastehen bei dem Horror, den einige Leute heute ausüben, ist Beweis genug dafür, daß die dunklen Dinge uns zu sehr interessieren.

Was sagte Goethe – »Ich kann mir kein Verbrechen vorstellen, das ich nicht unter gewissen Bedingungen begehen würde«? Bringen Sie das in moderner Version etwa so, »Ich kann mir kein Verbrechen vorstellen, das mich nicht irgendwie anzieht«, und Sie haben unsere Welt. Die Leute »liebten« Bloodstone und die Alpträume, die er auslöste, denn er nahm unsere wenigen Momente verrückten, erfrischenden Zorns und machte ein Leben daraus. Friede seiner Pisse.

Der erste Tag am Drehort ging nicht gut. Die Mannschaft machte viele dumme Fehler, während sie sich aneinander gewöhnten. Aber das war immer so, wenn man anfing, einen Film zu drehen.

Wichtiger war, in der Mitte meiner Predigt sollte einer der Penner laut furzen. Ich erinnere mich sogar noch an den Namen des Mannes, denn er war im ganzen Viertel dafür bekannt, daß er furzen konnte, wann er wollte: Michael Rhodes.

Als ich sagte »Jeder, der glaubt, sein Herz sei gut, ist ein Dummkopf und ein Lügner«, sollte Michael Rhodes seine Sache machen. Auf den Proben war alles glatt gelaufen. Ich sagte »ein Dummkopf *und ein Lügner«, und er ließ genug Wind und Geräusche los, um ein Segel aufzublähen.*

Aber als die Kameras liefen und Michaels großer Augenblick kam, versagten seine Achterwinde. Nicht ein Tuten, obwohl der verkniffene panische Ausdruck auf seinem Trümmergesicht deutlich zeigte, daß er es auf jeden Fall versuchte.

Während der ersten paar Aufnahmen war es lustig. Aber wie lange kann man über einen Schnitzer lachen? Dann wird es langweilig und frustrierend und verhärtet sich in ständiges Versagen.

Schon zum fünften oder sechsten Mal war nichts passiert. Ich war drauf und dran, »Cut!« zu rufen, als irgend jemand *eine Explosion fliegen ließ, die wie ein Schleppboot klang, das den Hafen durchquert. Alle klatschten.*

Ich schaute über die Gemeinde und schaute noch mal, als ich ein neues Gesicht sah, das vorher nicht dagewesen war. Wat is dat?

Ein kleines Mädchen, aber was für ein *kleines Mädchen! Kurze Haare, wunderschöne Züge. Sie stach aus dieser Gruppe von Ratten heraus, wie eine kleine, aber helle Acetylenflamme. Sie lächelte bösartig und hielt sich ihre Nase mit zwei Fingern zu, so wie Kinder das tun, wenn etwas stinkt – Puh!*

Pinsleepe!

»Warst du hier, als Phil sich umbrachte?«

Pinsleepe schüttelte übertrieben den Kopf von einer Seite auf die andere – ein Kind, das zu deutlich Nein sagt. »Ich habe dir das schon gesagt – ich kam hierher, um ihm Mittagessen zu machen, aber er war tot.«

»Fandst *du* ihn, oder fand Sasha ihn?«

»Ich habe dir das schon *gesagt*, Weber, es ist dasselbe! Wir sind eins.«

»Erklär das.« Es war zum Verrücktwerden. In einem Augenblick sprach sie mit dem sicheren, weltgewandten Auftreten einer Karrierediplomatin, im nächsten war sie nur ein kleines Mädchen, mürrisch von zu wenig Schlaf oder einfach überreizt. Wie sollte ich so die Dinge erfahren, die ich wissen mußte?

»Ich muß mal zur Toilette.« Sie sprang auf und ging aus dem Zimmer. Ich sah durch die Glastüren auf die Veranda. Da war der Sessel, in dem er gestorben war. Da war ... das Telefon klingelte. Ich hörte, wie die Toilettentür sich schloß, genau in dem Moment, als das erste Klingeln endete. In der Nähe war ein Telefon, also hob ich ab.

»Weber? Ich bin's, Sasha. Bist du bald fertig da?«

»Eine Sekunde, Sasha. Bleib dran!« Ich ließ den Hörer auf die Couch fallen und ging schnell zur Toilettentür. Wenn ich das Kind auf dem Topf erwischte, dann war das eben so. Ich *mußte* sie sehen. Die Tür schwang auf, und niemand war da. Keine Pinsleepe, keine Sasha. Ein leerer Raum.

Ich habe einen Freund, dessen Katze immer ganz genau weiß, wann das Telefon klingelt, ohne daß es angefangen hat. Das Kind sprang genau vor dem Klingeln auf und war zu dem Zeitpunkt außer Sicht, als ich Sashas erste Worte hörte. Ich stand da mit der Hand immer noch auf dem Türknauf und hörte die letzten Worte des Mädchens.

»Es ist dasselbe. Wir sind eins.«

»Vor langer Zeit geschah diese grauenhafte Sache...«

Sprachlos sah ich von dem Papier auf. Auf der anderen Seite des Grabes starrte Sasha mit einem Ausdruck stumpfer, leerer Traurigkeit in ihrem blassen Gesicht auf Phils Sarg. Wyatt Leonard stand auf der einen Seite neben ihr, Harry Radcliffe auf der anderen. Die beiden Männer sahen mich erstaunt an, aber Sasha blickte weiterhin in das offene Loch vor uns.

Ich wandte mich wieder dem Papier und den Worten zu, die Phil mich gebeten hatte bei seiner Beerdigung zu lesen. Die Worte, die der Off-Kommentar des Anfangs zum ersten *Mitternacht* waren.

> Ein berühmter Dichter sagte einmal »Vielleicht sind alle Drachen in unseren Leben Prinzessinnen, die nur darauf warten, uns handeln zu sehen, nur ein einziges Mal mit Schönheit und Mut. Vielleicht ist alles, was uns angst macht, in seiner wirklichen Form, etwas Hilfloses, das unsere Liebe will.«
> Aber das ist nicht wahr. Drachen und Monster warten nicht auf Mut und Schönheit. Nur auf Verlust. Nur auf den Tod. Es gibt auch Menschen, die so sind.

Wäre das jetzt der Anfang seines Films, sähe man die Schauspielerin Violet Maitland mit einem Baby auf ihrem Arm einen großzügigen pastellfarbenen Wohnraum zur offenen Balkontüre hin durchqueren. Während sie dem Baby süße Laute flüstert, geht sie auf den breiten sonnigen Balkon hinaus. Der Blick von diesem hohen, teuren Aussichtspunkt ist großartig.

Nach einem Moment, der uns gestattet, sowohl den Blick zu genießen als auch einen köstlichen Geschmack ihrer Welt zu bekommen, wirft die Frau das Kind so fest sie kann vom Balkon. Das einzige Geräusch ist das »Pfft« ihres Atems, während sie es tut.

Aber wir sahen uns den Film nicht an. Wir waren ein paar Hundert, die wir mit unseren persönlichen Gedanken über diesen Mann, der kurz davor stand, mit ein paar hundert Pfund Dreck für den Rest der Zeit bedeckt zu werden, um das Grab standen.

Warum hatte er das getan? Was war der Sinn? Allein für sich gelesen, hätte das Zitat von Rilke etwas bewegt, weil er sein Lieblingsdichter und weil das Gefühl für Strayhorn sehr passend war. Aber die gesamte Vorrede von diesem gräßlichen Film war geschmacklos und pervers.

Als wir zum Friedhof fuhren, gab Sasha mir einen Umschlag. Als ich ihn zu öffnen begann, legte sie ihre Hand auf meine und sagte, in seinem letzten Willen habe Phil darum gebeten, ihn nicht zu öffnen und zu lesen, bis die rechte Zeit gekommen sei. Ich hatte angenommen, daß er etwas zu sagen hatte, von dem er wollte, daß alle Trauergäste es zur gleichen Zeit hörten. Eine letzte wichtige Botschaft. Aber nicht das. Nicht ein makabrer Witz, der auf seine eigenen toten Kosten ging, in den letzten Minuten, die viele von uns immer für ihn haben würden.

Was hatte er in seinem Selbstmordbrief noch zu sagen?

> An einem bestimmten Punkt belud ich mein Boot mit allen wichtigen Besitztümern, von denen ich dachte, daß ich sie auf der letzten Reise zu den alten Tagen meines Lebens mitnehmen wollte. Quer über einen Ozean, dreißig oder vierzig Jahre lang. Alle Dinge, die wichtig waren – Menschen, Objekte, Ideen. Aber wegen jüngster Ereignisse (Stürme!) mußte ich eins nach dem anderen von diesen Dingen über Bord werfen. Bis jetzt, da mein Schiff so leicht ist, daß es erstaunlicherweise begonnen hat, *über* den Wassern zu schweben, was bedeutet, daß ich noch weniger Kontrolle habe, noch weniger Möglichkeiten, mein ursprünglich gesetztes Ziel zu erreichen.
> Wenn Weber kommt, bitte ihn, das Einliegende bei dem Begräbnis zu lesen. Ich würde es vorziehen, wenn niemand – auch ihr

beide nicht – es bis zur Zeremonie sieht. Ich nehme an, du und meine Eltern wollt eine Beerdigung, aber mir ist es eigentlich egal. Mein einziger Wunsch ist es, daß ich begraben und nicht eingeäschert werde.

Das alles tut mir leid, Sasha. Bitte sei versichert, daß es unter keinen Umständen deine Schuld ist. Du warst für mich immer die Ruhe und Vertrautheit eines Flüsterns. Ich liebe dich.

Es blieb noch mehr von Phils Grabrede zu lesen. Ich wollte gerade fortfahren, als die ersten Schüsse abgefeuert wurden.

Anders als bei den »Augenzeugenberichten« von bestürzten oder erregten Menschen, die man im Fernsehen hört, die »dachten, die Schüsse wären nur Fehlzündungen von Autos oder abgeschossene Feuerwerkskörper gewesen«, klangen diese wie Pistolenschüsse. Drei *Pows!* Sehr schnell. In dem Augenblick, den es dauerte, in ihre Richtung zu sehen, bemerkte ich, daß fast jeder sich auch dahin gewandt hatte. Als hätten wir alle ganz genau gewußt, wohin wir schauen mußten, genau dahin, woher das Problem kam.

»Da ist er!«

»Es ist dieser Scheiß*bloodstone*!«

Er kam in einem langsamen, gleitenden Laufschritt direkt auf uns zu. Schwarze Hose, schwarzes Hemd, silbernes Bloodstonegesicht. Die Pistole in seiner Hand wirkte groß wie ein Holzblock. Er lachte und schoß auf uns. Eine Frau auf der anderen Seite des Grabes fiel um. Dann ein Mann. Getroffen? Menschen rannten in alle Richtungen. Finky Linky schubste Sasha ins Grab und sprang ihr nach. Ich rannte, ohne nachzudenken, auf Bloodstone zu. Sein hohes schneidendes Lachen. *Pow!*

2

Wir schlugen ihn total zusammen. Irgendwann schrie eine Frauenstimme »Hört auf, hört auf! Ihr bringt ihn ja um!« Aber genau das wollten wir. Wir alle schlugen und traten auf den Dreckskerl ein, bis er verreckte oder nie mehr wieder hochkam. Ich schlage mich gern, aber sowas hatte ich noch nie gemacht – zwanzig (oder so) gegen einen, er auf dem Boden, und wir standen über ihm und prügelten auf diese bewegungslose Form ein, wo wir konnten.

»Mach das kranke Stück Scheiße kalt!«

»Brich ihm das Genick!«

Ich trat ihn und fühlte, wie etwas Hartes weich wurde.

Raufend und schlagend waren wir wie eine Meute ausgehungerter Hunde, die an einer kleinen Beute wahnsinnig wurden. Jeder wollte einen Bissen, sein eigenes, blutiges, frisches Stück. Mein dunkler Beerdigungsanzug war dunkelbraun und grau vom aufgewirbelten Staub der Balgerei. Irgend jemand bückte sich und riß die silberne Maske herunter.

Der Mann darunter sah wie ein Teenager aus. Nicht älter als zwanzig. In nicht mal einer Minute war sein junges Gesicht ein Brei in der Farbe reifer Früchte: blitzender Apfel und Traube, weiß nur dort, wo es so nicht sein sollte. Knochen.

Es war eine Schreckschußpistole. Er konnte noch einmal schießen – genau auf mich –, bis ich da war und ihm in die Eier trat. Er lachte, als er auf mich schoß, lachte noch auf der Erde, als er von einer traumatisierten Trauergemeinde zu einem Haufen nasser Klamotten zusammengeprügelt wurde.

Ich glaube, ich bin in meinem ganzen Leben noch nie so wütend gewesen. Als er lachte, hätte ich ihn nur zu gerne kaltgemacht. Lock wirklichen Zorn aus einer Person heraus, und es ist verdammt schwierig, ihn direkt wieder zurückzustecken. Verängstige uns nur genug, und wir machen alles.

Die Polizei war schnell da, und es kam zu einem kleinen Aufstand, als sie versuchten, uns zurückzuhalten und ihn da rauszuholen.

Wer war er? Ich habe den Namen vergessen. Sasha bat mich am nächsten Tag, ihr aus der Zeitung einen Artikel über ihn vorzulesen, aber als ich nur hörte, er sei ein »Mitternachts-Fan, der wollte, daß sein Held Philip Strayhorn so gut davonkam wie in seinen Filmen«, war es schon genug.

Meine Wut erschreckte mich. Meine Angst auch. Als ich mit Sasha und Mr. und Mrs. Strayhorn vom Friedhof zurückfuhr, sagte ich nichts, als der Alte loslegte.

»Es tut mir leid, aber das erstaunt *mich* nicht. Er war mein Sohn, aber ich bin nicht erstaunt, daß das passiert ist. Man kann keine Filme machen wie Philip und erwarten, daß die Zuschauer geistig gesund sind. Sie sind moralisch verdorben. Die Filme und die Leute, die bezahlen, um sie sich anzusehen. Was geschehen ist, ist das Resultat dieser Verdorbenheit.«

»Was halten Sie für einen guten Film, Mr. Strayhorn?«

Er war nicht daran gewöhnt, daß man ihm Fragen stellte, schon gar nicht eine Frau, deshalb sah er sie zunächst von oben bis unten an, bevor er antwortete.

»Ein guter Film? *Citizen Kane, Das siebte Siegel,* selbst *Der unsichtbare Dritte* ist ein guter Film, vielleicht sogar ein großer Film.«

Sasha saß ihm in der Limousine gegenüber. Sie lehnte sich weit vor, bis sie sich sehr nahe waren. »Nennen Sie mir ein paar gute Bücher.«

Er mochte diese Nähe nicht, war aber auch nicht bereit, klein beizugeben. »Oh, ich weiß nicht. Kipling ist ziemlich gut. Ich habe ihn gerade wieder einmal gelesen. Evelyn Waugh. Warum wollen Sie das wissen?«

»Wie steht's mit Gemälden?«

Mrs. Strayhorn berührte Sashas Knie. »Warum fragen Sie das, meine Liebe?«

»Ihr Sohn hat versucht, etwas Merkwürdiges, Neues und Vitales mit seinen Filmen zu machen, und alles, was Sie über sein Lebenswerk sagen können, ist, daß es *moralisch verwerflich* ist?«

Mr. Strayhorn verschränkte seine Arme und lächelte spöttisch. »Sie haben zu viele Kritiken gelesen, Sasha. Philip wurde ein sehr reicher Mann, indem er die Zwölf- und Dreizehnjährigen in diesem traurigen Land mit vielleicht einer Unze Fantasie und einem Jahresbedarf an Hühnerblut verkuppelte.

An *Mitternacht* war nichts ›Vitales‹. Was meinen Sie eigentlich, wie dumm ich bin? Ja, ein Kind einen Balkon hinunterzuwerfen ist merkwürdig, aber nicht merkwürdig im wundervollen Sinn von zum Beispiel Fellinis *8 ½*.

Ich respektiere Philips Erfolg. Er tat das, was er für sich gewählt hatte, gut. Aber die von euch, die seine ›Leistung‹ für etwas Wirkliches und Künstlerisches halten, etwas, das sich lohnt anzuschauen, sind entweder völlig zynisch oder dumm.

Gute Filme? Weber machte gute Filme. Schauen Sie sich *Wundervoll* gut an, und Sie erleben, wie sich zwei Stunden lang Liebe und Originalität entfalten. Es ist wie ein guter Schokoladenüberzug auf einem Kuchen.

Die *Mitternachts*-Filme sind sehr geschickt gemacht und sie ängstigen mich zu Tode, aber sie stinken.

Warum, weil sie aus ihren tierischen Instinkten Kapital schlagen?

Nein, weil sie die tierischen Instinkte, die so sehr ein Teil von uns sind, nicht *lieben*. Bestenfalls machen sie sich darüber lustig. Schon mal darüber nachgedacht, Sasha? Sicherlich nicht.

Wie ich meinen Sohn kenne, hat er Ihnen scharfsinnig ihre gesamte Ethologie und ›semiotische Wichtigkeit‹ erklärt; die gesamte protzig intellektuelle Blabla-Terminologie, die heutzutage wie teure Marmelade über die gesellschaftliche Meinung gestrichen wird. Aber wenn Sie reinbeißen, ist und bleibt es ein Scheiß-Sandwich, Marmelade oder nicht. Menschen wie Philip erfinden solche Ausdrücke, um ihre Arbeit darin zu verpacken, damit wir nicht mitkriegen...

Verdammt, ich weiß, daß er mich haßte –«

Mrs. Strayhorn legte eine Hand auf seinen Arm und gurrte, um ihn zu beruhigen. Er beachtete sie nicht und schoß weiter mit harten Geschützen auf Sasha.

»Das war sein Recht.

Vielleicht haben wir ihn und seine Schwester falsch erzogen. Kann sein. Aber ich werde Ihnen was sagen – ich bin traurig, daß er sich umgebracht hat, aber nicht schuldig. Er glaubte, Perfektion sei möglich. Das hat er sein ganzes Leben lang gesagt. Aber das war sein Problem. Ich bin sicher, er machte diese Filme als eine ›merkwürdige und vitale‹ Art, den Leuten zu sagen, daß sie gefährlich seien und in Schwierigkeiten und daß sie besser in sich hineinschauen, um herauszufinden, warum sie Filme wie *Mitternacht* mögen. Das verstehe ich. Das ist eine Art, das zu tun. Er machte Geld und hatte Erfolg und wußte ganz genau, daß seine Filme aus den falschen Gründen erfolgreich waren. Er zeigte uns ein übers andere Mal, wie völlig böse und abscheulich wir gegeneinander sein können. Das wollten sich die Leute ansehen und keine absurden aufgepropten moralischen Enden mit lächelnden Gesichtern und falschen Sonnenuntergängen. Nur der Abschaum oder Spinner, wie dieser Mann da auf dem Friedhof, kauften schließlich alle Eintrittskarten.

Ich habe festgestellt, daß Pauline Kael zu dem letzten Film nichts geschrieben hat, oder irre ich mich? Wissen Sie, wer was gesagt hat? Das *Fangoria*-Magazin. Deren Rezension stand neben einem Farbfoto von irgend jemandem mit einer blutverschmierten Schweinemaske mit einer Kettensäge in der Hand. Wissen Sie, wie *die* das größte Werk meines Sohnes nannten? Dieses Wesen, mit dem er die Leute erhellen wollte? ›Eitergesicht‹.«

»›Kotzgesicht‹«, korrigierte ihn seine Frau.

»Oh, Verzeihung – ›Kotzgesicht‹.«

Sasha saß am Küchentisch, während ich das Mittagessen vorbereitete. Sie hatte sich einen Bademantel und Hausschuhe angezogen.

»Glaubst du, sein Vater hatte recht?«

Ich begann einen Apfel zu schälen. »Ja, in gewisser Weise. Aber es ist verdammt schwer, sich im Erfolg nicht wohl zu fühlen. Es ist, als wenn man am Ende eines harten Tages in einen weichen Sessel fällt. Besonders für jemand wie Phil, der jahrelang nur Schwierigkeiten hatte, bis es ihm gelang. Er kam auf eine erfolgreiche Formel mit *Mitternacht* und ist mehr oder weniger dabei geblieben. Nichts dran auszusetzen.«

»Du hast das nicht gemacht. Jeder einzelne deiner Filme ist anders.«

»Sasha, vergleich uns nicht. Ich habe aufgehört, Filme zu machen. Ich habe das Handtuch geschmissen.«

»Warum? Nicht wegen dieses Erdbebens?«

»Das ist ein Teil. Phil hat seiner Schwester mal einen Satz gesagt, der mir immer im Gedächtnis geblieben ist: ›Die Welt braucht mich für gar nichts, aber ich brauch die Welt, um ihr ein oder zwei Sachen zu erzählen.‹ Nach dem Beben glaubte ich nicht, ich hätte noch irgendwas, das ich in Filmen ›erzählen‹ könnte.

Aber was anderes. Erinnerst du dich noch an die Zeit, als ich dieselben Träume hatte wie Cullen James?«

Sie nahm ein Stück Apfel vom Teller. »Ja, ich habe *Laute Träume* gelesen.«

»Cullen bat mich, nicht darüber zu sprechen, aber soviel sage ich dir: Für eine Woche meines Lebens hatte ich ein Gefühl dafür, was das Wunderbare *wirklich* ist. Filme machen nicht.«

Sie wollte sich den Apfel gerade in den Mund schieben, hielt aber inne und sah mich an. »Weißt *du*, was das Wunderbare ist?«

»Bis jetzt bin ich nur dahinter gekommen, daß es irgendwo im wirklichen Leben ist; nicht in der Fantasie oder der Kunst. Über diese Dinge kann man es vielleicht erreichen, aber es ist jenseits der Brücke.«

Sie schüttelte den Kopf. »Ich verstehe dich nicht.«

Ich nahm den Salz- und den Pfefferstreuer und stellte sie nebeneinander auf, die Stützpfeiler meiner »Brücke«. »Einen Vorschlag machen, wie man die Brücke überqueren könnte, ist das einzige, was die Kunst tun kann. Bessere Augen als unsere, bessere Ohren... haben Dinge erlebt, vielleicht Wahrheiten, die dabei helfen, zu vermitteln, wie man es schaffen kann. Was ist auf der anderen Seite? Erlösung und Frieden.

Aber man kann Erlösung ohne Kunst finden. Sicher, viele Künstler, wie vielleicht Van Gogh, die ein grauenhaftes Leben hatten, fanden in ihrer Kunst Erlösung. Aber ich glaube, es war nicht dieselbe Kunst, die sie rettete: Es war *Arbeit,* die Liebe zum menschlichen Aspekt, der eine Rolle dabei spielte, das brachte ihnen Frieden. In ihrer Arbeit war es eher ein Zufall, daß sie gerade Farbe auf Leinwand brachten, oder was auch immer.

Das Geheimnis ist irgendwo im menschlichen Akt. Der einzige Unterschied, den ich zwischen einem Künstler und einem Tiefbauarbeiter sehe, der seine Arbeit liebt, ist der: Wenn der Künstler gut arbeitet, ist er durch seine Arbeit auch in der Lage, ein bißchen von dem Chaos in seinem Leben unter Kontrolle zu bringen und darüber hinaus die Tätigkeit zu genießen. Der Tiefbauarbeiter bewegt nur Dreck von hier nach da.

Aber versteh mich nicht falsch, wenn er diese Bewegung mag, dann ist er immer noch tausendmal besser dran als viele andere Leute.«

Sie lächelte. »Du hast aufgehört, Filme zu machen, weil es dich nicht mehr befriedigte?«

»Nie! Ich liebe es, Filme zu machen. Immer noch. Es ist wie ein gutes Gespräch mit jemandem, den du wirklich magst und bewunderst. Aber wenn dir nichts mehr einfällt, wenn du nichts mehr zu sagen hast, dann kann dein Zuhörer die faszinierendste Person sein, aber du steckst trotzdem fest.

Darum habe ich mit der Krebs-Theatergruppe angefangen. Da gibt es eine Million Dinge, die man sagen kann.«

»Weil die Schauspieler sterben?«

»Nein, weil sie versessen auf alles sind, was sie kriegen können. Ich spüre das jeden Tag, und es macht mich auch versessen. Auf das Leben, nicht auf die Kunst.«

»Und was ist mit der Art von Kunst, die das Leben auf eine höhere Stufe hebt?«

»Nach meiner Erfahrung mit dieser Gruppe kann Kunst das Leben bestenfalls zu einem allumfassenden Jetzt erheben. Sie zwingt uns, Zeit, Tod, alles zu vergessen, und gestattet uns, nur *jetzt* zu leben. Darum sind die Schauspieler so begeistert von dem, was sie tun. Für ein paar Stunden in ihrem täglichen Einerlei brauchen sie nicht über Pillen oder Chemotherapie nachzudenken. Sie sind unsterblich.«

»Ich habe auch Krebs.«

»Das sagtest du. Willst du darüber sprechen?« Ich sah weder auf noch änderte ich meine Stimme.

»Noch nicht. Krebs und schwanger. Tolle Kombination, was? Leben und Tod leben in einem Magen. Hand in Hand!

Ich weiß nicht mal, woher das Baby kommt.«

»Wir können uns darüber unterhalten, wann immer du möchtest. Aber im Moment... hast du etwas Meerrettich?«

Wenn die Dinge nicht gut stehen, gehe ich oft in die nächste Küche und koche. Ich versuche, die Akte des Schneidens und Abmessens, des Gießens und Mischens zu kleinen Zen-Meisterwerken zu machen, die sich dann, alle zusammengenommen, eines Tages in Mini-Erleuchtungen verwandeln. Ich schließe meine Augen nicht und schieße keine Pfeile in Stieraugen – ich sautiere.

Während ich alles zubereitete, fragte Sasha, ob es in Ordnung sei, wenn sie sich hinlege, bis das Mittagessen fertig sei. Das war kein Problem, denn gute Gerichte sind eigenwillig – wenn man ihnen bei der Zubereitung nicht die volle Aufmerksamkeit widmet, werden sie nicht selten langweilig und beleidigt, verstecken sich in ihrem Zimmer hinter zu viel Salz oder Gewürzen.

Ungefähr zehn Minuten später, als ich bereits tief in das Geheimnis des Möhrenschälens eingedrungen war, fiel mir gar nicht auf, als sie den Raum betrat.

»Oh, Möhren! Kann ich eine haben?« Sie trug ein blauweißes Matrosenkleid mit Bluse und Rock, weiße Kniestrümpfe und schwarze Lackschuhe. Aber die Herzensbrecher waren die kleinen weißen Handschuhe und die Lackledertasche, die brandneu aussahen.

Mein erster Gedanke war, an ihr vorbei den Korridor hinunter in Richtung auf Sashas Schlafzimmer zu schauen.

Als sie das merkte, wurde ihre Stimme schmollend und verletzt, sie sagte »Wenn du willst, daß ich geh, dann weck sie nur. Das ist alles, was du tun mußt, wenn du mich nicht hier haben willst!«

»Komm her!« Ich nahm ihre kleine behandschuhte Hand und zog sie in ein Zimmer neben der Küche, wo Sasha einen Fernseher und ein altes Sofa stehen hat.

»Wo warst du? Wo bist du gewesen?«

»Auf dem Friedhof. Ich habe Phil ein paar Blumen gebracht.«

»Wo bist du neulich hingegangen? Als wir oben in seinem Haus waren?«

Sie ließ ihre glänzende Handtasche auf- und zuschnappen, auf und zu und zuckte die Achseln.

»Nur eine von euch beiden kann zur gleichen Zeit da sein. Stimmt's?«

Sie schaute auf ihre Handtasche. Auf und zu. Und noch mal. Sie nickte, ohne mich anzusehen.

»Etwas verstehe ich nicht. Du warst doch schon da, bevor Phil Sasha kennenlernte. Warum bist zu jetzt... *in* ihr?«

»Weiß nicht! Ich war mit Phil zusammen, als er ein kleiner Junge war. Ich bin schon viel länger sein Freund als *sie*!«

»Warum ist sie dann mit dir schwanger? Sie sagt, sie hat seit Monaten nicht mehr mit ihm geschlafen.«

»Was heißt ›mit ihm geschlafen‹? Meinst du im selben Bett?«

»Ich meine Sex zusammen haben. Sie haben seit Monaten nicht mehr miteinander gefickt.«

»Was bedeutet das, ›gefickt‹?«

Ich schielte sie ungläubig an. War das möglich? So viele Dinge zu wissen, reine Magie zu sein und das nicht zu kennen?

Ja, wenn sie tatsächlich nur ein kleines Kind wäre.

»Setz dich hierher. Setz dich neben mich. Ich will, daß du mir alles erzählst, was passiert ist. Von der Minute an, als du zurückgekommen bist, um wieder mit Phil zusammenzusein. Tust du das? Ich muß alles wissen, ok?«

Wunder gehören Kindern, wenn sie also darüber sprechen, dann ist es gewöhnlich mit der ruhigen entspannten Stimme von langjährigen Bewohnern. Denn mehr als das wirkliche Leben ist *das* ihr Zuhause. Sie glauben an Wunder. Leute mit erfolgreichen Flügeln, Religion. »Unmöglich« ist ein Feind für sie, Schwerkraft auch, genau wie unsere nüchternen und unangemessenen Stundenpläne. Viele ihrer Tage verbringen sie nicht einmal mit uns hier auf dieser Erde. Sie sind einfach nur sehr gut darin, so zu tun, als wären sie hier.

Pinsleepe sagte, sie sei acht. Ich vermutete später, daß das bedeutete, daß Phil sie schuf, als *er* acht war, und sie ist nie älter geworden. Aber wenn das stimmte, wie konnte sie dann »Mr. Fiddlehead« geschrieben haben?

»Ich hab es nicht geschrieben! Ich habe nur gesehen, daß es Phils Text war, und gedacht, es wäre eine gute Idee, es zu verändern. Ich hab die Seiten berührt.«

Auf dem Fernseher war ein Schreibblock. Ich nahm ihn und blätterte durch die Seiten, um sicher zu sein, daß nichts darauf war. Völlig leer. Ich brauchte noch irgendeinen unumstößlichen Beweis von ihr, noch ein Wunder, um mich davon zu überzeugen, daß das, was Pinsleepe sagte, auch wahr war.

»Berühr den hier. Mach dasselbe mit dem hier. Mach ›Mr. Fiddlehead‹ noch mal.«

Sie nahm den Block, trommelte einmal mit den Fingern darauf und gab ihn mir zurück.

Jede Seite war mit Phils Handschrift beschrieben; die Rückseite von jeder Seite. Handgeschrieben mußte es eine sehr lange Geschichte gewesen sein, denn der gesamte Block war voll. Ich legte ihn hin und sah sie an.

»Hat Phil sich dich ausgedacht, als ihr Kinder wart?«

»Sowas Ähnliches.«

3

Sie nahm mir die Videokassette aus der Hand, steckte sie in die Maschine und drückte alle richtigen Knöpfe, um sie zu starten. Phil erschien im Fernsehen.

»Hallo, Weber. Ich bin froh, daß du so weit gekommen bist. Eigentlich wußte ich es, aber es gibt immer die Möglichkeit, daß man sich gerade in den Menschen täuscht, die man liebt. Das ist der schlimmste Fehler, den man begehen kann. Aber in dir habe ich mich *nicht* geirrt.

Bestimmt willst du etwas über Pinsleepe erfahren. Auch über ›Mr. Fiddlehead‹. Was hat sie dir bis jetzt erzählt? Macht nichts. Ich erzähl dir, was ich kann. Wenn du noch Fragen hast, beantwortet sie sie dir.«

Was folgte, traf mich unerwartet. Ich nahm an, Phil würde mir die Geschichte mit den knappen, klaren Sätzen erzählen, die ich von ihm so sehr gewöhnt war. Statt dessen zeigte er mir für die nächste Viertelstunde Heimkino: Dieselbe Art, die ich von den letzten Minuten meiner Mutter auf unserem Flug von New York gesehen hatte.

Nur daß Strayhorns Videos von einem einsamen Kind handelten, das mit einem imaginären, unsichtbaren Freund namens »Pinsleepe« sprach. Aber in seinen Filmen war kein richtiger Freund. Ganz bestimmt nicht die mysteriöse kleine Schönheit, die neben mir saß.

Phil (und »Pinsleepe«) kletterten auf Bäume, bauten ein Fort, machten einen Schwertkampf. Während der ganzen Zeit erklärte seine Stimme im Off ihre gemeinsame Zeit: Wie er sie sich ursprünglich ausgedacht hatte, um sein verlorenes achtjähriges Leben zu füllen, welchen anderen Zweck sie hatte, wie sie wegging.

»Als ich zehn war, habe ich mich in Kitty Wheeler verliebt. Weil da plötzlich ein wirkliches Mädchen in meinem Leben war, brauchte ich Pin nicht mehr so sehr. Nach Kitty kam Debby Sullivan und dann Karen Enoch. Ich hörte einfach auf, sie zu brauchen. Ich hatte echte Freundinnen.

Erinnerst du dich daran, Weber? Freundinnen aus der vierten Klasse? Wen haben wir jemals mehr geliebt?«

Pinsleepe saß neben mir und schaute zu. Wenn sie sich gelegentlich bewegte, schaukelte sie und ließ ihre Beine gegen die Couch knallen. Es war ein Zeichen, daß sie sich langweilte.

Als er mit den Erinnerungen an ihre gemeinsame Vergangenheit fertig war, blendete der Film professionell aus und zeigte dann wieder Phil, der auf seinem Wohnzimmersofa saß.

»Das erste Mal, daß ich nach Jahren wirklich wieder an sie dachte, war kürzlich, als ich mich mit einem Freund über imaginäre Kindheitsfreunde unterhielt. Daher kam auch die Idee für ›Mr. Fiddlehead‹.

Während wir zu Dreharbeiten in Jugoslawien waren, schrieb ich ein paar Seiten eines Dialogs. Skizzen, nichts Fertiges, nicht mal gut. Ich wollte wieder darangehen, wenn *Mitternacht tötet* fertig war. Aber als ich es mir wieder vornahm, war eine Kurz*geschichte* geschrieben worden. Eine fertige Geschichte.«

Einiges wußte ich bereits von Finky Linky, einiges war neu. Das Kind trat wieder gegen die Couch, bis ich meine Hand auf ihr Knie legte und zudrückte, um sie zum Stillsitzen zu bewegen.

Ich wollte Fragen stellen, Dinge klären, die mich verwirrten. Du kannst einem Fernseher keine Fragen stellen.

Als wir anfingen, konkret über sie zu sprechen, spürte ich, wie sie angespannt und still wurde.

»Was die Leute nicht wirklich wissen, Weber, ist, daß wir uns unsere eigenen Schutzengel machen. Die Leute stellen sich Engel wie Cartoons aus dem *New Yorker* vor – Musen mit Harfen, die sich über die Schultern von Schriftstellern beugen, die Schwierigkeiten haben.

Aber es ist komplizierter als das. Natürlich sind sie da, aber sie kommen maßgeschneidert nach *unseren* Angaben.

Pinsleepe war nicht da, als ich ein Kind war – ich braute mir einfach das Bild eines perfekten Freundes zusammen, den ich brauchte. Offensichtlich wußte ich nicht, daß ich eine mitten aus dem Leben gegriffene Kitty Wheeler dringender gebraucht hätte. Denn sobald Kitty dann da war – zack! Keine Pinsleepe mehr.

Mein Schutzengel oder perfekter Freund kam, als ich sie am dringendsten brauchte.

Wir waren in einer beschissenen abgehalfterten Kirche in Watts und drehten eine der Szenen von *Mitternacht tötet.* Ich sah auf, und da war sie.« Er schnippte mit den Fingern und lächelte schief. »Ich könnte sagen, sie kam aus dem Nichts, aber das wäre albern. Sie kam aus meinem eigenen gottverfluchten Kopf!

Erinnerst du dich, ich hatte mit der Arbeit an ›Mr. Fiddlehead‹ schon begonnen, also war ich unbewußt nicht völlig schockiert, sie zu sehen.

Das, und die Tatsache, daß ich ihr Gesicht von vor langer Zeit aus meiner eigenen Jugend kannte. Als wenn man sich ein altes Klassenfoto anschaut und das Gesicht von jemandem sieht, an den man seit zwanzig Jahren nicht mehr gedacht hat. ›Ja klar, an die erinner ich mich!‹ Das war meine erste Reaktion.

Nur daß es näher dran war, unter der Haut – ich habe sie nicht sofort erkannt, aber wußte so sicher wie das Amen in der Kirche, daß das Gesicht irgendwann in meinem Leben mal wichtig gewesen war.

Das erste, was sie sagte, war –«

Der Fernseher ging aus.

»*Ich* will's dir erzählen.« Mit der Fernbedienung in der Hand wendete sie sich mir zu. »Er hatte wirklich Schwierigkeiten! Er machte diese *ekelhaften* Filme, die alle Leute krank und ängstlich machten. Weißt du, was passiert, wenn du das tust? Weißt du, was sie mit dir machen? Jede Menge! Die kriegen dich! Aber richtig!«

»Von wem redest du?«

»Gott, du Dummer! Wenn Gott böse auf dich wird, dann machst du besser, was er sagt, oder du kommst in Riiieesen-Schwierigkeiten!«

»Gott wollte nicht, daß Phil diese Filme machte?«

»Genau das.« Sie nickte übertrieben mit dem Kopf und gab mir die Fernbedienung. Die Diskussion war vorüber. Sie hatte gesagt, was sie wollte.

Sasha schlief noch eine weitere Stunde, bis sie aufwachte und nach mir suchte. Die meiste Zeit hörte ich Pinsleepe zu und dann, als sie ging, dem Rest dieses neuesten Segments meiner Strayhorn-Bänder. Ich verbrachte noch eine gute Weile damit, auf den dunklen Fernseher zu starren und das ganze Durcheinander in meinem Kopf zu sortieren. Es war nicht einfach. Eigentlich unmöglich.

Ein Engel; sie war auf die Erde gekommen, um ihn zu warnen; er sollte aufhören, *Mitternacht tötet* zu machen. Er war zu weit gegangen; er hatte sich in Ecken der menschlichen und kosmischen Psyche herumgetrieben, von denen er nichts wissen sollte. »Bloodstone« war zu dicht an irgendeiner wichtigen Wahrheit. Strayhorn war *ihm* zu nah.

Es ist einfacher, ihre separaten Monologe gegeneinander zu schneiden. Hör zu.

»Ich weiß nicht, wo oder wann es kippte, Weber; wo ich auf eine unbewußte Hauptader stieß und anfing, das richtige Zeug zu Tage zu fördern. Sie wollte mir nie sagen, was einfach nur guter Horror war und was das Land des Teufels.«

»Er machte sie immer schlimmer! Sie sagten ›Geh und sag ihm, er soll aufhören! Die Menschen haben Angst und bringen sich gegenseitig um.‹«

»Aber alle *Mitternachts*-Filme waren so. Was machte ich an diesem anders? Warum bist du nicht früher gekommen?«

»Sie lassen dich machen, was du willst, bis es gefährlich wird.«

»›Gefährlich für wen?‹ Zweimal habe ich sie das gefragt. Keine Antwort. Sie sagte nur, hör auf, diesen Film zu machen. Einfach so. Kannst du dir das vorstellen? Ein Budget von dreieinhalb Millionen Dollar. Vierzig Leute machen fleißig ihren Job, und ich soll einfach aufhören?«

»Ich hatte diese interessante Handlung, aber ich glaubte nicht, daß es Kunst war oder besonders... hervorragend. Warum also sollte ich aufhören? Horrorfilme bringen die Welt nicht aus den Fugen. Wenn sie gut sind, machen sie dir angst. Du gehst aus dem Kino und fühlst dich ein bißchen besser in deinem eigenen unbedrohten Leben. Das ist alles.«

»Er hörte einfach nicht auf! Er hörte einfach nicht auf mich! Weißt du, wie *schlimm* das ist? Weißt du, in welchen Trouble dich das bringt?«

»Erinnerst du dich daran, als Moses dem Pharao beweisen mußte, daß er in göttlichen Geschäften da war? Die Wunder, die er den Ägyptern zeigte? Wasser in Blut verwandeln? Seinen Stock in eine Schlange?

Ich bat Pin, mir ein Wunder zu zeigen. Ich nehme an, du hast das auch getan. Es gibt wohl keinen Zweifel daran, daß sie echt ist, oder? Weißt du, was sie für mich gemacht hat? In dich hat sie mich für einen Nachmittag verwandelt.

Erinnerst du dich daran, als du in New York aus dem Taxi stiegst, und die Frau von gegenüber, die, die immer nackt durch die Gegend läuft, das Taxi wollte? Du sagtest ›Möchten Sie diese Brust?‹ Ein großartiger Satz. Ich gebrauchte ihn in dem Film. Ich hoffe, du hast nichts dagegen.

Ich war mir sogar bewußt, welcher Tag es war, Weber. Der Tag, an dem du hörtest, daß Phil Strayhorn sich erschossen hat.«

»Aber er hat immer noch nicht aufgehört! Er wußte, daß er sich umbringen würde, und alles, alles wußte er, aber er hat nicht aufgehört!«

»Ich habe nicht aufgehört, weil es zu faszinierend war. Was hatte ich getan? Welcher Sache war ich so nahe gekommen, daß es sogar *die* ängstigte?

Prometheus, Mann! Vielleicht hatte ich was von dem großen Feuer gestohlen! Vielleicht war ich nah dran, ihren Scheiß-Rubiks-Würfel auszutüfteln!

Würdest du aufhören, wenn du dahin kämst? Nee, nee, zu aufregend. Selbst die Angst ist goldenes Adrenalin, glaub mir. Je mehr Pinsleepe sagte, ich solle es lassen, um so verlockender wurde es.«

Der Film wurde trotz des Todes von Matthew Portland (und zehn anderer) an einem der letzten Drehtage beendet. Ein Teil der Crew fuhr zur Eröffnung eines neuen Einkaufszentrums ins San Fernando Valley, um die Festlichkeiten für eine kleine Szene in *MT* zu filmen.

Die Architekten hatten das Gebäude so entworfen, daß auf dem Dach geparkt wurde. Der örtliche Bürgermeister war halb durch seine Rede durch, als einer der Stützpfeiler nachgab. Das Dach brach zusammen. Sechs Automobile fielen sofort durch die Decke. Fielen wie Bomben durch die Decke und auf alles hinunter. Ich sah das in New York in den Nachrichten und erinnere mich, wie ich damals dachte, ›wenn man das in einem Film zeigte, das würde niemand glauben.‹ Ein Bild war besonders einprägsam: Ein grüner Kombi lag auf dem Dach in einem großen immer noch sprudelnden Brunnen.

Am Tag von Matthews Beerdigung kamen die letzten Schnellkopien des Films aus dem Labor zurück. Als Phil sie sich ansehen konnte, wurde ihm zwei Dinge klar: *Mitternacht tötet* war absolut mittelmäßig, und die wichtigste Szene fehlte.

Das Labor sagte, sie hätten alles geschickt, aber sie würden auf jeden Fall noch einmal nachsehen. Sasha fuhr hin und überwachte ihre Recherchen, kam aber mit leeren Händen zurück.

»Ich hatte den Drehort für diesen Schuß geschlossen. Da waren nur Matthew, ich, die Kamera und die Tonleute. Bloodstone sprach zum ersten und letzten Mal in irgendeinem der Filme. Wahrscheinlich das einzige Mal, wo ich inspiriert beim Schreiben war. Die gesamte Serie drehte sich um dieses Selbstgespräch.

Willst du raten, was als nächstes passierte? Matthew und Alex

Karsandi, der Kameramann, waren in diesem Einkaufszentrum, als das Dach einstürzte. Also blieben nur noch Rainer Artus, der Toningenieur, und ich übrig. Wir waren die einzigen, die wußten, was in dieser Szene geschah.

Pinsleepe hat sie nicht gestohlen. Ich glaube ihr das, denn als ich ihr von deren Verschwinden erzählte, wurde sie hysterisch. Sie sagte, deshalb wären Matthew und die anderen gestorben: Diese Szene, einmal abgedreht, werde lebendig und so rasend und ansteckend wie Nervengas.

Solange sie nur auf Papier war, war alles in Ordnung, aber einmal gefilmt, wurde etwas Böses darin geboren, das sich überallhin ausbreitete. Die einzige Möglichkeit, es aufzuhalten, war, die Szene zu zerstören oder, und das glaubte *ich* später, die Person, die sie geschaffen hatte. Also habe ich mich sehr galant und schuldig umgebracht. Einen Riesenlacher habe ich dafür verdient: Es klappte nicht.

Wie übertrieben oder melodramatisch es auch klingen mag, alles ist wahr. Darum ist Pinsleepe gekommen – um mich davon abzuhalten, diese eine Szene zum Leben zu erwecken. Als sie feststellte, daß sie das nicht konnte, blieb sie in der Hoffnung da, mich später davon zu überzeugen, sie wegzuschmeißen.

Du hast gesehen, was mit Sasha und Pinsleepe geschehen ist. Keine von beiden hatte Kontrolle darüber. Sasha und ich haben seit langer Zeit schon nicht mehr miteinander geschlafen. Aber sie ist trotzdem schwanger. Es geschah an dem Tag, nachdem wir die Szene geschossen hatten. Und sie hat Krebs.

Pinsleepe kann auch nichts tun, um zu helfen. Auf jeden Fall nicht, solange dieser Teil des Films noch existiert.

Ich kann dir nicht sagen, wo er ist, glaubs mir. Nicht mal von hier aus. Nach deinem Tod findest du einige erstaunliche Dinge heraus, aber ganz genauso erstaunlich sind all die Sachen, die sie dir nicht erzählen.

Aber hier ist eine witzige Sache: Du weißt doch, daß man nach einer Verhaftung vom Gefängnis aus einen Telefonanruf machen kann? Stell dir vor – hier auch. Sie geben einem, der noch lebt, die Gelegenheit, dich reinzuwaschen. Eine letzte Chance, etwas Wichtiges, das du versaut hast, in Ordnung zu bringen. Es ist ein interessanter Liebestest, wenn du genau darüber nachdenkst.

Ich habe dich ausgewählt, Weber. Ich habe gefragt, ob es in Ordnung wäre, wenn du den Film suchst.

Du *mußt* ihn finden, bevor alles untergeht. Das erste, was sie mir hier gezeigt haben, war das, was passiert, wenn du ihn nicht finden und zerstören kannst. Es ist abscheulich und grausam. So schlimm, wie man es sich nur vorstellen kann.«

Er starrte geradewegs in die Kamera. »Mein ganzes Leben lang wollte ich ein großes Tier sein und wirkliche Kunst machen. Einmal hab ich's geschafft. Genau einmal – ich habe tatsächlich etwas zum Leben erweckt.

Ergebnis? Das Schlimmste, was ein Mensch jemals machen konnte. Ich habe eine Handvoll Kunst gemacht, aber es machte so viel Krach, als es geboren wurde, daß es alle Trolle in der Höhle weckte. Und jetzt kommen sie raus und sie sind sauer. Mein lieber Mann sind die sauer.«

4

Ich starrte einen Fliederbusch an, als Finky Linky vorfuhr. Flieder riecht, wie er aussieht. Er könnte weder eine andere Farbe noch einen anderen Geruch haben. Die Blume riecht einfach mauvefarben, dieses spukende naive Lila, mysteriös und süß, jenseits des Verblühens. Wenn man darüber nachdenkt, ist die Kombination von Farbe und Geruch zuerst korrekt, dann perfekt.

Wyatt fuhr Phils XKE. Sasha bestand darauf, daß wir ihn nehmen, statt einen Wagen zu mieten, um ins Tal hinaus zu fahren und Rainer Artus zu besuchen.

Wir waren schon vier Tage in Los Angeles, bevor ich Artus endlich erreichte. Er hatte einen Anrufbeantworter, der seine Nachricht mit der Stimme von Peter Lorre durchgab. Zuerst war es makaber, dann ging es auf die Nerven, eine Nummer fünfzehnmal anzurufen und dieses deutsche Wiesel sagen zu hören: »Heh, heh, tut mir leid, tut mir *wirklich* leid, aber 933-5819 ist im Moment nicht da...«

Ich bat Wyatt mitzukommen, da er die ganze Geschichte kannte; Sasha nicht. Warum ich sie ihr nicht erzählte? Weil sie im Moment genug Probleme hatte und ich erst sehr viel mehr herausbekommen wollte, bevor ich ihr etwas sagte. Das machte Sinn.

Wyatt wußte Bescheid, denn er war der erste, der Pinsleepe erwähnte. Abgesehen davon wußte ich aus Diskussionen in der

Theatergruppe, daß er stark an Okkultes und »andere Welten« glaubte.

Sasha nicht. Für sie war Leben und Tod schlimm genug: Alles andere war entweder unbewiesene Theorie, ein Haltegriff für Schwache oder einfach Dummheit. Hätte ich ihr erzählt, daß sie mit einem Engel schwanger sei, der mit ihr schwanger sei (mal ganz abgesehen vom Rest der Geschichte), Sasha hätte ihren Kopf hängen lassen und in Verzweiflung geweint. Vielleicht Schlimmeres getan. In der ersten Nacht, die ich in ihrem Haus verbrachte, kam sie um drei Uhr morgens in mein Zimmer und kroch zu mir ins Bett. »Ich hab Angst. Laß mich bitte bei dir liegen.«

Jeden Tag sah sie schlechter aus. Seit der Beerdigung ging sie regelmäßig ins UCLA-Krankenhaus und ließ Tests machen. Die Leute, der Ort, die Tests ängstigten sie, und so war es noch wichtiger, daß wir da waren.

Obwohl sie wußte, daß Wyatt geplant hatte, bei einem Freund zu wohnen, bat sie ihn am zweiten Tag, auch bei ihr zu bleiben. Das tat sein Gutes, denn sie begannen sehr schnell darüber zu reden, wie es war, quälend und tödlich krank zu sein. Ich erzählte ihr von meinen Erfahrungen mit Leuten in unserer Krebs-Theatergruppe; Wyatt davon, wie es ist, jeden Morgen aufzuwachen und zwei Sekunden nachdem man richtig zu sich gekommen ist, daran zu denken, daß *es* heute sehr leicht passieren könnte.

Manchmal wollten sie mich dabei haben, manchmal nicht. Manchmal horchte ich von einem anderen Raum aus angestrengt auf ihr Murmeln oder das Geräusch ihrer Stimmen und dachte, sie erzählten sich Geheimnisse, die nur sie kannten oder ergründen konnten. Tod oder nahe bevorstehender Tod muß eine eigene Sprache haben; eine spezifische Grammatik und ein Vokabular, das nur auf jener Seite des Zaunes verstanden wird.

Theater ist eine positive Kunst. Es versucht wenigstens, Wörtern Leben zu geben. Wenn die Wörter schon lebendig und schön sind, dann verhilft gute Schauspielkunst ihnen dazu, von der Erde abzuheben. Ich habe das im Theater erlebt; mehr als einmal mit unserer Krebsgruppe in New York. Die Schauspieler, mit denen ich dort arbeitete, legten Enthusiasmus und Angst und ihre letzte Energie in alles, was wir taten. Ich konnte ihnen in der Regie behilflich sein, aber was immer sie an Talent oder Begeisterung mitbrachten, wurde viel mehr durch die Bedrohung ihrer ablaufenden Uhren zur Geltung gebracht als durch etwas, das ich sagte. Ich betrachtete mich nur als jemanden, der ihnen etwas geben konnte, das durch ein kleines Loch in einer Fensterscheibe oder einem Maschendrahtzaun paßte. Für mich war die Erfahrung unschätzbar, denn ihre Energie und Anstrengung waren lehrreich und elementar: Alles wurde von der klarsten, gesündesten Gier motiviert, die ich je gesehen habe – der Gier, die einen weiteren Tag Leben fordert.

Als ich Sasha und Wyatt reden hörte, dachte ich an diesen Zaun und wie unüberwindbar er schien, bis du dich plötzlich schrecklich und zu unerwarteter Zeit in deinem Leben auf der anderen Seite wiederfindest.

Mit seiner besten Finky-Linky-Stimme rief Wyatt aus dem Wagen: »Gehen wir, oder beobachtest du den Flieder?«

Ich brach einige Zweige ab und nahm sie mit. »Wann ist Sasha wieder da?«

»Hängt davon ab, ob sie ihren Test schnell machen können. Wahrscheinlich in ein paar Stunden.«

Er gab Vollgas und schoß davon. »Sie nehmen Sachen aus dir raus und schießen andere in dich rein. Sie schauen auf deine Eingeweide, als ob sie ein Videospiel wären, aber sagen dir nie, wer gewonnen hat, wenn sie fertig sind. Du trinkst Sachen, daß deine Eingeweide aufleuchten wie Las Vegas, und dann sagen sie, du kannst jetzt zur Toilette gehen und Las Vegas im Klo abziehen. Es ist erniedrigend und macht dir angst, und das schlimmste ist, wenn sie dir tatsächlich Bilder und Diagramme oder was auch immer zeigen, sehen die nach nichts aus. Du fühlst dich wie ein riesengroßer Arsch, denn das ist *dein* Körper in diesem Ausdruck, aber du kannst es nicht verstehen. Du mußt dich auf all diese großkotzigen Techniker verlassen, damit sie dir sagen, was in deinem eigenen, armen, beschissenen Körper wirklich geschieht. Du willst so gerne verstehen, was sie sagen, daß du dich wie verrückt konzentrierst, wenn sie anfangen zu reden, aber es macht immer noch keinen Sinn. Sie sagen ›Hämoglobin‹ und ›Anzahl weißer Blutkörperchen‹ und so viel mehr, daß dein Hirn sich abschaltet und du nichts mehr verstehst.

Aber sie wissen sogar, daß *das* passiert, also hören sie auf, medizinische Ausdrücke zu gebrauchen, und fangen an mit dir zu reden, als wärst du zurückgeblieben. Ein Arzt, den ich konsultierte, hatte so ein Super-Computerspiel, wo man die Krebszellen, die in deinen Körper kommen wollten, abwehren mußte. Wenn du es schafftest, hattest du gewonnen, das heißt, du lebtest. Das Ding machte kleine fiepende Geräusche. Fiep. Fiep. Fiep. Ich habe dieses verfluchte Spiel gespielt und einmal gewonnen. Das hat sich so gut angefühlt. Da saß ich, spielte dieses absurde Computerspiel und stellte mir vor, die kleinen Fieps wären freundliche kleine Helfer in meinem Körper...«

Er fuhr bis zu einem Stoppschild und sah mich an. »Die Tests sind Scheiße, Weber. Die, die sie mit Sasha heute wahrscheinlich machen, gehören zur zweiten Gruppe. Die machen sie, wenn sie wissen, daß du es schlimm hast, und sie wollen herausfinden, wie schlimm genau, bevor sie irgendeine Art von Therapie empfehlen!«

»Was hast du gemacht, als du zum ersten Mal hörtest, daß du es hast?«

»Ich ging los und kaufte mir ein Pastrami-Sandwich. In meinem ganzen Leben hat nichts so gut geschmeckt. Kaufte ein Pastrami-Sandwich und eine Packung Marlboro. Seit drei Jahren hatte ich nicht geraucht, aber was soll's, oder?«

Auf der langen Fahrt zu Arturs Haus sprachen wir über all die »Hier-stimmt-was-nichts« der letzten Tage.

»Weißt du, woran auch was nicht stimmt? Daß er Flea getötet hat. Unter keinen Umständen hätte Strayhorn den Hund jemals getötet.«

»Selbst wenn er irre war?«

»Selbst dann. Ich habe zu lange mit ihm zusammengewohnt. Er war nicht der Mann, der sowas macht. Er fing Mücken und ließ sie draußen vor dem Fenster wieder frei. Dieser Hund war reine Liebe für ihn. Er mochte alles an ihm. Warum sollte er ihn dann töten?«

»Weil er verrückt geworden war.«

Wir redeten und redeten. Einer brachte eine Idee vor oder eine Theorie, und sie wurde seziert oder ersetzt, oder sie schnellte von der Bande der Möglichkeiten zurück wie eine Billardkugel.

Kurz bevor wir ankamen, sprach Wyatt über seine große Idee.

»Ich wette...«

»Was?«

»Ich wollte was Seltsames sagen, aber es macht total Sinn. Alles was passiert ist und alles, worüber wir *gesprochen* haben... ist genau wie *Dr. Faustus.*« Er schaute weiterhin mit einem ausdruckslosen Fahrergesicht auf die Fahrbahn. Vielleicht hatte ich in meinem tiefsten Inneren, meiner abgründigsten Angst, selbst über diese Möglichkeit nachgedacht.

»Erklär mir das.«

»So wie du fragst, Weber, willst du hören, daß ich immer noch daran glaube, daß das alles wirklich passiert. Und das weißt du.«

»Sag mir trotzdem, wie du darauf gekommen bist.«

Er drehte seinen Kopf auf seinem Hals, als hätte er plötzlich einen schlimmen Krampf vom Fahren bekommen. »Im College haben wir alle *Dr. Faustus* gelesen: Ein cleverer Junge ist unglücklich mit seinem Leben. Nichts klappte so, wie er es wollte. Was soll er tun? Red mit Gott. Aber Gott antwortet nicht, also geht er eine Treppe tiefer.

Luzifer sagt, klar, ich helfe. Ich mach's dir besser, aber deine Seele gehört mir, wenn du stirbst.

Faustus stimmt zu und unterschreibt auf der gepunkteten Linie. Wir wissen, was dann geschah – er kriegt die Macht, die er will, aber gebraucht sie für alle falschen Sachen. Hat alle Macht in der natürlichen Welt, aber gebraucht sie, um Helena aus Troja erscheinen zu lassen, damit er sie ficken kann.

Klingt das langsam vertraut?«

»Phil. Er war damals so deprimiert, er hätte alles getan.«

»Das *tat* er – er schrieb *Mitternacht*! Aber er war auch klug, Weber. Vergiß das nicht. Darum machte er *diesen* Deal. Das ist natürlich nur meine Theorie: Er hat denen etwas Wichtiges überschrieben, aber nur weil er glaubte, er könnte ohne das leben. Er hat sich geirrt.«

»Was hat er aufgegeben?«

Wyatt drehte sich und sah mich kalt an. »Sein moralisches Gleichgewicht. Phil machte die besten Horrorfilme der Welt. Die größten Horrorfilme, die jemals gemacht wurden. Aber sie sind *zu* gut – zu furchtbar.

Sein Ruhm kam daher, daß er verachtungswürdige, häßliche Alpträume machte. Am Anfang war das eine Art zynischer Ulk, aber dann hatte es ihn bei den Eiern und ließ ihn nicht mehr los. Erinner dich dran, wie er immer wieder versuchte, andere Projekte zu machen. Aber irgendwie wurde er jedesmal wieder nach unten in die *Mitternachts*-Scheiße gezogen.

Nur einmal sah es so aus, als würde er wirklich loskommen davon. Aber dann geschahen drei Dinge: Ein *Engel* erschien, und laß uns einfach mal davon ausgehen, daß es sich wirklich um einen Engel handelte und nicht um ein komisches kleines Mädchen. Sie sagte ihm, er solle die Szenen nicht schießen. Aber er tat's trotzdem. Ergebnis? Zwei seiner besten Freunde werden in einem Unfall getötet, der so bizarr verläuft, daß niemand ihn sich vorstellen kann.

Du glaubst nicht, daß es da Verbindungen gibt? Siehst du nicht auch Ursache und Wirkung? Schließlich gewann *Der Andere Typ* alles. Brillante Filme, die aus Bloodstone eine Kultfigur machten, will sagen: Böses ist o.k., wenn es nur originell ist. Das ist gute Werbung. Schließlich ist Strayhorn so von Schuld zerfressen, daß er sich erschießt. Und dann, so als kleine Zugabe, erschießt Crazy Phil nicht nur sich selbst, sondern noch eins der wenigen Wesen, die er wirklich liebt – einen völlig unschuldigen und liebevollen Hund.«

»Vergiß nicht, was mit Sasha geschah.«

»Das auch.«

»Sagen wir mal, du hättest recht, Wyatt. Was ist dann mit den Videobändern für Sasha und mich? Was sollen *die*? Wieso lassen sie ihn aus der Hölle Nachrichten schicken?«

»Ich kann mir darauf noch keinen Reim machen. Vielleicht sagt er die Wahrheit: Vielleicht hat er durch jemanden, den er liebt, eine letzte Möglichkeit zur Buße bekommen.

Aber ich würde jetzt gar nichts mehr glauben. Das, was mir an *Dr. Faustus* immer am besten gefallen hat, war, wie clever der Teufel den Mann geködert hat. Er hat ihn bei den Füßen gepackt und weggezerrt. Sie hatten diese faszinierenden Gespräche, in denen er Faustus sagte, er solle seine Seele *nicht* verkaufen, weil die Hölle so ein grauenhafter Ort ist. Faustus mußte *ihn* fast davon überzeugen, sie zu *nehmen*. Glaubst du, das war nicht so geplant? Glaubst du, das Böse sucht uns? Im Gegenteil. Wir rennen dem Bösen hinterher, bis es uns hat. Da gibt es gar keinen Zweifel.«

Bevor ich davon spreche, was passierte, als wir an Rainer Artus' Haus ankamen, muß ich von ihm erzählen.

Obwohl er in dem Ruf stand, einer der besten Toningenieure in Hollywood zu sein, hatte er doch große Schwierigkeiten, Arbeit zu finden, weil er so übergenau und pingelig war. Er überprüfte Sachen nicht zweimal, sondern fünfmal. Er wollte nicht nur die beste Ausrüstung, er wollte zwei davon, falls mit der einen mal was nicht stimmte. Er erzählte gern die Geschichte von dem Pianisten Keith Jarrett, der verlangt, daß zwei spezielle Flügel zur Verfügung gestellt werden, wenn er ein Konzert gibt – einfach für den Fall, daß einer nicht funktioniert.

Hollywood läßt sich den ganzen Tag die blödsinnigsten Forderungen von Stars gefallen, hat aber wenig Verständnis für die Marotten von Technikern. Wenn Rainer Artus zwei Nagra-Tonbänder verlangt – einfach für den Fall, daß... –, kann man sicher sein, daß mehrere wichtige Leute anfangen zu schreien; ich will damit sagen, der Mann arbeitete, aber nicht so oft, wie er es eigentlich hätte tun sollen.

Phil setzte ihn bei allen *Mitternachts*-Filmen ein, weil er wußte, wie gut Artus war, und weil der Ton eines der wichtigsten Elemente in einem Horrorfilm ist. Die beiden kamen gut miteinander aus.

Ich habe mit Rainer an einem Film zusammengearbeitet, aber für mich war er zu reserviert, zu autoritär, und ich habe mir immer im stillen Gedanken darüber gemacht, ob er in seiner Zeit ein Nazi war. Phil sagte nein, aber ich war mir nicht so sicher. Ich wußte, daß Artus eine sehr schwierige Kindheit in Deutschland hatte, mit einer Mutter, die gradewegs aus einer Freudschen Fallstudie herausspaziert war. Sie war so analregressiv, daß sie zwei verschiedene Handtücher ins Bad hängte – eins, um den Oberkörper und eins, um den Unterkörper abzutrocknen. Wurden die Kinder jemals dabei erwischt, wie sie ein Handtuch für beide Teile benutzten, gab sie ihnen Prügel. Es war nicht schwer zu verstehen, woher ihr Sohn seinen pedantischen Ordnungssinn hatte. Rainers Welt bestand nur aus Ordnung und keinem Staub. Sein Auto war ein einziger Glanz, und in den Aschenbechern war nichts, obwohl er stark rauchte. Sein Haus war genauso. Phil sagte, der Mann meditierte, wenn er das Wohnzimmer staubsaugte. Das ist eins der Dinge, an die ich mich erinnerte, als ich ihn vor Jahren einmal besuchte: Im Schrank war einer der bemerkenswertesten Staubsauger, die ich jemals gesehen hatte. Ja, ich habe nachgesehen. Die Maschine war groß und mit vielen Knöpfen und Schaltern ausgestattet, hätte mir jemand gesagt, es sei eine russische Raumsonde, ich hätte es geglaubt.

Er lebte in einer verschlafenen Sackgasse in einem von diesen

Häusern im halb spanischen Stil, die zu einer bestimmten Zeit haufenweise in Kalifornien gebaut wurden. Als Wyatt vorfuhr, dröhnten die Doors mit ›Light my Fire‹ aus dem Haus und auf die Straße hinaus.

»Kommt das aus seinem Haus?«

»Ich glaube ja. Aber Rainer haßt Rock-'n'-Roll-Musik.«

Wyatt deutete auf den Lärm. »Hat seine Meinung offensichtlich geändert.«

»Rainer ändert seine Meinung nie über irgend etwas. Komm.«

Wir gingen über den braunen Rasen voller kahler Stellen und gesundem Unkraut. Als ich das letzte Mal hier war, sah der Rasen aus, als hätte er einen Preis gewonnen. Jetzt wirkte er wie eine Hautkrankheit.

Auf der Veranda war das Fliegengitter weit offen, und eine Menge schwarzer Fliegen summten faul ins Haus und wieder heraus.

»Erinnert mich an das Haus von Flakey Foont in *Zap Comix.*«

»Oder *Lust auf heiße Lippen.*« Ich klingelte. Über die dröhnende Musik hinweg schrie uns jemand zu, hereinzukommen.

»Rainer?«

»Jaa?«

»Rainer, ich bin's, Weber Gregston. Wo bist du?«

»Hier hinten. Einfach reinkommen.«

Wir gingen durch ein Haus, das nicht nur schmutzig war, es war... unsauber. Es stank auf eine unglaubliche Weise, es gab einem das Gefühl, daß hier irgendwas Totes sei. Ich bewegte mich langsam und fühlte, wie Finky Linky eine der Gürtelschlaufen hinten an meiner Jeans faßte. »Du hast doch nichts dagegen?« flüsterte er. Ich lächelte und schüttelte den Kopf. »Gut, aber ich hätte sowieso nicht losgelassen.«

»Rainer, wo zum Teufel steckst du denn?«

»Hier hinten. Einfach weitergehen.«

Wir kamen irgendwo an, von dem ich glaubte, es könnte sein Schlafzimmer sein. Wenigstens lag da eine Matratze mit Rainer obendrauf auf dem Boden.

»Weber, wie geht's? Und Finky Linky!« Er lag gegen die Wand gelehnt und trug nicht mehr als eine Unterhose und schwarze Socken. Sein Haar war lang und strähnig, schmutzig. Es war fast, als sähe man eine andere Person, denn Teil von Rainers hessischem Image war es, sein stahlgraues Haar kurz bis auf den Schädel geschnitten zu tragen.

»Was macht ihr zwei hier?«

»Wir sind gekommen, um über Phil zu sprechen.«

»Phil?«

»Phil Strayhorn.«

Er kniff die Augen zusammen und versuchte sich an den Namen des Mannes zu erinnern, mit dem er vier Filme gemacht hatte. »Phil Strayhorn? Oh ja, klar, Phil. Er ist tot. Wußtet ihr das? Phil ist tot.«

»Ja, das wissen wir. Was ist los mit dir, Rainer? Du siehst grauenhaft aus.«

Er lächelte. »Tatsächlich? Ich fühle mich gut. Keine Ahnung, warum ich grauenhaft aussehen soll, denn ich fühle mich gut.«

»Bist du stoned?«

»Stoned? Nein, Finky, du weißt doch, daß ich keine Drogen nehme. Fühl mich einfach gut.« Langsam stand er auf und stützte sich fest gegen die Wand hinter sich. »Ich mach mal Ferien für ne Weile. Einfach mal ausspannen und bißchen Musik hören.« Sein Kopf fiel zurück, er schloß die Augen und begann, sich langsam zum nächsten Song der Doors hin und her zu wiegen.

»Kann ich das mal ein bißchen leiser machen, während wir uns unterhalten?« Ohne eine Antwort abzuwarten, ging Wyatt zu einer großen Stereoanlage in der Ecke und schaltete sie aus. »Das ist besser. Willst du was zu essen, Rainer? Oder was zu trinken?«

»Nein. Mir geht's gut. Setzt euch, Jungs. Fragt mich, was ihr wollt.«

Die nächste halbe Stunde wurde zu einem merkwürdigen Erlebnis. Der Mann sah aus wie Rainer, sprach die meiste Zeit wie er und wußte Dinge, die nur er wissen konnte, aber weder Wyatt noch ich konnten mit Sicherheit sagen, ob er es war. Der Mann, den *wir* kannten, war nicht völlig da – nur teilweise. Erkennbare Teile, sicherlich, aber eben nicht einhunderprozentig Rainer Artus. Wyatt stimmte mir zu, als ich sagte, es sei wie mit diesen Fliegen, die an der Eingangstür herumsummten – sie kamen und gingen. Der Mann, den wir kannten, kam und ging von der merkwürdigen Person, mit der wir uns unterhielten.

Ich fragte ihn Sachen über den Film, den wir gemeinsam gemacht hatten – kleine Fragen, unwichtige Dinge, an die sich nur eine Person, die dabei war, erinnern würde. Er wußte alles und lachte, als er sich erinnerte. Es war Rainer. Nein. Er war es nicht.

»Hör mal bitte zu. Das ist eine wichtige Frage. Erinnerst du dich daran, als ihr diesen Teil von *Mitternacht tötet* geschossen habt, als Bloodstone seinen Monolog hält? Ich glaube, es war das einzige Mal, daß er jemals was gesagt hat?«

»Klar. Was wollt ihr drüber wissen?«

»Weißt du, wo der Film ist? Es scheint so, als sei dieser Teil einfach verschwunden.«

»Habt ihr schon im Studio nachgefragt?«

»Wir haben im Studio, im Labor, bei Sasha Makrianes gefragt. Überall. Das ganze Stück ist weg.«

»Das ist mysteriös.« Er benutzte dieses Wort, aber der Ton, mit dem er es aussprach, verriet, daß er an dem Geheimnis überhaupt nicht interessiert war.

»Du weißt auch nicht, wo es ist?«

»Nein.«

»Erinnerst du dich an die Szene? An das, was er sagte?«

»Der Bühnenaufbau war für alle anderen geschlossen, und als wir abgedreht hatten, nahm Phil meine Bänder und Alex Karsandis Filme an sich und sagte, er würde sich um die Entwicklung und das Labor selber kümmern. Das hatte er vorher noch nie gemacht, aber er war der Boß, also gaben wir es ihm.« Das war das längste, was Artus an einem Stück gesprochen hatte, seit wir aufgetaucht waren, um ihn zu ermüden. Es war klar, daß er nicht mehr sehr viel Energie hatte, und wir mußten uns beeilen, um die Informationen zu bekommen, die wir brauchten.

»Was hat er gesagt, Rainer? Worüber hat er in dieser Szene gesprochen?«

Er rieb sich mit beiden Händen durchs Gesicht und sah uns undeutlich an, so als sei er gerade erst aufgewacht. »Er improvisierte. Nichts aus dieser Szene war im Originaldrehbuch. Wir alle hatten den Eindruck, daß er sich das alles ausdachte, während er sprach. Er sprach über das *Böse,* und *Schmerz* ... Aber nichts, was ihr nicht schon gehört hättet. Ein böser Bursche spricht darüber, warum er böse ist. Nichts Besonderes.

Was wirklich schlimm war, kam am Ende der Szene, als Bloodstone das kleine Mädchen umbrachte. Mein Gott, das sah wirklich echt aus! Keiner von uns weiß, wie er das gemacht hat. Dieses echt gutaussehende Kind, vielleicht acht oder neun. Er war noch mitten drin in seiner ›Warum-ich-böse-bin‹-Nummer und holte sie dann aus der Kulisse, wie ein Zauberer, der mit einem von den Zuschauern einen Trick machen will.

Keiner von uns wußte, was er vorhatte, aber Phil arbeitete sehr gut aus dem Stegreif, also haben wir ihn einfach machen lassen. Matthew Portland brachte das Mädchen ins Studio, aber sie hatte so still hinten in der Seitenkulisse gesteckt, daß ich sie völlig vergessen hatte.«

»Wie hieß sie? Erinnerst du dich an ihren Namen?«

Wieder rieb er sich mit einer Hand über sein Gesicht. »Ja, ich weiß, ich erinnere mich, weil es ein witziger Name war: ›Pinslip‹. Er hat sie nie anders genannt. Brachte also diese kleine Pinslip raus, und einen Moment später hat Bloodstone ihr vor laufender Kamera, während sie noch ein Lied sang, das sie singen sollte, die Kehle durchgeschnitten.« Sein Mund begann sich zu bewegen, als kaute er Kaugummi. »In meiner Stadt gab es diese verrückte Frau, als ich klein war, die wir ›Salat‹ nannten. Ich weiß nicht, woher der Name kam. Wir haben sie erschreckt, wann wir konnten.« Sein Mund bewegte sich weiterhin. Er sah mich an, und seine Augen klärten sich für einen Augenblick. »Seitdem wir diesen Film gemacht haben, fühle ich mich nicht mehr wohl. Ich will keinen *Mitternacht* mehr machen. Das Geld ist gut, und Phil ist der Größte, aber ich mache es einfach nicht mehr. Ich muß ihn anrufen und ihm das sagen. Ist er wieder in der Stadt?«

»Da ist sie – neben dem Auto.«

Finky Linky beschattete seine Augen vor der Sonne und schaute auf die Straße. Pinsleepe stand neben einem Baum mit einem grellorangefarbenen Ball in ihren Händen. Als sie uns sah, winkte sie fröhlich.

»Wenn sie ein Engel ist, dann kann ich gerettet werden, oder nicht, Weber?«

»Ich glaube ja, Wyatt. Vielleicht kann sie es.«

Wir gingen die Veranda hinunter und auf sie zu. Sie kam ebenfalls auf uns zu.

»Hallo Finky Linky. Ja, ich kann dich retten.«

Er sah mich an. Sie sah mich an.

»Warum hast du mir nichts von dieser Szene erzählt?«

»Ich kann dir nicht alles sagen, Weber. Phil hat dir das auf den Bändern gesagt, oder etwa nicht?«

»Warum sprichst du manchmal wie ein Kind und ein andermal wie eine Erwachsene?«

»Weil ich beides bin. Heute sehe ich aus wie ein Kind mit einem orangefarbenen Ball. Was habt ihr von Rainer herausbekommen?«

»Was ist mit ihm passiert? Was ist los?«

»*Mitternacht* ist los. Also wißt ihr, daß ich in dem Film umgebracht worden bin?«

»Ja. Wußte Phil, daß er das machen würde?«

»Ich glaube ja. Als er mich bat, auf die Bühne zu kommen, dachte ich, er wollte mir zeigen, wie er die Szene geändert hatte, wie er sie *gut* gemacht hatte. Aber da war er schon jenseits von allem. Das bißchen Güte, das noch in ihm war, mußte er töten und er mußte es der ganzen Welt zeigen. Es gibt keinen besseren Ort dafür als einen Film.«

»Ist die Szene verschwunden?«

Sie warf den Ball in die Luft, fing ihn wieder. »Der Film ist weg, aber das ist nicht wichtig. Er verbrannte den Film und die Tonbänder, bevor er starb. Aber es war bereits zu spät, und er wußte das. Er hatte die Szene gedreht, also wurde sie lebendig. Sie ist es noch. *Darum* hat er sich umgebracht.«

»Was soll ich dann tun? Was *kann* ich tun?«

Pinsleepe warf Wyatt den Ball zu. Sie sah mich an. »Du mußt eine neue Szene drehen, Weber. Eine, die Phils Szene ersetzt. Wenn sie besser ist, kommen die Dinge wieder in Ordnung. Sasha wird gesund. Und er auch.«

»Das ist es also? Das ist, was du willst?«

»Ja.«

»Wie mache ich sie ›besser‹?«

Jemand schrie hinter uns. Wir drehten uns um und sahen Rainer, immer noch in seiner Unterhose, auf seiner Veranda. Er winkte. »Hey, Jungs, danke, daß ihr vorbeigekommen seid! Finde deine Show echt toll, Finky. Wenn du mal einen Toningenieur brauchst, dann laß es mich wissen!«

Als wir uns nach Pinsleepe umdrehten, war sie verschwunden.

5

Schauen Sie sich diesen herrlichen Raum an. Kommen Sie, ich führe Sie herum.

Sasha ist immer eine große Sammlerin gewesen. Wenn man Geld hat, sammelt man »Objekte«. Wenn man arm ist, sammelt man »Dinge«. Sasha hat Objekte. Ich habe ihr einige davon gekauft. Zu der Zeit, da das geschah, war ich so reich und sorglos in Geldangelegenheiten, daß ich in eine Galerie oder einen Antiquitätenladen gehen konnte und nicht um den Preis feilschen mußte; brauchte eine Sache nicht zu drehen und zu wenden und vorzugeben, nach Fehlern oder versteckter Billigkeit zu suchen. Ich fragte, wieviel. Sie nannten mir einen Wahnsinnspreis. Ich sagte, in Ordnung.

Dieser Maris-York-Wolkenkratzer über dem Kamin? Der und das Gemälde von Jörg Immendorf waren von mir. Ich habe das Gemälde in meinem Wagen mit herabgelassenem Verdeck vorbeigebracht. Es war so groß, es flatterte im Wind wie ein Segel. Der Galeriebesitzer war entsetzt, aber ich wollte es Sasha sofort geben und ihre Reaktion sehen. Sie legte es auf den Boden und ging minutenlang immer wieder darum herum und sah es sich aus allen Blickwinkeln an.

Sasha ist... Oh, machen Sie sich keine Sorgen, sie wird erst in ein paar Stunden wieder hier sein; ist noch im Krankenhaus zu Tests. Wir haben Zeit, um ihre Wohnung würdigen zu können. Die zwei chinesischen Teppiche, einer in der Farbe der Dämmerung, der andere in der Farbe der Wüste; auf dem Tisch neben dem runden Stein, den sie fand, als wir in New Mexico waren, ein altes Tintenfaß, das meinem Vater sehr gefallen würde...

Sie ist eine Frau, die Millionen von Dollar von harten Geschäftsleuten fordern, ja sogar erzwingen kann; gleichzeitig lacht sie beim Ficken gern. Wenn sie morgens aufwacht, ist sie gewöhnlich guter Laune. Sasha kauft Bücher, nur in gebundenen Ausgaben, wenn sie ihr von Leuten empfohlen werden. Es ist lächerlich, eine Liste von den guten Qualitäten einer Person machen zu wollen. Wie dem auch sei, ich soll Ihnen ja eine Führung durch ihre Wohnung und nicht durch ihre Persönlichkeit geben. Aber unsere Bücher, die beiden Paare schwarzer Joggingschuhe, und wie behutsam wir die Pflanzen wässern... Haruspizium. Erinnern Sie sich an das Wort? Studiere die Ordnung, finde die Antwort. Warum hat sie diesen runden Stein aufgehoben und keinen ande-

ren? Hier, möchten Sie ihn einmal halten? Die Größe ist unwichtig. Soviel kann ich Ihnen sagen. Größe, Farbe, wo genau sie ihn fand. Nicht diese Dinge. Vielmehr die Gesamtheit, die kleinen Lebenspunkte, die mit klugen Augen verbunden sind. Der Stein und das Tintenfaß auf ihrem Tisch, die schlechte Zeichnung eines Dinosauriers, die im Bad hängt. Eine kleine Nichtigkeit, die sie amüsiert und die sie niemals abhängen kann, selbst wenn sie mit dem Gedanken spielt. Weil ich sie ihr gab.

Nichts, was ich ihr gab, hat dieses Haus verlassen. Nicht vor und nicht nach meinem Tod. Ich sehe jeden Tag nach; mache einen Gang durch das Haus, wenn sie nicht da ist, um nachzusehen, ob etwas von mir hier noch lebt. Wenn nur eine Sache verschwunden wäre, würde ich anfangen, mir Sorgen zu machen.

Manchmal, wenn sie hier ist, sitze ich in einem nahen Zimmer und höre den kleinen Verrichtungen ihres Lebens zu. Dem Plätschern ihrer Dusche, der Art, wie sie oft summt, dem schnellen Klicken der Kanäle, wenn sie versucht fernzusehen, aber nichts findet; nichts, in das sie eine Stunde ihres Lebens legen könnte, denn es gibt im Moment keinen anderen Ort dafür.

Ich sitze fast nie im selben Zimmer wie sie. Zu nah. Zu traurig. Von dem Ausdruck auf unseren Gesichtern könnte man gar nicht sagen, wer von uns beiden im Moment trauriger ist; die schwangere Frau oder der tote Mann.

Darf ich Ihnen darüber erzählen? Sie haben nichts dagegen? Ich wäre sehr dankbar. Beziehungen beginnen mit dem delikaten, ängstlichen Gebrauch von großen Wörtern, die hoffentlich bald passen – Sorge, Bindung, Liebe. Sasha und ich waren im Hamburger Hamlet auf Hollywood Boulevard, als ich zum ersten Mal sagte – Ehrlichkeit.

»Ich muß ehrlich mit dir sein.«

Sasha sah schnell weg, und ich dachte, oh, oh. Als sie mich wieder ansah, hatte ihr Gesicht einen mißtrauischen, unglücklichen Ausdruck. Sagte, ich schulde ihr gar nichts. Sie hätte von dem Fick auch was gehabt. Das Wort klang dumm. Ich nahm ihre Hand, aber statt das zu erwidern oder meine zu drücken, sah sie auf unsere verschlungenen Hände auf dem Tisch und fragte, ob meine »Ehrlichkeit« bedeute, daß ich mich für die Nummer von letzter Nacht bedanke, aber jetzt müsse ich leider gehen?

»Nein, meine Ehrlichkeit bedeutet, dir jetzt gleich zu gestehen, daß ich dich liebe.«

»Damit habe ich nicht gerechnet. Ich gewöhne mich immer noch an die Tatsache, daß wir miteinander schlafen.«

Ja, gewöhn dich daran. Gewöhn dich an mich.

Wir waren unsere gegenseitige große und wirkliche Hoffnung und glücklicherweise erkannten wir das schnell. Wenn Glück zu schnell bei einem vorfährt, kann man mißtrauisch werden. Man zögert, bevor man aufspringt. Aber sowohl Sasha als auch ich hatten zu viel Einsamkeit durchlebt, und wir wußten, es gibt nur eine gewisse Menge von Chancen, von Zufriedenheit mit einer anderen Person; das heißt also: Nicht zu lange nachdenken, handeln.

In seinen Briefen an einen jungen Dichter kopiert Rilke eines der Gedichte von Kappus, mit dem er korrespondiert, und schickt es an den jungen Mann zurück. »Und jetzt gebe ich Ihnen diese Kopie, denn ich weiß, daß es wichtig und voll von neuen Erfahrungen ist, sein eigenes Werk in der Handschrift eines anderen wiederzuentdecken. Lesen Sie das Gedicht, als hätten Sie es nie zuvor gesehen, und Sie werden in Ihrem Innersten fühlen, wie sehr es das Ihre ist.«

Aus irgendeinem Grund hat mich der Gedanke, daß dieser große Mann das Gedicht eines Fans abschreibt und an ihn zurückschickt, immer sehr tief berührt. Welche Großzügigkeit! Wer dächte jemals daran, so etwas zu tun?

Aber dann lernte ich Sasha kennen, und sie nahm viel von dem, was ich war oder glaubte, und indem sie es mit ihrer »Handschrift« versah, gab sie es mir zurück, »als hätte ich es nie zuvor gesehen«. Vielleicht ist das Liebe – der Wunsch eines anderen, sich einem selbst zurückzugeben, erhöht durch ihre »Vision«, veredelt durch ihr »Drehbuch«.

Ich fragte sie, ob sie mit mir leben wolle.

Sie sah auf ihre Füße. »Ich bin damit nie sehr erfolgreich gewesen.« Ihr Lächeln war vorüber, direkt nachdem es angefangen hatte zu wachsen.

Ich streichelte ihr Haar. »Es ist mir egal, was deine Gewinn- und Verlust-Rechnung ist. Ich will dich, wie du bist, Sasha. Nicht wie ich dich gern hätte.«

»Ich auch. Und das ist der beste Ausgangspunkt.«

»Als ich heute abend mit Flea draußen war, sah ich einen Mann auf einem großen Motorrad mit seiner Freundin hinten drauf. Er begann, seine Stiefel über den Boden schleifen zu lassen, und ich glaube, er hatte Metallabsätze oder so, denn Funken flogen in alle Richtungen. Das Mädchen lachte und tat es auch. Es sah sehr beeindruckend und magisch aus: Das große Rooommmm des Motorrads, ihr Lachen, alle diese Funken...«

»Ich konnte kaum darauf warten, hereinzukommen und es dir zu erzählen. Aber als ich nach nur zehn Minuten draußen hereinkam und dich sah, war ich so froh, dich zu sehen, daß ich vergaß, was ich sagen wollte. Das sind auch Funken, oder etwa nicht, Phil?«

Beziehungen, die beginnen, wenn man Ende Zwanzig oder Anfang Dreißig ist, haben eine Dimension, die einfach nicht existiert, wenn man jünger ist. Abgesehen davon, daß man mehr weiß, ist man auch dankbarer für die guten Dinge und nachsichtiger mit den schlechten. Was einen mit Zwanzig wahnsinnig gemacht hat, ist zehn Jahre später nur noch ein Krümel, höchstens ein kleiner Fleck auf dem Ärmel. Er kann herausgewaschen werden. Er kann übersehen werden, solange der Rest des Jacketts sitzt und sich gut anfühlt.

Vom Anfang unserer Beziehung an habe ich nie einen großen Funkenregen von unseren Stiefeln fliegen sehen. Das habe ich Sasha nie gesagt, aber es war genug, im Dunkeln bei einem Film meine Hand unter ihren Rock zu schieben und den weichen Flaum ihrer Haare zu spüren und die pricklige Gänsehaut der Innenseite ihrer Schenkel. Das war Liebe und Respekt. Wir stellten fest, daß wir eine ganze Welt von Dingen gemein hatten, über die wir sprechen konnten.

Als Weber eines Abends zum Abendessen kam, sagte er, wir fühlten uns wie ein Paar an. »Einige Leute leben jahrelang zusammen, aber man hat nie das Gefühl, daß sie gut zueinander passen. Es ist, als lebten sie in verschiedenen Stockwerken ihres Hauses. Nicht ihr zwei.«

Wir stimmten zu. Es war merkwürdig, jeden Tag in mein Büro zu gehen und an etwas so scheußlichem wie Mitternacht tötet zu arbeiten, dann am Abend wieder heim zu Sasha und Flea und einem Leben, das seit kurzem so voll und gut war.

In der Erinnerung ist mir klar, daß es nicht sehr lange gehalten hätte. Ich wußte, daß Mitternacht mir diese Art von Glück nicht gebracht hatte. Sasha bewunderte meine Esquire-Kolumne über das Leben in Hollywood, nicht Bloodstone. Aber, ob es einem gefällt oder nicht, er war für mich Brot und Butter, und ich habe *einen Gutteil meines Lebens damit verbracht, über ihn nachzudenken.*

Eines Nachts im Bett, als wir Flea beobachteten, wie sie auf uns herummarschierte und einen Platz suchte, wo sie sich hinlegen konnte, fragte mich Sasha, woher Bloodstone gekommen war.

»Meinst du in Wirklichkeit oder im Film?«

»In Wirklichkeit. Aus welchem Ort in dir kam er?«

Flea ließ sich fallen und sah mir wie durch Zufall genau ins Gesicht. Als wenn sie auch auf eine Antwort wartete. Meine beiden Mädchen.

»Rock and Roll.«

»Musik?«

»Nein, nicht wirklich. Als ich klein war, machte unser Vater die einzige Ferienreise mit uns, die wir jemals hatten: Nach Brown's Mills, New Jersey. Die einzigen bemerkenswerten Dinge an dem Ort waren ein schlammiger See und die Tatsache, daß es in der Nähe von Fort Dix lag, einer der großen Militärbasen an der Ostküste. Wir hatten einen Bungalow im Wald und waren umgeben von Militärfamilien vom Stützpunkt. Eine von ihnen hieß Masello, und der Vater war bei der Militärpolizei. Meine Schwester und ich verbrachten in jenem Monat viel Zeit in ihrem Haus, denn sie hatten drei Kinder in unserem Alter.

An einem Tag nach dem Schwimmen waren wir auf ihrer hinteren Veranda, aßen Schokoladenkuchen und hörten Radio. Es war ein Sender in Trenton. Erinnerst du dich an das Lied ›Monkey Times‹ von Major Lance? Das lief gerade, als es durch eine Sondernachrichtensendung unterbrochen wurde. Ein Mann war auf einen Wagen der Militärpolizei auf der Basis zugegangen, hatte sich hinuntergebeugt und die zwei Polizisten darin eiskalt erschossen. Einer von ihnen war Mr. Masello.

Wir Kinder sahen uns an. Ich erinnere mich sehr gut daran, denn wir alle hatten Schokoladenkuchen im Mund und kauten.«

»Du hast diese Szene in einem der Mitternachts-*Filme benutzt.«*

»Richtig, Mitternacht zwei. *Ich habe es genauso geschossen, wie es passiert ist: Der Mund des ältesten Masello-Kindes klappte auf und große Stücke Schokoladenkuchen fielen heraus. Er schloß die Augen und begann zu schreien, ›Rock and Roll! Rock and Roll!‹ Und schrie und schrie, bis seine Mutter kam und ihn auf seinen Knien ins Haus zurückzerrte.«*

»Wie konntest du das benutzen, Phil? Was, wenn eins der Kinder deinen Film gesehen hätte?«

»Haben Sie. Einer schrieb einen Brief und nannte mich einen Drecksack.«

»Warum hast du das getan?«

»Laß mich die Geschichte beenden. Meine Eltern bekamen so viel Angst, daß der Killer kommen und uns auch erwischen könnte, daß sie an jenem Abend alles zusammenpackten und mit uns nach Hause fuhren. Im Auto schlief ich ein und hatte einen Traum, in dem ein Mann mit einem silbrigen, ausdruckslosen Gesicht mich verfolgte und ›Rock and Roll!‹ schrie. Ich habe diesen Traum mein ganzes Leben lang gehabt. Ich scheiße mir immer noch in die Hose vor Angst.

Danach war ich von ›Rock and Roll‹ traumatisiert. Jedesmal, wenn ich im Radio über einen Mord hörte oder von einem las, dachte ich an Rock and Roll. Für mich war das sein Name, und er mußte ihn verübt haben. Meine Mutter las den National Enquirer, *und jedes Verbrechen darin, Hirn auf dem Boden, Blut an den Wänden, ging auf seine Rechnung. Jeder hat seine Vision des Bösen, und er ist meine. Ein Krieg in Afrika? Rock and Roll war's. Ein Baby verschwindet in Darien? Rock and Roll. Er war alles Schlechte. Er war für alles verantwortlich. Und jedesmal, wenn ich diesen Traum wieder hatte, wurde er blutrünstiger und machte mir mehr Angst, denn ich hatte ja noch andere Sachen auf sein Konto geschrieben.«*

Sasha seufzte. »Wieviel von deinem Leben steckt in deinen Filmen?«

»Mehr als mir lieb ist.«

»Hilft es dir, es zu filmen? Ist das eine Katharsis?«

»Manchmal. Manchmal ist alles zu weit unten. Wie bei diesen Glasbodenbooten, mit denen man in Florida fährt, um die großen Fische unten zu sehen. Manchmal bringt es mich näher an die Sachen heran, aber ich kann sie nur sehen, *ihre dunklen Formen. Herausholen kann ich sie nicht.«*

Es gibt Nächte in einer Beziehung, die einen der anderen Person so nah bringen, wie man nur jemals an einen anderen herankommen kann. Es beginnt gewöhnlich mit einer guten Dosis von wunderbar rundem Sex, und von da blüht es dann in etwas sehr viel Tieferes und Übersinnlicheres. Man beginnt, indem man miteinan-

der Sachen macht, über die man vorher nur fantasieren konnte. Dann, wenn es wieder ruhiger wird, erzählt man Geheimnisse über sich oder sein Leben, von denen man nie glaubte, daß sie kommen würden. Weber nannte sie »Heilige Nächte«, und das ist eine treffende Beschreibung. Für ihn gibt es nur wenige Augenblicke in unseren Erwachsenenleben, in denen wir einfach ehrlich miteinander sind. Es ist entweder unnötig oder nachteilig, in unseren täglichen Leben die Wahrheit zu sagen, also tun wir's nicht.

Das ist einer der Gründe, warum die Religion in unserem Jahrhundert so leidet: Um Gott wirklich zu finden, muß man ehrlich sein. Um ehrlich zu sein, muß man sich selbst deutlich betrachten, aber das ist zu bedrückend. Also lernen wir statt dessen materielle Dinge »anzubeten«, denn sie sind nicht nur erreichbar, auch dazu, wie wir sie erreichen, bedarf es weder Tugend noch tugendhaften Benehmens, wie höhere Ziele es verlangen. Wir wollen keine Güte, wir wollen einen Mercedes. Wer braucht eine Beziehung, wenn man den ganzen Spaß davon haben kann, ohne sich jemals festlegen zu müssen? Wahrscheinlich ist auch Aids die perfekte Konsumentenkrankheit: Es kommt entweder von schlechtem Sex oder schlechten Nadeln. Vergessen wir diesen ganzen Quatsch des »Zorn Gottes« in unserer Zeit. Seuchen sind fürs Mittelalter.

Ich schweife ab. Aber warum sind wir in diesen heiligen Nächten so ehrlich? Weil wir dann dem Tod so nahe sind. In jener Nacht, als Sasha und ich den Tod diskutierten. Wir sprachen darüber, wie wir ihn uns vorstellen (wir irrten uns), wie wir uns vorstellten zu sterben (ich irrte mich), wie wir begraben werden wollten. Wir sprachen darüber, als wenn der andere dann anwesend wäre und darauf achtete, daß unsere Wünsche respektiert werden. Danach schliefen wir wieder miteinander, denn Gespräche über den Tod machen einen zerbrechlicher und hungriger.

Schauen Sie, soviel kann ich sagen; der Tod ist das mindeste. Das mindeste von allem. In den Stunden, wenn man einer anderen Person so nahe ist, wird aus zwei fast eine Person. Das Minimum. Liebe ist Tod: Der Tod des Individuums. Der Tod des Abstands. Der Tod der Zeit. Das Entzückende daran, die Hand eines Mädchens zu halten, ist, daß man nach einiger Zeit nicht mehr weiß, welche einem gehört. Man vergißt, daß da zwei sind, statt der einen großen. Tod. Es ist keine morbide Angelegenheit.

Lassen Sie mich Ihnen noch eine Geschichte erzählen. Als ich *zwölf war, waren mein Freund Geoff Pierson und ich unten am Fluß in unserer Stadt und machten Blödsinn. Wir hatten alle Zigaretten geraucht, die wir hatten, und waren gelangweilt genug, um uns schließlich mitten in einem Steinwerf-Wettbewerb wiederzufinden. Es war ein heißer Julitag, und die einzigen Geräusche kamen von einem Rasenmäher irgendwo in großer Entfernung und dem* ker-plink *unserer Steine, wenn sie auf das Wasser trafen. Er warf einen. Ich warf einen. Ich warf einen, der etwas traf.*

Langsam und träge drehte sich das Ding und wurde zu einem Ellenbogen. Ein gebogener Ellenbogen stak wie ein umgekehrtes V aus dem Wasser heraus. Für einige Sekunden blieb es so, und dann drehte er sich, genauso träge (als sei er müde), wieder zurück ins Wasser.

Ich sagte Geoff, er solle losrennen und die Polizei holen, während ich wild ins Wasser sprang; wie ein Hund von einem Boot. Dort war nichts weiter an die Oberfläche gekommen, aber der Ort, wo der Ellenbogen herausgekommen war, hatte sich so sehr in mein Bewußtsein gebrannt, daß ich keinen anderen Hinweis brauchte, um die Stelle wiederzufinden. Etwa zehn Meter weit draußen sah ich etwas Helles, etwas Dunkles, etwas Großes vor mir. Da war der Ellenbogen genau unter der Oberfläche! Ich griff ihn und schwamm mit einer Hand zurück zum Ufer. Es dauerte lange, und das Ding in meiner Hand war hart und kalt. Ich schaute mich nicht eher um, bis ich stehen und es an Land ziehen konnte.

Es war eine Frau. Sie war fast nackt. Nur BH *und Unterhose. Beide waren weiß, und ich konnte ihre dunklen Nippel und ihr dunkles Schamhaar durch das dünne Material sehen. Der Körper war in der Leichenstarre gefroren – eine Hand umschloß eine Brust (daher der gebogene Ellenbogen), die andere war gegen ihre Seite gedrückt. Ihr Gesicht war ganz mit etwas bedeckt, das wie Schleim aussah. Nachdem ich sie aufs Gras gezogen hatte, beugte ich mich nach unten und versuchte, etwas von dem Schleim von ihrem Gesicht zu wischen. Es kam sofort alles in einem glänzenden Stück herunter.*

Ich kannte sie nicht, aber selbst im Tod sah sie sehr gut aus, besonders ihr Körper. Was sollte ein Zwölfjähriger sonst wohl denken? Plötzlich lag alles in einem Wirklichkeit gewordenen Traum vor mir – Sex (ich hatte das Original noch nie gesehen), Tod, Horror, Erregung. Wer sie war, ist nicht wichtig, auch nicht, wie sie dorthin kam. Der Grund, warum ich Ihnen das erzähle, weil ich so enttäuscht war, als Geoff zurückkam und ich das Heulen der Polizeisirene zu hören begann. Zum ersten und fast einzigen Mal in meinem Leben hatte ich alles vor mir, was ich wollte. Alles was ich wußte, wollte, war, *hatte hier seine Erfüllung gefunden. In einigen Minuten (ich höre immer noch Geoff Piersons Turnschuhe, wie sie über das Gras hart auf mich zu laufen...) würde das Leben es,* sie *wieder zurück in seine Hände nehmen, und ich wäre einfach nur wieder ich: zwölf, verwirrt, heiß, erregt.*

Wenn möglich, sollte man diesen Moment in seinem Gedächtnis bannen. Bannen auch den Ausdruck von Gier und Verlangen auf meinem Gesicht. Zum ersten Mal in meinem Leben kannte ich das größte Geheimnis überhaupt – die Toten lieben uns.

Wir waren nur eine Stunde an den Dreharbeiten von *Verbrenn die schwulen Nonnen,* als ich genug hatte und Kaffee trinken ging. Wenn Strayhorn noch lebte, dann wäre das, was wir machten, ein gutes Thema für seine *Esquire*-Kolumne gewesen. Die Leute in diesem Szenenaufbau hießen Larry und Rich, Lorna und Debbie. Sie waren Profis und machten ihren Job mit flotter Tüchtigkeit. Als Debbie kurz davor war, ihre Kleider (und ihren Kopf) von einem ein Samuraischwert schwingenden Priester (gerade von den Toten auferstanden) abgerissen zu bekommen, stand sie minutenlang ruhig in ihrer Unterwäsche da, während zwei gesprächige Frauen ein Theaterkleid um ihre tolle Figur herum befestigten. Phils Artikel hätte über einen Drehtag eines D-Horror/Sexfilms sein können. Oder ein Interview mit dem »Star« Douglas Mann, der mit seinem zweiten Kopf unter dem Arm herumspazierte und dazu einen klebkigen französischen Donut nach dem anderen aß.

Nachdem Filme wie *Freitag der 13.* und *Nightmare – Mörderische Träume* solche Knaller geworden waren, haben Leute immer wieder versucht, ähnlichen billigen Schleim- und Blutabfall zu machen, der sich wie Kartoffelchips an eine Meute verkauft, die im Drive-In-Kino ficken oder sich vier Filme pro Tag im Videoladen ausleihen.

Die Filme, die ich gemacht habe, waren bestimmt keine ruhigen Angelegenheiten (besonders nicht der letzte), aber verglichen mit dem Drehbuch für *Verbrenn die schwulen Nonnen* nahm ich mich aus, als hätte ich die *Finky-Linky-Show* gemacht.

Ein paar Abende vorher hatten wir im Fernsehen ein Programm über die Beliebtheit von Horrorfilmen gesehen. Sie begannen, indem sie verdaubare Clips aus dem beliebtesten Video der Vereinigten Staaten zu jener Zeit brachten. Unter dem Titel *Gesichter des Todes* zeigten sie einen schlecht zusammengeschnittenen kinolangen Dokumentarfilm von Menschen, die tatsächlich vor der Kamera starben: Selbstmörder, die aus dem Fenster springen, ein Mann, der von einem Alligator gefressen wird (seine zu Boden gefallene Kamera zeichnete alles auf), Erschießungskommandos, Elektrischer Stuhl... Ein absoluter Snuff-Film, den man für drei Dollar fast überall leihen konnte.

Später in der Sendung wurde ein zwölfjähriges Mädchen, das gerade noch etwas mit dem Titel *Ich spucke auf dein Grab* gesehen hatte, gefragt, warum es sich solche Sachen ansah. Es strahlte übers ganze Gesicht und sagte: »Ich mag all das Blut!« Das war wirklich seine Antwort. Als ich klein war, verursachte mir *Schrei, wenn der Tingler kommt* mit Vincent Price monatelang Alpträume.

Aber wo ich gerade noch von Finky Linky sprach, sein Erscheinen im Studio bewirkte einen fröhlichen Aufstand. Schauspieler mit schmelzenden Augen, die ihnen wie Lava das Gesicht hinunterliefen, oder mit Beilen in ihren Rücken kamen vorbei und baten um Autogramme oder sagten einfach nur Hallo.

Wyatt war der charmante, verrückte Finky, und als großen Gefallen für den Regisseur hatte er sogar einen fünfsekündigen Miniauftritt in der unvermeidlichen Szene mit »wandelnden Leichen«.

Was machten wir hier? Meine Entschuldigung ist, daß es der einzige Horrorfilm war, der zur Zeit in Hollywood gedreht wurde. Seit über zwei Jahren hatte ich in keinem Film mehr Regie geführt. Wenn meine nächste Arbeit aber Horror sein sollte – und damit Phils und Pinsleepes Wunsch in Erfüllung ging –, wollte ich mir doch ansehen, was diese Jungs so machten. Wyatt sagte, er wolle mitkommen, weil er immer schon mal sehen wollte, wie Scheiße produziert wird.

Was ich in unserer Stunde im Studio sah, war enttäuschend. Sie hatten eine neue, verfeinerte Kamera aus Österreich, aber davon abgesehen, war die gesamte Szene absolut vertraut. Es erinnerte mich daran, warum ich dieses Leben verlassen hatte.

Filmleute, selbst der unsichtbarste Elektriker oder Helfer, nehmen sich extrem wichtig, was verständlich ist, denn jeder scheint beim Film sein zu wollen. Es ist ein interessantes Phänomen: Frag zehn Leute, ob sie Präsident werden wollen, und ganz bestimmt sagen einige von ihnen nein. Frag sie, ob sie irgendeine Funktion beim Film haben wollen, und ich wette, daß die meisten, wenn nicht alle, Ja sagen. Ironisch daran ist, daß Filmemachen im allgemeinen wohl die langweiligste Art ist, seinen Tag zu verbringen. Nichts geschieht schnell, und alles wird vier-, fünf-, sechsmal... unendlich oft gemacht. Es gibt auch nicht viel Sinn für Gemeinschaft, entweder weil alle Aufgaben so spezifisch und zeitraubend sind, daß man seinen Job erledigt, bis kurz bevor gedreht wird, und dann geht das Gerenne wieder los, um die nächste Szene vorzubereiten.

Aber was bei vielen anderen Arbeiten auch wahr ist, der Konsument sieht nur das Endprodukt, und das ist so zauberhaft und aufregend, daß es schwer ist, nicht auch daran teilhaben zu wollen.

Mit dem Kaffee in der Hand stand ich da und schaute ins Studio und erinnerte mich an meinen letzten Film. Wie ich damals, als ich *Wundervoll* drehte, oft das Gefühl hatte, mein Leben zu beobachten, statt es zu leben. Es war beklemmend und unheilvoll, das zu erleben, und es brauchte Zeit, um zu vergehen. Ein Teil davon kehrte an dem Tag zurück, als ich hörte, Phil sei tot. Wie ich schon sagte, in meinen ersten Gedanken, nachdem ich die Nachricht erhalten hatte, stellte ich mir seinen Tod bildlich vor, cinematographisch. Man könnte das einer Schockwirkung zuschreiben, aber nur wenige Monate zuvor sah ich alles, was ich kannte, durch das Objektiv einer inneren Kamera. *Ich bin eine Kamera* ist ein wundervoller Titel, aber es ist nicht gesund, wenn es dein Leben ist. Diese Szenenaufbauten hier zu sehen erinnerte mich an meine letzten Tage in Hollywood.

»Mr. Gregston? Weber Gregston?«

Ich drehte mich um und sah eine gutaussehende, etwa dreißigjährige Frau. »Ja?«

»Sie kennen mich nicht, aber ich kenne Sie. Mein Name ist Linda Webster. Ich war Kostümbildnerin für Phil Strayhorn in den *Mitternachts*-Filmen.« Sie streckte eine vorsichtige Hand zum Schütteln aus. Ohne wirklich hinzusehen, griff ich danach, aber eine Sekunde später schrie ich auf. Ich blickte nach unten und sah eine große Nadel in meinem Daumen stecken.

Sie riß sie heraus und steckte sie zurück in ein Nadelkissen, das sie an ihrem Handgelenk trug – das Utensil, das eine Person verrät, die Kostüme macht. »Oh, das tut mir so leid! Ich vergesse das immer wieder – Bitte entschuldigen Sie.«

»In Ordnung. Ok. Wirklich!« Ihr Gesichtsausdruck war so betroffen und besorgt, daß ich mich eher um ihre Gefühle kümmern wollte als um meinen brennenden Daumen. »Kommen Sie, gehen wir einen Kaffee trinken.« Ich hielt meinen Daumen hoch.

»Sie waren eine Weile in Europa, nicht?«

»Wie meinen Sie das?«

»Europäer sagen ›Gehen wir *einen* Kaffee trinken‹. Amerikaner sagen ›Gehen wir Kaffee trinken‹. Singular und Plural, hängt davon ab, von welcher Seite des Ozeans Sie kommen. Wie lange waren Sie da?«

»Ungefähr ein Jahr.«

»Stimmt, ich erinnere mich! Phil sprach viel über Sie und fragte sich immer, wo Sie an dem Tag und dem Tag gerade waren. Er brachte gewöhnlich Ihre Postkarten mit ins Studio und zeigte sie uns. Sie waren wirklich witzig.

Was halten Sie von seinem Bravourstück? Hat er Ihnen gesagt, was er gerade macht?«

»Was er gerade *macht*? Er ist tot.«

Sie grinste und schüttelte ihren Kopf. »Das ist nicht, was ich so höre.«

»Lol... Linda, richtig? Linda, ich wohne bei Sasha Makrianes. Sie fand die Leiche. Er ist tot, verstehen Sie?«

»Ich kenne Sasha. Sie fand einen Mann mit weggeblasenem Kopf, aber das ist auch alles.«

»Linda, was sagen Sie da? Er war mein bester Freund.«

Sie hatte die Augen einer Person, die sich für verschlagener hält, als sie ist. Allerdings sagten diese Augen auch, daß sie etwas wußte, vielleicht ein Geheimnis, das ich nicht kannte. Ihr Gesichtsausdruck verriet, daß sie das so weit wie möglich in die Länge ziehen werde.

Finky Linky trat von hinten an uns heran und legte eine Hand auf meine Schulter. »Hallo, Linda! Ich wußte nicht, daß du hier mitarbeitest.«

Sie zog einen übertriebenen Schmollmund und streckte ihre Unterlippe vor. »Ich hab dich schon vorher gesehen und Hallo gesagt, Wyatt, aber du warst zu sehr mit Debbie und den anderen beschäftigt.«

Er lachte sein Finky-Linky-Lachen und sagte mit seiner berühmten Stimme: »Ich hab dich längst gesehen, aber ich hab dir doch gesagt, wir müssen aufhören, uns hier so zu treffen.«

»Erzählen Sie Wyatt, was Sie mir gerade erzählt haben.«

Sie zuckte die Achseln. »Ich sagte, jeder weiß, daß Phil nicht tot ist. Daß die ganze Angelegenheit eine einzige große häßliche Masche ist.«

Die Finky-Stimme verschwand, und Wyatts kam zurück, weich, aber kurz davor umzukippen. »Wovon redest du?«

»Er taucht überall in der Stadt auf, seit es passiert ist. Ich meine, jetzt mal unter uns, Wyatt. Und überhaupt, was war mit der Schießerei auf dem Friedhof? Glaubst du denn wirklich, daß das spontan war? Das Ganze ist ein abgekartetes Spiel.«

»Wo ist er gesehen worden?«

»Jemand hat ihn bei Tommys einen Hot Dog essen sehen, Walt Plotkin sah in bei LA Eyeworks auf Melrose Avenue. Was weiß denn ich – ich habe gehört, daß ihn eine Menge Leute an verschiedenen Orten gesehen haben.«

»Und was soll er getan haben?«

»Herumhängen. Trinken, zu Abend essen. Normale Sachen.«

Ich sah ihn an. »Klingt für mich wie eine Schlagzeile im *National Enquirer:* ›Philip Strayhorn lebt. Auf Einkaufsbummel auf der Melrose Avenue.‹«

»Es würde aber deine Bänder erklären, oder nicht? Und dann wären es keine Bänder von den Toten mehr.«

»Herrgott, Wyatt, glaubst du diese Scheiße tatsächlich? Das sagt man über jede berühmte Persönlichkeit, die jemals gestorben ist! Elvis lebt. JFK lebt. Howard Hughes.«

»›Scheiße?‹ Na vielen Dank!« Linda drehte sich um und ging.

Keiner von uns kümmerte sich darum. Wyatt begann, die Ereignisse an seinen Fingern abzuzählen. »Es macht Sinn, Weber. Grauenhaft und melodramatisch, aber es macht Sinn. Das kleine Mädchen, ein *Engel*-Botschafter, also bitte! Kommt mit Warnungen von Gott, diese Filme nicht zu machen. Wir beide wissen, er bewegte sich auf einem schmalen Grad, war vielleicht sogar krank. Und das wäre auch nicht das erste Mal, daß sowas hier passiert. Entweder als Werbegag oder weil jemand durchdreht und im Ga-Ga-Land landet.«

»Und was ist mit Sasha?«

»Was soll sein mit ihr? Irgendwie wußte er vor ihr, daß sie krank war.«

»Ach, hör auf! Und was ist mit ihrer Schwangerschaft? Wußte er das etwa auch?«

»Bei gewissen Frauen kann man es am Gesichtsausdruck sehen, ob sie schwanger sind. Das ist auch nichts Neues.«

»Was ist dann mit meiner Tätowierung?«

Er nahm meinen Kaffee und trank einen Schluck. »Das könnte deine Magie sein und nicht seine, Weber. Darüber haben wir noch nicht einmal gesprochen. Denk dran, du warst derjenige, der in Rondua war, und nicht Phil.«

6

Immer wenn ein Traum wahr wird, kommt man Gott einen Schritt näher. Aber je näher man kommt, um so besser sieht man ihn, und vielleicht ist er gar nicht so, wie man ihn sich vorgestellt hat.

Ich habe mich in Cullen James auf eine Weise verliebt, wie ich mich immer verlieben wollte: Mit dem frohen Enthusiasmus und der Hingabe eines Teenagers, gleichzeitig mit der dankbaren Anerkennung der Erfahrung. Ich wollte sie von dem Moment an, da ich sie kennenlernte. Sie war jemand, um die man kämpfen konnte, jemand, nach der man sich sehnte. Ich habe viel zu schnell mit ihr gesprochen, denn ich wollte, daß sie gleich alles wußte. Ihr Lächeln sagte, daß sie meine Eile verstand. Mein Traum wurde wahr.

Wir sind nie zusammen ins Bett gegangen. Ich habe ihren schmalen Mund nie gekostet. Sie war mit einem Mann glücklich verheiratet, den ich schätzte, ein Mann, der fähig war und stark und wichtig für sie. Das war ich nicht, und genau da wurde mein Traum zu sehr wahr. Ich hatte endlich gefunden, was ich wollte, eine wertvolle Münze auf der Straße, aber auf der anderen Seite der Münze war kein Bild. Und Cullen wollte nur einen Freund und keinen neuen Partner in ihrem Leben.

Warum Danny James und nicht Weber Gregston? Eine Reihe von Gründen, einige davon finden sich in ihrem Buch *Laute Träume*. Was ich allerdings am besten erinnere (und am schmerzhaftesten), war ein Gespräch, das wir einmal hatten, in dem ich ihr dieselbe Frage stellte – warum er und nicht ich?

»Weil wir uns gegenseitig zu verrückt machen, Weber. Ich mache mich ja selbst schon verrückt genug mit meiner Nervosität und

Exzentrizität. Wir sind uns gegenseitiges Futter für diese Flammen. Im Moment ist das ok – ist es wundervoll –, aber wir fangen ja gerade erst an. Am Anfang einer Affäre riecht man immer gut und benimmt sich perfekt. Aber was geschieht später, wenn man auf einen Blick weiß, daß der andere eine beschissene Laune hat, und es gibt keine Möglichkeit, ihn da rauszuholen? Oder ist die beste Möglichkeit, sich zu rächen, die, drei Tage kein Wort zu sagen? Du und ich, wir würden solche Sachen miteinander machen. Wir würden uns zu lange streiten und bösartig werden, selbst wenn wir es gar nicht wollten. Wir sind uns zu ähnlich, Weber. Die Person, die mich am verrücktesten macht, bin ich. Was passiert, wenn abends zwei Ichs oder zwei Dus ins Bett gehen? Sicher, wir würden großartig miteinander schlafen und hätten die besten Gespräche der Welt, aber wir würden auch unsere verwundbarsten Stellen kennen, wie Karatemeister. Alle die höchst gefährlichen Druckpunkte. Triff sie da, und sie sterben in einer Sekunde. Triff sie da, und du zerstörst ihr Ego.

Dany gibt mir Frieden. Und es ist kein langweiliger Frieden. Wir gleichen einander aus. Ist es nicht das, was wir eigentlich machen sollten – ein Gleichgewicht suchen?«

»Woher weißt du all das, ohne es jemals versucht zu haben?«

»Weil ich Angst habe, es könnte mir zu gut gefallen, mit dir zusammenzuleben und dann viel zu spät herauszufinden, daß es ein grauenhafter Fehler war, es überhaupt zu versuchen.«

»Das klingt feige.«

»Sicher zu sein und geliebt zu sein ist keine Feigheit. Wir würden uns lieben, aber es gäbe keine Sicherheit zwischen uns, Weber. Wir würden uns gegenseitig über Trapeze ohne Netz schleudern. Das macht nichts, wenn man jünger ist und außer seinem Herzen nichts zu verlieren hat, wenn man aber älter ist und weiß, daß das Herz nur ein Teil des Ganzen ist, dann zieht man sich zurück und sagt, ich will lieber eine Familie als Luft. Ich lege mich lieber mit dem Rücken auf die Erde und schaue mir die Sterne an, als hinzufliegen zu versuchen, mit geringer Wahrscheinlichkeit, dort anzukommen.«

»Meinst du, wir hätten diese Möglichkeit?«

»Natürlich. Aber nur eine kleine, und ich habe keine Lust mehr zu spielen. Ich habe einen guten Mann, ein Baby und ein ziemlich erfülltes Leben im Moment. Was soll ich denn deiner Meinung nach tun, Weber, alle Spielmarken setzen und darauf hoffen, einen

Hauptgewinn zu landen? Wie viele große Treffer gibt es? Wie viele verlassen den Tisch als reiche Leute?«

Diese Unterhaltung ist nicht in ihrem Buch, aber in dieser Nacht hatte ich meinen ersten Rondua-Traum, das ist der Grund, warum ich mich so deutlich daran erinnere.

Was war Rondua? Nimm zum Beispiel die Wahrnehmung und die Erfahrung eines Kindes von sechs oder sieben in einem Spielzeugladen. Wo die Stofftiere so groß und überwältigend sind wie Wolkenkratzer, wo man alles sehen und anfassen will, selbst wenn man Angst hat oder sich ekelt. Das war Rondua. Ein Ort, wo ehemalige Träume, Kreaturen und Situationen (ja, in Rondua kennen einen auch Situationen) wiederkehren, um dich zu besuchen, dich zu lehren, dich zu erstaunen. Aber das war nur ein Teil. Es gab nicht nur Dinge, die man kannte, vielmehr eine Welt, in der Wunder und Überraschung gängige Münze waren, wo Gewißheit keinen Platz hatte.

Menschen träumen dauernd von fremden Ländern, der Unterschied hier war, daß Cullen James und ich dieselbe Sicht träumten, dieselben wunderbaren Landschaften und Kreaturen sahen und so unsere Eindrücke am folgenden Tag vergleichen und Karten zeichnen konnten.

Was hatte es zu bedeuten, und warum geschah es? Nervös befragte ich verschiedene Leute, aber die Erklärung, die am wahrsten klang, kam von Venasques, Phils »Schamanen« und unserem ehemaligen Nachbarn mit dem Schwein. Der einzige Beweis, den ich von der Macht des alten Mannes hatte, war Strayhorns unumstößlicher Glaube an ihn, was jedoch meine Skepsis nicht ausräumte. Aber als die Rondua-Träume immer häufiger kamen, dachte ich, es könne nichts schaden, ihn zu befragen.

»Kennst du den Witz von der Thermosflasche? Eine Gruppe von Forschern befragt Leute darüber, was sie für die größte Erfindung der Menschheit halten. Natürlich sagt irgend jemand das Rad, ein anderer das Flugzeug, das Alphabet...

Dann sagte ein Typ ›Die Thermosflasche‹.

›*Thermosflasche*? Aber wovon reden Sie nur?‹

Der Typ sagt ›Sehen Sie, wenn es im Winter zehn Grad unter Null sind, fülle ich meine Thermosflasche mit heißer Suppe und gehe zum Footballspiel. Zwei Stunden später ist es draußen immer noch höllisch kalt, aber wenn ich die Flasche aufmache, ist da heiße Suppe drin. Richtig?

Ok. Später dann, mitten im Sommer, wenn draußen dreißig Grad sind, fülle ich dieselbe Flasche mit eiskalter Limonade. Zwei Stunden später, wenn ich vor Hitze sterbe, öffne ich sie, und drin ist immer noch *eiskalte* Limonade. Ich stelle Ihnen jetzt mal eine Frage: Woher weiß sie das?‹«

Venasques nahm eine Handvoll M&Ms und gab sie dem Schwein.

»Ich verstehe deine Analogie nicht.«

»Weber, *Liebe* ist die größte menschliche Erfindung. Es ist eine so großartige Erfindung, daß die Menschen sie zum Leben erweckten, aber dann wurde sie so stark und klug, daß sie sich selbständig machte und sich jetzt selbst um ihre Angelegenheiten kümmert. Sie ist wie diese Thermosflasche – *sie weiß*. Wie sie das weiß, kann auf alles angewendet werden.

Du willst diese Frau und du weißt, daß sie die richtige für dich ist, aber es kann einfach nicht sein. Also übernimmt die Liebe. Wenn du sie schon nicht haben kannst, so kannst du sie doch besser kennenlernen als jede andere Person auf der Welt, inklusive dieses netten Kerls von einem Ehemann. Du kannst nicht mit ihr schlafen, aber du kannst sie besser ›kennen‹, als hundert gemeinsame Nächte es dich jemals lehren könnten.

Wie heißt der Ort noch mal? Ron-dua? Genieß es, Weber. Selbst seine schlechten Aspekte. Die Liebe gibt dir ein Geschenk. Euch beiden.«

So plötzlich, wie sie gekommen waren, verschwanden die Träume wieder. In Cullens Buch schien es, als glaubte sie, ich hätte zu träumen aufgehört, weil sie mir ihre Hand auf die Stirn legte und ein geheimes Wort sagte. Ich glaube, die Träume hörten auf, weil ich in eine leichtsinnige Liebe zu ihr eingestiegen war und schließlich auf der anderen Seite wieder herauskam, wie bei einer Art von alpinem Tunnel, der fünfzehn oder zwanzig Kilometer lang ist. Zu der Zeit, als sie meine Stirn berührte und das geheime Wort sagte, war ich schon durch den »Tunnel« durch und tauchte blinzelnd und orientierungslos, aber sicher, in einem anderen Land wieder auf.

Ich würde sie immer lieben, aber nicht mit derselben ungesunden Notwendigkeit und Hoffnung. Das war selbstmörderisch. Wenn Venasques recht hatte und die Liebe uns Rondua *gegeben* hatte, dann bedeutete der Verlust, wie ich ihn erlebte, auch den Verlust einer nachteiligen Obsession, die ich für Cullen

James empfand und die damals ganze Monate des Lebens beschädigte.

Ein paar Stunden nachdem Wyatt Rondua erwähnt hatte, rief Danny James an, um sich zu erkundigen, wie es ging. Ich hätte gern über die Videobänder und die Tätowierung, die sich von meinem Rücken bewegt hatte, gesprochen, aber Sasha war zu Hause, und ich wollte noch nicht, daß sie etwas darüber erfuhr. Wyatt war der einzige, der die ganze Geschichte kannte, und wir hatten uns darauf geeinigt, ihr noch nichts zu erzählen, bis wir uns selber sicher waren. Was, wenn Strayhorn tatsächlich lebte? Oder Pinsleepe tatsächlich ein Engel war, der auf die Erde gekommen war, um seine Fehler zu korrigieren? Sasha war schwanger und voll mit Krebs. Als ich sagte, Wyatt habe auch Krebs, blockte er das vergnügt ab und sagte, ja, aber schwanger sei er nicht. Darüber hinaus *glaubte* er an Unmöglichkeiten wie Engel und das Abbüßen der Sünden eines toten Mannes. Sasha nicht, und das machte es schwierig für den Fall, daß noch andere seltsame Dinge unternommen werden mußten, um die Angelegenheit zu lösen.

»Danny, du hast mir nie erzählt, warum Phil in der letzten Woche bevor er starb, nach New York fuhr. Tu's bitte jetzt! Ich glaube, es ist wichtig.«

»Er war mit einem kleinen Mädchen namens Pinsleepe zusammen. Vielleicht acht oder neun. Sagte, sie sei seine Nichte, aber ich glaubte das nicht ganz. Das war das erste, was mich beunruhigte. Die zwei fuhren ständig aus der Stadt hinaus, denn jedesmal, wenn ich anrief, mußte ich eine Nachricht hinterlassen. Als ich sie traf, waren sie gerade aus New Jersey zurückgekommen.«

»Weißt du, wo in New Jersey?«

»Nein, aber Phil sagte, er habe als Kind dort einen Sommer verbracht.«

»Doch nicht Brown's Mills?«

»Doch, Brown's Mills. Das war der Name.«

»Wie war er, als du ihn trafst?«

»Sehr aufgedreht, als wenn er auf Dexedrine wäre. Immerzu erzählte er Witze, um das kleine Mädchen zum Lachen zu bringen. Fast so, als wäre er der Babysitter und fühlte sich verpflichtet, sie die ganze Zeit über zu unterhalten. Es war seltsam. Ich fühlte mich nicht wohl dabei.«

»Warum hast du Cullen nicht mitgenommen?«

»Weil er mich darum bat, das nicht zu tun. Keine Cullen und keine Mae. Was auch merkwürdig war, denn du weißt ja, wie sehr er sie beide mochte.«

»Wir verbrachten ein paar Stunden zusammen, und dann hatte ich eine Verabredung. Als wir uns verabschiedeten, sagte er mir, ich solle dir ausrichten, daß er dir bald einige sehr wichtige Videobänder schicken werde.«

»Wieso hast du mir das nicht *erzählt*?«

»Weil er ein paar Tage darauf tot war.«

Wenn du *Mitternacht 2* gesehen hast, kennst du Brown's Mills, New Jersey. Nur daß Phil die Stadt im Film »Leverett« nannte, nach dem Studentenheim, in dem wir in Harvard wohnten.

Warum wohl war er mit dem Kind dorthin zurückgekehrt? Es gibt einzigartige Erlebnisse im Leben, die für immer unsere Richtung verändern oder bestimmen. Ich spreche nicht nur über die Ehe oder den Tod einer geliebten Person. In Strayhorns Fall war es der Tod von zwei Fremden, der es auslöste. Beide geschahen in Brown's Mills, in dem Sommer, als er zehn war.

Seine Familie mietete dort am See ein Häuschen. Die Stadt lag in der Nähe einer Militärbasis, und es lebten eine Menge Militärfamilien in der Umgebung. Phil freundete sich mit den Kindern von einer der Familien an, und sie verbrachten viel Zeit zusammen.

Ihr Vater war ein Militärpolizist. Eines Tages, als alle Kinder zusammen herumsaßen und Radio hörten, kam eine Sondernachricht. Man sagte, zwei MPs seien von einem unbekannten Täter erschossen worden. Als sie die Namen mitteilten und der Vater seiner Freunde einer von ihnen war, krachte es bei Phil. Aus irgendeinem Grund begann er »Rock and Roll! Rock and Roll!« zu schreien. Sie brachten ihn ins Krankenhaus und stellten ihn unter Beobachtung.

Für einen Sommer war das genug, aber einige Wochen später war er mit einem anderen Freund an einem Fluß, und sie warfen Steine ins Wasser. Einer traf etwas. Wie sich herausstellte, war es der Körper eines Mädchens. Strayhorn stand am Ufer und beobachtete seinen Freund, wie er sie an Land brachte. Dann rannte er weg und schrie »Das war Rock and Roll!«

Noch Jahre später wurde er von diesem »Rock-and-Roll«-Monster verfolgt. Immer wenn etwas Furchtbares geschah, wußte er, wer es verübt hatte. Wachte er nachts schwitzend und nach Luft schnappend aus irgendeinem lunaren Kampf auf, so wußte er, wer dafür verantwortlich war. Wir alle haben unsere Dämonen, aber Phils Dämon war mit echtem Tod und einer tatsächlichen Leiche verknüpft.

Selbst noch als wir in Harvard waren, hatte er lautschreiende Rock-and-Roll-Träume. Er erzählte mir ihren Ursprung und wie das Ding über die Jahre ein Gesicht und einen Körper angenommen hatte, die er später als Grundlage für Bloodstone gebrauchte.

Als ich den Hörer nach dem Gespräch mit Danny einhängte, fühlte sich mein Kopf an, als würde er gleich Dampf spucken. Sasha, Pinsleepe, Strayhorn (lebendig oder tot), Engel, Teufel, Brown's Mills...

Verdammte Scheiße, was hatte er mit Pinsleepe in Brown's Mills, New Jersey, gemacht?

Er war im El Coyote gesehen worden, also gingen wir dahin und stellten Fragen. Nichts. Er war im Valley bei Jacks, einer Schwulenkneipe, gesehen worden, also gingen wir dorthin. Nichts. Er war auf dem Rodeo Drive gesehen worden... Drei Tage lang fragten wir uns durch, bevor etwas dabei herauskam. Wiederholt hatte ich mir die Videobänder angesehen, um zu sehen, ob etwas Neues erschiene, aber nichts. Wyatt und ich riefen Leute an, die wir kannten, und danach Leute, die die kannten, bis unsere Ohren rot und wir gelangweilt waren. In Los Angeles gab es so viele Geschichten und Gegendarstellungen dazu, daß wir ständig unsere Notizen verglichen, um herauszufinden, ob nun schon Informationen vorlagen oder ob es dem entgegenlief, was wir erfahren hatten.

Was dabei herauskam, war folgendes: Ein Mann, der wie Philip Strayhorn aussah und sprach, lief mit einer Porsche-Sonnenbrille, einem schwarzen Anzug, schwarzem Hemd und Krokodillederschuhen durch die Stadt und machte Ha Ha, es sei alles nur ein großer Werbegag: Hier bin ich, und die Gerüchte über meinen Tod sind mächtig übertrieben...

Das Problem mit der Beschreibung war, daß Strayhorn einer der unmodischsten Männer war, die ich kannte, einem Mr. Krokodillederschuh völlig unähnlich. Phil kaufte Kleidung, so wie manche Leute gerade das Nächstliegende einkaufen, wenn sie Hunger haben. Das heißt, wenn seine Unterwäsche zum Beispiel Löcher bekam, ging er zu Thrifty Drugs unten auf La Brea (einer von Strayhorns Lieblingsorten) und kaufte sich drei Sechser-Packs einfacher weißer BVD-Unterhosen. War er einmal da, dann konnte die Sache durchaus zu einem Einkaufstaumel werden, und er kaufte sich noch ein paar weiße T-Shirts und Baseballsocken aus Baumwolle. Setzt man da als I-Tupf noch ein Paar Turnschuhe und Jeans drauf, hat man den gutangezogenen Strayhorn.

Abgesehen davon ging er fast nie aus. Schicke Restaurants und »In«-Kneipen machten ihn nervös und waren ihm unbehaglich. Seine Vorstellung von einem schönen Abend war es, zu Hause zu bleiben, mit Sasha zu reden oder mit dem Hund zu spielen. Sein Haus war eines der gemütlichsten, die ich kenne.

Ich rief meinen Freund Dominic Scanlan bei der Los-Angeles-Polizei an und beschrieb ihm, was vor sich ging. Er sagte, er wolle sich darum kümmern. Zwei Stunden später rief er an und bat mich, ihn bei einer Adresse in der Innenstadt zu treffen. Als wir dort ankamen, war ein kleines gelbes Haus an manchen Seiten mit Bändern, auf denen »Polizeiliche Untersuchungen« stand, abgeriegelt. Ein paar Minuten später fuhr Dominic vor.

»Die Kids in dieser Gegend reißen unsere Bänder immer so schnell wieder ab.

Vor ein paar Tagen bekamen wir vom Nachbarn im nächsten Haus einen Anruf, und er sagte, da drinnen stimme irgendwas nicht. Seltsame laute Geräusche, Poltern und Schläge... So was. Es gibt hier in der Gegend eine ganze Menge Crack-Häuser, also glaubten wir, ein paar Dealer hätten vielleicht eine Party.

Scheiß auf uns und unsere Ahnungen. Aber was ist schon einfach, häh? Der erste Bulle geht rein, sieht sich einmal um und ruft seinen Partner: ›Hey, komm her! Wir haben's hier mit *Ripleys glaub's oder laß es bleiben* zu tun‹.« Dominic zog einen braunen, großen Umschlag unter seinem Arm heraus und öffnete ihn. Heraus glitten Bilder, er gab sie uns.

»Lieber Himmel!«

»James Penn, arbeitsloser Ex-Schauspieler, Ex-Kellner bei Jacks –«

»Ex-Mensch!«

»Richtig, Finky. Die Jungs in der Pathologie versuchen immer noch herauszubekommen, was mit ihm geschehen ist.«

»Was war die Todesursache?«

»Tod durch elektrischen Strom. Blutverlust... Scheiße, ich weiß es auch nicht. Alles. Ha! Das ist was für euch – der Bursche starb an allem!«

»Und das ist derselbe Mann, der durch die Gegend gelaufen ist und vorgab, Strayhorn zu sein?«

»Schaut euch die anderen Bilder an.«

Da waren einige, die Penn lebendig und lächelnd zeigten. Er sah Phil sehr ähnlich, und es war klar, warum einige ihn gesehen und für den anderen gehalten hatten.

Da fiel mich etwas an, das mir die Eier gefrieren ließ. Ich sah Dominic an.

»Das ist eine Szene aus *Mitternacht kommt immer*!«

Er nickte. »Du hast's. Das ultimative Hollywoodverbrechen: Typ läuft durch die Gegend und gibt sich als Philip Strayhorn aus und wird schließlich auf dieselbe Weise umgebracht, wie Bloodstone in *seinen* Filmen einen Typ kaltmacht. Cinematographische Gerechtigkeit. Andernorts hat man poetische Gerechtigkeit, hier draußen haben wir cinematographische Gerechtigkeit!«

»Können wir reingehen?«

»Mach, was du willst, Weber. Ich geh da nicht rein. Ja, du kannst rein, aber berühr nichts, klar? Die Untersuchungen sind noch nicht abgeschlossen. Ich bleib mit Finky hier. Ich will ihm ein paar Fragen zu der alten Show stellen. Ich habe dieses tolle Finky-Linky-T-Shirt zu Hause. Hätte ich das nur mitgebracht, dann hättest du es mir signieren können. Hier ist der Schlüssel, Weber.«

Zur vorderen Veranda führte ein Steinweg. Der Rasen roch frisch geschnitten. Zwei der Stufen knarrten, als ich darauftrat. Ich dachte darüber nach, wie ich vor ein paar Tagen zu Rainer Artus' Haus gegangen war. Bei ihm herrschte ein vager Wahnsinn, hier drinnen eine der bittersten Arten des Todes.

Ich schloß die Tür auf und ging hinein.

Auf eine schaurige Weise war alles sehr aufgeräumt. Saubere hölzerne Böden, in der Luft der Geruch eines Fichtennadelsprays. Makellos, ordentlich. Als Dominic als technischer Berater an einem meiner Filme mitarbeitete, hatte er mich zu anderen Mordszenen mitgenommen. Sie spiegelten das Chaos des Aktes wider – Blut, Unordnung, von den Fenstern weggerissene Vorhänge in der Verzweiflung des baldigen Todes. Nicht so hier. James Penns Haus sah aus, als könne hier jeden Moment eine Party steigen.

Ich ging ins Wohnzimmer und sah Pinsleepe, die auf einer blauen Couch saß und ein rotes Eis aß.

»Hi, Weber.«

»Wie lange bist du schon hier?«

»Weiß nicht. Ich hab auf dich gewartet. Ich bin gerade eben mit dem Saubermachen fertig geworden.«

»Kanntest du den Mann?«

»James Penn? Nein. Aber das ist nur wieder ein anderer Teil der Sache mit Phil.«

»Penn ist auf dieselbe Weise umgebracht worden, wie Bloodstone jemanden getötet hat.«

»Richtig. Was ich dir sagte: Als Phil die Szene gemacht hat, ist alles Böse losgegangen.«

»Meinst du, Bloodstone lebt?«

Sie lächelte und leckte über die Seite ihres Eishörnchens. »Nein. Phil hat sich die Szene ausgedacht, nicht Bloodstone. Alle *Mitternachts* sind von Phil.«

»*Er* lebt?«

»Nein, er ist tot. Aber was er *war,* lebt noch. Verstehst du das jetzt? Wenn wir alle die Kinder, die wir einmal waren, in den Himmel bringen könnten, dann würden wir uns selbst viel besser verstehen.

Egal, wie oft Phil sich umgebracht hat, dadurch daß er diese Szene in dem Film machte, nachdem ich ihm gesagt hatte, er solle es nicht tun, hat er sich doch nur *da* umgebracht. Der ganze Rest von dreißig Strayhorn-Jahren ist noch hier und lebt: Der kleine Junge, der vor dem Buhmann Rock and Roll weglief, der Phil, der sich Bloodstone ausdachte... Alle. Wer du heute bist, kontrolliert all die Leute, die du einmal *warst,* Weber. Wenn dein Hier-und-jetzt-Du aus den verkehrten Gründen stirbt, dann können die anderen machen, was sie wollen. Und wenn sie keine Führung haben, dann drehen sie durch.«

»Sie haben Penn umgebracht?«

»Sicher. Vielleicht war es der achtjährige, jähzornige Phil, der wütend auf den Mann war, weil er sich für ihn ausgegeben hat. Oder der sechsundzwanzigjährige Phil, der die ganze Zeit stoned war und seltsame Dinge tat... Ich könnte dir nicht sagen, welcher von ihnen. Vielleicht war es eine Kombination. Vielleicht haben sie sich gegen Penn zusammengetan.

Hat Sasha dir jemals erzählt, warum sie sich wirklich getrennt haben? Frag sie. Frag sie nach ›Viertel nach dir‹. Sie hat es noch. Laß dir nicht einreden, sie hätte es nicht mehr. Das wird dir ein paar von den anderen Phils zeigen, die du nicht kanntest.

Du bist jetzt der einzige, der etwas daran tun kann, Weber. Wenn du diese Szene nicht filmst, dann ist alles vorbei. Auch andere Dinge, nicht nur, daß Sasha stirbt.«

»Was zum Beispiel?«

Sie schüttelte den Kopf.

»Wenn ich es richtig filme, dann bleiben Sasha und ihr Baby am Leben und du stirbst. Richtig?«

»Richtig. Ich gehe dann weg. Ich muß dann nicht mehr hier sein.«

Viertel nach dir

Irgendwie begann es unschuldig genug. Sie liebten einander. Sie wollten zusammen alt werden, und das ist der einzige wirkliche Beweis großer Liebe. Aber seit kurzem war da eine Sache, ein großer Staubfleck auf ihrer sonst sauberen Linse: Sex. Es war immer gut für sie gewesen, und es gab Zeiten, da hatten sie sich aneinander ergötzt. Aber schlaf tausend Nächte mit einer Person, und ein wenig von der Phosphoreszenz des Sex nutzt sich unter der Berührung bekannter Finger ab.

Einmal, als sich jeder bemühte, den Rhythmus des anderen zu finden, sagte sie unbeabsichtigt etwas, das ihn lächeln ließ und über das er später, in jenen verblassenden weichen Momenten vor dem Einschlafen, noch sprechen wollte.

»Bitte nicht!« hatte sie plötzlich gesagt.

Er hatte nichts Neues oder Besonderes gemacht, also mußte er annehmen, daß sie über eine unanständige Szene mit einem anderen fantasierte! Der Gedanke erregte ihn, besonders, weil er oft dasselbe getan hatte.

Später, in der blauen Dunkelheit, berührte er ihre Hand und fragte sie, ob er recht habe.

»Ich schäme mich.« Aber dann kicherte sie – ihr Zeichen, daß sie bereit war, zu reden.

»Komm schon, schäm dich nicht. Ich hab's auch schon gemacht. Es ist nichts weiter als eine andere Art, es zu tun.«

»Versprichst du, daß du es nicht mißverstehen wirst?«

»Ich versprech's.«

»Ok, aber ich bin wirklich verlegen.«

Er drückte ihre Hand und wußte, er dürfte nichts weiter sagen oder sie würde sofort schweigen.

»Also, es ist niemand Bestimmtes. Nur dieser Mann. Es ist eine Phantasie. Ich sehe ihn in der U-Bahn und kann nicht aufhören, ihn anzuschauen.«

»Was trägt er?«

»Wie ich es mag – Jackett und Krawatte, vielleicht einen schönen Anzug. Aber er trägt auch frische weiße Tennisschuhe, was das Ganze auf großartige Weise aus der Balance bringt. Es ist ein witziges Detail, das andeutet, daß er trägt, was er will, und sich einen Dreck darum kümmert, was die anderen denken.«

»Ok, und was passiert dann?«

Sie atmete tief ein und sehr langsam wieder aus, bevor sie fortfuhr. »Wie ich schon sagte, ich sehe ihn und kann nicht aufhören, ihn anzuschauen. Er ist sexy, und das ist ein Teil des Ganzen, sicher, aber da sind andere Dinge, die ihn zu etwas Besonderem machen, nicht nur das.

Er hat diese umwerfenden französischen Augen und trägt ein Buch mit sich, das ich schon seit langer Zeit lesen will. Schließlich sieht er mich an, und ich bin völlig verrückt nach ihm. Das beste ist, daß er meinen Körper nicht auscheckt oder so. Sieht mich nur an, und ich weiß, er ist interessiert. Das liebe ich... Er inspiziert mich nicht, als wäre ich ein neues Auto in einem Ausstellungsraum.«

Ihre Geschichte war sehr viel detaillierter, als er sich das vorgestellt hatte. In seinen eigenen Phantasien machte er Kellnerinnen in hochhackigen Schuhen oder Verkäuferinnen mit dicken Lippen schöne Augen. Die Sache wurde arrangiert. Sie würden in ihre Wohnung gehen. Einmal da, würden sie sich mit augenblicklicher Hitze und Neugierde aufeinander stürzen.

Momente vergehen, bevor er sich klar wird, daß sie wieder zu sprechen begonnen hat.

»...folgt mir, als ich aussteige. Zu wissen, daß er hinter mir ist, regt mich unglaublich an. Ich weiß, was geschehen wird, und ich weiß, daß ich's um jeden Preis tue.«

Sie redete weiter und erklärte die minimalsten und liebevollsten Details. Sie und Mr. Tennisschuh sprechen nie, nicht einmal. Als die Dinge sich zuspitzen, wird alles langsamer, bis es Bewegungen unter Wasser geworden sind.

Der einzige Satz, der jemals laut ausgesprochen wird, ist »Bitte nicht!« Das ist etwas, das sie jedesmal sagt, aber es geschieht nur ein einziges Mal, und sie fühlt einen momentanen Anflug von

Schuld. Aber das vergeht schnell, denn das Erlebnis ist einfach zu selten und extrem, als daß Schuld einen Platz darin gehabt hätte.

Als sie fertig war, lag eine Stille so dick wie Pelz zwischen ihnen. Sehr leise murmelte sie noch, es sei keine sehr originelle Phantasie.

»Sag das nicht! Mach es nicht kaputt! Was kümmert's dich, solange es *dich* erregt? Wen kümmert's, wie originell es ist? Ich wette, drei Viertel aller sexuellen Phantasien handeln entweder davon, genommen zu werden oder selbst zu nehmen.

Wie heißt er?«

»Wer? Der Mann? Ich habe keine Ahnung. Wir reden nicht. Er sagt mir seinen Namen nie.«

»Welchen Namen *möchtest* du denn gern für ihn haben?«

»Darüber habe ich nie nachgedacht. Was für eine komische Frage.«

Er ging in die Küche etwas Wein holen. Als er zurückkam, war das Licht auf ihrer Bettseite eingeschaltet, und sie saß da und hatte ihre Arme um die Knie geschlungen.

»Peter Copeland.« Sie lächelte ihn an und zuckte die Achseln, als sei sie ein wenig verlegen.

»Peter Copeland? Klingt wie einer, der in Yale war.«

Sie hob die Schultern. »Ich weiß nicht. Es ist einfach die Art von Namen, den er tragen würde.«

»Ok. Ist es immer dieselbe Phantasie? Denkst du dir auch andere über ihn aus?«

Sie nahm einen Schluck Wein und dachte darüber nach. Es schien ihr nicht länger unangenehm zu sein, über Peter Copeland zu sprechen, jetzt, da seine Existenz bekannt war und die Sache einen Namen hatte.

»Meistens dieselbe – die U-Bahn, was er trägt... wie er mir folgt. Das reicht.«

Dieser letzte Satz traf ihn schwer. Er hatte so viele verschiedene Phantasien gehabt, mit so vielen vorhersehbaren Gesichtern und Situationen. »Das reicht.« Da wußte er, daß er auf sie und ihren Peter Copeland eifersüchtig war, auf ihre Zufriedenheit miteinander, auf ihr stilles gegenseitiges Fieber.

Am nächsten Tag, auf dem Weg zur Arbeit, blieb er mitten auf der Straße stehen und begann zu grinsen. In einem Blumenladen kaufte er zehn Tulpen, ihre Lieblingsblumen, und veranlaßte, daß sie in ihre Wohnung geschickt würden. Auf die einliegende Karte schrieb er »Ich hoffe, du magst Tulpen. Sie sind meine Lieblingsblumen. Danke, daß du den Kometen auf den gestrigen Nachthimmel gezaubert hast. Peter.«

Und in jener Nacht im Bett änderte er alles. Er wurde eine völlig andere Person im Dunkeln. Sie konnte ihn nicht sehen, also hätte er jeder sein können. Er wollte Peter Copeland sein, wußte aber nicht wie.

Gewöhnlich redeten sie, aber in dieser halben Stunde, in der sie einander besaßen, sagte er nichts. Von Anfang an verstand sie und erwiderte eifrig. Immer wenn sie auf etwas Bekanntes zusegelten, etwas aus den gemeinsamen Jahren, steuerte er sie weg davon. Dann übernahm sie und war stark oder passiv, wenn er es am wenigsten erwartet hätte.

Es war alles viel besser, als er sich das vorgestellt hatte, und erneut wurde er eifersüchtig auf Peter Copeland. Kein Fremder, egal ob eingebildet oder nicht, verdiente, was sie jetzt bot. Das einzige, was er seinen Traumgeliebten jemals gegeben hatte, war anonym und nicht wert, sich daran zu erinnern.

Schließlich, als sie wieder sagte »Bitte nicht!«, war er deshalb erregt, weil sie es zu ihm *und* zu einer anderen Person sagte.

Am nächsten Tag kaufte er das Buch, von dem er wußte, daß sie es lesen wollte. Hinein schrieb er »Ich glaube, das wird dir gefallen. Peter.« Sie fand es unter ihrem Kissen. Sie setzte sich aufs Bett und hielt es auf ihrem Schoß, legte beide Hände darauf und wurde sehr still. Was tat er da? Mochte sie es?

Ihre Elektrizität und Bereitschaft, in so viele neue Richtungen zu gehen, schüchterte sie ein wenig ein und machte ihnen angst. Beide fragten sich, für wen sie das wohl täten – für sich selbst oder für den anderen?

In jener Woche waren ihre Nächte lange, auslaugende Experimente. Er konnte sie nicht fragen, was sie mochte, denn es mußte alles still bleiben: Geredet wurde nur mit Berührungen und Bewegungen. Jeden Abend um acht waren sie erregt und sahen auf die Uhr. Woran sie auch immer vorher gewöhnt waren, jetzt war es unwichtig und vergessen. Jetzt würden sie in ihre neuen zweiten Häute schlüpfen, und was vom Tag übrig war, würde sich verstekken, denn es kannte sie nicht.

Am Donnerstag machte sie einen Spaziergang und entschloß sich, ihm ein Geschenk zu kaufen. In einem Geschäft legte ein Verkäufer wunderschöne Kaschmirpullover auf einer Glastheke aus. Lila. Taupe. Schwarz. Sie konnte sich nicht entscheiden. Erst nachdem sie den Laden verlassen hatte, wurde sie sich darüber klar, daß sie einen gewählt hatte, der Peter Copeland besser stünde als ihrem Mann. Das erschreckte sie, aber sie schickte sich nicht an, ihn umzutauschen. Sie würde es ihm einfach nicht erzählen.

Auf der Arbeit wurde ihm klar, daß er den Namen PETER COPELAND dreimal auf den Block vor sich geschrieben hatte. Er wußte nicht einmal, daß er es tat. Jedesmal war die Handschrift völlig anders: Als versuchte er, die Handschrift des anderen Mannes zu fälschen und nicht zu erfinden.

»Was gibt's zum Abendbrot?«

»Dein Lieblingsessen – Chili.«

Er mochte kein Chili.

Es gab kein Chili – das war ihr kleiner Witz –, aber die Tulpen, die er geschickt hatte, standen in einer neuen schwarz-gelben Vase zwischen ihnen auf dem Eßtisch. Sie waren wie eine dritte Person im Zimmer. Er wollte ihr davon erzählen, daß er Copelands Namen geschrieben hatte, aber die leuchtenden Blumen zeugten für den Moment ausreichend von der Anwesenheit des anderen.

Er schaute sie wieder an und stellte fest, daß er nicht dieselben sah, die er gekauft hatte: Jene waren rosa gewesen, diese waren dunkelrot. Wohin hatte sie seine gestellt?

»Es ist wieder Tulpensaison, nicht?«

Sie lächelte und nickte.

»Letztlich habe ich ein paar tolle rosafarbene gesehen. Ich weiß, ich hätte sie dir kaufen sollen. Aber jemand hat mich da offensichtlich geschlagen, oder?«

Ihr Lächeln blieb. Es war genauso wie einen Moment zuvor. Oder war es ein winziges bißchen mitleidig geworden?

Er rasierte sich gern, bevor er zu Bett ging – eine Marotte. Während er vor dem Badezimmerspiegel stand und die letzten Flocken des weißen Schaums abschabte, zeigte er mit dem Rasierer plötzlich auf die Spiegelfläche.

»Ich habe gehört, was ihr beide macht. Denk bloß nicht, ich weiß es nicht, Bastard!«

»Hast du was gesagt?« Sie rief aus dem Schlafzimmer.

»Nein, Peter Copeland.«

Er lächelte sein eigenes verzerrtes Lächeln, als sie *darauf* nichts sagte.

Ihre Finger glitten leicht über sein Gesicht, als ihm klar wurde, wie er all das zerstören konnte. Er drückte ihre Hand weg, übernahm die Regie und begann, sie viel zu hart anzufassen, ihr weh zu tun. Zu seiner Überraschung bäumte sie sich auf und zuckte, aber sie blieb still. Von jetzt an war es immer still. Sie beide hatten das irgendwann in diesen letzten Tagen akzeptiert. Aber warum beschwerte sie sich nicht? Warum sagte sie ihm nicht, er solle aufhören? Mochte sie es? Wie war das möglich? Eine Million Mal hatte sie gesagt, daß sie sich nicht vorstellen könne, daß sich Leute im Bett gern weh tun. Oder war Peter Copeland alles erlaubt? Oder schlimmer, war der Schmerz, den er ihr jetzt gab, angenehm? Das war verrückt. Das bedeutete, daß er nichts über seine Frau wußte. Das ließ ihn schneller atmen. Welche Teile von ihr kannte er sicher? Was hatte sie über die Jahre noch vor ihm verborgen?

Er begann brutale, schmutzige Dinge zu ihr zu sagen. Es war etwas, das sie beide nicht mochten. Ihre sexy Wörter füreinander waren immer witzig und schmeichelnd, liebevoll.

»Nicht!« Es war das erste Mal, daß sie gesprochen hatte. Sie sah ihn voll an, und auf ihrem Gesicht war echte Unruhe.

»Warum? Ich mach, was ich will.«

Er sprach weiter. Berührte sie zu hart, redete, machte alles kaputt. Er erzählte ihr, wo er arbeitete, wieviel Geld er machte, was seine Hobbys waren. Er erzählte ihr, auf welches College er gegangen war, wo er aufgewachsen war, wie er seine Eier gerne aß.

Bald schon begann sie zu weinen und bewegte sich überhaupt nicht mehr. Er war gerade dabei, ihr zu erklären, daß er weiße Tennisschuhe trug, weil er eine schlimme Fußinfektion habe...

Sasha wollte mir nicht genau sagen, welche Teile von Phils Kurzgeschichte wahr waren (oder warum er sie geschrieben hatte), und ich fragte nicht danach. Sie wollte wissen, woher ich davon wußte, also log ich und sagte, Phil habe Danny James davon in New York erzählt. Sie sagte, die Ereignisse in »Viertel nach dir« seien nur ein Teil des Problems und nicht der ganze Grund, warum sie sich getrennt hätten. Ungefähr seit der Mitte der Dreharbeiten zu *Mitternacht tötet* sei er auf bizarre Weise launisch geworden, und es sei grauenhaft gewesen, mit ihm zusammenzuleben.

Er war ein gutmütiger Mann, der nur selten zeigte, daß er schlechte Laune hatte, selbst wenn es so war. Sein Vater mochte keine launischen Kinder, also hatte Mrs. Strayhorn Phil und Jackie beigebracht, ihr Leid entweder zu tarnen oder es in ihre Zimmer zu tragen, hinter still verschlossene Türen. Phil mochte seinen Vater nicht, aber stimmte mit dieser Art, Schmerz zu verbergen, überein. In den Jahren, die wir zusammen am College gelebt haben, sah ich ihn fast nie schlecht gelaunt. Geschah es doch, so verließ er unser Zimmer und kam nicht eher zurück, bis seine Stimmung sich gehoben oder er, was immer es auch war, die Sache aufgearbeitet hatte. Ich konnte mir meinen Freund einfach nicht so selbstsüchtig und quecksilbrig vorstellen, wie Sasha fortfuhr ihn zu beschreiben. Aber schließlich fiel mir etwas ein, das Pinsleepe gesagt hatte: »Egal, wie oft Phil sich umgebracht hat, dadurch daß er diese Szene in dem Film machte, nachdem ich ihm gesagt hatte, er solle es nicht tun, hat er sich doch nur *da* umgebracht. Der ganze Rest von dreißig Strayhorn-Jahren ist noch hier und lebt...«

War dieser schizoide, unangenehme Mann schon dabei gewesen sich aufzusplittern, noch bevor er seinen letzten Akt beging? War die Person, die Sasha so seltsam behandelte, dieselbe, die sich erschoß? Dieselbe, die den Tod von Matthew Portland verursachte? Dieselbe, die auf meinen Videobändern war, dieselbe, die mit Danny James in New York gesprochen hatte, dieselbe, die mit Pinsleepe nach Brown's Mills gefahren war, dieselbe...

7

Ja, ja... Was soll man glauben? Oder besser, wem – *dem Engel oder dem Toten?*

Pinsleepe hat sich diesmal wirklich selber übertroffen. Und offensichtlich einen unfairen Vorteil ausgenutzt. Sie ist die Starzeugin der Anklage und immer vorteilhaft präsent, um die Geschworenen (Weber) in die richtige Richtung zu führen.

Was kann ich zu meiner eigenen Verteidigung beitragen? Ein paar absurde Videos für ihn und Sasha machen, in denen ich nichts weiter als ein paar Andeutungen machen kann. Als wenn ich in einer schlechten Fernseh-Quizschau wäre. PROMINENTEN SCHARADE. *Rate mal, was das Gespenst sagt!*

Ob ich Sie zuvor belogen habe? Ja. Ich habe gelogen, als ich erzählten sollte, woher Rock and Roll kam. Und wer die Polizei geholt hat, als wir das tote Mädchen fanden. Aber jetzt lüge ich nicht.

So viel von dem, was sie *sagt, ist fast wahr oder nur ein bißchen falsch. Gäbe man ihr einen Lügendetektortest, sie würde ihn bestehen. Aber Wahrheit kommt nicht in Prozenten. Achtzig Prozent wahr. Neunundneunzig. Entweder es ist wahr oder nicht.*

Hier ist die offizielle Pinsleepe-Version: Philip Strayhorn hat sich dermaßen davon hinreißen lassen, seine dümmlichen kleinen Horrorfilme zu machen, daß der arme Mann dabei seine Seele dem Teufel verschrieb. Wofür? Für Macht, Leute! Wofür sonst? Genug Macht, daß ganze Zuschauergruppen losrennen und sich umbringen, genug Macht, um Millionen von Eintrittskarten zu verkaufen und viel Geld zu machen, und schließlich, genug Macht, um wirkliche DUNKLE KRÄFTE *zu gebrauchen.*

YOWII! HOLEN SIE SICH IHRE WIRKLICHEN DUNKLEN KRÄFTE HIER! HOLEN SIE SIE SICH, SOLANGE SIE NOCH KOCHEND HEISS SIND!

Würden Sie jetzt bitte einen Kavalleriemarsch spielen oder einen himmlischen Chor? Denn an diesem Drehpunkt in unserer Geschichte kommt ein Engel, um Phil zu warnen, nicht mehr länger so ungezogen zu sein, denn er macht Gott böööse. Dummer Strayhorn, so voller Stolz, ignoriert die Warnung und macht an seinem völlig halbgaren Mitternacht tötet *weiter. Als Ergebnis kommen kleine Phils aus der Vergangenheit geplatzt wie kleine Maden, und jeder in der Umgebung wird entweder getötet oder bekommt Krebs.*

In dem Film war eine gute Szene, und das ist die, die sie *herausgeschnitten haben wollten. Ich hab's nicht gemacht. Danach passierte Schlimmes. War das das Resultat dieser Szene? Ich weiß es ehrlich nicht.*

Aber ich mußte Weber sagen, daß es so war, denn ich wurde dazu gezwungen. Sag ihm dies. Sag ihm das. Laß ihn in dem Glauben, daß…

Es ist verrückt, daß man hier lügen darf. Ich kann Weber anlügen, Sie, jeden.

Aber ich werde Sie von jetzt an nicht mehr belügen. Ich will, daß Sie soviel wissen, wie mir erlaubt ist von dem Geheimnis preiszugeben. Warum? Weil wir noch einen langen Weg vor uns haben, und ich möchte, daß Sie ein bißchen über die Wut und Frustration erfahren, die ich erlebte, als ich Pinsleepe (und die Bande) und ihre Manipulationen beobachtete.

Abgesehen davon können auch Sie, genau wie ich, nichts dagegen tun, was mit Weber, Sasha und Wyatt geschieht. Setzen Sie sich hierher, neben mich. Ich habe Ihnen einen Platz reserviert. Wir werden hier oben auf den teuren Plätzen sitzen und uns das Spiel gemeinsam ansehen. Wenn Sie ganz laut schreien, können die uns unten auf dem Spielfeld gerade hören. Aber sie werden uns keine Beachtung schenken, denn sie sind zu sehr damit beschäftigt, zu spielen.

Später dann, in der Halbzeit, erzähle ich Ihnen, was in Brown's Mills passiert ist. Oder von der Szene, die sie herausgeschnitten haben wollten. Diesmal erzähle ich Ihnen die Wahrheit. Machen Sie damit, was Sie wollen.

Mit das schönste an Los Angeles ist seine Nähe zum Meer. Fahr nur bis zum Santa Monica Boulevard und dann immer geradeaus, bis du Wasser siehst. Es dauert etwa eine halbe Stunde und es ist eine angenehme Spazierfahrt, besonders wenn das Verdeck unten ist und du mit Leuten zusammen bist, die du magst.

Sasha und Wyatt stritten sich darüber, wer auf dem kleinen, unbequemen Rücksitz im Jaguar sitzen sollte. Ich schlug ihnen schließlich vor, darum zu spielen. Das freute beide, und sie spielten Stein, Papier, Schere, bis Wyatt drei von fünf gewann und auf den Rücksitz sprang. Er trug khakifarbene Bermudashorts und ein passendes Khakihemd und sah eher aus, als ginge er auf Löwenjagd als an den Strand.

»Ich schwimme nie wirklich, versteht ihr. Streck nur einfach meine Füße ins Wasser und schaue mich um.«

Sasha hatte einen Rucksack mit Broten, Getränken, Sonnencreme, einem Frisbee, einem Buch … »Ich halte mir meine Möglichkeiten gern offen.« Sie trug einen schicken dunkelblauen Badeanzug, der ihre gute Figur zur Geltung brachte. Als ich sie so schön enthüllt sah, dachte ich an unsere Zeit in Zermatt; wie großzügig sie im Bett war, wieviel Spaß wir miteinander auf dieser Reise hatten.

Sie trug ebenfalls eine *Mitternacht-tötet*-Werbe-Baseballkappe, was im Lichte dessen, was geschehen war, peinlich war. Aber vielleicht war es auch gut, daß sie sie trug und ihre Bedeutung ignorierte. Das besagte, daß es immer noch Teile oder Ecken ihres Lebens gab, die von den Schatten, die Phil und seine Filme auf sie geworfen hatten, unberührt geblieben waren.

Es wurde Zeit, daß wir alle etwas Leichtes und Unwichtiges taten. Als ich am vorhergehenden Abend den Strand vorgeschlagen hatte, zuckte Sasha die Achseln, aber Wyatt und ich überredeten sie. Aus der Art, wie sie sich heute verhielt, war klar, daß sie glücklich war.

Obwohl wir nicht darüber gesprochen hatten, bestand eine stille Übereinkunft, nicht über Strayhorn oder die damit verbundenen Dinge zu sprechen, die in unseren Leben herumflogen. Wir brauchten Ruhe. Einen Sprung ins Wasser. Einen kleinen Sonnenbrand. Den Millionen Jahre alten Sand unter uns, hart und heiß und vertraut.

Wir müssen an diesem Tag sehr kalifornisch ausgesehen haben. Das schwarze Kabriolett, gutaussehende Frau mit Baseballkappe und dunkler Brille auf dem Beifahrersitz, Freund hinten mit angezogenen Knien und großem Lächeln im Gesicht. Ich glaube, wir fühlten uns alle wohl. Es war ein Tag, der klar und frisch genug zu werden versprach, so daß wir die Farben (oder die Werkzeugkiste) herausholen und kleine Teile unserer Leben aufpolieren oder in Ordnung bringen konnten. Ich erinnere mich an Samstage in meiner Kindheit, die so waren. Heute heb ich Gewichte oder renn drei Kilometer, räum mein Zimmer auf und helf Mammi beim Einkaufen. Vielleicht mähe ich den Rasen, ohne dazu aufgefordert zu werden, mache meine Hausaufgaben gut. Man war zu jung, um das zu verstehen, aber die Energie kam aus Dankbarkeit. Danke, daß ich am Leben bin, jung, gesund. Und mir steht keine andere Möglichkeit zur Verfügung, das zu zeigen, als mehr von allem zu machen, und heute besser als sonst.

So fühlte es sich an, als ich mit meinen Freunden an den Strand fuhr.

Sasha sagte etwas, das ich nicht hörte.

»Bitte?«

Sie lehnte sich herüber und sagte laut: »Ich habe dich gefragt, warum du aufgehört hast, Filme zu machen. Ich wollte immer schon fragen, habe mich aber nicht getraut.«

Ich schaute in den Rückspiegel und sah, daß Wyatt sich vorlehnte, der Wind blies sein wildes Haar in einem Stück zurück. Er versuchte, zuzuhören.

»Ich wollte eine Zeitlang in Europa leben und nicht nur für ein paar Wochen im Crillon in Paris, während ich einen Film machte.

Eines Tages, als wir an *Wundervoll* arbeiteten, war ich in Farmers Market und kaufte Obst ein. Zwei Typen standen neben mir. Einer von ihnen sagte, ›Aaron sagt mir, ich muß zwei Drehbücher für *Denver Clan* fertigmachen, bevor wir abfahren, nicht nur eins. Also habe ich Frances gesagt: Baby, wir müssen Italien diesmal ausfallen lassen und können nur zwei Wochen in Deutschland machen.‹

Das zu hören, hat mich so beschissen deprimiert. Ich wollte nicht sechzig Jahre alt sein und *Denver-Clan*-Drehbücher schreiben, statt nach Italien zu fahren. Das geschieht sehr leicht, wenn man hier zu lange lebt und vergißt, daß es noch andere Dinge auf der Welt gibt.«

»Warum bist du nicht in Europa geblieben?«

Ich hielt an einer roten Ampel und sah sie an. »Weil man irgendwann zurück nach Hause muß. Je länger man weg ist, um so schwerer ist es zurückzugehen. Ich wollte nach Amerika zurück, aber nicht zu dem Leben, das ich vorher hatte. Darum bin ich nach New York gezogen.«

Finky Linky legte seinen Kopf auf Sashas Schulter, als ich Gas gab und von der Ampel wegfuhr. »Erzähl ihr von unserer Halb-und-halb-Theorie. Das hat auch etwas damit zu tun.«

»Nicht wirklich eine Theorie. Es ist einfach so, daß ich in der zweiten Hälfte meines Lebens besser leben will als in der ersten.«

Die beiden sagten gleichzeitig »Was ist ›besser‹?« Und lachten dann über den Zufall.

Der Trip zum Strand war Sonne, Wind und Schreien. Wir konnten uns nicht darauf einigen, was gut war, aber jeder widersprach so lautstark, daß es eindeutig war, daß jeder von uns verdammt gut wußte, was *wir* für gut hielten.

Wir kamen aufgekratzt und gutgelaunt in Santa Monica an. Wyatt nahm unsere Sachen und sagte, wir sollten losgehen und schwimmen, er würde schon alles aufstellen. Wir brauchten keine weitere Aufforderung und rannten direkt in das kalte Meer hinein. Es war früher Nachmittag, mitten in der Woche, und nur wenige Leute waren da. Wir schwammen hinaus, bis die Wellen uns herumwarfen.

»Du siehst aus wie ein schöner blonder Seehund!«

»Und du siehst wie eine Rettungsschwimmerin aus!«

Sie paddelte hinter mich und schlang ihre Arme und Beine um meinen Körper.

»Das war eine großartige Idee, Weber. Danke!«

»Es ist mir ein Vergnügen. Guck dir Finky an!«

Am Strand hatte Wyatt sein Hemd ausgezogen und machte etwas, das wie Tai-Chi-Übungen aussah. Das schnelle kalte Schlagen des Wassers um uns war ein starker Kontrast zu der langsamen Zartheit dessen, was er tat.

»Bring mich huckepack an den Strand zurück.« Sie biß mir in den Nacken. Ich beugte mich nach unten, biß ihr in den Arm und begann dann, mich mit der Geschwindigkeit eines alten Mannes durchs Wasser zu bewegen. Es fühlte sich gut an, ihren Körper an meinem zu spüren. Es war schon zu lange her, daß ich mit einer Frau zusammen gewesen war und der Druck ihrer Brüste gegen meinen Rücken, ihr warmer Atem auf meinem Nacken, an meinen Ohren... Es würde in dieser Richtung etwas geschehen müssen, wenn das alles vorüber war; es wurde Zeit, eine Frau zu finden, die in meinem Leben wichtig war. Abgesehen von meiner masochistischen Liebe für Cullen James, waren die einzigen Frauen, mit denen ich ernstlichen und intimen Umgang hatte, die aus der Krebs-Theater-Gruppe. Ihre Bedürfnisse waren von den meinen sehr verschieden. Als ich anfing dort zu arbeiten, machte ich den Fehler, mit einer zu schlafen, aber ich lernte schnell und schmerzhaft, daß Mitleid kein guter Ersatz für Unterstützung ist.

»Fühle ich mich schwerer an?«

»Ich weiß nicht, Sasha, ich hab dich nicht so oft huckepack genommen.«

»Ich meine von der Schwangerschaft. Vielleicht glaube ich jetzt einfach, daß ich besser schwimme.«

»Was hat der Arzt über deine Schwangerschaft gesagt?«

»Er sagte, die Bedingungen seien seltsam, aber daß solche Dinge schon vorgekommen seien.«

»Wie fühlst du dich?«

»Wenn es Phils Kind ist, will ich es. Es kann nur seins sein! Seit wir beide in Wien waren, habe ich mit niemand anderem geschlafen.«

Ich paddelte uns ein wenig weiter. Es gab so viele Dinge, die ich ihr erzählen, über die ich mich mit ihr unterhalten wollte.

»Weber! Sieh dir das da an!« Sie zeigte nach rechts. Hinter dem Kamm einer Welle kam der große goldene Kopf eines Hundes in Sicht. Er kam schnell auf uns zu, den Kopf angespannt über Wasser haltend. Sasha ließ mich los und schwamm zu dem Hund, denn sie dachte, er sei von irgendeinem Boot gefallen und seitdem im Wasser. Er sah mich, war aber nicht interessiert. Sasha rief, und er sah auch sie, aber nein Danke! Der Hund (er sah aus wie ein Vizsla oder ein Jagdhund) schwamm direkt an uns vorbei und hielt nicht an. Wir sahen uns an und machten dasselbe Gesicht – was soll man machen?

Wassertretend konnten wir nur zusehen.

»Ich dachte, er wäre am Ertrinken!«

»Aber *unsere* Hilfe wollte der bestimmt nicht. Die Einsamkeit des Langstreckenschwimmers.«

Er erreichte den Strand, lief aus der Dünung und sah enorm erfolgreich aus. Er schüttelte sich einmal gut und war wieder unterwegs, den Strand hinunter.

Sasha lachte. »Ich finde das toll! Woher ist er gekommen?«

»Neptun.«

Sie strahlte. »Ja, Neptuns Hunde. Klar!«

Ich bewegte mich auf sie zu und nahm sie in die Arme. Sie drückte mich. »Das ist so geheimnisvoll! Er kam einfach aus dem Nichts und wollte absolut nichts mit uns zu tun haben.«

»Geheimnisse der Tiefe.«

»Manchmal sind sie nett. Laß uns noch etwas schwimmen. Ich will noch mal huckepack.«

Als wir zurückkamen, hatte Wyatt alles ausgebreitet und lag auf dem Rücken und sonnte sich, aber mit einem Gesichtsausdruck, als würde irgend etwas schlecht riechen.

»Was ist los, Finky Linky?«

»Die *Idee* eines Sonnenbads gefällt mir immer, aber wenn ich es mache, werde ich unruhig und mir fängt alles an zu jucken.«

Ich setzte mich neben ihn. »Aber die Idee ist doch, sich zu entspannen und der Sonne den Rest zu überlassen.«

Er setzte sich auf, sah, wie naß ich war, und rückte weg.

»Die Idee, daß Leute Hunderte von Dollar ausgeben, um in der

Sonne sitzen zu können und zu *schwitzen*, ist mir unbegreiflich.«

»Guck dir an, was Sasha zum Mittagessen gemacht hat.«

Während wir aßen, erzählte Sasha ihm von dem Hund. Ich hielt das Ganze für eine witzige und ausgefallene Sache, aus der man eine Fünf-Minuten-Geschichte machen konnte. Aber sie war so hingerissen, daß sie nicht mehr davon aufhören konnte. Ich glaube, Wyatt sah es so wie ich, denn er ermutigte sie weiterzureden, während er mich gleichzeitig mit Augen ansah, die sagten »Was soll das?« Stunden später wurde mir klar, daß sie so ausgehungert nach etwas Leichtem, Gutem und Amüsantem in ihrem Leben war, daß schon ein schwimmender Hund reichte.

Wir verbrachten den Tag am Strand und versuchten, Sasha so behutsam wie möglich bei guter Laune zu halten. Wenn sie lachte, wollten wir, daß sie mehr, länger, lauter lachte. Wir erzählten Geschichten und Witze und bewegten uns, als führten wir hier eine Show auf. Vielleicht taten wir das auch. Sasha war wirklich ein Schatz; eine Person, die jeden Teil deiner Energie und Zuwendung verdiente. Wir wußten, daß sie zu schätzen wußte, was wir taten, und eines Tages würde sie es doppelt zurückgeben. Darum hatte es zwischen Phil und ihr so gut geklappt. Beide waren außergewöhnlich großzügige Menschen, die sich auf rührende Weise nie wirklich darüber im klaren waren, warum ihre Freunde sie so sehr mochten.

In der Dämmerung machten wir einen langen Spaziergang den Strand entlang. Leute gingen mit ihren Hunden spazieren, Verliebte hielten sich bei den Händen und sahen noch romantischer aus als gewöhnlich, ein Surfer verfehlte eine Welle, und sein Brett flog in die Luft, reflektierte das Orange der untergehenden Sonne und warf es für einen kurzen Moment über uns. Auf unserer linken Seite war der Ozean ein einziges Stampfen und Fließen. Zu unserer Rechten zischten Autos über den Pacific Coast Highway. Ein entfernter Hubschrauber flog über den Horizont.

Wyatt war ein außergewöhnlich guter Stimmenimitator und hatte schon fast alle Figuren der *Finky-Linky-Show* nachgemacht. Während wir über den Strand spazierten, baten wir ihn, Fiti, Ellbogen, Pearl und die anderen zu imitieren. Das witzigste daran war, daß er sie ohne den geringsten Gesichtsausdruck nachmachte. Hände in den Taschen, Gesicht ausdruckslos, setzte er Pearls hohes fiepiges Flöten gegen, sagen wir, den Baßtrommelschlag von Ellbogen. Sie unterhielten sich, sangen zusammen ein Lied. Als wir an einem Mann vorbeigingen, der in der Brandung angelte, unterbrach Wyatt lange genug, um das Geräusch einer Leine zu machen, die mit irrer Geschwindigkeit von einer Winde abgespult wird, so als hätte der Mann gerade Moby Dick gefangen.

Nachdem eine der Stimmen Applaus von uns gefordert hatte (und ihn auch bekam), hörte Wyatt auf, nahm Sashas Arm und zog sie an sich. Sie sah ihn an, aber er schüttelte nur den Kopf und legte seine Hand auf ihren Rücken.

»Wie heißen Sie, meine Liebe?«

Sasha öffnete den Mund, aber noch bevor sie einen Ton sagen konnte, sagte eine Stimme, die ihrer *sehr* ähnlich war: »Mrs. Bubble.«

»Woher kommen Sie, Mrs. Bubble?«

»Aus dem Meer. Ich bin der Seeaspekt ihrer Persönlichkeit.«

»Wußtest du, daß es einen Seeaspekt in deiner Persönlichkeit gibt?«

Grinsend schüttelte Sasha den Kopf. Sie hatte so einen wunderbaren Ausdruck im Gesicht: Ein Kind während einer Zaubervorführung. Ein Kind, das beim heiligen Nikolaus auf dem Schoß sitzt.

Am nächsten Tag hatten Wyatt und ich zwei Verabredungen. Die erste mit dem neuen Produzenten von *Mitternacht tötet*. Unser Treffen mit ihm war kurz und sachlich. Wir sagten ihm, wir seien bereit, *Mitternacht tötet* zu schneiden und, falls nötig (ich wollte diese Tür offenhalten), eine Szene neu zu erarbeiten und zu drehen, um die zu ersetzen, die seit dem Tod von Strayhorn und Portland verschwunden war.

Als er sich von seinem geheuchelten Erstaunen erholt hatte (wir wußten, daß Sasha ihm unseren Plan bereits mitgeteilt hatte), fragte er, wieviel wir dafür wollten. Nichts. Wir taten es für Phil. Was für eine Abspannerwähnung wir dann wollten? Keine.

Das Treffen dauerte so lange, weil es damit endete, daß der Produzent uns drohte, daß wir es nicht machen dürften, wenn er unsere Namen nicht ganz vorne im Abspann erwähnen *könnte*. »Wissen Sie, wieviel mehr Eintrittskarten und Videos ich verkaufen kann mit Ihren beiden Namen hoch oben auf der Leinwand? Die triumphale Rückkehr von Finky Linky *und* Oscar-Preisträger

Weber Gregston? Die zusammen die letzte Folge von *Mitternacht* schreiben? Heiliger Himmel, sind Sie verrückt? Die Presse wird sich darum schlagen!«

Weder Wyatt noch ich waren daran interessiert, eine »triumphale Rückkehr« nach Hollywood zu feiern, aber wenn der Gebrauch unserer Namen die Bedingung dafür war, daß wir die Sache so machen konnten, wie wir wollten, unseretwegen! Wir sagten versuchsweise Ja und machten einen Termin für Ende der Woche aus, um die Papiere zu unterschreiben und zu sehen, was von dem Film da war.

Unser anderes Treffen an diesem Tag war mit Dominic Scanlan und einem seiner »Freunde« bei der Polizei. Ich wußte von diesem Mann nur aus Dominics Erzählungen. Sein Name war Charles Soundso, aber niemand nannte ihn je so. Sie nannten ihn: Der Fön. Angeblich nannten selbst seine Kinder ihn so.

Als wir in der Garage des Beverly Centers aus dem Wagen stiegen, fragte Finky Linky »Warum essen wir in einer Bruchbude wie dieser hier mit einem Mann zu Mittag, der der Fön heißt?«

»Weil Dominic sagt, er sei der furchterregendste Typ, den er kennt.«

»Warum wollen wir den treffen?«

»Weil ich eine Idee habe. Eigentlich habe ich zwei Ideen, und er wird uns bei beiden helfen.«

»Kennst du nicht genug grauenhafte Leute?«

»Hör zu! Scanlan war ein SEAL in Vietnam. Du hast von ihnen gehört? Die ließen Spezialtrupps da drüben wie Muttersöhnchen aussehen. Dazu hat er noch vier Tapferkeitsauszeichnungen von der Polizei bekommen. Wenn er sagt, der Typ ist interessant, will ich mir den mal anschauen.«

»Warum hier?«

»Weil der Fön in seiner Mittagspause gern hierher kommt und einkauft.«

»Bitte nimm meine Gegenstimme zur Kenntnis.«

»Tu ich. Komm, laß uns gehen.«

Zusammen mit halb Los Angeles fuhren wir auf Rolltreppen an der Seite des Gebäudes nach oben. Zufälligerweise war der erste Laden, den wir beim Eintreten sahen, die Tierhandlung, wo Phil seinen Hund Flea gekauft hatte.

»Wo treffen wir Mr. Fön und Konsorten?«

»In einem Computerladen in der zweiten Etage.«

»Mal was anderes, hast du schon darüber nachgedacht, wie du die Szenen drehen willst?«

»Ja. Darum will ich diesen Typ kennenlernen.«

Wyatt sah mich mit zur Seite gelegtem Kopf an. »Willst du mir damit was sagen?«

»Noch nicht. Zuerst will ich ihn kennenlernen. Dann lass' ich dich wissen, was ich denke.«

Bekleidung, Essen, intelligentes Spielzeug, Messerwaren... Wahrscheinlich konnte man in einem großen Einkaufszentrum alles kaufen, was man für den Rest seines Lebens brauchte. Alle Dinge für die verschiedenen Phasen, die man durchläuft, inbegriffen. Du willst also mit fünfzehn ein Hippie sein und eine Hose mit Schlag tragen, Müsli essen und Vanila Fudge hören? Dritte Etage. Haarschnitt mit zweiundzwanzig; du trägst nur Schwarz mit aufgerollten Ärmeln und hast einen schwarzen Aluminiumkoffer aus Deutschland. Vergiß die Ray-Ban-Brille nicht. Vierte Etage. Et cetera.

»Hey Jungs!« Wir drehten uns um, und vor uns stand Dominic mit einem großen Keks mit Schokoladenstücken in der Hand. »Kümmert euch nicht drum. Ich weiß, daß wir zusammen zu Mittag essen, aber ich kann diesen Dingern einfach nicht widerstehen.«

»Wo ist der Fön?«

»Er spielt ein Computerspiel. Kommt, ich stell euch vor. Diesmal hab ich mein T-Shirt mitgebracht, Finky Linky. Signierst du es mir?«

»Nein.«

»Nein?« Dominic und ich sahen ihn an.

»Nein, denn ich hab dir was Besseres mitgebracht.« Er gab ihm eine Tüte, die er mitgebracht hatte. Drinnen war ein türkisfarbenes Sweatshirt mit einem Bild von Finky und seiner ganzen Mannschaft auf der Vorderseite.

»Hey, wow, das ist toll! Vielen Dank! Ich weiß gar nicht, was ich sagen soll.«

»Du hast schon einmal Danke gesagt, Dom.«

»Hallo Fön, hier sind sie. Wir waren gerade auf dem Weg zu dir.«

Er sah völlig normal aus, weiter nichts. Ein bißchen über mittelgroß, schwarzes Haar, sehr rundes, leicht pockennarbiges Gesicht, von einer Metallbrille über nichtssagenden Augen eingerahmt. Er hatte einen festen Händedruck, zerquetschte dir aber nicht die Hände. Anzug, weißes Hemd, Krawatte. Wenn ich ihn auf der Straße getroffen hätte, ich hätte auf Immobilienmakler oder Versicherung getippt. Bestimmt nicht auf Polizist. Bestimmt hätte ich keine Angst gehabt.

»Was würden Sie gerne essen? Hier gibt es alles. Chinesisch, Delikatessen... was immer Sie möchten.«

»Ich hätte sehr gern ein Corned-Beef-Sandwich.«

»Kein Problem.«

Wyatt und Dominic blieben hinter uns, als wir zum Restaurant gingen.

»Wie soll ich Sie nennen?«

»Nennen Sie mich Fön, Weber. Das ist in Ordnung.« Seine Stimme war ruhig, uninteressant. Ich wollte ihn dauernd direkt anschauen, tat es aber nicht.

»Wieso wollten Sie mich kennenlernen?«

»Dominic sagt, Sie sind der Mann, den ich suche.«

»Was suchen Sie?«

»Ich bat ihn, mich dem schaurigsten Typ vorzustellen, den er kennt.«

Dominic kam von hinten näher. »Was er *wirklich* sagte, war ›Wer ist der schaurigste Schweinepriester, den du kennst?‹ Fön, ich konnte ihn einfach nicht anlügen.«

Das Mittagessen bestand aus Corned-Beef und Gesprächen über die LA Lakers. Der schaurigste Mann, den Dominic kannte, tupfte sich nach allen paar Bissen seine Mundwinkel mit seiner Serviette ab und machte einen gelangweilten Eindruck.

»Fön, was war die unheimlichste Sache, die Ihnen jemals passiert ist?«

»In Vietnam habe ich ein paar Sachen gesehen, über die ich erst mal nachdenken mußte. Und wenn man lange genug bei der Polizei arbeitet...

Nein, Moment mal! Ich kann Ihnen ganz genau sagen, was! Das Unheimlichste, das *mir* jemals passiert ist, geschah, als ich ein kleiner Junge war. Das klingt verrückt, aber ich glaube, Sie werden verstehen, was ich meine.

Als ich sechs oder sieben war, brachte meine Mutter mich zum ersten Mal zum Haus meiner Großmutter drüben auf Wilcox, um dort zu schlafen. Nette alte Dame. Egal. Ich war total aufgeregt, denn ich hatte noch nie irgendwo anders geschlafen als in meinem eigenen Bett. Das war eine große Sache, verstehen Sie? Nun, nachdem meine Mutter weg war, blieben Oma und ich lange auf und sahen fern, *Die Unbestechlichen,* und wir aßen riesige Karameleisbecher, die sie für uns gemacht hatte. Ich war im siebten Himmel. Ich sah *Die Unbestechlichen,* blieb bis nach neun auf, Eis... Schließlich wurde es Zeit, sich aufs Ohr zu legen. Wir schliefen in einem Bett, und sobald ich unter der Decke war, schlief ich auch schon ein.

Dann, vielleicht eine halbe Stunde später, hörte ich ein gigantisches Monster DIREKT NEBEN MIR! Versteht ihr? Ich meine, es war genau *da*! Und machte RRRRAAAAWWWW... GLLLLLKKKK... RRRRAAAAWWWW... Ich schoß aus dem Schlaf hoch, aber was sollte ich tun, wegrennen oder was?«

Ich lächelte und das Lächeln wurde zu einem Kichern, das ich zurückzuhalten versuchte, indem ich eine Hand auf meinen Mund legte. Unmöglich. Die drei sahen mich an, Fön lächelte.

»Sie haben's, ja?«

»Ja, und ich versteh's auch! Wie alt waren Sie?«

»Sechs. Erinnern Sie sich noch, wie es damals war?«

Dominic sah uns an. »Also was ist verflucht noch mal passiert? Was war das Monster?«

Der Fön sah mich an und zwinkerte mir zu. »Das Monster war meine schnarchende Oma! Das war, was mich ängstigte. Ich hatte noch nie jemanden gehört, der das tat. Es war das erste Mal. Kannst du dir vorstellen, wie ein lauter Schnarcher im Dunkeln für einen Sechsjährigen klingt?«

»Ach hör doch auf, Fön, hau mir ab damit! Du willst mir erzählen, du hättest mehr Angst gehabt, als du deine Großmutter im Bett schnarchen hörtest, als –«

»In meinem ganzen Leben hatte ich keine größere Angst als da, Dominic.« Die Art, wie der Fön diesen Satz aussprach, klang, als wäre die Schneide einer Guillotine herabgefallen. Egal, wieviel Charme und Liebenswürdigkeit die Geschichte hatte, alles starb in diesem Moment, und wir betrachteten den Mann, der sie erzählt hatte.

Ich habe danach viel Zeit mit ihm verbracht, aber niemals sah ich die Art von Bösartigkeit, die Dominic ihm in immer wieder neuen und grauenvollen Geschichten über ihn zuschrieb. Die einzige Gewalttätigkeit, die ich erlebte, lag in dem wilden Ton dieses einen kurzen Satzes. Das war genug. Ich hatte unseren Bloodstone gefunden.

8

Sasha konnte nicht glauben, daß ich abreiste. Wyatt und ich mußten ihr immerzu versichern, daß ich in weniger als einer Woche zurückkäme. Was wollte ich in New York? Eine Angelegenheit ordnen, um die ich mich kümmern mußte, bevor ich mit der Arbeit an *Mitternacht tötet* beginnen konnte. Warum hatte das nicht Zeit bis später? Weil einiges davon mit den Dreharbeiten zu tun hatte; ich mußte mich dort mit einigen Schauspielern unterhalten, die wir für den Film wollten.

Am Tag vor meiner Abreise machten Wyatt und ich eine Liste der Leute aus der Krebsgruppe, die für das, was wir mit unseren Szenen versuchen wollten, passend waren. Ich sage Szenen, denn nachdem wir die Rohfassung des Films gesehen hatten, war klar, daß er mindestens zwei weitere Szenen brauchte, um Sinn zu machen.

Mitternacht tötet war unter keinen Umständen gut. Die Grundidee war halb interessant: Bloodstone wird diesmal als Prediger lebendig, der die Massen davon überzeugen will, daß seine »Philosophie« nicht nur etwas taugt, sondern auch die richtige ist. Auf halbem Weg im Film finden wir heraus, daß es nicht wirklich Bloodstone ist, sondern...

Die Handlung hatte mehr Windungen und Krümmungen als eine brennende Schlange. Phil hatte eine wirkliche Geschichte durch Überraschungen und Tricks ersetzt. Aber obwohl man ständig durch neue Schocks oder Stromstöße oder abgetrennte Körperteile elektrisiert wurde, gab es eben keine Geschichte. So einfach war das. Das erste, was Wyatt sagte, nachdem wir das Ding durchgestanden hatten, war »Das braucht keine *Szene*, das braucht einen Darmspezialisten!« Ich stimmte zu, und deshalb verbrachten wir eine verflucht lange Zeit damit auszuarbeiten, was getan werden mußte.

Ein anderes Problem war, was sollten wir Sasha sagen? Wir wählten den einfachsten und unehrlichsten Weg, wir sagten, wir kämen Phils vertraglichen Verpflichtungen für ihn nach, zu viel Geld und Zeit seien bereits investiert worden. Da nur so wenig zu tun blieb, warum machten wir es da nicht gleich richtig, anstatt es irgendeiner Flasche aus dem Studio zu überlassen, der es dann ruinieren würde?

Phil wollte nie, daß Sasha sich seine Arbeit ansah, bis sie fertig war, also hatte sie glücklicherweise bis jetzt noch nichts von *Mitternacht tötet* gesehen. Was hätte sie gesagt, wenn sie es gesehen hätte? Mit unserer Meinung übereingestimmt, daß es das beste für den Film gewesen wäre, wenn er zerstört und vergessen worden wäre?

»Ist er gut, Weber?«

»Nein. Aber ich glaube, wir können ihn besser machen.«

»Das überrascht mich nicht. Wenn er etwas gern tat, arbeitete Phil an nichts anderem. Nachdem er »Viertel nach dir« geschrieben und mir gezeigt hatte, wußte ich, daß alles den Bach runter ging: Unsere Beziehung, der Film, alles. Warum hat er gerade darüber eine Geschichte schreiben wollen, Weber? Hat er sich nicht geschämt oder war zumindest peinlich berührt?«

Finky Linky kaute an einem Fingernagel und sagte: »Als ich ihn das letzte Mal in New York sah, war er jenseits von Gefühlen wie Schande. Er hatte nicht beide Ruder im Wasser, Sasha. Wirklich ziemlich verrückt. Das haben Weber und ich auch über den Film gesagt – er ist so zerfranst und verwirrend –«

»Der Film eines Irren?« Sie wollte, daß wir Ja sagten, daß *Mitternacht tötet* der Film eines Irren war, und daß Strayhorn, der ihn und eine Kurzgeschichte über ihr Geschlechtsleben geschrieben hatte und mit einer Pistole in seinem Mund geendet war, nicht derselbe Mann war, den wir gekannt und geliebt hatten.

Wyatt sagte: »Bevor mein Vater vor einigen Jahren starb, war er so bösartig, und es war unmöglich, mit ihm zusammen zu sein, daß er jedem das Leben versauerte, besonders meiner Mutter. Immer wenn ich anrief, um mich nach ihr zu erkundigen, sagte sie ›Müde, Liebling. Ich bin ziemlich müde‹, denn sie gab ihm das letzte an Liebe, was sie übrig hatte, es war wie eine Blutspende. Was immer sie für ihre Enkel oder für uns aufgespart hatte, für wen auch immer, sie gab alles ihm. Es war wie eine Transfusion; wenn Liebe jemanden am Leben halten könnte, er hätte von ihr alles haben können. Ich kann nicht aufhören, darüber nachzudenken.

Das Traurige war, es brachte meinem Vater nichts. Er wurde nur kränker und forderte mehr.

Du hast getan, was du konntest, Sasha. Es ist egoistisch zu denken, wir könnten den Menschen, den wir lieben, immer retten. Selbst wenn du die perfekte Partnerin warst, nach dem was mit Phil geschehen ist, endest du mit allen möglichen unspezifischen

Schuldgefühlen. Bei meiner Mutter war's so, und sie verhielt sich ihrem Mann gegenüber wie eine Heilige.

Laß ab davon. Du hast Phil glücklich gemacht. Dadurch, daß du mit ihm zusammen warst, hast du seine Chancen verbessert und etwas Glückliches und Gutes aufgebaut.«

»Aber was, wenn ich ihn wahnsinnig gemacht habe?« Sie schaute von Wyatt zu mir.

»*Mitternacht* hat ihn wahnsinnig gemacht, Sasha. Laßt uns diesen verfluchten Film fertig machen und dann den Rest unserer Leben leben.«

Während der blaue Flughafenbus in Sashas Einfahrt wartete, legte ich meinen Arm um Wyatts Schulter und ging mit ihm zum Bus. »Wirst du Fön anrufen und ihm erklären, was wir wollen?«

»Du fliegst doch nur deshalb nach New York, damit *du* ihn nicht darum bitten mußt. Ja, ich rufe an. Was noch?«

»Du weißt schon, wie das laufen soll. Aber was ich wirklich von dir brauche, Wyatt, ist Humor. Das ganze Ding ist jetzt so viel Scheißdreck und Blut, daß wir darin ertrinken. Ich will, daß die erste Szene uns von der Erde abhebt und ganz woanders hinbringt.«

»Wohin, Disneyland?«

»Nein, nicht so weit, aber irgendwohin, wo wir uns ein bißchen... von Bloodstone ausruhen können. Irgendwohin, wo wir ein bißchen frische Luft atmen können.«

Er nickte, und wir schüttelten uns die Hände. Sasha stand an der Bustür über meinem Koffer. »Ich wünschte, du würdest nicht fahren.«

Ich ging zu ihr und drückte sie an mich. »Ich bin nicht lange weg und wenn ich zurückkomme, *ist* es für länger.«

»Das ist dann, jetzt ist jetzt. O Weber, ich hasse es, wenn alle weg sind. Es verbraucht so viel Energie und macht einen so traurig.

Geh nur. Wyatt und ich gehen dafür bei Larchmont Mittag essen. So! Gute Reise und komm bald zurück. Früher als abgemacht!«

Als ich wegfuhr, sah ich mich noch einmal um und sah die beiden mit den Armen an ihren Seiten auf dem Bürgersteig stehen, keiner bewegte sich einen Zentimeter. Beide hatten Krebs. Mindestens einer von ihnen würde bald tot sein.

Der Flug nach Osten war ereignislos. Eine Stunde lang machte ich mir Notizen, dann schlief ich schnell ein, für den Rest des Flugs. Es gibt so wenig Zeiten oder Orte, wo man gezwungen ist, seine Energien herunterzuschrauben und für ein paar Stunden einfach still zu sitzen. Darum fliege ich gern, denn man kann »nur« nachdenken oder lesen oder schlafen. In einem Flugzeug einen Film zu sehen oder zu essen ist Folter und sollte nicht einmal in Erwägung gezogen werden.

Seit Phils Tod war ich unterwegs, darum war es mir unmöglich, lange und ernsthaft über nur eine Sache nachzudenken. Beim Betreten der Maschine nahm ich mir noch vor, in den nächsten Stunden einige der Geschehnisse zu ordnen und in eine verständliche Reihenfolge zu bringen. Aber da ich zum ersten Mal von dem Strayhorn-Wirbelsturm weg war, schaltete mein Körper sich gleich ab und sagte »Später Kumpel. Jetzt mach erst mal ein Nikkerchen.«

Ich erwachte über dem Norden des Staates New York und fühlte mich sowohl frisch als auch schuldig. In ein paar Tagen würde ich wieder nach Kalifornien zurückfliegen, aber in der Zwischenzeit fühlte ich mich wohl bei dem Gedanken, daß ich auf dem Heimweg war.

So viele Dinge mußten erledigt werden. Meine Wohnung dichtmachen, mit den Schauspielern sprechen, versuchen, meinen alten Kameramann zu erreichen und dann ihn davon zu überzeugen, daß das Schießen einiger Szenen für einen Horrorfilm eine interessante Herausforderung darstellte...

Eine der wichtigsten Qualitäten, die man braucht, um mit der Regie von Filmen seinen Lebensunterhalt zu verdienen, man muß ein überzeugender Schmeichler sein. Geld von Produzenten, Darstellung von Schauspielern, besondere Blickwinkel von Kameraleuten... Als ich noch Filme machte, war ich gewöhnlich bereits erschöpft, wenn das eigentliche Filmen begann, denn ich hatte schon Tage damit verbracht, zu schmeicheln und zu beschwatzen, Streicheleinheiten auszuteilen und so viele Leute darin zu bestärken, daß, was sie wollten, ich wollte und umgekehrt.

Dasselbe gilt auch für die Bühne, aber in New York arbeitete ich mit intensiven, eifrigen Menschen, die nicht in irgendeiner Gewerkschaft organisiert waren oder einen Oscar wollten und keine Angst hatten, ihre Hemden zu verlieren, wenn wir eine Bombe zum Platzen brachten.

Aber ich würde geradheraus lügen, wenn ich nicht zugeben würde, daß ich gleichzeitig fasziniert und aufgeregt war über das, was wir machten.

In der vorigen Nacht hatten Wyatt und ich lange aufgesessen und darüber gesprochen.

»Was sollen wir tun, Weber? Den Film in Ordnung bringen, damit er moralisch oder unmoralisch wird?«

»Ich weiß nicht. Du warst dabei, als ich Pinsleepe dieselbe Frage stellte.«

»Was machen wir also?«

»Ich weiß nur, daß der Fön Bloodstone spielt, und wir werden die drei aus unserer Gruppe einsetzen. Vielleicht bringen wir einfach alle zusammen und lassen sie reden.«

Sein Blick verriet, daß das nicht die Antwort war, die er hören wollte. »Weber, ich habe alle deine Filme mehrmals gesehen und finde sie großartig, aber das hier ist *nicht* dasselbe.«

»Warte mal einen Moment. Hältst du das für möglich, daß wenn wir filmen, was nötig ist, und es richtig machen, Sasha gerettet werden kann?«

»Ja, das halte ich für möglich! Aber die meisten Absonderlichkeiten sind dir passiert. Glaubst *du* denn, daß das alles wirklich geschieht?«

»Alles ist wirklich Wyatt, solange es dir im Moment passiert. Cullens Träume zu träumen war einmal möglich, daß die Tätowierung von meinem Rücken flog, war möglich. Videobänder von den Toten, die jetzt da sind, aber vor einer Minute nicht, sind möglich...« Ich stand auf und warf meine Hände in die Luft. »Aber dann erklär mir doch bitte, was zum Teufel *möglich* ist. Sind wir nicht damit aufgewachsen, Grenzen anzuerkennen... Definitionen davon, was möglich ist und was nicht? Das sind wir, Herrgott noch mal! Daher haben wir unseren normalen Verstand!

Was tun wir also, wenn, wie jetzt, all diese Grenzen überschritten werden? Heißt das, daß die alten Regeln ein Scheißdreck waren und wir uns neue ausdenken müssen; neue Definitionen, dafür, was möglich ist?

Aber wenn das *so* ist, wenn alle Grenzlinien gezogen sind und wir damit beginnen müssen, alles neu zu definieren, was ist dann ab heute ›gut‹ und was ›böse‹?

Ich geb dir mal ein blödes Beispiel. Als ich vor ein paar Jahren in München war, lud mich ein Baron, den ich kennengelernt hatte, zu der Versteigerung einiger der Besitztümer von Prinzessin Elisabeth von Österreich ein. Du weißt schon, ›Sissy‹? Es war eine stinkvornehme Angelegenheit, nur mit Einladung, und die Leute da waren hauptsächlich adlig, mit viel Geld.

Eine der Sachen, die zum Verkauf standen, war Sissys Bademantel. Nichts weiter. Ein weißer Bademantel mit einfacher roter Stickerei an der Seite. Weißt du, wieviel der brachte? Zweitausend Dollar. Wäre es ein Gemälde gewesen, etwas Ungewöhnliches und Wertvolles, ich hätte es verstanden, aber es war ein weißer Bademantel, der für zweitausend Eier verkauft wurde! Was war das, Finky, ein Bademantel, für den irgendein Idiot zu viel bezahlte, oder ein wertvolles Erinnerungsstück?«

»Offensichtlich ist er wegen der Person, die ihn trug, für so viel verkauft worden.«

»Das beantwortet meine Frage nicht! Wir reden hier nicht vom Kontext, wir reden von Bademänteln! Was ist hier für zweitausend Dollar verkauft worden? Verstehst du mich jetzt?«

Ich wurde so laut, daß er sich einen Finger auf die Lippen legte. »Ssshh! Nein, noch nicht.«

»Ein Bademantel sieht so und so aus; man braucht ihn, um sich abzutrocknen; er kostet ungefähr so und so viel. Ok, der da sah wie einer aus! Aber der Typ hat gerade zwei Scheine dafür gezahlt und ihn dann in einen Safe oder einen Rahmen getan. Was ist es also?

Mitternacht tötet ist ein Film über das Böse. Aber Böses nach den alten Regeln und Definitionen. Der alte Bademantel. Das war vor kleinen schwangeren Engeln, Heimvideos, die zeigten, wie meine Mutter starb ...

Pinsleepe wird uns nicht sagen, was wir machen sollen. Das müssen wir selber rauskriegen. Ich glaube, darum geht's. Aber zuerst müssen wir rauskriegen, was ...

Weißt du, was ich glaube, Finky? Wir haben uns jetzt diesen Film und die anderen drei angesehen, und keiner ist sehr gut. *Teile* ja, aber selbst der erste ist überbewertet. Es ist nicht schön, das zu sagen, aber ich glaube, Phil machte in *Mitternacht* etwas Neues, aber danach raste er einfach durch die anderen durch, besonders durch diesen.

Auf der Grundlage dessen, was wir gesehen haben, kann ich mir nicht vorstellen, welche Büchse der Pandora er geöffnet oder welches neue ›Böse‹ er freigesetzt haben könnte. Es ist immer noch der alte Bademantel, und die Leute zahlen denselben Preis für ein Produkt, das sie erwarten.

Zunächst müssen wir einige dieser Dinge neu definieren, und dann müssen wir sie neu machen. Danach können wir darüber nachdenken, was Pinsleepe von uns will.«

Meine Wohnung roch abgestanden und vertraut. Die Möbel und ein bißchen Krimskram waren alte Freunde, und sie sagten Hallo. Die Post teilte mit, daß ich Leuten Geld schuldete, daß ich einige außergewöhnliche Gelegenheiten nicht verpassen sollte, daß Kinder mit traurigen Gesichtern meine Hilfe brauchten. Eine Cullen- und Mae-James-Postkarte vom Rockefeller Center. Sie sagte, es würde Zeit, daß wir alle wieder mal zusammen Schlittschuh laufen gingen.

Cullen! Damit würde ich beginnen. Ich rief an, und glücklicherweise nahm sie ab. In einigen kurzen Sätzen teilte ich ihr mit, was in Kalifornien geschehen war und daß ich sie so schnell wie möglich sehen müsse. Wir verabredeten uns für später am Nachmittag in einer Bar in der Nähe ihrer Wohnung.

Nach dem Gespräch verbrachte ich zehn rasende Minuten damit, mein Adreßbuch zu suchen, und aus irgendeinem Grund tauchte es unter dem Küchentisch auf. Ich rief zwei Leute an und erreichte zwei Anrufbeantworter. Ich erzählte beiden Pieptönen, es gäbe etwas Interessantes und sie möchten bitte schnell zurückrufen. Das war alles, was ich im Moment tun konnte (die dritte Person hatte kein Telefon), also ging ich auf ein schnelles Sandwich und ein Bier aus.

Auf dem Weg zur Tür ging ich an dem Fenster vorbei, das zur Wohnung der Nudistin zeigte. Sie war nicht da, aber zum ersten Mal, seit ich sein Band gesehen hatte, dachte ich darüber nach, was Phil über das eine Mal gesagt hatte, als er ich »war« und ich aus dem Taxi stieg und gegen sie rannte. Das Telefon klingelte.

»Weber? Hallo, James Adrian. Ich habe gerade deine Nachricht erhalten. Du bist wieder da. Was gibt's?«

»Hallo James. Willst du nach Kalifornien kommen und in einem Film mitspielen?«

»Machst du Witze? Sicher! Was für ein Film? Führst du Regie?«

»Ja. Der letzte *Mitternacht.*«

»Du meinst *Mitternacht,* so wie Bloodstone?«

»Genau das. Wir wollen dich und Sean und Houston darin haben –«

»Houston ist tot, Weber. Er starb, als du weg warst.«

»Nein! Oh, mein Gott. Was ist passiert?« Ich kannte seine Antwort schon – ich hatte sie schon fünfmal gehört –, konnte mich aber nie daran gewöhnen.

»Er fühlte sich einfach krank und schwach und ging ins Krankenhaus. Sonst nichts weiter. Erzähl mir von diesem Film.«

Ich seufzte und rieb mir über die Stirn. »Finky Linky und ich machen es, und wir sind übereingekommen, daß ihr drei genau richtig dafür wäret. Aber Houston ist tot. Ich kann es nicht glauben.« James schnaubte am anderen Ende. Natürlich glaubte ich es. »Egal, du weißt, daß Philip Strayhorn unser Freund war und er diesen Film fast fertiggestellt hatte, bevor er starb –«

»Ich habe gelesen, er habe Selbstmord begangen.«

»Ja, nun. Egal, wir wurden von der Produktionsfirma gefragt, ob wir das Ding fertigmachen würden, und wir willigten ein.«

»Du und *Finky* macht einen *Mitternachts*-Film? Mensch, das ist das Erstaunlichste, was ich seit einem Monat gehört habe. Klar will ich dabeisein! Was machen wir?«

»Kannst du heute abend gegen neun zu mir kommen? Ich möchte das Ganze nur einmal erklären.«

»Klar. Sean und ich wollten sowieso ins Kino gehen, dann sag ich's ihr, wenn wir uns treffen.

Weber, das ist wirklich fantastisch. Vielen, vielen Dank, daß du an mich gedacht hast. Es wird das erste Mal sein, daß ich als professioneller Schauspieler arbeite.«

»Es ist wahrscheinlich nicht der beste Ort für dich, um damit anzufangen, denn nicht einmal wir wissen bis jetzt genau, was wir machen. Aber ich glaube, es wird interessant. Also, wir sehen uns später. Ich muß Wyatt anrufen und ihm von Houston erzählen.«

»Weber, noch eine Sache. Houston sagte mir einmal, was du für ihn getan hast, war das einzig Gute, das ihm jemals im Leben passiert ist. Er wußte, daß er kein großartiger Schauspieler war, aber er sagte, du seist der einzige Mensch gewesen, der ihm jemals etwas Selbstachtung gegeben hätte. Ich glaube, er hatte das schwerste Los von uns allen, ich meine sein Leben, aber du weißt, daß die gesamte Gruppe für das, was du getan hast, in deiner Schuld steht. Wir sagen dir das nicht oft genug, und ich sage dir das jetzt nicht bloß wegen dem, was du für mich tust. Du hast uns auf viele Arten unser Leben gerettet. Selbst wenn wir nicht mehr so sehr viel Zeit darin übrig haben.«

Ich rief Wyatt an und erzählte ihm von Houston Taff. Wir redeten eine Weile und einigten uns auf jemand anders. Entweder, weil er fast in derselben Lage war wie Houston, oder einfach weil er die Dinge ruhiger nahm als ich, schien Wyatt von der traurigen Neuigkeit nicht so aus der Ruhe gebracht. »Er starb mit Hoffnungen auf etwas. Die gabst du ihm, Weber. Du hast ihm seine letzte Zukunft gegeben.«

Ich kam zu früh zu meiner Verabredung mit Cullen und blieb vor der Bar stehen und genoß die New Yorker Kälte auf meinem Gesicht. Ich schaute in die andere Richtung, als jemand mir auf die Schulter tippte und sagte »Schöne Jacke. Woher hast du die?« Es war Cullen, und sie trug dieselbe Jacke wie ich. Ich hatte sie ihr als Überraschung zu Beginn unserer Beziehung überreicht, es war ein spontanes Ich-bin-verrückt-nach-dir-Geschenk. Sie sah viel besser darin aus als ich.

»Ich war den ganzen Tag mit Mae zu Hause, Weber. Macht es dir was aus, wenn wir einfach einen Spaziergang am Fluß entlang machen und ein wenig frische Luft schnappen? Vielleicht können wir hinterher zurückkommen und ein bißchen trinken oder so?«

Wir gingen zum Park hinunter und dann den Hudson entlang und liefen einfach weiter, denn die Kälte war windig und hartnäkkig.

Cullen redet gern und unterbricht, ohne nachzudenken. Es kann einen zur Verzweiflung treiben, also bat ich sie, mich zunächst ausreden zu lassen, bevor sie Fragen stellt oder etwas kommentiert. Es war eine lange Geschichte, und sie war in jedem Fall schwer zu erzählen. »Es ist ein wenig wie Rondua, Cullen.«

Sie hakte sich bei mir unter und zog mich an sich. »Gib mir einen Kuß, bevor du anfängst. Aber einen guten.« Sie legte ihre Hand hinter meinen Kopf und zog ihn an sich. Ihr Kuß war stark und liebevoll.

»Das ist das erste Mal, daß du mich jemals so geküßt hast.«

Sie zuckte die Achseln und machte eine Geste mit dem Kopf, daß wir weitergehen sollten. »Ich kann nichts dafür. Du siehst so traurig und müde aus. Fängst du jetzt an oder willst du mir noch ein paar Verhaltensregeln geben?«

»Also. Erinnerst du dich an den Tag, an dem Phil starb und ich zu euch kam?«

Wir gingen zwei Stunden, und ich redete die ganze Zeit über. Obwohl sie versprochen hatte, mich nicht zu unterbrechen, tat sie es ständig. Uns wurde kalt, und wir gingen auf einen Kaffee in einen Schnellimbiß. Mit warmem Magen gingen wir wieder hinaus und spazierten den Broadway hinunter. Ich sah einen Hund, der mich an den im Ozean erinnerte. Ich sah ein Mädchen, das vage wie Pinsleepe aussah. Wir gingen an einer Buchhandlung für gebrauchte Bücher vorbei, und im Schaufenster lagen drei Exemplare von *Laute Träume*. Nebenan war ein Laden, der dieselben Kekse mit Schokoladenstücken verkaufte, die Dominic Scanlan an dem Tag gegessen hatte, an dem wir Fön kennengelernt hatten. Es war ein Spaziergang, bei dem mich alles an etwas anderes erinnerte, und das half mir, meine Beschreibung für Cullen klarer und komplexer zu machen.

Nichtsdestotrotz, es ist unmöglich, jemandem über außergewöhnliche und verunsichernde Erlebnisse in deinem Leben zu erzählen, wenn sie bereits vorbei sind. Als wenn man einen Geruch beschreiben wollte. Ich war einmal bei der Lesung eines Autors, der berühmt war für seine Schilderungen von exotischen Orten. Nach der Lesung fragte ihn jemand, warum er immer zu diesen Orten fuhr, bevor er über sie schrieb. Konnte er nicht einfach seine Phantasie gebrauchen? »Nein, denn wenn Sie nicht hinfahren, kriegen Sie den unsichtbaren Geruch des Ortes nicht mit, und das ist das wichtigste daran.« Dasselbe trifft auf die großen und kleinen Momente deines Lebens zu: Unsichtbare Gerüche durchdringen diese wichtigen Zeiten, und wenn die anderen nicht da waren, um sie zu riechen, dann können sie es niemals wirklich wissen oder verstehen.

Es war frustrierend und entnervend, es erklären zu wollen, aber ganz besonders wollte ich hören, was Cullen über meine letzten Tage zu sagen hatte. Jetzt, da Phil tot war, war sie meine beste Freundin. Weil wir niemals Geliebte sein würden, konnte ich der barschen und interessanten Logik einer Frau zuhören und gleichzeitig das sexgeladene Damoklesschwert, das normalerweise über den Dingen schwebt, völlig außer acht lassen.

Als ich zu Ende geredet hatte, tranken wir gerade wieder Kaffee in einem Chock Full O'Nuts irgendwo in der fünfzigsten Straße. Cullen aß ein Donut und hatte Puderzucker auf ihrer Oberlippe.

Als sie zu sprechen anfing, bestäubte der weiße Puder ihre Jacke. Ich rieb ihn ins Leder.

»Hast du schon mal bulgarische Musik gehört? Als ich heute nachmittag mit Mae zusammen war, spielten sie welche im Radio, und ich habe mir das ganze Programm angehört. Sehr seltsam und mysteriös, traurig, aber es hat mir gut gefallen. Irgend etwas in dir erkennt es, weißt du?

Worüber reden wir hier eigentlich, Weber? Engel und Teufel. Das ist bulgarische Musik. Du hast Kontakt mit ihnen, und es bringt dich aus dem Konzept, aber du erkennst sie trotzdem an. Nicht als sie selbst, sondern als einen Teil von *dir*. Ich glaube, daß jede Person, die Visionen –«

»Ich hatte keine Visionen, Cullen. Wyatt war bei mir, als ich Pinsleepe sah.«

»Und du warst bei mir, als ich Rondua sah. Laß mich ausreden, was ich sagen wollte. Was du gesehen und erlebt hast, ist bulgarische Musik. Zuerst lehnst du es ab und machst ein saures Gesicht, weil du sowas vorher noch nie gehört hast, aber dann beginnst du mit dem Fuß den Takt zu steppen und findest das gar nicht so übel. So war das mit mir und Rondua. Aber erinnerst du dich an die letzten Worte meines Buches? Sie sind die einzigen, die ich immer noch zitieren kann, denn ich fühle sie noch genauso: ›Es ist schwer, dich davon zu überzeugen, daß da, wo du im Moment bist, auch dein Zuhause ist, und das ist nicht immer dort, wo dein Herz ist. Manchmal schaffe ich es und manchmal nicht.‹

Du hättest dein Gesicht sehen sollen, als du gesprochen hast, mein Freund. Was auch immer gerade geschieht, es fasziniert dich. Es ist alles, was du liebst – Gespenster, Filme, anderen Leuten helfen. Du hast es einfach vorher noch nie auf diese Weise spielen hören, und es klingt verdammt merkwürdig.

Möchtest du, daß ich dir einen praktischen Rat gebe? Ok, fahr so schnell wie möglich dahin zurück und sieh zu, wie du helfen kannst. Ich glaube, der Engel will, daß du eine Szene machst, die Horror und Böses so lächerlich macht, daß die Leute nur lachen, wenn sie es so in einem Film sehen. Klingt fast wie das, was Phil tat, er ließ Schlechtes gut aussehen. Zu gut, und das ließ alle Katzen aus dem Sack.

Aber ich glaube, du hast recht. Ich habe keinen dieser *Mitternachts*-Filme wirklich unheimlich gefunden. Sie schleichen sich an dich ran und machen genau die richtigen Heuler und Schreie, aber letztendlich sind sie nur soso.

Hat Finky Linky dir jemals von seinem ›Popcornometer‹ für Filme erzählt? Nein? Es stimmt wirklich. Du gehst ins Kino und kaufst dir eine Tüte Popcorn, egal wie groß. Oder einen Schokoladenriegel. Ist der Film toll, dann verlierst du dich so sehr darin, daß du das Essen völlig vergißt, und es bleibt einfach auf deinem Schoß liegen. Wenn der Film nur gut ist, ißt du vielleicht die Hälfte oder ein Drittel. Und so weiter. Weißt du, wieviel Popcorn ich in deinem letzten Film gegessen habe? Nicht ein Stück. So wahr mir Gott helfe. Frag Danny. Weißt du, was ich gegessen habe, als ich den letzten *Mitternacht* gesehen habe? Zwei Schachteln Rosinenplätzchen. Meine und fast die ganze von Danny. Weißt du, warum ich mich daran erinnere? Als er feststellte, daß ich die meisten von seinen gegessen hatte, hatten wir einen kleinen Streit im Kino, und ich mußte ihm neue kaufen gehen. Großartiger Film, was? Du ißt zwei Schachteln Süßigkeiten und hast zwischendurch noch einen Streit.«

»Und weißt du, was ich zu dieser dampfenden Scheiße sage, Larry? Ich sag, geh und fick dich selber!«

Einige Barhocker entfernt tippte ein kleiner Puertoricaner mit seinem Zeigefinger gegen die Brust eines großen schwarzen Mannes neben ihm.

»Dann blas mir doch einen, Carlos, denn so isses gewesen!«

Es wurde lauter, aber so ist das eben in New York. Ich wollte mich gerade nach Cullen umdrehen, als der erste Teller zerbrach. Als ich mich zurückdrehte, sah ich, wie die zwei Männer sich schubsten. Dann fiel der kleine Carlos von seinem Hocker, und im Aufstehen noch schlug er dem großen Larry ins Gesicht. Jeder, der in der Nähe war, stand schnell auf und ging weg, Cullen eingeschlossen, die auf die andere Seite der Theke tänzelte.

»Weber! Komm her!«

»Ich habe meinen Kaffee noch.«

Ich saß da und nippte, während David und Goliath sich gegenseitig umhauen wollten. Carlos war klein, aber Larry schlug immer daneben.

»Weber!«

Eine Untertasse landete keinen halben Meter entfernt, also nahm ich meine Tasse und ging zu Cullen hinüber. Als ich bei ihr war, verzog sie den Mund und nannte mich ein Macho-Arschloch.

Ein Polizist kam herein, und die Sache beruhigte sich sofort. Als die drei gegangen waren, explodierte Cullen. »Du wärst einfach da sitzen geblieben und hättest deinen Kaffee getrunken! Zwei Typen prügeln sich keinen halben Meter entfernt, und du bewegst dich keinen Zentimeter? Das ist jetzt das dritte Mal, daß ich das mit dir erlebe, Weber. Es beeindruckt mich nicht, und es ist auch nicht mutig, es ist dämlich.«

»Ich wollte dich nicht beeindrucken, Cullen. Es gab keinen Anlaß, sich wegzubewegen.«

»Darum versteht mein Mann sich auch so gut mit dir: Keiner von euch beiden kennt den Unterschied zwischen Tapferkeit und Dummheit.«

Das Treffen in meiner Wohnung an jenem Abend war gut. Ich erzählte den beiden Männern und der Frau, wovon *Mitternacht tötet* handelte, und gab ihnen eine Vorstellung von der Richtung, die wir mit unseren Szenen einschlagen wollten. Nichts weiter.

Einer fragte, warum wir nicht einfach zusammenschnitten, was da war: Niemand kümmere sich in einem Horrorfilm um die Handlung.

Weil es Strayhorns letzter Film war und wir alles tun wollten, um ihn zu retten.

Ein anderer lächelte und sagte, es höre sich an, als ob Wyatt und ich nicht genau wüßten, was wir in unseren Szenen machen wollten. Ich stimmte zu und sagte ihnen, es sei äußerst wichtig, daß sie darüber nachdächten, was *sie* für wirklich böse hielten, und wie (oder ob) es dargestellt werden könne. War Krebs wirklich böse? Waren die Schmerzen und die Hoffnungslosigkeit, die sie mit dieser Krankheit erlitten, wirklich böse? Ich las ihnen die Wörterbuchdefinition vor: Etwas, das Leid bringt, Kummer und Unheil... und fragte, ob das ihre Vorstellungen von dem, was es sei, zufriedenstelle (sie sagten einstimmig nein). Ich bat sie, böse Geschichten zu erzählen, über böse Menschen zu sprechen, die sie kannten, und darüber, warum sie sie für böse hielten, über Böses zu reden, das sie selbst begangen hatten.

So arbeiteten wir ständig in unserer Gruppe. Theater ist nichts anderes als Gruppentherapie mit Publikum, also zögerte auch jetzt keiner von ihnen.

Nichts Außergewöhnliches kam in dieser ersten Sitzung zustande, aber das hatte ich auch nicht erwartet. Was ich wollte (und auch spürte), war, daß sie nach einigen Stunden Hunger darauf hatten, wieder anzufangen. Engagement und Enthusiasmus sind wichtige Qualitäten, aber was man wirklich will, ist Abhängigkeit von der Arbeit. Egal, was sie sonst machten, ich wollte, daß sie wie Drogensüchtige Tag und Nacht darüber nachdachten. Erst wenn man das erreicht hat, hat man angefangen. Vorher nicht.

Die drei verließen meine Wohnung und stritten sich über den Unterschied zwischen Hitler und Krebs. Ich sagte gute Nacht, aber keiner von ihnen hörte mich.

Der nächste Tag bestand aus Erledigungen und einem Treffen mit der Theatergruppe, um zu erklären, warum ich sie kurz vor ihrer ersten Produktion hängenlassen mußte. Es war keine angenehme oder bequeme Situation. Alle wußten, daß dies sehr wohl ihre erste und letzte Produktion sein könnte. Sie hatten alle sehr hart daran gearbeitet, um das zu erreichen, was da war. Wie konnte ich sie an der Dreiviertel-Marke einfach hängen lassen und nach Hollywood abtanzen? Hielt ich das nicht auch für ziemlich selbstsüchtig und beschissen?

Unglücklicherweise hatte ich keine aufwühlende Sidney-Carton-Rede über viel viel bessere Dinge bei der Hand. Ich *ließ* sie hängen. Einige von ihnen *würden* sterben, bevor die Zeit kam, ein anderes Stück zu inszenieren. Als ich sie fragte, ob sie bereit seien, den *Besuch der alten Dame* bis zu meiner Rückkehr aus Kalifornien zu verschieben, lachte einer boshaft und sagte, klar, *er* habe nichts dagegen zu verschieben, aber wie sah das mit seinem Körper aus?

Als alle ihren Kommentar abgegeben hatten, saßen wir da und sahen uns an. Meine Augen füllten sich mit Tränen. Ich mußte nicht genauer hinschauen, um zu sehen, daß es ihnen nicht anders ging.

Die Garage, wo ich den Mietwagen abholte, hatte auch einen »exklusiven Waschservice«. Während ich darauf wartete, daß man die Papiere fertig machte, fragte ich einen Mann, was eine Wagenwäsche koste. Einhundert Dollar. Was *machten* sie nur für einhundert Dollar? Zahnbürsten benutzen. Wofür? Für alles, Mann.

Als ich in die Innenstadt fuhr, begeisterte ich mich an dem Gedanken, wie Männer mit Zahnbürsten gewaschene Autos umschwärmten. Hundert Dollar für ein *so* sauberes Auto? Zahl ich gern!

Es war wie einer dieser wundervollen Werbespots für Zahnpasta oder Staubsauger im Fernsehen, wenn Verfall oder Schmutz personifiziert werden und kleine witzig-böse Zeichentrickkreaturen es lieben, dir Löcher in die Zähne zu graben oder faulen Dreck im Haus zu verteilen. Plötzlich kommen die Zahnpatrouille (Fluor in Polizeiuniform) oder der Staubsaugkönig wie ein Blitz aus heiterem Himmel gefahren und rotten die Bösewichte alle aus. Wo war das Gute sonst so eindeutig definiert, gründlich und wirkungsvoll?

Während ich durch die Lichter und die mit Blei eingedickten Abgase des Lincoln-Tunnels rauschte, fantasierte ich über kleine Geister, die ich mieten kann, damit sie kommen und meinem *Selbst* eine Vollreinigung geben; Millionen von Bürsten, die weißen, sprudelnden Schaum in jede dunkle oder versteckte Ecke meiner Seele reiben.

Dann erinnerte ich mich an einen Gedanken, den ich oft über das Rauchen hatte: Stell dir vor, es gäbe irgendeine Wunderpille, die dir die Lungen so säuberte, daß sie wie neu wären. Wenn du sie aber einmal genommen hast, könntest du nie mehr rauchen, denn das wäre dein sofortiger Tod. Würdest du sie nehmen?

Natürlich ist meine Antwort Nein. Ob das jetzt saubere Lungen, ein Auto oder eine absolut saubere Seele ist, was geschieht, wenn du wieder atmen mußt und genau weißt, daß die Luft mit braunem Dreck voll ist? Oder du das Auto aus der Garage in eine schmierige Welt fährst? Lungen sind dafür gemacht, schlechte Luft zu atmen, Autos dafür, durch schmutzige Straßen zu fahren.

Vielleicht sind Seelen auch für härteres Anpacken und wilde Abenteuer gemacht. Einen »Zahnbürsten-sauber« zu machen, ist ein löbliches Ziel, aber wenn du nicht planst, dich danach in hermetischer Abgeschlossenheit aufzuhalten, macht es wenig Sinn.

Was auch immer, wenn Phil Strayhorn mit *seiner* Seele getan hatte, was ich annahm, dann irrte er sich unentschuldbar. Ein Teil von ihm entschied, daß er den Geschmack von Schmutz mochte (oder von Scheiße, Bösem, Schmerz...), also wollte er mal sehen, wieviel er davon essen konnte, bevor er platzte. Das war das einzige »faustische« Element, das ich darin sah. Seelen sind für wilde Abenteuer gemacht, aber nicht für die beunruhigenden und grausamen, die er hatte. Die Warnungen von Pinsleepe, das sexuelle Kabuki, das er für Sasha spielte...

Als er einmal einen bestimmten Punkt passiert hatte, wollte er seine Seele nicht mehr »reinigen«. Im Gegenteil – er wollte sie immer schmutziger. Und immerzu fragte er (wie ein Kind): »Magst du mich noch, wenn ich so schmutzig bin? Ja? *So* schmutzig?«

Während ich noch über diese Dinge nachdachte, fuhr ich aus dem Tunnel in das nachmittägliche Licht von New Jersey und wurde mir über etwas Wichtiges klar: Magisch und spukig wie sie waren, ich glaubte nicht ganz, was Strayhorn auf diesen Videobändern sagte.

Warum sollte ich auch? Ich wußte nur von einigen der Sachen, die er gemacht hatte, bevor er sich tötete. Hatte der Tod ihm Erlösung gebracht? Es klang nicht so, nach seiner Bitte, daß ich einen Teil seiner Sachen in Ordnung bringen sollte. Er war ruhig und fürsorglich, aber er bat um einen Gefallen.

Es erinnerte mich an das Spiel mit einem Ouija-Brett. Wenn es klappt, kann ein Brett sowohl verunsichernd als auch erschreckend sein. Aber welche toten Geister man auch ruft, sie sind so leicht zugänglich, weil sie an einen so verhängnisvollen Ort zwischen Leben und Tod verbannt sind, daß sie sich eifrig darum bemühen, mit jedem zu reden, der zuhört. Fast so wie Menschen im Gefängnis, die, wo sie so viel Zeit zur Verfügung haben, lernen, sowohl extrem gesprächig als auch geduldig zu sein.

Der Wagen, den ich gemietet hatte, rappelte und zitterte, wenn ich über hundertzehn fuhr, also glitten wir langsam an dem Rauch und dem starken Chemiegeruch von Elizabeth und den weißen oder silbernen Flugzeugen vorüber, die vom Flughafen in Newark abhoben.

Es war eine lange Fahrt bis nach Brown's Mills, und ich hatte keine Ahnung, was ich dort finden würde. Aber etwas in mir sagte, es sei wichtig hinzufahren, und sei es nur, um mich eine oder zwei Stunden umzusehen und ein Gefühl für den Ort zu bekommen. Wieder dieser unsichtbare Geruch.

Als ich Cullen am vorigen Tag in ihre Wohnung zurückbegleitet hatte, unterhielt ich mich noch eine Stunde mit Danny darüber, wie Strayhorn sich bei seinem letzten Aufenthalt hier im Osten verhalten hatte. Er konnte mir nichts Neues erzählen, nur Pinsleepe mit größerer Genauigkeit beschreiben, aber das stimmte nur mit dem überein, was ich bereits wußte.

»Hat er gesagt, warum er mit ihr nach New Jersey fuhr?«
»Nein, nur, daß sie ihn darum gebeten hatte.«
»*Sie* hatte ihn gebeten? Das ist interessant. Sonst nichts?«
»Nur noch den Namen des Ortes. Brown's Mills.«

Die Autobahn in New Jersey ist schön, wenn man einmal an New Brunswick vorbei ist. Da ist immer noch viel Verkehr, aber es fühlt sich an, als beginne hier das Land. Würde man hier an irgendeiner beliebigen Ausfahrt abfahren, so sähe man Kühe oder kleine Städte, wo die Leute freundlich wären und Kleinlaster hätten.

Ich hatte noch nichts gegessen, also entschied ich, am nächsten Halt abzufahren und einen Hamburger zu essen. Gibt es eine amerikanischere Tradition als eine Autobahnraststätte? Ich meine nicht diese Mammi-und-Papi-ziemlich-gutes-Essen-alleinstehenden-Dinger, die irgendwo auf einer Landstraße sind und hausgemachte Pralinen verkaufen. Ich rede davon, daß man sich einen halben Kilometer lang übers Lenkrad beugen muß, bis man auf einen Parkplatz einbiegt, der so groß wie ein Paradeplatz ist, vierzehn Zapfsäulen, jede Menge Toiletten, Rumm-ta-ta-Musik. Das Essen kann recht gut oder recht schlecht sein, aber es ist die ultrahoch drehende Atmosphäre, die alles so interessant macht, oder die Tatsache, daß es eigentlich keine gibt; nur Appetit (oder Blasendruck), während Augenpaare gebannt und sehnsüchtig aus dem Fenster auf den Verkehr stieren. Diese Orte unterscheiden sich von Bahnhöfen oder Flughäfen, weil man dahin geht, um abzureisen. Eine Autobahnraststätte ist eine Unterbrechung des Flusses; eine Betoninsel, wo man angeblich ruhen, auftanken, sich orientieren und ein paarmal tief durchatmen kann, bevor man sich wieder in die Meute einreiht.

Sie sind ganz besonders amerikanisch, denn obwohl es auf europäischen Autobahnen dieselben Stopps gibt, halten sich die Leute dort länger auf. Man serviert und genießt richtiges Essen, weiße Decken und Blumen sind oft auf den Tischen, und die Leute essen langsam und unterhalten sich. Als ich in Europa war, wurde mir klar, daß die Fahrt (oder alles, was damit zu tun hatte) als ein Teil der Ferien oder der Reise betrachtet wurde und nicht nur als Mittel, irgendwohin zu kommen.

Aber ich genoß das Gefühl, im Niemandsland zu essen, wo man nicht ganz genau weiß, wo man ist. Wo man sich nur an Schildern orientiert, die einem mitteilen, daß man sich einhundert Kilometer von hier oder hundertsechzig Kilometer von da befindet. Ich genoß es, zu wissen, daß ich an diesem Ort und Tag dieselbe Erfahrung machte wie jede andere Person hier. Wann hat man schon mal ein solches Gefühl von Gemeinschaft? Im Kino. In der Raststätte. In der Kirche.

Ich parkte den Wagen und stieg langsam aus. Was für eine Position wir einnehmen, wenn wir fahren! Nein, das ist eine Ausrede. Wenn man jung ist, ist da nie diese verschrobene, sture Langsamkeit in den Muskeln. Wenn man sich wohl fühlt oder zumindest beschäftigt ist, gibt es absolut keinen Grund darüber nachzudenken, daß man älter wird. Das heißt, so lange nicht, bis Kleinigkeiten wie diese dir auf die Schulter klopfen und dich daran erinnern. Ich hatte meine Augen zu und die Arme über meinen Kopf gestreckt, als ich hörte, »Ich könnte dich kitzeln, aber ich tu's nicht.«

Das beendete mein Recken. Sie trug himmelblau. Ein himmelblaues Sweatshirt, auf dem an mindestens fünf verschiedenen Stellen »Rider College« stand, himmelblaue Turnschuhe.

»Hey du, ich hab dich schon lange nicht mehr gesehen.«

»Brauchtest du auch nicht. Alles, was du bisher gemacht hast, ist perfekt. Der Mann, den du ausgewählt hast, um Bloodstone zu spielen, ist gut, und daß die Schauspieler aus deiner Truppe kommen sollen, war eine tolle Idee.«

Ich lehnte mich gegen mein Auto und verschränkte die Arme. Die Sonne war hinter mir, also mußte sie nicht nur hochschauen, sie mußte auch blinzeln, um mich zu sehen. »Wieso bist du hier? Beobachtest du mich?«

»Nein. Doch, irgendwie schon. Ich bin gekommen, um dir zu sagen, daß du nicht nach Brown's Mills fahren sollst.«

»Warum?«

»Weil da nichts ist.«

»Warum kann ich dann nicht hin?«

»Du kannst schon, aber… Ich will nur sagen, du sollst deine Zeit nicht vertrödeln. Was du willst, ist da nicht. Es ist drüben in Kalifornien.«

»Was passiert, wenn ich trotzdem fahre?«

»Hör mal zu! Was glaubst du eigentlich, wer ich bin?«

Ich dachte eine Weile darüber nach, während der rauschende Lärm des Autobahnverkehrs hinter hohen Hecken die Luft erfüllte. Ein kleines schwangeres Mädchen in einem blauen Sweatshirt, Hände in der Tasche mit blinzelnden Augen, um sich gegen die Sonne zu wehren.

»Als ich hier rausfuhr, wurde mir klar, daß ich Phils Videos nicht traue.«

»Das mußt du wissen.«

»Es gibt keinen Grund, dir zu trauen.«

»Das ist wahr. Aber dann mußt du Angst vor mir haben. So oder so, den Film mußt du fertigmachen.«

»Warum?«

»Weil du die Leben der Leute retten willst, die dir immer noch am Herzen liegen. Das ist das einzige, was *du* für böse hältst, Weber – der Schmerz oder Tod derer, die du liebst. Das Problem ist, daß du weißt, daß nur noch so wenige übrig sind. Du hast so lange alles hinter dir zurückgelassen, auch deine Freunde. Jetzt stellst du fest, daß es an der Zeit ist, nicht nur an dich selbst zu denken, sondern auch etwas für sie zu tun.

Eins kann ich dir garantieren, wenn du den Film nicht fertigmachst, dann werden Sasha und Wyatt –«

»Droh mir nicht!«

Wie merkwürdig und böse das wohl für jeden Zuschauer ausgesehen haben mag. Ein vierzigjähriger Mann, der mit spitzem Finger auf ein kleines fettes Mädchen in einem blauen Sweatanzug auf einem Parkplatz in Irgendwo, New Jersey, einsticht und sie anschreit.

»Ich drohe nicht, ich sage die Wahrheit. Sie werden sterben. Ich habe keine Kontrolle darüber.« Ihre Stimme hatte einen wirklich bittenden Klang angenommen.

»Was kontrollierst *du*?«

»Nichts, bis du den Film fertig hast. Dann siehst du es schon.«

Ich wollte noch etwas sagen, aber was? Wir sahen uns noch ein wenig länger wie zwei mexikanische Boxer in einer Stillhaltephase an. Dann stieg ich wieder ins Auto. »Ich fahre nach Brown's Mills. Willst du mitkommen?«

Sie schüttelte den Kopf. Ich nickte, und aus dem Nichts heraus begann ich zu lächeln. »Das wäre eine gute Szene in einem Film gewesen, findest du nicht?«

»Ich geh da nicht mehr hin. Ich bat ihn, mich dorthin mitzunehmen, damit ich es selber sehen konnte. In Brown's Mills ist er erwachsen geworden. Das war der Sommer, in dem er die Toten sah und seine erste Freundin kennenlernte.« Sie machte ein zickiges Gesicht. »Kitty Wheeler. So ein kleines Arschloch! Mich brauchte er danach nicht mehr.«

»Nicht, bis er mit *Mitternacht* anfing.«

»Erst beim letzten.« Sie rieb sich über den Bauch und sah ihn an. »Nichts von alledem wäre passiert, wenn er nur auf mich gehört hätte! Fahr hin und schau es dir selbst an! Es ist nichts weiter als eine langweilige Stadt!«

Sie drehte sich um und rannte sehr schnell über den Parkplatz davon; wie ein Kind, dessen Pause vorbei ist und das Angst hat, zu spät zur Klasse zu kommen, wenn es nicht läuft.

Als ich zehn Stunden später in New York aus dem Wagen stieg, fühlte ich mich wie der Blechmann aus Oz, bevor Dorothy die Ölkanne fand. Nachdem ich bezahlt hatte und wegging, rief mir einer der Männer hinterher, ich hätte meine Postkarten vergessen. Ich holte sie mir. Drei Postkarten von Brown's Mills, New Jersey. Sonst hatte mir die Fahrt dorthin nichts gebracht. Pinsleepe hatte recht – wenn Strayhorn und ich nur gleich auf sie gehört hätten.

Dritter Teil

Das war meine Lieblingsstunde – Mitternacht – diese perfekte Stunde, wenn der strampelnde Tag völlig verschlungen ist und sein Schwanz im Rachen der Nacht verschwindet.

Coleman Dowell,
Mein Vater war ein Fluß

I

Der Teufel macht sich an einen arbeitslosen Schauspieler heran.

»Wenn du mit mir kommst, mache ich dich zum größten Star, der jemals gelebt hat. Besser aussehend als Clark Gable, sexier als Paul Newman –«

»Ja, ja, ja«, sagte der Schauspieler. »Aber was muß ich machen, um das alles zu kriegen.«

»Gib mir deine Seele. Und die Seele deiner Mutter und deines Vaters, deiner Frau, deiner Kinder, deiner Brüder und Schwestern UND *die deiner Großeltern.«*

»O. k.«, sagte der Schauspieler. »Aber wo ist der Haken?«

Netter Witz. Matthew Portland hat ihn mir erzählt, kurz bevor ein Auto auf seinen Kopf fiel. Netter Witz, aber es läuft nicht so. Sie fragen nicht, ob man mehr will, sie fragen, ob man nicht das, was sowieso da sei, besser einsetzen wolle.

Weber und die anderen können sagen, was sie wollen, aber der erste Mitternacht *war ein sehr guter Film. Die anderen nicht, ich gebe es zu, aber dieser erste funktionierte. Monatelang befragte ich Menschen danach, was ihnen angst mache, bevor ich das erste Wort schrieb. Sie können sich gar nicht vorstellen, wie langweilig die Ängste der meisten Leute sind. Ich will nicht sterben. Ich will nicht krank werden. Ich will nichts von dem verlieren, was ich habe.*

Mitternacht *wurde so gut, weil ich damals eine großartige Idee hatte, aber keine Vorstellung davon, wie man einen Film schreibt, aber ich hatte nichts weiter zu verlieren, als ich es versuchte. Einige Leute arbeiten am besten, wenn sie sicher sind, andere, wenn sie es nicht sind.*

Weber denkt, die Handlungskette verlief so: Ich war ein wandelndes Wrack, weil ich ein Versager war und weil ich mit meiner Freundin Killerdrogen nahm. Glücklicherweise lernte ich Venasques, den Schamanen, kennen, und der rettete mich. Aus dem Grab zurückgekehrt, konnte ich also meinen Summa-cum-laude-Kopf in Ordnung bringen und meine Arbeit an dem Projekt aufnehmen, das mich schließlich berühmt machte.

Klingt wie eine Lebensbeichte bei den Anonymen Alkoholikern. Oder so, wie wir uns alle vorstellen, daß das Leben funktio-

niert. »Laßt uns nun unsere Köpfe neigen und zu Gott beten, daß das Leben von jetzt und in alle Ewigkeit Sinn macht.«

Das war eine der ersten Sachen, die Venasques mir beibrachte. Wir saßen gerade auf der Veranda und fütterten Big Top, seinem Bullterrier, Quark und Kartoffelchips mit Schnittlauchgeschmack.

»Er mag die mit Barbecuegeschmack nicht. Nachos auch nicht. Das Schwein ißt alles, genau wie ich. Big hier nicht. Er ist ein Chip-Feinschmecker. Wie steht's mit dir?«

Der alte weiße Hund hob seinen Kopf und blickte Venasques an, dann senkte er ihn wieder zu der Menge von Kartoffelchips, die vor ihm lag.

»Nein, du irrst dich ganz gewaltig, Phil. Wie heißt das Wort noch mal, ›Teleologie‹? Scheiß auf die Teleologie. Die Leute wollen gar nicht, daß die Sachen Sinn machen. Weißt du warum? Wenn das nämlich so wäre, würden wir alle ganz schön tief drinstecken. Du fährst zu schnell über die Straße, denn es macht Spaß, oder du hast es eilig. Wenn alles Sinn machen würde, müßte dich jetzt ein Bulle anhalten und dir einen Strafzettel geben. Aber was passiert, wenn ein Bulle dich anhält? Du wirst wütend. Das ist nicht fair. Aber das macht auch Sinn. Wenn das Leben Sinn machte, dann würden wir uns alle entweder wesentlich besser benehmen oder völlig verängstigt durch die Gegend laufen, wegen all den schlechten Sachen, die wir jeden Tag tun.

Wir wollen nur, daß alles Sinn macht, wenn das von Vorteil für uns ist. Ansonsten ist es viel interessanter, nicht zu wissen, was als nächstes passiert. Vielleicht kommt Kopf, vielleicht Zahl. Menschen machen schlimme Sachen und werden nicht geschnappt. Den falschen Leuten wird der Hals gebrochen. Würdest du es vorziehen, wenn nur die guten belohnt würden? Wie oft bist du gut? Wie oft verdienst du das Gute, das du bekommst?« Er steckte seine Hand tief in die zerknitterte grüngelbe Tüte und holte noch mehr Chips heraus. Der Hund hatte langsam und elegant seine Portion gegessen.

»Was du mir sagst, hilft nichts.«

Er wollte gerade einen Chip essen, hielt ihn aber ein paar Zentimeter von seinem Mund entfernt und sagte: »Du hast nicht um Hilfe gebeten. Du hast mich gebeten, dir etwas aus deiner Zukunft zu erzählen.«

»Was kann ich tun?«

»Als erstes hör auf, dich darum zu sorgen, was mit dir geschehen wird. Das dauert noch lange. In der Zwischenzeit wirst du berühmt. Ist es nicht das, was du immer wolltest?«

Er erzählte mir nichts von Pinsleepe oder davon, daß ich mich umbringen würde, obwohl ich sicher bin, daß er es wußte. Venasques wußte alles, aber er erzählte dir nur so viel, wie du brauchtest.

»Hättest du denn nicht lieber ein interessantes als ein faires Leben?«

»Ich weiß nicht. Nicht, wenn es so kurz wird, wie du sagtest.«

»Quatsch, Phil. Mach mich nicht wütend. Du redest über Zeit. Ich rede über Qualität. Ich habe vor kurzem einen sehr witzigen Satz in einem Gesundheitsrestaurant gehört. Zwei alte Männer saßen neben mir und aßen Möhrensuppe. Ist das nicht ekelhaft? Möhrensuppe? Wer in aller Welt mag sich wohl diesen Alptraum ausgedacht haben? Aber egal, sagt der eine zum anderen ›Steve, wenn du diese Suppe einhundert Jahre lang ißt, dann lebst du ewig.‹ Da mußte ich lachen, aber dann habe ich anders darüber gedacht. Wahrscheinlich würde man länger leben, wenn man Möhrensuppe essen würde und Mittagsschlaf hielte. Merke, ich sagte ›wahrscheinlich‹.«

Er schob sich eine Handvoll dieser entsetzlichen Kartoffelchips in den Mund und lächelte, als sie zwischen seinen Zähnen knirschten. »Aber einige Leute lernen von Chips mehr. Du lernst, wie gut schlechte Sachen schmecken, wie sich Schuld anfühlt ... iß ein paar von diesen köstlichen Sünden und du findest wirklich raus, wie grauenhaft Möhrensuppe ist. Perspektive! Du lernst Perspektive! Das einzige, was man lernt, wenn man Möhrensuppe ißt, ist, sich daran zu gewöhnen.«

»Was willst du mir damit sagen?«

»Ich sag dir, iß die Chips und lern von ihnen.«

»Ich soll diesen Horrorfilm schreiben?«

»Hundertprozentig. Es klingt interessant. Du bist begeistert. Es wird dich etwas über das Böse lehren. Es wird dir beibringen, daß das Böse auch keinen Sinn macht, aber daß es wenigstens interessant ist.«

Er hielt mir die Tüte hin und schüttelte sie, damit ich welche nahm. Wir mußten beide über die Geste lachen.

»Was ist mit dem Guten? Sollte ich nicht lernen, was das ist?«

»Warum? Das Gute interessiert dich nicht. Du bist doch der, der gern über Höllenfahrten und Gemälde von Bosch liest. Wieso eigentlich keine Madonnas und letzten Abendmahle?

Was wichtig und interessant ist, ist nicht, was das Böse ausmacht, sondern was wir damit tun. Bosch nahm es und malte diese unglaublichen Bilder. Stalin nahm es und radierte ein Drittel seiner Bevölkerung aus.

Da fällt mir gerade ein – ich habe vor ein paar Tagen etwas im Fernsehen gesehen, das jetzt paßt. Sie zeigten alte Dokumentarfilme aus den zwanziger und dreißiger Jahren über das Leben in Rußland. In einer Szene waren all diese Heißluftballons bei einer Feier für irgendwas. Man weiß nicht, was passiert, außer, daß diese wunderschönen Ballons von der Erde abheben, und hübsche Mädchen klatschen. Wie sie langsam höherkommen, siehst du, daß Seile daran befestigt sind, die etwas mit sich hochziehen. Was es ist? Ein gigantisches Poster von Stalin! Wie findest du das? Ballons, hübsche Mädchen, Feiern, Stalin! Das Monster. Dasselbe mit Gut wie mit Böse. Es ist nicht, was es ist –«

Ich nahm einige Kartoffelchips. »›sondern was wir damit tun.‹ Wie viele Jahre lebe ich noch, Venasques?«

»Länger als ich. Stell diese Frage nicht. Es hilft nichts, es zu wissen. Wenn ich zwanzig Jahre sagte, würdest du ›Oh‹ sagen. Wenn ich sagte, zwanzig Minuten, würdest du dir in die Hose scheißen. Weder das eine noch das andere bringt dich schneller dorthin, wohin du gehen mußt. Das eine ist zu entspannt und das andere zu verzweifelt. Finde alles über das Böse heraus und schreib deinen Film.«

»Macht mich das berühmt?«

»Ja.«

Sie sehen also, ich wußte es bereits. Zu dieser Zeit vertraute ich Venasques bereits so vollständig, daß ich ihm auch geglaubt hätte, wenn er gesagt hätte, ich würde als Trainer der burmesischen Ping-Pong-Mannschaft berühmt.

Das war die intensivste und glücklichste Zeit meines Lebens. Ich war voller Energie, überzeugt von dem, was ich tat, und so begeistert selbstkritisch bei jedem Wort, das ich schrieb, daß ich mich wahnsinnig damit machte, aber ich liebte es, liebte es so sehr. Venasques gab mir fünftausend Dollar und sagte, ich solle schreiben und ihm sechs geben, wenn ich berühmt sei. Ich nahm es, ohne *zu zögern, denn ich wußte, ich würde ihm sieben geben; denn ich wußte, ich würde bald sieben* haben. *Ich schrieb, las, machte mit Venasques und den Tieren Spaziergänge und dachte darüber nach, was der Mensch mit Gut und Böse macht.*

Der einzige Teil aus Mitternacht, *der nicht ganz von mir ist, ist die Szene mit Bloodstone, dem Kind und dem Vergrößerungsglas. Das war etwas, das Weber vor einigen Jahren in einem völlig anderen Kontext ganz nebenbei gesagt hatte und an das ich mich auf geheimnisvolle Weise wieder erinnerte, als ich das Drehbuch schrieb. Er erinnerte sich niemals daran, war sich auch gar nicht darüber im klaren, daß es von ihm war, ironischer- und unschuldigerweise sagte er aber immer, es sei die wirkungsvollste und ekelhafteste Szene des Films. Aller meiner Filme. Große Geister denken auf die gleiche Weise, oder?*

Es war so gallig, weil jeder über diese Szene sprach. Als ich Venasques danach befragte, zuckte er nur die Achseln, als sei es nichts Wichtiges, aber es war verflucht wichtig für mich. Horrorfilm oder nicht, ich wollte, daß Mitternacht *nur mein war, aber hier war dieses brillante Stückchen Nicht-mein auf der Leinwand, das jedermanns Aufmerksamkeit auf sich zog. Und selbst bevor es auf die Leinwand kam, war es der Lichtblitz, der Matthew Portlands Aufmerksamkeit auf sich zog, als ich nur irgendeiner von vielen Winzlingen in Hollywood war, mit einem bekannten Freund, der versuchte, mich zu protegieren.*

Weber erwähnte nichts davon. Als wir drehten, kam er dreimal, um dem Regisseur zu helfen. Ich erinnere mich daran, wie er morgens um drei in seiner silbernen Corvette in dieser kleinen Sägewerk-Stadt vorfuhr, frisch und lebendig und doch ein wenig witzig aussah dabei, mit seinem lockigen roten Haar, das niemals gekämmt aussah, und seinen grünen Augen, die so gescheit und ernsthaft waren, daß man nur ungern den Blick von ihnen wandte. Ob er die Vorlage für Mr. Fiddlehead war? Nein, Weber war zu wirklich, um irgend jemandes Traumfreund zu sein. Weber war zu wirklich, um …

Er hat nie erwähnt, daß er einen Oscar gewann, oder? Er hat auch den MacArthur-Preis gewonnen (der Preis für »Genies«, für alle, die nicht wissen, was das ist), einen Golden Globe, Preis der New Yorker Filmkritiker, die Goldene Palme von Cannes.

Manche Leute sehen in Kleidern gut aus. Egal was sie tragen, sie geben ihm anstrengungslos einen »Look« und eine Originalität, die wie eine schöne Unterschrift ist. Dasselbe gilt für Leistung. So lange ich ihn kannte, hat Weber Gregston sein Talent mit Stil und Bescheidenheit behandelt. Als The New Yorker *eines seiner Gedichte akzeptierte, als wir noch auf dem College waren, war er zutiefst geschockt, daß sie es genommen hatten. Bei der Oscar-Verleihung nahm er seine Statue von einem berühmten Star entgegen und sagte »Der wirkliche Grund, warum ich hier heraufgekommen bin, war, damit ich Jack Nicholson kennenlernen konnte.«*

Als er immer berühmter wurde, war das einzige, das sich an ihm veränderte, eine neue, verständliche Zurückhaltung in seinem Verhalten, die aus den Forderungen erwuchs, die »Lost Angles« (so nannte er Los Angeles) an ihn stellte. Er genoß die guten Seiten, die der Erfolg ihm brachte, aber wie die meisten anständigen Menschen, die groß herauskommen, fühlte er sich schuldig und unsicher.

Wenn er nicht an einem Film arbeitete, war er irgendwo und half. Ein Regiekurs am Los Angeles Community College, Werbung für Amnesty International, Arbeit mit Todkranken im Veteranen-Krankenhaus. Immer gratis, immer freiwillig. Das einzige, worum er bat, war, daß es keine Öffentlichkeit dabei gäbe.

Einmal, als beide bei mir zu Hause waren, schaute Venasques Weber an und sagte: »Du hast zu viele verschiedene Früchte an deinem Baum. Es wird Zeit, daß du sie alle abschneidest und nur noch Orangen wachsen läßt.«

Als ich den alten Mann später fragte, was er damit gemeint habe, sagte er, eine Menge Sachen gut zu machen, hieße noch lange nicht, daß man sich damit einen Gefallen tat.

»Ihr Burschen seid so aufgezogen worden, daß ihr glaubt, ihr müßtet wissen, wie man auf jedem Instrument in der Band ein Solo spielt. Aber hast du jemals so ein Einmannorchester an der Straßenecke stehen sehen? Er hat Becken zwischen seinen Knien und eine Mundharmonika um seinen Kopf gewickelt... Du weißt, was ich meine? Sieht idiotisch aus, und die Musik, die diese Typen spielen, stinkt.«

»Webers ›Musik‹ ist ziemlich gut, Venasques.«

»Ja? Willst du mit ihm tauschen?«

»Ich weiß nicht. Ich habe nie darüber nachgedacht.«

»Tu's! Ich gehe zur Toilette.«

Das muß jetzt in Szene gesetzt werden, wegen dem, was dann folgte.

Wir beide saßen draußen. Es herrschte Zwielicht. Die Luft war voll vom schweren Parfum der Blumen und dem hochtourigen Geräusch der Insekten. Es war warm genug, um ohne Hemd dazusitzen. Während ich mich nach unten beugte, um eine Coke, die unter meinem Stuhl stand, zu nehmen, ging mir der Gedanke durch den Kopf, ob ich Weber sein wollte.

In einer Sekunde, weniger noch, antwortete ich laut: »Ich will niemand anders sein. Ich fühle mich wohl.«

Fast im selben Moment, da ich das sagte, fühlte ich so etwas wie Stöcke auf meinem Rücken. Viele kleine Stöckchen, die sich auf mir bewegten. Halb mich aufreckend, halb mich drehend, schaute ich einem kleinen schwarzen Vogel ins Gesicht, der einfach da auf meiner Schulter stand. Es war solch ein Schock, daß ich taumelte, und der Vogel hob ab und flog davon. Unbewußt hatte ich mich in Richtung auf die Tür gedreht, und als ich mich ein wenig beruhigt hatte, stellte ich fest, daß Venasques mit den Händen in seinen Taschen dort stand.

»Hey, hast du das gesehen? Den Vogel auf meinem Rücken?«

»Hast du deine Tätowierung gesehen? Schau mal hin.«

Sie war natürlich weg. Meine Tätowierung war davongeflogen.

»Weber hat seine noch, Phil, für den Fall, daß es dich interessiert.«

»Was bedeutet das?«

»Es bedeutet, daß du weißt, wer du bist. Du hast es gerade gesagt – du ›fühlst dich wohl‹.«

Wenn es nur so einfach gewesen wäre.

Die Zeit verging. Mitternacht *wurde ein Hit. Weber traf und verliebte sich in Cullen James. Sie sagte Nein. Er träumte von Rondua. Sie sagte immer noch Nein. Er kam nach Kalifornien zurück, um* Wundervoll *vorzubereiten, konnte aber nicht aufhören, von dieser Frau zu reden. Als ich sie kennenlernte, war sie sehr nett und in gewisser Weise etwas Besonderes, aber auch nicht das Ende des Regenbogens. Ich mochte ihren großen Mann und ihr Kind mehr als sie.*

Während der Dreharbeiten zu Wundervoll *starb Venasques. Ein Schlaganfall in einem Motelzimmer außerhalb von Santa Barbara. Als ich ihn das letzte Mal sah, schauten wir uns zusammen* Miami Vice *im Fernsehen an (seine Lieblingsserie) und machten dann einen langen Spaziergang mit seinen Tieren. Ich wußte bereits, daß er mit einem seiner Studenten auf eine Trainingswoche weggefahren war. Er hatte keine Schule und unterrichtete in diesem Sinne keine Klassen, aber es gab Studenten, und ich vermute, sie lernten von ihm auf dieselbe Weise, wie ich es tat.*

»Fährst du ans Meer?«

»Erst ans Meer und dann in die Berge. Vielleicht nur ans Meer. Vielleicht dauert es nicht so lange. Ich weiß es noch nicht.«

»Bist du einmal mit einem Studenten gescheitert? Konntest ihm nicht geben, was er brauchte?«

»Sicher. Ich wollte mit Weber arbeiten, aber er war nicht interessiert.«

»Wird es ihm gutgehen?«

»Ich weiß nicht, Phil. Auf seinem *Rücken ist noch ein Vogel.«*

Ein paar Tage später war er tot. Eine seltsame Sache war, daß das Schwein kurz nach Venasques starb. Nachher nahm Harry Radcliffe Big Top in seinem Haus in Santa Barbara auf, weil da ein Garten war, in dem der Hund sich wohl fühlen konnte. Ich glaube, er ist immer noch da, die letzte lebende Magie des großen Venasques.

Ob ich den Mann hier jemals gesehen habe? Nein.

Dann kam das Erdbeben. Weber beendete Wundervoll, *ich begann* Mitternacht Zwei. *Er reiste nach Europa, nachdem die Nachproduktion fertig war, sagte, er käme zurück, wenn es Gründe dafür gäbe. Das war über ein Jahr später der Fall und gerade frühzeitig genug, um seine Sachen zu packen und nach Osten zu ziehen.*

Den Rest kennen Sie. Sie haben das meiste von dieser Geschichte von Weber gehört, aber wie Sie sehen, es gab da einige kleine Details, die noch fehlten. Und was ist mit Pinsleepe in Anbetracht von Stayhorns Evangelium? Oder Sasha? Selbst der kleinen Flea? Später.

Ich sage ihnen nur so viel – den Hund habe ich nicht getötet.

»Hast du doch!«

»Einen Scheiß hab ich!«

»Ok, Sean, James, es reicht.«

»Fön, du wolltest etwas sagen?«

»Ich möchte sagen, daß diese Diskussion beschissen und langweilig ist.«

Ich weiß nicht, was dieser Mann an sich hatte, aber immer wenn er etwas sagte, wurde der Raum für ein paar Augenblicke still, bevor es wieder laut wurde. Vielleicht war es sein Ruf. Wir alle taxierten ihn immerzu. Das war bis jetzt die stärkste Äußerung von ihm, seit wir mit der Arbeit begonnen hatten.

»Weiter.«

»Nichts weiter. All das Gequatsche darüber, was das ›wirklich Böse‹ ist. Ihr klingt wie die Zeugen Jehovas. Wir sind jetzt seit zwei Tagen hier und reden Scheiße und kommen nicht weiter. Wollt ihr wissen, was böse ist? Böse ist eine Pistole. Böse ist ein Scheißtyp, der Patronen reinsteckt. Böse ist ein Baum, der von einem Blitz gespalten wurde.«

»Es ist nicht irgendeine *Sache*. Es ist alles, was schlecht geworden ist. Ein Kinderfahrrad ist ok, aber wenn ihr es umgestürzt seht und Blut auf der Erde, dann ist es etwas anderes.«

Sean, wütend darüber, in ihrer Schreierei mit James unterbrochen worden zu sein, fragte aggressiv: »Was war das Schlimmste, was du jemals gemacht hast?«

Fön grinste höhnisch. »Ich würde es dir nicht sagen, selbst wenn ich dich kennen würde. Weil ich nicht will, daß *irgend jemand* etwas so Schlimmes weiß.«

Wyatt lehnte sich herüber und flüsterte mir ins Ohr »Das kommt nicht sehr schnell von der Stelle.«

Ich nickte und stand auf. »Laßt es uns für heute abbrechen.«

Keiner brauchte dazu aufgefordert zu werden. Das Zimmer leerte sich in fünfundzwanzig Sekunden.

»Was mache ich falsch, Finky Linky?«

»Der Fön hat recht – wir *langweilen* uns tatsächlich gegenseitig mit so viel Gerede. Wir klingen wie Kinder, die um ein Lagerfeuer sitzen und ihre besten Ekelgeschichten erzählen. ›Was ist das Schlimmste, was du jemals gemacht hast?‹«

»Was soll's? Ich bin sicher, der Fön hat die grauenvollsten Geschichten, aber selbst wenn das stimmt, wir verhalten uns wie Kinder und sagen ›Was? Das soll eklig sein?‹, und dann warten wir, daß einer da noch einen drauflegt.«

Als wir aus dem Probenraum gingen, dachte ich zum hundertsten Mal darüber nach, was ich tun wollte. War es unsere Absicht, ein paar unheimliche, schwarze Szenen zu machen, die, wenn sie nur clever genug in den größeren Rahmen von *Mitternacht tötet* gesteckt würden, den Film auf befriedigende Weise beendeten?

Oder wollten »Sie« eine eindeutig moralische Aussage; etwas, das sagte, daß Bloodstone und alles, wofür er stand, krank und verderbt war?

Phil hatte es in drei Filmen erfolgreich verstanden, ein Monster zu einer Art von perversem Antihelden zu machen. Kinder liebten Bloodstone. Sie trugen T-Shirts von ihm mit einem Vergrößerungsglas darauf. Über einhunderttausend Poster waren verkauft worden. *People Magazine* widmete ihm eine Titelgeschichte. Nach dem Artikel war *Mitternacht* einer der erfolgreichsten Filme in Beirut. Soldaten von beiden Seiten gingen mit ihren Gewehren ins Kino, und wenn beliebte Passagen kamen, winkten sie damit und riefen seinen Namen.

Cullen meinte, sie müsse ein Anti-Bloodstone-, ein Anti-*Mitternacht*-Statement abgeben.

Wyatt war davon überzeugt, daß, wenn Phil *tatsächlich* irgendein Herz der Finsternis angerührt hatte, es aus einem glücklichen Fehler heraus geschehen war. Was immer er getan hatte, um das zu schaffen, war inzwischen zerstört worden. Als Ergebnis war unsere Aufgabe, einen Film fertigzustellen, der ohne diese besonderen Strayhorn-Szenen, ein weiterer dümmlicher Horrorfilm würde, ein paar Monate nach seinem Erscheinen zum Nichts verdammt. Und genau dadurch erfolgreich entschärft.

Es gab auch andere Möglichkeiten, die aber nur zu dem Durcheinander beitrugen. Eine von ihnen, eine sehr verführerische, kam aus einer Literaturkritik, die ich kürzlich las. Danach »konnte das Genre, zu dem eine Geschichte gehörte, durch das Hinzufügen oder Weglassen nur einiger Sätze geändert werden«. Bevor ich nach New York abgereist war, hatte ich Wyatt gebeten, *Mitternacht tötet* eine humoristische Wendung nehmen zu lassen, einfach, um zu sehen, was er daraus machen würde. Was er mir präsentierte, war witzig und surreal, aber unangemessen und seiner alten Fernsehsendung zu ähnlich. Die Idee jedoch, die ganze Richtung des Films »durch das Hinzufügen oder Weglassen nur einiger Sätze« zu ändern, ließ mich nicht los und ging mir ständig im Kopf herum.

Ich glaubte immer noch, daß wir durch das gemeinsame Zusammensitzen mit den Leuten, die an den Szenen beteiligt waren, und das Herauswerfen von Ideen auf etwas Wichtiges stoßen würden. Bis jetzt war nichts dabei herausgekommen.

Wyatt fragte, ob ich mit zum Abendessen gehen wollte, aber der nutzlose Nachmittag hatte mir allen Appetit genommen, den ich vielleicht gehabt hätte.

»Dann laß uns ins Kino gehen. Was willst du sehen?«

»Nein, danke.«

»Willst du tanzen gehen? Wir können zu Jack Nicholsons –«

»Wyatt, mach dir keine Gedanken um mich. Ich bin in Ordnung. Niedergeschlagen, aber in Ordnung. Danke für deine Mühe.«

Er setzte mich am Haus ab und fuhr mit dem Wagen einen Freund besuchen. Ich ging hinein und, ohne nachzudenken, direkt bis in die Küche, um mir etwas zu essen zu machen. Nicht, daß ich unbedingt wollte, es beschäftigte mich, bis ich etwas fand, das wichtiger war.

»Weber? Bist du da?«

»Hallo, Sash. Ja.«

Sie kam mit einem breiten Lächeln herein. »Die Ergebnisse von einigen Tests sind heute zurückgekommen, und die Ärzte waren wirklich zuversichtlich.«

»Na, *das* ist mal eine gute Nachricht! Oh, Sash, das freut mich sehr.«

»Noch was! Vielleicht sollte Wyatt dir das selber erzählen, aber er sagt immerzu, er tut's, und dann tut er's doch nicht. Er ging zum Labor und ließ einen Bluttest machen, als du in New York warst. *Seine* Blutsenkung war die beste in fast zwei Jahren!«

Schon mal versucht, glücklich dreinzuschauen, wenn du dir plötzlich vor Angst in die Hose scheißt? Na, viel Glück. Sashas Neuigkeit ließ hundert Ameisen über mich kriechen. Der verbesserte Gesundheitszustand meiner Freunde *mußte* mit dem in Verbindung gebracht werden, was wir gerade taten. Aber was, wenn es mißlang? Was geschah, wenn die neuen Szenen lustig waren, oder »nur« gut, aber nicht das Niveau erreichten, das uns vorgeschrieben worden war?

»Weißt du, ich hatte heute die merkwürdigste Erinnerung. Als ich vom Arzt nach Hause kam, war mir nach einem Film, nach etwas Positivem und Hoffnungsvollem. Zuerst legte ich Fellinis *Amarcord* auf, stellte aber dann fest, daß ich nicht in der Stimmung dazu war. Also legte ich deinen Film *Babyhaut* auf. Ich hatte vergessen, wie witzig und großzügig er ist, Weber.

Die Schlußeinstellung, als die beiden alten Leute nackt im Mondlicht schwimmen gehen? Mein Gott, das ging mir durch und durch! Aber sie tun einem nicht leid. Du weißt, warum sie da sind und daß es unvermeidbar war, und du willst, daß sie einfach glücklich schwimmen gehen und sich dann dem stellen, was kommt.

Aber das wollte ich dir gar nicht erzählen. Ungefähr auf der Hälfte hast du eine Szene, in der sie dem Hund des alten Mannes diesen Papierhut aufsetzen –«

»Das war Nicholas Sylvians Idee. Die, als er aufs Männerklo geht und ihn mit seinem Lecken aufweckt?«

»Ja, und weißt du, woran sie mich erinnerte? Als mein Vater starb, sagte er mir eines Tages, daß sein Atem, je kränker er werde, immer mehr wie der unseres Hundes rieche. Als ich mich daran erinnerte, war es, als hätte mir jemand durchs Fenster einen Stein an den Kopf geschmissen. Es ist immer so verrückt, was Erinnerungen auslöst.«

Dasselbe geschah mir ein paar Stunden später. Ich sehe mir meine Filme nicht sehr oft an. Tu ich es doch, so sehe ich nur Fehler und verpaßte Gelegenheiten. Aber *Babyhaut* war mein erster »Europäischer Film« und mit dem ganzen Glamour und der ganzen Erregung verbunden, die dieser Satz beinhaltete. Ich arbeitete mit einem ausgezeichneten Team, mein Leben war himmlisch.

In jener Nacht wollte ich mir alle *Mitternachts*-Filme wieder einmal ansehen (Finky Linky weigerte sich, das jemals noch mal zu tun, und Sasha floh auf die andere Seite des Hauses, wenn sie die ersten Töne von Steve Reichs Musik hörte), aber es war so ein kaputter Tag gewesen, daß ich mich entschloß, *Babyhaut* aufzulegen, und mir statt dessen diesen glücklichen Teil meines Lebens anzusehen.

Ich kann nicht länger als fünfzehn Minuten zugeschaut haben, als ich etwas sah, das mich aus dem Sessel fahren, den Film herausholen und *Mitternacht kommt immer* an seiner Stelle einschieben ließ.

Ich suchte ein wenig und fand dann diese clevere Szene, in der Bloodstone mit einem kleinen Kassettenrekorder in das Schlafzimmer des jungen Ehepaars geht. Er schaltet ihn ein, und wir hören die sehr lauten, unmißverständlichen Geräusche von Leuten, die sich köstlich beim Ficken amüsieren.

»Das hat er von mir!«

Raus mit dem Strayhornvideo, rein mit Gregston.

Die Nacht des Geburtstags der alten Frau. Ihr Mann geht zum

Pissen nach draußen, jedenfalls sagt er ihr das. Er hat ihr an diesem Tag kein Geschenk gemacht, und ihr bricht das Herz. Plötzlich hören wir von draußen die entfernte Musik von Bix Beiderbecks Orchester, das »That's my secret now« spielt. Ängstlich, aber neugierig steht die Frau auf und geht ans Fenster. Ihr Mann ist auf dem Rasen und kniet neben dem Grammophon, das er ihr zum Geburtstag gekauft hat.

»Er hat das aus *Babyhaut*! Ich werd verrückt.«

Ich schob sein Band ein und sah mir die Kassettenrekorderszene wieder an. Dasselbe blaue und blendendweiße Licht, die Paul-Delvaux-Schatten, das Zimmer auf genau dieselbe Weise angeordnet... Es sah alles gleich aus, hatte dieselbe Stimmung wie meine Szene.

»Ich werd verrückt.«

Was hatte er sonst noch geklaut? War das das richtige Wort, oder war ich einfach sauer auf mich selbst, es bis heute nie bemerkt zu haben? Filmemacher stehlen voneinander wie Piraten, das aber kam mir jetzt irgendwie quer.

Es war bereits ein Uhr morgens. Als Finky Linky nach Hause kam, war es vier, ich saß immer noch auf, sah mir *Mitternachts*-Filme an und machte mir Notizen.

»Warum hast du mir nichts von deinem Bluttest erzählt?«

»Weil ich nicht weiß, was es bedeutet. Ich hatte mehr Remissionen als Loretta Young Lifting-Operationen.«

»Aber hast du auch von Sashas Ergebnissen gehört?«

»Ja. Ich weiß, daß da möglicherweise eine Verbindung besteht, Weber, aber ich will gar nicht erst anfangen, darüber nachzudenken, denn vielleicht ist es nichts, und dann habe ich mich wegen nichts gefreut.

Paß auf, ich war heute nacht bei einem Freund, der Aids hat. Weißt du, was am jämmerlichsten an ihm ist? Seine Hoffnung.

Er hat gehört, daß sie in der Tschechoslowakei eine Heilbehandlung mit Möhren entdeckt haben. Laetrile ist wieder ›in‹, wenn du das Geld hast, um nach Mexiko zu fahren und dich dort von Quacksalbern behandeln zu lassen. Er denkt darüber nach. Und er hat einen Freund, der darüber nachdenkt, sich Interferon ins Hirn spritzen zu lassen, denn er hat gehört, daß man so manchmal Tollwut heilt. Kannst du dir jemals vorstellen, eine solch irrsinnige Verbindung herzustellen?

Ich will nicht wie dieser Typ werden, verrückt vor Hoffnung

und seltsamen Möglichkeiten. Ich war so am Anfang, als ich Krebs hatte, aber das sind keine guten Freunde in dieser Situation. Das ist es, was ich Sasha immer sage: Du kannst ruhig optimistisch sein, aber sei nicht hoffnungsvoll.«

»Wo ist der Unterschied?«

»Optimisten wissen, daß sie sterben, suchen aber bis zum bitteren Ende nach Heilungsmöglichkeiten. Jemand, der hoffnungsvoll ist, ist davon überzeugt, daß es ein Mittel gibt, er muß es nur finden. Darum sind sie so bitter, wenn sie feststellen, daß es nicht immer wahr ist.«

»Du willst sagen, daß du ein Realist bist?«

»Um Himmelswillen, nein. Ein Realist weiß, daß er stirbt, wenn er Leukämie hat.«

Ich erzählte ihm von den Ähnlichkeiten zwischen Phils Filmen und meinen eigenen und zeigte ihm ein paar Beispiele. Es amüsierte ihn.

»Na und? Er wußte eben, was gut war.«

Sasha weckte mich früh am nächsten Morgen, wegen eines dringenden Anrufs von der Polizei. Es war Dominic Scanlan, und er fragte, ob ich Charlie Peet gesehen hätte.

Ich hatte vielleicht zwei Stunden geschlafen. »Dominic, wer ist Charlie Peet, verdammt?«

»Der Fön, Arschloch. Das ist sein wirklicher Name. Hast du ihn gesehen?«

»Nein, warum?«

»Weil er gestern abend nicht nach Hause gegangen ist und heute morgen nicht zum Dienst. Er macht solche Sachen nicht.«

»Er war gestern nachmittag bei den Proben.«

»Das wissen wir, aber da ist er zum letzten Mal gesehen worden. In Ordnung, Weber, ich ruf dich wieder an, wenn ich irgendwas Neues weiß. Wie ist er übrigens als Schauspieler?«

»Er spielt Bloodstone, weißt du. Wahrscheinlich ist er perfekt.«

»Das kannst du wohl sagen! Er ist genau der Typ. Mach's gut.«

Es war unmöglich, wieder einzuschlafen. Ich lag da und dachte über den toten Schauspieler nach, der durch die Gegend gelaufen war und sich als Strayhorn ausgegeben hatte, bis er wie eine Stange Pommes frites aussah, die zu lange in einem Mikrowellenherd gelegen hatte. Dann dachte ich an den Psychopathen auf dem Friedhof am Tag von Phils Beerdigung, der seine fünfzehn Minuten Berühmtheit mit einer Schreckschußpistole bekommen hatte. Dann an den Typ in Florida, der die beiden Kinder à la Bloodstone umbrachte... Jetzt das Verschwinden von Charlie Peet.

Kann das Böse geschaffen werden, oder wächst es immer am Straßenrand wie ein giftiger Pilz, der nur darauf wartet, aufgelesen und gegessen zu werden?

Hatte Phil das Böse erschaffen, als er Bloodstone erfand?

Ich stieg wieder aus dem Bett und ging ins Fernsehzimmer zurück. Die Fenster führten auf einen kleinen Hof, wo ein Redwood-Picknicktisch und zwei Bänke unter einer Palme standen. Ich hörte leise Stimmen und erkannte sie als die von Sasha und Wyatt.

Sie fragte ihn, warum wir so versessen darauf seien, *Mitternacht tötet* fertigzumachen. Wyatt sagte, daß alle Künstler ihr Werk vollenden wollen, selbst wenn es ein Horrorfilm ist.

Selbst dann.

2

Ein seltsames, aber sicheres Zeichen, daß meine Arbeit gut läuft, ist, daß ich am Abend oft vergesse zu beten. Seit meiner Kindheit habe ich immer versucht, Gott ein Gebet zu sprechen. Ans Ende hängte ich immer einige Postskripte an. Ich bete jede Nacht, aber ich bitte nicht um viel. Ich sage einfach danke. Manchmal ist es eine Angewohnheit, wie wenn man sich in eine bestimmte Position legen muß, bevor man einschlafen kann, aber das ist selten. Ich danke ihm dafür, daß er mir ein gutes Leben gegeben hat, und dafür, daß er die Tiere in Schach hält.

Was auch immer gerade mit Strayhorn und Pinsleepe geschah, war nur ein weiterer Beweis für mich, daß es andere »Tiere« *gibt*, allerdings sind Leben und Tod die einzigen zahmen, die wir kennen und anfassen.

Es war wohl eine Woche nachdem wir mit den Dreharbeiten angefangen hatten, als mir auffiel, daß ich mein abendliches Danke nicht gesagt hatte. Es war vorher auch schon geschehen, wenn ich arbeitete, und es gefiel mir nicht; ich mochte mich selbst nicht, wenn ich undankbar war.

Aber die Vernachlässigung bedeutete Blindheit gegenüber allem außer der Arbeit. Ich bekam stechenden Hunger, weil ich vergaß zu essen, und wurde ungewöhnlich dankbar, wenn ich mich setzen konnte, weil ich sechs Stunden gestanden hatte.

Als der Fön immer noch nicht wieder auftauchte, entschloß ich mich, etwas anderes zu versuchen, bis er zurückkam. Zusammen mit dem Kameramann von meinen anderen Filmen fuhren Wyatt und ich durch die Gegend und machten, was ich »Objektszenen« nenne; die Sonne über einer Gasse um sechs Uhr nachmittags, eine verlassene Tankstelle um drei Uhr morgens. Wir suchten verschiedene Stimmungen – die Einsamkeit eines Gebrauchtwagenplatzes unter freiem Himmel, die Erregtheit einer Frau, die in einem Warenhaus drei Kleider mit in die Umkleidekabine nimmt.

Wir wußten nicht genau, wo wir diese Einstellungen benutzen wollten, wenn sie einmal fertig waren, nur daß einige von ihnen in unseren Szenen vorkommen würden und es wichtig war, sie zu haben. Als wir durch die Stadt fuhren und Bushaltestellen und Waffengeschäfte filmten, schwarzen Teer, der in der Hitze Blasen schlug, oder Leute, die Flugblätter für einen Massagesalon auf Hollywood Boulevard verteilten, gelangten wir schließlich zu einem stillschweigenden Übereinkommen und entwickelten Enthusiasmus für das, was wir machten. Als wir einmal an einem Hotdogstand zu Mittag aßen, sagte Wyatt »Griffith Park!«, und wir aßen so schnell wie möglich auf, um zum Park zu kommen und uns sofort umzuschauen.

Wenn wir nicht unterwegs waren, arbeitete ich entweder mit den Leuten aus New York oder ich sah mir Kunstbücher in der Bibliothek an, besonders Fotobände aus den dreißiger Jahren.

Die Gruppe aus New York wohnte in nebeneinanderliegenden Zimmern in einem Hotel in Westwood, und sie verbrachte fast ihre gesamte Zeit zusammen. Wenn Wyatt und ich dazukamen, hatten sie bereits gemeinsam über einige interessante Ideen nachgedacht. Wir hatten ihnen *Mitternacht tötet* vorgeführt, und obwohl ihre erste Reaktion Ekel und Enttäuschung war, hatten sie es inzwischen akzeptiert, darüber nachzudenken, wie man hoffentlich das Niveau des Films zusammen mit ihren Beiträgen heben könnte.

Da waren Sean und James, und der dritte war der erstaunliche Max Hampson. Max war wahrscheinlich der beste Schauspieler in unserer Gruppe, aber der Grund, warum Wyatt und ich ihn nicht direkt in Erwägung gezogen hatten, war sein Gesundheitszustand. Er war um die Vierzig und hatte schon seit über zehn Jahren Krebs und mindestens so viele Operationen in dieser Zeit. Eins seiner Beine war amputiert worden, und er mußte gewöhnlich einen Rollstuhl benutzen, denn weder seine Arme noch sein »gutes« Bein hatten die Kraft, ihn zu tragen.

Wenn man sich seine Lebensgeschichte anhörte, wußte man, daß man es mit einem dieser Menschen zu tun hatte, deren ganzes Leben eine einzige lange Verletzung war. Seine Zwillingsschwester bekam Meningitis, als sie Kinder waren, und wurde zu einem lebenslangen Pflegefall. Seine Eltern waren Alkoholiker, die einen Weg fanden, ihn für den hoffnungslosen Zustand seiner Schwester verantwortlich zu machen. Irgendwie überlebte er diese Umgebung und ging aufs College, wo er Wirtschaft studierte. Nach seinem Examen eröffnete er ein kleines Reisebüro, das sich auf Reisen zu exotischen Zielen spezialisierte. Es war erfolgreich, und er eröffnete ein zweites Büro. Das ging auch gut, und er dachte gerade darüber nach, ein drittes zu eröffnen, als ein gebrochenes Bein nach einem Skiunfall nicht heilte und man herausfand, daß er Krebs hatte.

Wirklich erstaunlich an diesem Mann war seine Persönlichkeit. Er und Wyatt waren gute Freunde, und Max hatte immer schon Schauspieler werden wollen, nur nie den Mut dazu gehabt. Die Krankheit brachte ihn dahin, und neben der Tatsache, daß er einer der Gründer unserer Gruppe war, war er einer der größten Anfeuerer und Stimmungskanonen.

Aber wie sie alle wußte er, was ständige Schmerzen und Angst bedeuteten, und seine Schauspielkunst ließ das erkennen. Kürzlich bat ich Max und Wyatt, eine Szene aus *Warten auf Godot* zu spielen, und seine Darstellung erinnerte so stark an Charlie Chaplin, als er am traurigsten und schönsten war, daß ich weinen mußte.

Wyatt brachte mich auf die Fotobücher. Eines Tages gab er mir eins von jemandem namens Umbo.

»Ich weiß nicht genau, wie ich das erklären soll, aber ich glaube, es sollte aussehen und sich anfühlen wie das hier.«

Am Anfang des Buches waren surreale schwarzweiße Stilleben, oder Porträts von Frauen mit schwarzen Lippen und Bubiköpfen, à la Louise Brooks. Nichts Besonderes. Aber als ich in die Mitte des Buches kam, wurde sofort klar, was Finky Linky meinte.

In den späten zwanziger Jahren hatte Umbo eine spukige Serie von Bildern von Schaufensterpuppen gemacht. Der Fotograf hatte ihre übertriebenen Gesichtsausdrücke und eine Art von expressionistischer Beleuchtung benutzt und auf diese Weise etwas sowohl Unwirkliches als auch Unwiderstehliches in diesen nüchternen Figuren eingefangen.

Aber da war noch mehr. Ein paar Seiten weiter hatte Umbo eine weitere Serie mit einem Clown namens Grock gemacht. Grock, wie er sich seine Schminke auflegt, Grocks Geige halb aus ihrem Kasten, Grock in vollem Kostüm mit einer Zigarette in seinem Mund. Die Kraft dieser Bilder lag in der Traurigkeit des Mannes Grock, es war die Traurigkeit staubiger Zimmerecken und nackter Glühbirnen. Wir haben keine Ahnung, ob dieser Clown erfolgreich ist, aber selbst wenn er es ist, um keinen Preis würden wir mit ihm tauschen wollen. Egal wie viele Lacher oder Münzen er sich in die Taschen steckt, immer wieder kommt er in diese kleinen Garderoben zurück, mit ihren schmierigen Tapeten und Spiegeln, an denen sein eigenes Bild steckt (als müsse er sich daran erinnern, wer er eigentlich sein sollte).

Abgesehen von dem zu erwartenden Horror Bloodstones wollte Wyatt die leise, fast reale, fast bedrohliche Qualität der Schaufensterpuppen neben der gelben Traurigkeit eines alten Clowns mit einer Zigarette in seinem Mund.

Wyatt hatte recht, und dieser Einfall brachte mich aufgeregt auf andere Fotografen derselben Periode: Kertesz, Paul Strand, Brassai. Aber immer wieder kam ich zu Umbo und seinem Grock zurück.

Fast täglich legte ich die Bänder auf, die Phil mir vor seinem Tod geschickt hatte, um zu sehen, ob sie mehr sagten, aber da war nichts. Den Tod meiner Mutter jedoch habe ich mir wohl zwanzigmal angesehen. Ich kannte schließlich jedes Detail, die paar Wörter, die sie mit dem Mann neben ihr wechselte, der kleine Fleck auf ihrem Kleid... es war niemals »tröstlich«, das zu sehen, auch nicht nach dem zwanzigsten Mal. Ich hatte mich geirrt, als ich glaubte, daß ich damit zur Ruhe käme, wenn die Fragen zu ihrem Tod nur beantwortet wären.

Ich sah mir auch meine eigenen Filme an. Es war Jahre her, daß ich sie gemacht hatte, aber im großen ganzen waren sie gut. Ob ich Teile davon geändert hätte? Ja, aber ich hatte ehrlich gesagt so viel vergessen, daß ich stolz war, als ich sie wiedersah und bemerkte, wie ergreifend und witzig sie waren. Es gibt verschiedene Arten von Stolz, aber in der Lage zu sein, auf etwas zurückzublicken, das man einmal gemacht hat, und zu wissen, daß es immer noch gut oder wichtig ist, ist am besten.

Ich sah mir auch Phils Video *Der brennende Zirkus* und viele Episoden der *Finky-Linky-Show* an. Wyatt sah sich die erste mit mir an, aber es deprimierte ihn, und er verließ das Zimmer.

Sasha fragte, warum ich so viel fernsehe. Die einzige Antwort war, daß da etwas sei, aber ich noch nicht genau wisse, was. *Noch* nicht.

Das Studio lieh mir eine Kamera, drei Videorekorder und drei Fernsehgeräte. Als ich alles bei Sasha aufgestellt hatte, legte ich oft drei Sachen gleichzeitig auf, um zu sehen, ob ich das fand, was ich suchte. Kein Glück. Schließlich fühlte ich mich ein wenig wie Lyndon Johnson, als er Präsident war und sich die Nachrichten auf drei verschiedenen Kanälen ansah.

»Um Himmelswillen! Was ist das denn alles?«

Sasha kam mit übervollen Einkaufstüten ins Haus.

»Im Auto ist noch viel mehr. Kannst du mir helfen?«

»Was ist los?«

»Finky Linky und ich haben entschieden, daß wir morgen abend eine Dinnerparty geben.«

»Morgen! Das ist aber knapp.«

»Ich weiß, du haßt Parties, Weber, aber du magst alle Leute, die kommen, also lauf bitte nicht davon.«

Sie hörte auf Lebensmittel zu verstauen und zählte an ihren Fingern ab. »Dominic und seine Frau. Max, Sean und James. Wyatt, du und ich. Acht. Machst du deinen Kartoffelsalat?«

»Wieso eine Party?«

Sie atmete lange ein. »Weil ich diese Traurigkeit satt habe. Wyatt hat gesagt, es wird Zeit, daß wir ein bißchen mehr lachen, und er hat recht. Wir haben sogar die Kassette *The Best of The Supremes* gekauft, damit wir tanzen können, wenn wir wollen. Ok, Baby Love?«

»Ok. Hast du genug Speck gekauft? Das brauch ich nämlich für den Kartoffelsalat.«

Finky Linky kam mit noch mehr Tüten herein. »Wir haben keinen Speck und keinen Quark gekauft. Du mußt es holen gehen, Weber. Bringt dich mal für einen Moment von diesen Scheißfernsehgeräten weg.« Er hielt mir die Autoschlüssel hin, aber ich sagte, ich wolle zu Fuß gehen.

»Haben alle zugesagt?«

»Ja. Wir haben sie heute morgen angerufen. Wir wußten, daß du mitmachen würdest, wenn alle Ja sagen.«

»Hör auf, so unsozial bin ich nun auch nicht.«

»Wirklich? Wann bist du zum letzten Mal ausgegangen?«

»Ich bin auf deine Geburtstagsparty gekommen, Wyatt!«

»Ja, vor sechs Monaten. In New York bist du der totale Einsiedler geworden. Wir sehen dich nur noch bei den Proben.«

»So wie Phil, bevor er starb.«

Wir beide sahen Sasha an. Ihr letzter Satz glitt langsam durch die Küche wie ein gut gemachtes Papierflugzeug. Ich erinnerte mich daran, einmal über Strayhorn gesagt zu haben: »Er wollte berühmt sein. Er wollte, daß man ihn in Frieden ließ!« Ich hatte meine Berühmtheit schon gehabt. Es war wie ein zu süßer Nachtisch. Wollte ich in Frieden gelassen werden? Niemand, der alle beieinander hat, möchte im Sinne des Wortes in Frieden gelassen werden.

»Fall nicht drauf rein, Weber. Laß die Leute, die dich mögen, dich gelegentlich mal sehen.«

Ein Eiscremeriegel rutschte über die Küchenbar auf mich zu. »Wir haben sogar dein ekelhaftes Lieblingseis gekauft, also mußt du kommen.«

Der Supermarkt war brechend voll mit Einkäufern, die von der Arbeit kamen. Er war auch sehr groß, ich brauchte eine Viertelstunde, um die Sachen zu finden, wegen denen ich gekommen war. Ich stand an der Expreßkasse in der Schlange und versuchte, die Überschriften auf dem TV-Guide von dieser Woche zu lesen, als eine Stimme hinter mir sagte: »Man sagt, Sie machen einen neuen Film.«

Ich kannte die Stimme nicht, und als ich mich umsah, erkannte ich die Person nicht: eine Frau mit einem nichtssagenden Gesicht mit nach hinten gekämmtem blondem Haar. Aber Los Angeles ist eine freundliche Stadt, und oft genug sprechen Leute mit dir wie mit einem alten Bekannten, wenn sie wissen, wer du bist. Ich konnte nicht viel machen, stand nur da mit meinem Quark und meinem Speck.

Ich ließ einen neuen »Ich-bin-nicht-unsozial«-Charme spielen und sagte: »Nicht wirklich einen *ganzen*. Bin nur einem Freund behilflich.«

Sie hatte vier Sprühdosen Schlagsahne und vier Dosen Deodorant gekauft. Bestimmt war in *ihrem* Leben was los...

Und als sie sprach, klang alles wie eine Anklage. »Ich habe gehört, sie arbeiten an einem Horrorfilm.«

»Ja, so was Ähnliches.«

»Noch einer?«

»Noch einer? Ich habe noch nie einen Horrorfilm gemacht.«

Sie grinste bösartig, als wisse sie sowieso alles besser, und klagte an: »Sie meinen, Sie haben noch nie einen *ganzen* gemacht. Nur ein bißchen hier und da. Denn Horrorfilme gewinnen keine Oscars, oder?

Los, bewegen Sie sich! Ich will raus hier.«

Als ich nach Hause kam, hatten wir Riesenspaß dabei, die Party vorzubereiten. Wyatt legte die Supremes-Kassette mit voller Lautstärke auf, und wir tanzten, während wir kochten, den Tisch deckten, das Haus saubermachten, diskutierten. Gegen Mitternacht entschied Sasha, daß wir auch Luftballons brauchten, aber nicht erst morgen, sondern – jetzt. Wir setzten uns ins Auto und fuhren so lange durch die Gegend, bis wir einen durchgehend geöffneten Drogeriemarkt fanden, der Ballons verkaufte. Dann hatten wir Hunger, und Wyatt sagte, der einzige Ort, wo man mitten in der Nacht einen richtigen Hamburger essen könne, sei ein Imbiß in seiner alten Gegend...

Egal, wie alt oder übersättigt man ist, es ist immer wieder aufregend und cool, nachts um drei mit guten Freunden durch die Gegend zu cruisen. All die alten Verlierer schlafen schon, aber *du* bist noch wach, die Fenster sind runtergekurbelt, das Radio glüht grünlich und spielt tolle Musik. Das Leben hat dir ein paar Extra-Stunden geschenkt, damit du dich darin tummeln kannst. Packt man da nicht zu, werden sie gewöhnlich für längere Zeit nicht wieder angeboten.

»Ich will wieder fünfzehn sein und immer noch eine Jungfrau!« Sasha hielt ihren Kopf aus dem Fenster, und der Wind peitschte ihr ins Haar.

»Mit fünfzehn hast du bloß darüber nachgedacht, wie du deine Jungfräulichkeit verlieren kannst!«

»Weißt du, wo es passiert ist? An einem Strand in Westport,

Connecticut. Da waren noch drei weitere Pärchen, die herummachten, und ein voller Mond schien auf uns herunter, so daß sie alles sehen konnten. Als es vorbei war, hatte ich so viel Angst und schämte mich so sehr, daß ich mit allen Kleidern ins Wasser lief.«

»Angst vor was?«

»Daß das alles war. ›Du willst mir sagen, daß das alles ist?‹ *Danach* dreht sich die ganze Welt? Scheiße!«

»Du bist dran, Wyatt.«

»Ich fahre. Weber ist der nächste.«

»Barbara Gilly. Freundlicherweise nannte sie jeder in unserer Stadt den ›Tunnel‹.«

»Du hast mit einem Tunnel geschlafen?«

»Jeder schlief mit ihr. Wir taten's auf dem Hügel hinter John Jay High School. Ich benutzte einen Pariser, den ich schon seit sechs Monaten in meinem Portemonnaie hatte. Ihr könnt euch vorstellen, wie angenehm und aufregend das war.«

»Und du?«

»Meine Kusine Nancy.«

Sasha und ich schrien laut: »Du hast mit deiner *Kusine* geschlafen?«

Wir fuhren noch eine weitere Stunde und erzählten uns alte Geheimnisse und witzige Geschichten. Es war wie eine durchquatschte Nacht im College, als man sich so nah und auch klug fühlte und sicher war, sich an diese Leute und diese Diskussionen für den Rest seines Lebens zu erinnern.

Als wir nach Hause kamen, gaben wir einander dicke Küsse und nahmen uns in die Arme, denn der Abend hatte so viel Spaß gemacht. Ich lächelte und kicherte noch, als ich mich wusch und ins Bett ging und über manche der Dinge nachdachte, die gesagt worden waren.

Einige Zeit später, kurz nachdem die ersten Morgenvögel angefangen hatten zu singen, öffnete sich die Tür, und ich drehte mich gerade noch rechtzeitig, um Sasha dort stehen zu sehen. Ich gestikulierte, sie solle die Tür schließen, und hielt die Decke auf, damit sie zu mir ins Bett schlüpfen konnte. Sofort war sie da, kuschelte sich dicht an mich, nackt unter ihrem seidenen Nachthemd.

Sie nahm meine Hand und führte sie über ihren Bauch, ihre Brüste, bis zur schmalen Kurve ihres Nackens hinauf. Sie öffnete ihren Mund, steckte meine Finger hinein und begann daran zu lecken.

Ich zog meine Hand weg und streichelte ihr Gesicht, ihre Schultern, ihre Arme. Keiner von uns sagte ein Wort, obwohl wir vor Jahren in Europa immer Sachen gesagt und Krach gemacht hatten.

Aber in dieser Nacht mußte es anders sein. Wir waren hier nicht als Geliebte, sondern als zwei alte Freunde, die einander liebten und das Glück gehabt hatten, eine wundervolle Nacht miteinander zu verbringen.

Wir fickten still, versuchten, nicht den geringsten Laut zu machen. Die Heimlichkeit machte es heißer, erregender.

Als wir fertig waren und das frühe Licht den Boden erleuchtete, lag sie halb über meinem Bauch, ihr Atem kitzelte meine Brust. Ich liebte dieses Gefühl und flüsterte: »Ich wünschte, ich wäre der Typ in Westport gewesen.«

Sie hob ihren Kopf und grinste: »Wirklich? Du wärst gern mein erster gewesen?«

»Das nicht so sehr. Ich weiß nicht, ob ich es überhaupt besser gemacht hätte. Aber ich wäre ... mit dir schwimmen gegangen. Ich hätte dich nicht so einfach gehen lassen.«

Sie berührte meine Brust mit ihrem Kopf und stand langsam auf. Als sie stand, versuchte sie herauszufinden, wo die Arme in ihrem verknoteten Nachthemd waren. Ihr Haar war flaumig und flog in alle Richtungen, und sie war schöner, als ich sie je gesehen hatte.

Sie gab die Sache mit dem Nachthemd auf, warf es über ihre Schulter und setzte sich wieder aufs Bett. Ich nahm ihre Hand.

»Wirst du immer meine Freundin sein, Sasha?«

»Ich versprech's.«

»Selbst wenn wir das nicht mehr machen?«

»Wir denken anders darüber. Ich könnte seit zwanzig Jahren glücklich verheiratet sein und würde dennoch nicht zögern, mit dir ins Bett zu gehen. Ich liebe dich, Weber. Ich schlafe mit den Leuten, die ich liebe.«

»Was würdest du deinem Mann sagen?«

»Ich weiß nicht. Vielleicht nichts.«

Als sie, das Nachthemd nachlässig vor sich haltend, das Zimmer verließ, war sie ein Gemälde von Bonnard – blasses Pink, cremefarben, ein kleines nach rückwärts gewinktes Adieu.

Ich hatte Dominic und seine Frau Mickey vor der Kamera, als sie gerade aus ihrem Wagen aussteigen wollten.

»Was zum Teufel machst du da, Weber? *Filmst* du das? Moment mal?« Er stand auf, strich sich mit seinen Händen durchs Haar und richtete sein Hawaiihemd. »Ist das hier vielleicht ein Hemd oder etwa nicht? Ich hab's von Mickey. Ok, jetzt kannst du drehen.«

Wir gingen ums Haus herum, dorthin, wo die anderen waren.

»Warum die Kamera?«

»Ich versuche, mich daran zu gewöhnen, wieder eine zu gebrauchen.«

»Willst du die Party filmen?«

»Zum Teil.«

Irgendein Amerikaner muß Barbecues erfunden haben. Ich weiß, daß die Menschheit seit Zehntausenden von Jahren Fleisch über Feuer grillt, aber Amerikaner haben eine Religion daraus gemacht.

Bei all den Wörtern, die sie über meine Filme geschrieben haben, hat doch kein Filmkritiker jemals bemerkt, daß ich in jedem von ihnen irgendwo ein Barbecue untergebracht habe. Selbst in *Babyhaut* ist es der amerikanische Besucher, der den alten Leuten zeigt, wie es »richtig« geht, und dadurch bereitet er unwissentlich ihren Untergang vor.

Essen, das draußen gekocht wird, Gerichte, die mit den Fingern gegessen werden, Rauch, Fett. Papierteller, laute Stimmen, hast du keine Serviette, benutz deinen Handrücken. Selbst wenn es nur Familienmitglieder sind, man ist lauter und gewöhnlich rauher, freier. Die Leute werden sexuell erregt, oder sie trinken zu viel, sie weinen.

Nachdem jeder jedem vorgestellt worden war und jeder etwas zu trinken hatte, schlug Wyatt vor, wir sollten Zeitbombe spielen, das Spiel, das er entwickelt und in seiner Sendung berühmt gemacht hatte. Ich holte Papier und Bleistifte, während Sasha die Wünsche der Gäste entgegennahm, wie sie ihre Steaks gegrillt haben wollten.

Dominic und Max waren so schnell und gescheit mit ihren Antworten, daß nach der ersten Runde schon keiner von uns mehr eine Chance hatte. Ich war der zweite, der »explodierte«. Das war gut so, denn in Wirklichkeit wollte ich den Austausch zwischen den beiden Männern filmen.

Schwach dellte Max die Kissen ein, die auf seinem Rollstuhl lagen, Dominic saß auf der Kante seines Stuhls wie ein Mittelstürmer, der sich gleich den Ball schnappen wird.

Sie waren immer noch dran, als die halbrohen Steaks serviert wurden und Sasha die durchgebratenen vom Feuer nahm. Wyatt schlug vor, sie sollten sich mit einem Unentschieden zufriedengeben, und beide Männer stimmten zu.

»Du bist der erste, mit dem ich jemals dieses Spiel gespielt habe, der weiß, worauf es ankommt, Max.«

»Du solltest ihn bei den Proben erleben.« Sean winkte mit einem Stück Brot, um das zu bekräftigen.

Dominic sah mich an. »Du spielst Zeitbombe mit deinen Schauspielern?«

»Das kannst du laut sagen, Dominic, schau ihn dir an.«

»Weber, wir unterhalten uns, würdest du bitte die Kamera weglegen?«

Alle anderen murmelten, er habe recht, also tat ich, was man von mir verlangte. Aber unter Protest, denn es hatte so viel Vergnügen gemacht. Manchmal benutzten wir in New York auch eine Videokamera, aber das war mehr wie die Aufzeichnungen von Spielen für Sportler, wir schauten sie uns an, um zu sehen, welche Fehler wir gemacht hatten. Das, was ich jetzt schoß, war nur »Familie« und witzig und eine Sucht, besonders für jemanden, der sowieso gern durch eine Kamera schaute. Ich hatte eine Idee im Hinterkopf, von dem Fest an jenem Abend einen kleinen Film zu machen und den dann für die anderen kopieren zu lassen.

»Was gibt's neues vom Fön, Dominic?«

»Sekunde. Ich muß noch ein paar mehr von diesen gebackenen Bohnen haben. Wer hat die gemacht? Wir müssen das Rezept haben, Mickey.«

»Max.«

»Max? Scheiße, du machst solche Bohnen und kannst auch noch Zeitbombe spielen?«

»Dominic?«

»Was?«

»Der Fön?«

»Ah, ja. Nichts! Das merkwürdige am Fön war, daß er keine Laster hatte. Nichts mit Frauen, spielte nicht, trank einmal im Monat ein Bier.

Wenn normalerweise jemand verschwindet, versuchst du zuerst herauszubekommen, ob er eine Fahrkarte nach Vegas oder Acapulco gekauft hat. Dieser Typ machte solche Sachen nicht.«

»Er erschreckt nur Leute.«

»Genau! Und das ist das einzige, was wir haben. Er hatte keine Laster, aber er hatte Scheiß viele Feinde. Es gibt eine Reihe von Leuten im Polizeirevier, die glauben, der Fön könnte sein letztes Dodger-Spiel gesehen haben.«

»Beunruhigt dich das?«

Er wischte sich den Mund mit einer Serviette ab. »Normalerweise ja, aber Charlie Peet... Herrgott, wenn man ihn nur schon aus Versehen ›Charlie‹ nannte, dann schaute er dich an, daß sich dir die Zehen aufrollten.«

Eine Das-ist-das-Ende-von-diesem-Thema-Stille legte sich über uns – bis James laut zu lachen begann. »Ja, aber er hätte wirklich einen grrrroßartigen Bloodstone abgegeben!«

Zum Nachtisch gab es Mickey Scanlans »Pudelkuchen«, eine erstaunliche Leistung. Sie bat uns, nicht nach den Zutaten zu fragen, denn sonst würden wir ihn nicht essen. Es fiel niemandem schwer.

Nach zwei Stücken und einer Tasse von Sashas dünnem Kaffee nahm ich die Kamera auf und begann wieder zu filmen. Ich ging von einem zum anderen und fragte sie, was sie glaubten, was in dem Kuchen sei.

Wyatt lächelte in die Kamera, während er Gekautes durch seine Zähne preßte. Ich ging schnell weiter.

Sean sagte Schokolade und Pflaumen und zuckte die Achseln. James sagte Schokolade und Rosinen. Dominic sagte Schokolade und der Fön.

Mickey warf ihren Löffel nach ihm, lachte aber so kräftig wie wir alle. Ich schwenkte von Gesicht zu Gesicht und ging so nah ran wie ich konnte, zoomte dann zurück und ging zum nächsten, versuchte aber alle ihre Gesichter zu bekommen, bevor die erste wirkliche Lachsalve vorüber war und es abzuflauen begann.

Als ich zu Max kam, dachte ich, daß er vor lauter Lachen die Kontrolle verloren habe und einfach seine Gabel und seinen Teller auf seinen Schoß habe fallen lassen.

Aber es war schlimmer, und es war dieser Moment des Erkennens, in dem eines dieser Tiere, von denen ich vorher sprach, plötzlich in mir hochkam und sprang.

Sekundenlang, lange kostbare Sekunden lang, wußte ich, daß mit meinem Freund Max Hampson etwas ganz furchtbar nicht stimmte, aber ich tat nichts. Außer ihn zu filmen. Ich brauchte noch ein paar mehr Einstellungen, noch ein paar Bilder mehr mit der Kamera, bevor ich ihm helfen konnte. Bevor ich ihm helfen *würde*. Das ist richtig – bevor ich ihm helfen würde.

Wyatt schrie: »Hey, was ist mit Max los? Schaut mal! Es geht ihm nicht gut.«

Ich ließ die Kamera fallen, aber viel zu spät. In dem darauf folgenden Chaos wußte niemand, was ich getan hatte. Aber spielte das eine Rolle? Ich wußte es.

Als ich am nächsten Morgen zum Studio fuhr, sah ich sie an einer Bushaltestelle stehen.

»Warum bin ich eigentlich nicht erstaunt, dich zu sehen?«

»Max ist in Ordnung, Weber. Ich versprech's. Du hast nichts Schlimmes gemacht.«

»Ich habe nicht geholfen.«

»Du hast deinen Film gemacht. Verstehst du denn immer noch nicht, daß das das Wichtigste ist, was du machen *kannst*? Wenn es am Ende gut ist, geht alles andere auch gut aus.

Ich kann dir jetzt helfen. Man hat es mir erlaubt. Seit du wieder hier bist, war es mir möglich, ein paar Sachen zu machen. Max wird es gutgehen.«

»Beweis es.«

»Ruf das Krankenhaus an. Verlange einen Doktor William Casey und frag ihn nach Max' Zustand. Ich lüge *nicht*, Weber.«

»Was ist mit dem Fön?«

»Er ist tot. Er wurde in Ost-Los Angeles von einer Gang, die sich ›Der kleine Fisch‹ nennt, ermordet. Sie fanden heute seine Leiche.«

»Hatte das irgendwas mit dem hier zu tun? Mit *Mitternacht tötet*?«

»Nein.«

»Pinsleepe, sag mir, was sie wollen. Bitte.«

»Ich kann es dir nicht sagen, weil ich es nicht weiß. Man hat mir befohlen, mich mit Phil zu unterhalten, und das tat ich. Ohne Erfolg. Dann sagte man mir, ich solle mich mit dir unterhalten.«

»Wer hat dich geschickt?«

»Die ›guten Tiere‹.«

Ich fuhr auf einen verlassenen Abstellplatz und stellte den Motor ab. »Du weißt davon?«

»Je mehr du an dem Film arbeitest, um so mehr weiß ich über dich. Die Vorstellung von Tieren ist nicht sehr weit von der Wahrheit entfernt; es ist nur sehr viel komplizierter als das.

Erinnerst du dich daran, was der Fön letzthin sagte? Über das Böse? Daß es nicht irgendein *Ding* ist; es ist alles, was schlecht geworden ist. Er hatte recht.«

»Ich verstehe nicht.«

»*Mitternacht tötet.* Du hast den Film gesehen – er ist nicht sehr gut. Neun Zehntel davon ist ein normaler Samstagabend-Horrorfilm. Aber dann hat Phil etwas gemacht, fand einen Trick oder tat einen Geniestreich und schrieb eine Szene, die alles schlecht werden ließ –«

»Er schuf ein Kunstwerk.«

»Er schuf ein dreiminütiges Kunstwerk, aber das reichte.«

»Ich glaube das nicht. Ich glaube nicht, daß Kunst lebendig wird.«

»Das tut sie auch nicht. Aber weißt du, was binäre Waffen sind? Nervengas wird gewöhnlich als binäre Waffe gebaut. Du hast eine Chemikalie hier und eine da drüben. Separat sind sie harmlos, aber kombiniert werden sie zu Nervengas.«

»Diese Morde in Florida –«

»Das ist nichts im Vergleich damit.«

Sie bat mich, sie an einem Blumenladen auf Sunset abzusetzen. Als ich vom Bordstein wegfuhr, kam mir die erste Idee. Ich begann schnell und gedrängt in einen kleinen Taschenkassettenrekorder zu sprechen, den ich immer bei mir trage, wenn ich arbeite.

Auf dem Weg hielt ich einmal an einer Telefonzelle an und rief das Krankenhaus an, um mich nach Max zu erkundigen. Ein Dr. Casey sagte, es sei eine der unglaublichsten Genesungen, die er in seiner gesamten medizinischen Laufbahn erlebt habe. Er wollte gerade weiterreden, als ich ihm dankte und einhängte.

3

Ich langte zum Lichtschalter und wollte das Licht wieder einschalten, aber Wyatt hielt mich mit den Worten auf »Nein, noch nicht. Ich will es noch mal sehen.«

»Wie findest du es?«

»Ich finde es brillant und krank. Was diese Filme hätten sein sollen. Aber zeig ihn mir noch mal.« Er legte eine Hand auf meine Schulter. »Du bist wirklich ein Regisseur, Weber. Dein Stil ist *sehr* charakteristisch. Mein Gott, ich frage mich, was Phil gesagt hätte, wenn er das gesehen hätte.«

»Schau ihn dir noch einmal an und sag mir, was dir noch auffällt.« Ich lehnte mich nach vorn und drückte die Abspieltaste.

Seit Tagen hatte ich zu Hause und im Studio gearbeitet, geschnitten, geklebt und im großen und ganzen die drei und dreiviertel der *Mitternachts*-Filme in eine rohe Gregston-Version umgearbeitet.

Warum? Weil ich glaubte, daß Pinsleepe mich auf etwas Wichtiges aufmerksam machte, als sie den Fön zitierte: »Das Böse ist alles, was schlecht geworden ist.« Phil mag die Magie gefunden haben, um die verlorene Szene zu schaffen, aber wer konnte sagen, ob nicht bereits in dem, was er schon gemacht hatte, ein anderer Zauber war.

Auf dem College besuchten Strayhorn und ich zusammen einen Kurs über das alte Rom. Eine der wenigen Sachen, an die ich mich erinnerte, war der Haruspex, eine Art von Wahrsager, der seine Vorhersagen auf der Untersuchung der Eingeweide geopferter Tiere aufbaute. Mit anderen Worten, beobachte die Anordnung der Welt mit Bedacht, und du bist in der Lage, ihre Geheimnisse zu verstehen.

Was wäre, wenn ich die Reihenfolge von Phils Arbeit untersuchte? Sie bewegte wie ein Designer oder Architekt und ihr so neue Winkel und Kanten gäbe? Waren darin die Antworten? Gab es Rätsel zu lösen, oder gab es nur die abgedroschene Furore und den Schleim von Horrorfilmen?

Das Genre hatte zwei ihm eigene Probleme. Das erste war der Moment, in dem das Monster zum ersten Mal gezeigt wird. Unvermeidbar war damit die Hälfte der Spannung gleich da verloren. Bis dahin hatten die Zuschauer ihr eigenes Alptraumbild eines Monsters geschaffen. Egal also, wie grauenhaft oder einzigartig das von dir Erdachte auch sein mochte, es konnte unmöglich so schlimm sein, wie der vom Publikum erdachte Buhmann. Verschiedene Leute haben Angst vor verschiedenen Dingen – Blut, Ratten, Tod, Nacht, Feuer... Es gab keine Möglichkeit, all das in einer allumfassenden Kreatur zu kombinieren, ohne komisch zu sein oder zu scheitern.

Bloodstone war gut, weil er eine Art von unspezifischem, huschendem Schatten war, abgesehen vom silbrigen Gesicht und den kleinen Kinderhänden ohne Fingernägel. Doch, man wußte schon, daß mit ihm sehr wohl etwas nicht stimmte, aber das Image war auf so feine (fast schon schicke) Weise untertrieben, daß er genausogut ein Mann hätte sein können, der auf eine Kostümparty ging.

Dasselbe galt auch für die Dinge, die Phil ihn tun ließ. Es wurden keine Köpfe abgerissen oder Mägen mit einem einzigen langen Fingernagel aufgeschlitzt. Bloodstone *war* ein Wesen von irgendwoanders. Wie eine Kreatur von einem anderen Planeten, tausendmal fortschrittlicher als unserer. Und so hatte er wunderbare Wege, um Menschen leiden zu lassen. Das war ein Teil des Spaßes der *Mitternachts*-Filme – was macht der Hurensohn als nächstes?

Aber das war alles. Der Film begann, Bloodstone lief herum und verletzte Menschen auf interessante, neue Weise, und dann endete die Geschichte. Es war immer dasselbe, und das präsentierte das zweite Problem. Die Enden.

Traditionell gibt es zwei Möglichkeiten, einen Horrorfilm enden zu lassen – glücklich oder traurig.

Das Monster gewinnt, das Monster verliert. Das ist alles. Und die Zuschauer wissen das, wenn sie ins Kino gehen. Sie haben Angst, aber sie wissen, wie es enden wird, immer.

Große Filme halten die Spannung; man weiß nicht, wer als erster zur Ziellinie kommt, ob überhaupt jemand es schafft.

In meiner »Version« des Films (Wyatt betitelte ihn kurzerhand *Mitternacht läuft über*) sehen wir Bloodstone so gut wie nicht, und das Ende ist nicht schlüssig.

»Hey, das ist eine von den Szenen, die wir in der Stadt geschossen haben!«

»Richtig. Bei dem Schuhputzer auf Hollywood Boulevard.«

»Das ist mir noch gar nicht aufgefallen. Hast du viele von denen reingeschnitten?«

»Einige.«

»Kein Wunder, daß sich der Film schräg anfühlt, weißt du, was ich meine? Es ist so, als sähe man sich etwas an, das man schon mal gesehen hat, ein Gemälde oder ein Gebäude, aber etwas stimmt nicht damit. Im Grunde ist es dasselbe wie zuvor, aber jetzt ist es besser, und man weiß nicht, warum.«

»Was ist mit der Reihenfolge der Szenen und der Art, wie sie gegeneinander gesetzt sind?«

»Frag mich gar nicht erst danach, Weber. Du weißt selbst, daß sie perfekt sind. Bring mich nicht in die Lage, daß ich dir Komplimente machen muß.«

Nach dem halben Film schaltete Finky Linky die Lampe an und sah mich an, während das Band noch lief. »Ich habe einen sehr komischen Vorschlag. Bevor du ihn ablehnst, denk ernsthaft darüber nach.«

»Wenn du andere Szenen hier reinschneidest, abgesehen von Bloodstone, dann nimm welche von deinen eigenen Filmen. Ich denke besonders an *Kummer und Sohn* und *Die Nacht ist blond*.

Was du gemacht hast, ist, die Stimmung von *Mitternacht* neu zu definieren. Es ist jetzt deine Stimmung, Weber, die, die in deiner ganzen Arbeit ist. Und wenn du das machst, dann mach es richtig. Ich denke ständig an kleine Einstellungen in deinen Filmen und daran, wie gut sie hierhin und hierhin und hierhin passen würden... Ich kann mir nicht genau vorstellen, was dabei herauskommt, aber ich würde rasend gern das Ergebnis sehen.

Ich dachte gerade an eine witzige Geschichte, die mich daran erinnert. Als Billy Wilder *Frau ohne Gewissen* drehte, wurde er als bester Regisseur des Jahres nominiert. Er war davon überzeugt, daß er das Rennen machen würde, aber ein anderer Regisseur gewann. Wilder war extrem sauer, und als der andere den Gang entlangging, um seinen Oscar in Empfang zu nehmen, stellte er ihm ein Bein.

Ich frage mich, ob Phil dir auch ein Bein stellen würde, wenn er das sähe.

Es ist verdammt gut, Weber, aber ich glaube, ich habe recht mit dem, was ich sagte. *Mitternacht* hat noch nie besser ausgesehen, aber selbst mit deiner Neuanordnung und den hinzugefügten Szenen ist es immer noch hauptsächlich *Mitternacht*. Laß es das sein, addiere aber *Kummer und Sohn* und *Die Nacht ist blond*, und du hast etwas völlig Wildes.«

Lieber Weber,
Ich wollte dir das persönlich sagen, aber ich kann nicht, denn es ist mir immer noch sehr peinlich. Ich möchte dir sagen, was zwischen Phil und mir am Ende geschah und warum wir uns entschieden, es sei besser, wenn wir nicht mehr zusammenleben, wenigstens für eine Zeit.
Ich weiß, ich habe dir einige Dinge erzählt, und du kannst dir ein Bild davon machen, wie es am Schluß war, nachdem du seine Geschichte »Viertel nach dir« gelesen hast.
Aber dieses Band sagt alles. Gib es mir zurück, wenn du damit fertig bist, und erzähle bitte Wyatt nichts von dem, was du siehst. Ich wünschte, ich könnte es mit dir zusammen sehen und mir anhören, was du zu sagen hast, aber ich kann es nicht. Vielleicht irgendwann. Aber vielleicht sollte ich es dich ganz einfach sehen lassen und es dann wegwerfen. Es ist seit Wochen in meiner Schublade, und jedesmal, wenn ich daran denke, kriege ich einen Bammel. Warum ich es aufgehoben habe? Ich weiß nicht.

Sasha

Ich habe es mir nicht ganz angesehen. Nach fünf Minuten hatte ich kapiert.

Im wirklichen Leben hatte Strayhorn nicht nur ganze Szenen aus *Mitternacht* nachgestellt, um Sasha zu ängstigen, er hatte sie auch gefilmt. Ein Beispiel? Sie schläft, und er trägt einen Kassettenrekorder mit dem Geräusch eines fickendes Paares in ihr Schlafzimmer. Man kann kaum den Ausdruck in ihrem Gesicht sehen, sie wacht auf und merkt, was geschieht; für den Zuschauer ist es peinlich und gleichzeitig provokativ. Ihr Leben ist plötzlich zum Film geworden – wie wird sie reagieren?

Wie konnte er das nur machen? Wie konnte sie das nur mitmachen, nach einem Erlebnis wie diesem? Wie konnte er einige von diesen Szenen schießen, ohne daß sie von der Kamera wußte?

Ich legte den Film mit den Zeilen auf ihr Bett zurück: »Es war richtig zu gehen. Schmeiß das Ding weg.«

Wäre es nicht einfacher, wenn das Leben so funktionierte? Erkenn etwas als falsch oder unmoralisch, lehn es im selben Moment ab und denk nicht mehr darüber nach. Einfach, praktisch, zeitsparend. Es wäre einfacher, aber das Leben schätzt Farbe, nicht nur Schwarz und Weiß.

Ich saß allein in einem Park und beobachtete Kinder, die mit ihren Fahrrädern Tricks machten – Handstände auf dem Sitz, Flips, Fahren auf dem Hinterrad, mit angehobenem Vorderrad. Wyatt und ich hatten gerade ein Treffen mit dem Produzenten von *Mitternacht tötet* gehabt und ihm ein paar von unseren Ideen erzählt. Er war so glücklich, daß wir beide an dem Film arbeiteten, ich glaube, wir hätten alles machen können, und er hätte es akzeptiert. Seine Sorge war, wann er fertig würde, aber wir versicherten ihm, daß er rechtzeitig abgeschlossen sei.

Die Kinder drehten sich und sprangen mit wirklichem Mut und Eleganz, schauten auch mit gespannter Aufmerksamkeit darauf, was die anderen Fahrer machten. Sie waren sich selbst die besten Zuschauer. Eine Reihe von anderen Leuten beobachtete ihre Schau auch, aber die arrogante Haltung der Kinder sagte klar, daß wir, ihre zweite Zuschauerschaft, nicht zählten.

Während ich sie bei ihren Sachen beobachtete, ging ich in Gedanken noch einmal alles durch, was ich gemacht hatte und besonders, wie ich mit Sashas Video umgegangen war.

Auf unserem Flug von New York zurück nach Kalifornien hatte ich einen Artikel über nukleare Abrüstung gelesen. Darin stand, das größte Problem, das die Menschheit habe, sei, daß selbst wenn jedes Land, das eine Bombe hat, sie zerstöre, das *Wissen* darum immer erhalten bliebe, wie man sie bauen könne, und irgend jemand könne immer eine neue machen. Wie schafft man Wissen ab?

In dem Moment, in dem ich herausfand, wovon Phils geheimer Film handelte, war es gar nicht mehr nötig, ihn zu sehen, denn etwas Eigendynamisches und Gefährliches war schon in mir aufgestiegen. Ich *mußte* Phils Idee benutzen. Es war unmoralisch und der völlige Betrug am Vertrauen seiner Freundin, aber die Kraft seines Konzepts war unwiderstehlich: Zwinge deine »Zuschauer« von ihrer vertrauten in eine andere gutbekannte, aber unmögliche Welt hinüberzuwechseln. Dann filme ihre eigenen Reaktionen … für wiederum andere Zuschauer!

Nachdem ich zusammen mit Sean und James Max im Krankenhaus besucht hatte, erklärte ich, was ich versuchen wollte. Sie waren sehr begeistert, und nach einer Stunde in der Cafeteria des Krankenhauses hatten wir eine Szene ausgearbeitet, die wir bei unserer nächsten Probe ausprobieren wollten. Es war nicht das, was Phil mit Sasha gemacht hatte, aber es war ähnlich; derselbe Schock des Verrats, Sex durchs Schlüsselloch. Das Leben wurde gedreht und nach außen gestülpt, bis niemand mehr wußte, wer die Kamera hielt und wer »gefilmt« wurde.

Als sie es später versuchten, wurde es mit jedem Mal besser. James und Sean waren seit über einem Jahr zusammen, aber sie hatten große Probleme. Was dabei herauskam, als sie in die Szene einstiegen, war von einer solch blasenschlagenden Offenheit und Boshaftigkeit, daß man wegschauen wollte, denn man wußte, zu viel davon war echte Säure, die sie sich gegenseitig ins Gesicht kippten.

Ich filmte alles. Wenn sie absolut zwischen ihrer eigenen wirklichen Welt und den Leben der Leute waren, die sie darstellten, knisterte der Raum mit einer Mischung aus Wahrheit, Liebe und Verletzung, die so verrückt durch die Luft jagte wie Hitzeblitze in Kansas.

Als es vorüber war, bat ich sie, niemandem etwas von dem zu erzählen, was wir hier machten, auch Wyatt nicht. Zu Hause sah ich mir das Band an und wußte, wir hatten uns geirrt. Es war nicht wundervoll genug. Ich rief sie an und sagte ihnen das. Denkt darüber nach, und wir fangen morgen wieder neu an.

Wir zeigten Sasha meinen *Mitternacht* und hinterher erzählte ihr Wyatt von seiner Idee, Szenen aus meinen Filmen zu verwenden. Sie fand das gut, und die beiden begannen meine gesamten Arbeiten durchzuschauen, um zu sehen, was man verwenden könnte.

Es war, als arbeiteten wir alle an verschiedenen Projekten: Sean und James an »ihrer« Szene, Wyatt und Sasha im Schneideraum, und ich hielt alles zusammen und... fügte Neues hinzu.

Ich hatte ständig eine Videokamera bei mir. Wenn ich nicht mit den andern zusammen war, filmte ich. Das Innere eines Comicheftladens, zwei Penner, die auf dem Bordstein Pizza aßen... an einem anderen Morgen folgte ich einem Müllwagen und filmte die Männer aus der Entfernung. Jogger, schöne Wagen, Frauen, die aus Restaurants auf Canon Drive in Beverly Hills kamen. Diese Teilstücke und Fetzen waren überall, Momentaufnahmen des Lebens, die wie Münzen auf einer sonnigen Straße schimmern. Ich wollte sie, obwohl ich keine klare Vorstellung davon hatte, wo sie ihren Platz fänden.

Es erinnerte mich an den ersten Tag auf dem Flohmarkt in Budapest, erregt durch die ganzen Dinge, die zum Verkauf angeboten wurden. Alte Taschenuhren, Brieftaschen aus Krokodilleder, Radios aus der Nazi-Zeit und metallene Zigarettendosen aus Ägypten mit Kamelen und Pyramiden auf den Deckeln. Ich wollte alles, und es war so billig, ich konnte es mir erlauben. Was ich jemals mit dem Kupferaschenbecher des Kaffeegroßhändlers in Triest *machen* wollte, war unwichtig.

Die Fahrradgang machte gerade Tandemtricks. Zwei von ihnen fuhren rückwärts und hielten sich bei den Armen, die beiden Lenker zeigten genau in dieselbe Richtung. Ein Junge kletterte auf die Schultern eines anderen und streckte seine Arme aus wie Flügel. Ein alter Mann auf einer Bank in der Nähe klatschte für sie. Der Klang war klein und einsam in der hellen blauen Offenheit. »Ihr Kerle solltet im Fernsehen auftreten.«

Ich schlief immer weniger. Noch eine alte Angewohnheit aus meinen Hollywoodjahren. Je mehr mich ein Projekt anregte, um so mehr hatte ich das Gefühl, als wolle mich ein Tag um interessante Dinge bringen, wenn ich mich von der Nacht in den Schlaf treiben ließe. Je ausgelaugter ich war, um so unorthodoxer wurden auch meine Ideen – gewöhnlich so gegen halb drei morgens mit leise gestellten Fernsehern und einem Block voller Notizen auf meinem Schoß. Der angenehme Teil war, daß ich aufgeladen erwachte und mich brüllend in den nächsten Morgen warf.

Ob diese Energie anhalten würde, war eine andere Frage. Ich war über Vierzig. Ich trug jetzt öfter eine Brille und mein ehemaliger Acht-Kilometer-am-Tag-Spaziergang hatte sich auf drei reduziert. Älter zu werden war in Ordnung, langsamer und weniger lebhaft zu werden, nicht.

»Hey, Mister! Hey, filmen Sie mich mit Ihrer Kamera!«

Ein schwarzer Junge löste sich aus der Gruppe von Fahrradakrobaten und kam auf mich zugefahren.

»Wieso?«

Als ich das sagte, kam ein kleiner Junge schreiend und lachend auf uns zugelaufen. Er rannte auf den Jungen mit dem Rad zu und begann ihn zu schlagen.

»Hör auf, Walter.«

Walter war sieben oder acht, und als er sich für einen Moment umdrehte, sah ich, daß er das unverkennbare Gesicht eines Mongoloiden hatte.

»Mach einen Film von Walter und mir.« Er hob das kleinere Kind auf sein Rad und radelte mit langsamem Schwanken davon. Als die anderen Jungen sie kommen sahen, machten sie einen großen Kreis um sie.

Walter fühlte sich riesig, schlug mit den Händen auf den Lenker, schrie und jauchzte wie ein Vogel.

Die anderen fuhren immer noch im Kreis um sie herum, aber machten keine Tricks mehr. Es war schwer zu sagen, ob sie respektvoll waren oder nur auf den richtigen Moment warteten, wieder mit ihrem Rädertanz zu beginnen.

»Sie sollten nur uns filmen.«

Ich winkte und hob die Kamera, um sie zu filmen. Als die Jungs das sahen, brach der Kreis entzwei, und sie begannen, jeden Trick zu zeigen, den sie kannten. Die Hälfte von ihnen landete auf dem Hintern, aber die, die oben blieben, machten ein paar Sachen, die die Schwerkraft widerlegten. Sie sprangen und jagten umher wie Ponys.

»Check diesen Gambado aus, Mann.« Der schwarze Junge, immer noch mit Walter an Bord, tat einen Drehsprung in der Luft, für den er einen Preis verdient hätte.

»Was ist ein Gambado?«

»Hast du grade gesehen, du Arsch. Hastus auf Film?«

»Hab's.«

»Wir müssen jetzt gehen, aber wir kommen wieder. Komm und check uns wieder aus, aber bring beim nächsten Mal eine richtige Filmkam mit, Typ, nicht diese kleine Sonyscheiße!« Er führte das Rudel mit dem grölenden Walter an und radelte in den Sonnenuntergang.

Der alte Mann nebenan stand auf. »Die sind fast jeden Tag hier. Ich komm bloß, um sie zu sehen. Fabelhaft, nicht? Die sollten im Fernsehen sein, diese Jungs!«

Sasha und Wyatt waren nicht zu Hause, aber sie hatten mir eine Nachricht am Kühlschrank gelassen. »Bei Schnellvorlauf müssen ein paar Papiere unterschreiben werden. Sasha ist wieder an ihre Arbeit zurückgerufen worden. Sieh dir die Kassette an, die wir in der ersten Maschine gelassen haben. Ich wollte denen heute noch nichts darüber erzählen, weil du sie zuerst ansehen und deine Zustimmung geben mußt. *Wir* beide finden sie genau richtig und gut genug, um der Sache den richtigen Dreh zu geben.«

Bevor ich das tat, ging ich ein Wörterbuch suchen.

Der Junge hatte das Wort »Gambado« gebraucht. Zuerst dachte ich, es sei ein verzerrtes Latinowort, das einfach nur cool und hart klang – »Check diesen Gambado aus, Arsch.« Aber je mehr ich darüber nachdachte, um so wirklicher schien es, und bis ich nicht nachgeschaut hatte, würde mich diese kleine Ungewißheit verrückt machen.

»Gambado: Die Sprungkraft eines Pferdes.« Wie sollte ein Zehnjähriger an ein solches Wort gekommen sein und es überdies noch im richtigen Kontext gebrauchen können? Ich versuchte mich daran zu erinnern, wie er aussah, als mir einfiel, daß ich ihn und seine Bande auf Film hatte. Nach den Sasha/Wyatt-*Mitternacht-tötet*-Szenen würde ich es mir noch mal ansehen.

Ich machte mir ein Sandwich, das Meerrettich brauchte. Es war keiner da. Ich wurde wütend und erwog ernsthaft, zum Laden zu gehen. Wie sollte man dieses Sandwich ohne Meerrettich essen?

»Warum siehst du dir ihren Film nicht an?« fragte ich mein zögerndes Selbst. »Weil: Was ist, wenn er schlecht ist und ich ihnen das sagen muß?«

Eigene Kunst sollte auf der Liste von Dingen stehen, die Freunde nicht diskutieren sollten, ohne daß ein GEFAHR!-Zeichen aufleuchtet. Religion, Politik, unsere Kunst. In neunzig Prozent der Fälle führt es zu tiefem Schweigen oder sonderbar verdrehten Gefühlen.

Wir sind alle schwarze Löcher, wenn es um Komplimente geht – wer könnte jemals genug davon bekommen? Aber sie fühlen sich immer für viel zu kurze Zeit gut an. Darum ist ein schwarzes Loch ein angemessenes Bild. Wir wollen immer mehr. Aber dann, wenn es um *unser* Schaffen geht, um diese zarten Kinder, die ohne fremde Hilfe aus unseren eigenen Eiern geschlüpft sind. Vorsicht!

Ich nahm das Sandwich und ein Getränk mit ins Fernsehzimmer und schaltete die Maschine ein.

Vor Jahren, auf meiner ersten Europareise, hatte ich einige Zeit in Dijon verbracht. In der Nähe meines Hotels war ein kleiner Park, der die meiste Zeit des Tages überfüllt war, weil er die einzige Grünzone in der Gegend war. Abgesehen davon war es Sommer, und Parks *sind* Sommer – Liebespaare, Hunde, Babys, die zum ersten Mal über das süße Juligras kriechen...

Ich fand jedoch heraus, daß der Park aus irgendeinem Grund selbst an den wärmsten und freundlichsten Abenden gegen zehn immer leer war. Die einzigen, die bis fast Mitternacht blieben, waren vier schwarzgekleidete Frauen. Sie waren zwischen dreißig und siebzig oder achtzig Jahre alt, eine für jede Dekade oder so. Ich glaube, sie waren Araberinnen, denn sie sprachen in einer lauten, kehligen Sprache voller Ls, die immer ein wenig wie Singen klang oder ein Ruf zum Gebet.

Wenn sie schwarz gekleidet waren, weil sie Witwen waren, dann waren sie die lustigsten Witwen, die ich je gesehen hatte. Die vier saßen jede Nacht da und erzählten sich gegenseitig Geschichten. Ich sah ihnen so oft ich konnte zu, denn sie waren unwiderstehlich.

Was jede einzelne auch sagen mochte, die anderen drei saßen immer mit den aufmerksamsten Gesichtern da, und sie gaben die tollsten Antworten, die ich jemals bei Zuschauern erlebt habe. Sie schnappten nach Luft, hauten sich auf die Wangen oder steckten sich Fäuste in die Münder. Aber am Ende waren ihre abschließenden Reaktionen gewöhnlich dieselben: »Nein, das ist *unmöglich*!« und/oder langes zwerchfellerschütterndes Gelächter. Natürlich hatte ich keine Ahnung, was sie *wirklich* sagten, aber so sah es aus fünfzehn Metern Entfernung aus. Diese Frauen und ihr absolutes Interesse füreinander verfolgten mich, bis ich die Erinnerung an sie an den Anfang meines Films *Wie man sich seinen Hut aufsetzt* stellte.

Und das war die Szene, die Sasha und Wyatt für den Anfang ausgewählt hatten: Die vier Frauen (jetzt in schwarzen Badeanzügen) sitzen in einem Park, der den Almanor See in Nordkalifornien überblickt (die Stadt, die Phil später für seinen ersten *Mitternacht* benutzte).

Ich hatte den Mund voll mit Essen, aber sagte trotzdem laut »Was zum Teufel wollen sie *darauf* folgen lassen?« Aber, bei Gott, sie schafften's.

Der Schnitt zur nächsten Szene war perfekt – Bloodstones kleine Hand nimmt einen geschliffenen kristallenen Briefbeschwerer auf und bringt ihn vor die Kamera. Die Bewegung ist langsam und theatralisch – Phil wollte, daß wir diese seltsame Kinderhand sähen und darauf verweilten, bevor uns klar wurde, was sie tat.

Durch die verschiedenen Seiten des Prismas sehen wir ein grelles grünes Objekt, in vier geteilt. Die Hand bewegt sich, und jetzt sehen wir etwas Rotes viermal. Wieder eine schnelle Bewegung, und etwas Schwarzes erscheint viermal. Da wir niemals wissen, was es tatsächlich ist, das wir durch das Prisma sehen, könnten es auch die vier Frauen im Park sein.

Das Sandwich schmeckte großartig. Das Getränk schmeckte großartig. Sie schafften's! Die Prismaszene löste sich in eine Szene aus *Kummer und Sohn* – ein schwarzes Bettuch wird einmal ausgeschlagen und dann benutzt, um den toten Imker zuzudecken. Die Frau sieht nicht das Honigglas in der Ecke, das umgekippt ist und dessen Dreck auf den Boden sickert.

Bevor das Bild wechselte, sagte ich »Bloodstone und der Honig!« Und das war ihre nächste Szene.

Neben der wachsenden Begeisterung und dem Behagen, mit denen ich anschaute, was meine Freunde zusammengestellt hatten, hatte ein anderes ungutes Gefühl eingesetzt, als ich wieder feststellte, wieviel Strayhorn von meiner Arbeit benutzt hatte. Nicht nur Lieblingsbilder – Honig, Prismen, die Maserung in Eichenholz, sondern auch eine ganz besondere Art, den Kopf des Zuschauers in eine bestimmte Richtung zu lenken, damit er sicher sein kann, einen bestimmten Winkel mitzubekommen oder ein Zusammenspiel von Farben, das alles zusammenfallen läßt.

Ich war ein Fan von Phil und seinen messerscharfen *Esquire*-Kolumnen, aber nicht von seinen Filmen. Mir hatte *Mitternacht* gut gefallen, als ich ihn zum ersten Mal sah, und das sagte ich ihm sehr oft. Die Tatsache, daß ich ihn jetzt nicht mehr so sehr mochte und auch die anderen nicht, machte keinen Unterschied.

Andererseits konnten meine Filme nichts Falsches in seinem Kopf anrichten. Immer wenn wir uns trafen, nagelte er mich, wie ich eine bestimmte Aufnahme gemacht hatte, was mich beeinflußt hatte, als ich eine bestimmte Dialogsequenz schrieb. Er wollte immer wissen, was ich las und was für neue Ideen ich für Filme hatte. An dem Tag, an dem er mir sein Video *Der brennende Zirkus* zeigte, legte ich meinen Arm um ihn und drückte ihn an mich. Ich habe seine Antwort in meinem Ausbruch von Enthusiasmus vergessen, aber wenn ich schwer darüber nachdenke, taucht es als so etwas wie »Vielleicht ist ja doch noch nicht alles verloren, oder?« auf. Was mich jetzt peinlich berührte und auch ärgerte, daß ich sein »Leihen« nicht bemerkt hatte, als ich seine Filme zum ersten Mal sah. In *Mitternacht* ist sehr wenig, aber jede Menge davon in den anderen.

Sicher, kopiert zu werden ist schmeichelhaft. Aber nicht in diesem Fall, nicht von einem Freund, der selber so voll von Visionen und Talent war, daß er nicht an meinem Strohhalm zu saugen brauchte, um Nahrung zu bekommen.

Das Sasha/Wyatt-Stück lief noch, aber ich hatte ihm wegen der

Strayhorn-Gedanken keine Aufmerksamkeit mehr geschenkt. Ich ließ das Band zurücklaufen und konzentrierte mich aufs Geschäft.

Als das Tape zu Ende war, wußte ich, daß es nicht funktionierte. Witzig, einfallsreich gemacht und unheimlich an vielen richtigen Stellen, war es nichtsdestotrotz zu überlegt und glatt, wenn das das richtige Wort ist. Es war Horror mit Stil, aber nicht ehrlich. Die Arbeit von verflucht guten Profis, die ihre Arbeit beherrschten, aber wirklich darüber reflektiert, war es nichts weiter als dümmlicher Mist und konnte nicht ernst genommen werden.

Einer der Gründe, warum die *Finky-Linky-Show* so ein großer Erfolg war, war ihr berühmter ironischer Humor, der so viel von Finky Linkys Persönlichkeit in der wöchentlichen halben Stunde widerspiegelte. Jede Altersgruppe konnte sie sich ansehen, weil es Witze auf so vielen verschiedenen Ebenen gab. Insiderwitze, Kinderwitze, Klugscheißerwitze, gescheite Witze... die ganze Skala. Wyatt beherrschte es wie kein anderer.

Einiges von dieser Zwei- oder Dreideutigkeit spielte in ihre *Mitternacht-tötet*-Sequenzen hinein, und letztendlich war es ärgerlich. Wenn du schon einen Horrorfilm machst, verdammt, dann mach gefälligst einen Horrorfilm. Keine augenzwinkernden Ablenkungen oder Einspielungen, die nur klarmachen, daß wir eigentlich über den Dingen stehen.

Als Wyatt mir das Umbo-Buch gab und sagte, wir sollten *Mitternachtet tötet* »dieses« Gefühl geben, dachte ich, er meinte die düstere, überreizte Stimmung Europas in den zwanziger und dreißiger Jahren: *Cabaret,* Otto Dix, Bruno Schulz. Aber die Art, in der er meine Arbeit mit der von Phil zusammenschnitt, ließ erkennen, daß er einen zeitgenössischen Schwarze-Serie-Film machen wollte. Eine B-Produktion für den denkenden Zeitgenossen. Dabei hatte es so gut begonnen. Ruhig und zart, denn der Anblick einer nagellosen Kinderhand reichte aus, um kleine innere Alarme auszulösen. Man wartete jetzt auf anderes, nicht so Nettes. Aber es kam nicht. Nur geschmackvolle Schnitte und schlingernde Szenenstücke darum herum. Ja, wir hätten es leicht benutzen können, um Strayhorns letztes Werk zu beenden, aber ich wußte, ich konnte es noch viel besser machen.

Auf dem Fernseher lagen drei weitere Videokassetten übereinander. Die erste war von den Fahrradkids, die ich an jenem

Nachmittag gefilmt hatte. Der »Gambado«-Junge und der geistig behinderte Walter. Ich schob die Kassette ein und sah sie durch die Gegend radeln. Gambado hatte mich dreimal gebeten, die Kamera zu benutzen. »Sie sollten nur uns filmen!« Woher hatte er dieses Wort? Aber die Frage war nicht mehr fesselnd, seitdem ich das Finky-Linky-Band gesehen hatte. Es gab Wichtigeres, worüber ich nachdenken mußte.

Kennst du das, wenn man manchmal nervös ist, daß du dann Dinge in die Hand nimmst und sie wieder weglegst, ohne wirklich zu wissen, daß du es tust? Das geschah mit mir, nur daß meine Nervosität sich darin zeigte, daß ich ein Video nach dem anderen in die Maschine steckte, sie fünfzehn Sekunden lang ansah und dann zum nächsten überging. Es war dumm, aber notwendig. Ich dachte nach, war aber nervös und wollte nur, daß meine Hände in Bewegung blieben. Das klappte eine Zeitlang, aber die Nervosität wuchs, und ich schaltete die beiden anderen Videos und ihre jeweiligen Fernseher ebenfalls ein.

Der Raum war ein ausgebombtes Durcheinander. Jeden Tag beschwerte sich Sasha darüber, was aus ihrem einmal so netten Fernsehzimmer geworden war, und ich versprach aufzuräumen, tat es aber nicht. Bücher, Notizen, Videobänder, Kleidungsstücke. Kleine Berge von »das brauch ich im Augenblick nicht, aber vielleicht schon bald, also laß es da«. Die andere große Schlampe, die ich kannte, war Max Hampson. Er machte gewöhnlich Witze darüber, wie er es immer wieder schaffte, weil …

»Max!«

Wo war *das* Band? Ich schaute, schaute und schaute, rasend, hysterisch, schließlich lachend, weil ich es, verdammt noch mal, finden wollte.

»Es ist auf dem Scheißfernseher, Arschloch!«

Eins der drei, die ich vorher darauf gesehen hatte, es trug sogar einen Namen. Meine Hände hatten es so eilig, es aus seiner Schachtel herauszuholen, daß sie versuchten, gleichzeitig zu schütteln und zu ziehen. Ich hörte mich sagen »Oh, jaa! Jaa! Jaa!«, während ich es herausfummelte und dann einlegte.

Die Dinnerparty. Schnellvorlauf. Begrüßungen. Schnellvorlauf. Weiter. Leute reden. Essen. Kamera auf Sasha, wie sie sich eine volle Gabel mit braunem Kuchen in den Mund steckt. Das ist es. Frage: »Was glaubst *du*, ist in dem Pudelkuchen?« Sie zuckt die Achseln und ißt weiter. Schnitt zu Dominic Scanlan. »… und der

Fön!« Jeder lacht. Kameraschwenk zu Max, und es bedarf nur eines Augenblicks, um zu sehen, daß etwas in ihm zerbrochen ist, und er kollabiert.

Ich weiß überhaupt nicht, warum ich den Film behalten habe, aber da war er. Ich ließ ihn zurücklaufen und sah ihn mir nochmals an. Markierte die Zahl auf dem Zählwerk mit einer Null an der Stelle, da Max erscheint und wir seine Metamorphose sehen.

Wie lange saß ich da und sah mir diese ein-, zweiminütige Sequenz immer wieder an? Wie oft? Wann sagte die stille, vertraute innere Stimme »Wir wollen diese Szene. Wir brauchen sie.«

Ich kenne keine Antwort auf diese Fragen, aber die beunruhigendere war, warum keine der anderen inneren Stimmen protestierte. Wir waren uns einig. Max Hampsons Agonie benutzen, um diesen Film besser zu machen? In Ordnung!

Was sollte ich als Grund angeben? Was wäre eine eindrucksvolle Entschuldigung? Max war noch im Krankenhaus, aber es ging ihm täglich besser. Konnte man Pinsleepe trauen, dann war es das Filmen seines Zusammenbruchs, was ihn vielleicht retten würde. Sie hatte gesagt, ich solle mich nicht schlecht fühlen, denn es sei für das Projekt gewesen, und wenn ich *das* alles am Ende zusammenbringen könnte, würden meine kranken Freunde geheilt.

Das klingt doch sinnvoll und fair, oder etwa nicht? Ein wenig Utilitarismus schadet niemandem, besonders wenn am Ende *niemand* darunter leidet.

Wir verbringen das Leben damit, zu lernen, wie wir unser fehlerhaftes Verhalten rechtfertigen können, aber ich will dir was sagen: Es reduziert sich alles auf die drei Größen von Schuld.

Ist sie klein, können wir sie in die Tasche stecken und brauchen für den Rest des Tages nicht mehr darüber nachzudenken. Hausaufgaben nicht gemacht? Brief an deine Mutter geschrieben? Angerufen? Die leckere Suppe gemacht, die du machen wolltest? Scheiß drauf – der Tag war hart genug, und du hast schon genug getan.

Schuld in mittlerer Größe paßt nicht in die Tasche und muß umständlich in der Hand getragen werden, wie eine eiserne Hantel oder, wenn es wirklich schlimm ist, wie ein zappelndes lebendes Tier. Wir wissen jeden Moment, daß sie da ist, aber wir finden immer wieder Wege, sie zu verringern oder unser Unbehagen zu verlagern. Hast du eine Affäre und bist nicht so nett zu deinem Partner, weil du zu viel Energie für diese neue Liebe verbrauchst?

Dann kaufe dieser alten Liebe ein obszön teures, durchdachtes Geschenk und sei so leidenschaftlich und besorgt in der Zeit, die ihr zusammen verbringt, daß du im Dunkeln glühst.

Schuld in Übergröße zerstört dich entweder oder bringt dich *so* sehr auf den Boden, daß du so oder so bewegungslos bist. Das Gewicht läßt sich nicht bewegen. Keine Möglichkeit, darunter hervorzukommen.

Phil hatte das, da bin ich sicher. Besonders nachdem er Pinsleepes Rat in den Wind geschlagen hatte und die Szene machte, die mit dem Tod von Matthew Portland und den anderen endete.

Diese Art von zerstörerischer Schuld fühlte ich nicht, als ich die »Max-Szene« benutzte, weil ich niemanden betrogen hatte und meine Absichten zu fast neunzig Prozent ehrenhaft waren. Ja, ich wollte diese Arbeit mit so viel Originalität und Weitsicht machen, wie mir zur Verfügung stand, aber war das nicht immer schon mein Ziel gewesen? Bei allem, was ich tat? Was war hier neu oder schlimmer geworden? Ich hatte keinen Schatz gefunden und beschlossen, alles für mich zu behalten und die Freunde, die dabei geholfen hatten, zu ignorieren.

Abgesehen davon, es war Pinsleepes ausdrücklicher Wunsch, eine gute Arbeit abzuliefern. Nach dem, was mit Strayhorn geschehen war, hütete ich mich verdammt, mich ihr zu widersetzen!

Ich hatte so viel über Pinsleepe nachgedacht. War sie wirklich? Gut, böse, ein Engel? Sie war machtvolle Magie, das war das einzig Sichere. Die Erinnerung an ihre Hände auf ihrem geschwollenen Bauch und dann das milchige Licht, das in dem Moment herauszustrahlen begann, war ein Bild, das ich mit ins Grab nehmen werde. Und dann ihr ständiges Auftauchen und Verschwinden, die kryptischen Erwachsenenbemerkungen, gefolgt von kindlicher Naivität, die in ihrer Unschuld fast schön war. Wenn es war, was es war.

Ich kam zu dem Schluß, daß, wenn sie böse gewesen wäre, sie mir spezifische Anweisungen für die Szene gegeben hätte, denn es war logisch, daß sie sie genau *so* wollte und nicht anders. Aber es hatte nie *irgendwelche* Anweisungen gegeben, was gemacht werden sollte. Aus diesem Grunde tendierte ich dazu, zu glauben, daß sie gut war oder zumindest … neutral.

Die Leute waren oft über meine Arbeitsweise erstaunt. Gewöhnlich lege ich alles hin und verlasse den Schreibtisch, wenn ich die

Idee finde, die ich suche. Offensichtlich nicht beim Filmen, aber wenn ich Gedichte schrieb oder Drehbücher. Wenn ich einmal die richtige Metapher oder Lösung eines Problems gefunden hatte, stand ich auf und verließ das Zimmer, statt die Antwort niederzuschreiben und weiterzumachen. Vielleicht aus Aberglauben – bitte die Götter nicht um mehr als das hier. Oder einfach aus Selbstgefälligkeit. Ich weiß nicht.

An diesem Tag auch. Als ich hatte, was ich wollte, und den Ablauf kannte, verließ ich das Haus mit leerem Kopf, aber einem erregten Herzen. Was würden Wyatt und Sasha sagen, wenn ich ihnen diese Ideen mitteilte? Oder sollte ich einfach machen, was ich im Kopf hatte, und es ihnen zeigen, wenn es fertig war?

Es war früher Abend. Das köstliche Pfirsichlicht und die ruhige Luft sagten, komm, mach einen Spaziergang und genieße uns. Der weiße steinerne Bürgersteig gab immer noch die Hitze des Tages ab und für einen Moment erinnerte er mich an die Zeit, als ich für den Forstdienst in Oregon arbeitete und Waldbrände bekämpfte. Als erstes sagten sie uns, wir sollten uns ein Paar sehr dicke Stiefel aus natürlichem Gummi kaufen. Waldböden werden während eines Feuers so heiß, wenn man da keinen guten Schutz –

»Hey, Typ.«

Ich genoß gerade meinen Traum über heiße Böden in Oregon und hatte mich nicht darum gekümmert, wer da plötzlich vor mir stand.

4

Es waren die Radfahrer vom Park an jenem Nachmittag. Es schienen alle zu sein. »Gambado« vorneweg mit dem kleinen Walter wieder schräg auf der Stange seines schwarz-gelben BMX.

»Hey! Hallo! Wohnt ihr Jungs hier in der Nähe?«

Die Kinder sahen sich verstohlen an. Nein! Aber wer war der erste, der diese Information freiwillig gab?

Gambado. »Nein, Mann, wir sind dir vorher bis nach Hause gefolgt, aber du hast uns nicht mal gesehen.« Das brachte sie zum Kichern, und sie nickten sich gegenseitig mit den Köpfen zu: Entweder sie waren gute Beschatter, oder ich war völlig neben mir.

»Ihr seid mir gefolgt und seitdem wartet ihr hier? Warum?«

Gambado hatte ein nettes Gesicht, freundlich und offen, aber einige der anderen Kids, sowohl schwarze als auch weiße, sahen verschlagen und unehrlich aus. Suchte ich Augenkontakt, schauten sie entweder schnell weg oder sie gaben mir eins von diesen klugscheißerischen »Fick-dich-selber«-Grinsen, das Kinder so gut beherrschen.

»Ich glaube, wir wollen, daß du mitkommst.«

»Das ›glaubst‹ du? Wohin?«

»Nur ein paar Blocks da runter. Wir wollen dir was zeigen.«

»Was?«

Er trug eine mit dem Schild nach hinten gedrehte schwarze »RUN DMC«-Baseballkappe. »Mensch, Typ, komm runter. Wir rauben dich nich aus. Wir wollen dir was zeigen, ok?«

»Glaub ich nicht.«

Ein Wagen fuhr langsam vorüber. Niemand beachtete ihn.

»Walter will dir was zeigen. Vielleicht kommst du dann. Los, mach schon, Walter.«

Der Junge mit dem tragischen runden, gezeichneten Gesicht glitt vom Rad und trampelte die Straße entlang. Drei Meter weiter hob er vom Bürgersteig ab und flog in die Luft. Stell dir diese religiösen Renaissancegemälde von *irgendeinem* zum Himmel aufsteigenden Heiligen vor, genauso sah das hier aus. Wir konnten Walter durch die Blätter der Bäume aufsteigen hören, bis er eine große Silhouette vor dem kalifornischen Himmel war. Ein Kind am Himmel.

Gambado steckte zwei Finger in den Mund und pfiff lang und schrill. Wie ein zahmer Vogel kam Walter gleich zur Erde herunter und verlangsamte, als er sich näherte. Etwa dreißig Zentimeter über der Straßendecke schwang er hoch, wie es Vögel tun, und landete auf die behutsamste Weise mit einem kleinen Ruck nur auf seinen Turnschuhfüßchen.

»Pinsleepe hat euch geschickt?«

Die Kinder kicherten.

»Ruhe, Jungs. Nein, sie hat uns nicht geschickt. Na, vielleicht doch auf eine bestimmte Weise. Willst du jetzt mit uns kommen.« Es war keine Frage.

»In Ordnung.«

»Gut. Es ist nicht weit. Komm.«

Insgesamt waren sie neun mit Fahrrädern, zehn mit Walter. Sie fuhren langsam, aber ständig spurteten sie nach vorn, wie junge

Hunde an der Leine. Ich ging hinter ihnen her, Gambado wich nicht von meiner Seite.

»Wohin gehen wir?«

»Du siehst es in einer Minute.«

Einer von den anderen, ein Junge mit einem Skinhead-Haarschnitt und ohne Hemd, sah sich um und sagte »Ins Kino, Mann!«

Das ließ die anderen johlen und buhen, aber Gambado wurde wütend, und er sagte ihnen, sie sollten den Mund halten, oder er würde ihre Gesichter in Hundefutter verwandeln. Weitere Beleidigungen und Schreiereien, aber keiner sagte mehr etwas zu mir.

Elfjährige auf Rädern, die sich gegenseitig anmachen, genau vor dem Abendessen, das kennt man ja. »Walter! Komm nach Hause, mein Schatz. Das Essen steht auf dem Tisch!« Aber Walter war gerade über die Dritte Straße *geflogen*.

»Sollt ihr mir sonst noch irgendwas mitteilen?«

»Nein, dich nur zu der Stelle bringen.« Er sagte nichts mehr, und wir gingen weiter.

Ich war so durcheinander durch das, was geschehen war, daß es eine Weile dauerte, bis ich feststellte, daß auf der Straße kein Verkehr war. Wir gingen über die Dritte, die immer geschäftig und dicht befahren ist, aber jetzt nicht. Kein Verkehr. Keine Wagen. Absolut nichts.

Einen Augenblick, nachdem mir das klargeworden war, fuhren die Kinder wieder eins nach dem anderen auf die leere Straße hinaus und begannen wieder mit ihrer Vorführung. Nur, daß ihr Repertoire jetzt auch durch die Luft fliegende Räder einschloß. Aber sie hoben auch da ab, und Fahrrad und Fahrer schwebten getrennt, wie zuvor Walter, in immer neuen Variationen durch die Luft.

Es war ein Kindertraum, eine Kinderzeichnung. Man sieht sie mit Wachsmalstiften gemalt an den Wänden jeder Kindergartenklasse. Ich auf meinem Rad, fliegend. Jedermanns Lieblingsszene aus ET.

Ich sah Gambado an. Er machte seinen Freunden Zeichen. »Gefällt es dir nicht? Sie tun's für dich. Du bist heute abend der Ehrengast.«

»Wo*bei*?«

Das Ruth Kino wurde auf einer Seite von einer mexikanischen Imbißbude und auf der anderen von »June und Sids exquisiten

Speise- und Getränkelieferungen« flankiert. Im Fenster des mexikanischen Schnellimbisses war ein alter sonnengebleichter Sombrero. Bei »June und Sid« aus unerklärlichen Gründen ein ausgestopfter Pekinese. Die Kinder bemerkten das, sammelten sich um das Fenster und sprachen darüber.

Das Kino interessierte mich mehr. Es war eines von diesen kleinen Vorkriegskinos des Stadtviertels, das gebaut worden war, als ein Kinobesuch immer noch eine große Angelegenheit war. Bogenförmig verzierte Wände, Messing an den Türen und Miniatursäulen; man fühlte sich wie was Besonderes, wenn man an einem Samstagabend, mit zwei Karten in der Hand und der Freundin in ihren hochhackigen Schuhen am Arm, über den roten Plüschteppich ging. Es hatte schon bessere Tage gesehen, aber es war in annehmbarem Zustand, und wie in so vielen kleineren Häusern wurden alte Filme gezeigt. Auf der Reklamewand wurde *Neue Gesichter von 1952* angekündigt.

»Geh rein.«

»Das ist's? Wir gehen tatsächlich ins Kino?«

Er nickte. Seine Freunde schoben ihre Räder bis zur Eingangstür und lehnten sie gegen die nächste Wand. Keiner von ihnen schloß sein Rad ab oder tat überhaupt irgendwas, um es zu sichern. Die mußten viel Vertrauen haben.

»Sehen wir uns *Neue Gesichter* an?«

»Nein, das kennst du alles.«

Wir gingen zusammen durch die Glastüren und an dem kupfernen Stand vorbei, wo einem der Kartenabreißer gewöhnlich die halbe Karte wiedergab. Hier war kein Kartenabreißer, aber an allen Wänden hingen Poster. Poster von meinen Filmen, Poster von Phil Strayhorns Filmen.

Als wir an *Wundervoll* vorbeigingen, zeigte Gambado auf das Poster und sagte, daß ihm der am besten gefallen habe.

»Wie heißt du?«

»Nenn mich Gambado, das ist gut.«

Zwei von den anderen standen bei den Türen und hielten sie auf. Als wir vorbeigingen, verbeugten sich beide tief und baten uns mit langen Schwenkern ihrer Arme einzutreten.

Die Lichter im Kino waren schon gedimmt worden, und es war fast unmöglich, irgend etwas zu sehen. Ich konnte nur ausmachen, daß noch andere Personen an verschiedenen Stellen des Raumes saßen.

»Wo möchtest du gern sitzen? Wie wär's mit der Mitte?«

»Prima.«

Wir gingen an einer Frau vorbei, die auf einem Gangplatz saß. Ich sah sie mir so vorsichtig an, wie ich konnte, aber sie war mir nicht bekannt.

»Hier. Ja, geh hier rein, zur Mitte.«

Wir gingen seitwärts bis zur Mitte der mittleren Reihe. Ich versuchte die Köpfe zu zählen und kam bis zwanzig.

Musik spielte. Die Titelmelodie von *Mitternacht.*

Als wir saßen, hörte die Musik augenblicklich auf, und die Vorhänge öffneten sich vor der Leinwand.

Der Projektor ging an und zeigte eine bekannte Szene. Phil Strayhorn und sein Hund, wie sie auf der Couch in seinem Wohnzimmer sitzen und in die Kamera schauen.

Am irritierendsten war auf merkwürdige Weise, mitten in all diesen anderen Verunsicherungen, Phil so groß zu sehen. Ich hatte ihn mir immer wieder auf dem Videobildschirm angesehen und war an sein Gesicht in Fernsehgröße gewöhnt. Nicht an ein Gesicht, das eine Wand füllte, eine Hand so groß wie der Stuhl, auf dem ich saß.

»Hallo, Weber. Da sind wir also und heute sollst du die ganze Geschichte hören.« Er hörte etwas neben der Kamera und schaute dorthin. Einen Moment später erschien Pinsleepe und setzte sich neben ihn auf die Couch. Sie lächelten sich an. Sie gab ihm einen Hundekuchen, den er Flea gab. Beide sahen dem Shar-Pei ein paar Sekunden lang zu, dann sahen sie uns an. Phil lächelte.

»Wegen dir habe ich eine Wette verloren, Gregston. Was hältst du davon? Die arme alte Flea hat gerade ihren letzten Hundekuchen gegessen.« Er kratzte den Kopf des Hundes. »Pinsleepe und ich haben darüber nachgedacht, hier eine große Produktion daraus zu machen, aber ich erinnerte mich daran, wie sehr du die Musik von Dimitri Tiomkin haßt und Vorspanne, die niemals aufhören, also kommen wir gleich zur Sache. Falls es dich interessiert, wir haben Filme von allem, und wenn du möchtest, so würde es mich freuen, dir, wenn ich hier fertig bin, die Dinge zu zeigen, wie sie tatsächlich geschahen. Das letzte Heimvideo, wenn du so willst.

Ok.« Er atmete tief ein und lehnte sich nach vorn. »Vor langer Zeit erzählte mir Venasques auf seine indirekte Weise, daß das geschehen würde. Das einzige, was ich tun konnte, war, mich darauf einzustellen, damit ich wenigstens bereit wäre, wenn es *kam*. Ich tat, was ich konnte, aber wie du selber weißt, wer kann jemals auf das Geheimnisvolle vorbereitet sein?

Er riet mir, diese Filme zu machen und abzuwarten, was ich dort fände. Das einzige, das ich ›fand‹, als ich *Mitternacht* machte, war Geld und Ruhm für die verkehrten Sachen.«

Eines von den Kids in der Reihe hinter uns pfiff und schrie »Laaang-weilig!« Strayhorn lächelte und nickte.

»Du hast recht. Was hältst du von diesen kleinen Scheißern, die dich hierher gebracht haben, Weber? Schon rausbekommen, wer sie sind?«

Gambado schnaubte verächtlich gegen die Leinwand. »Als Bloodstone warst du besser, Typ! Keiner gibt dir 'n Oscar!«

»Tu mir einen Gefallen, Weber. Faß ihn an, berühr ihn am Arm oder sonstwo. Egal wo.«

Ich schaute Gambado an. Sein Gesicht im dunklen Kino war nah genug, daß ich sehen konnte, daß er große Angst hatte.

»Soll ich tun, was er sagt?«

Der Junge leckte sich über die Lippen und versuchte zu lächeln. »Du mußt. Wir sind raus. Mach schon. Los! Tu's einfach, Mann!« Der letzte Satz sollte tough klingen, aber da versuchte ein verängstigter Junge tough zu klingen, und das klappte nicht. »MACH SCHON!«

Ich streckte meine Hand aus und berührte sein Gesicht.

Erinnerst du dich daran, was du im Kino siehst, wenn du dich umdrehst und gegen den Projektor schaust, während der Film läuft? Reines weißes Licht, wie ein Laser, der energisch auf und nieder schnellt, mit vielleicht etwas Zigarettenrauch oder Staubpartikeln, die faul darin hängen. Das wurde aus Gambado, als ich ihn berührte. Pures weißes Kinolicht für einen Moment, und dann weg. Nichts.

»Es ist nie, wie man es sich vorstellt. Selbst die Engel! Du glaubst, sie hätten ein bißchen Klasse. Nicht unbedingt Flügel oder Harfen, aber doch zumindest gut erzogen und harmlos. Und was bekommt man? Kleine Scheißer auf Rennrädern, die nicht wissen, wann sie den Mund zu halten haben!«

Um ihn zu beruhigen, legte Pinsleepe ihre Hand um seine Schulter und drückte ihn an sich. Er beachtete das nicht.

»›Gott ist schwierig, aber nicht unbarmherzig‹? Stimmst du dem jetzt zu, Weber? Bei deiner letzten, letzten Möglichkeit umzukehren, schickt Gott seine *Legionen* aus, um dich zu warnen, nur daß sie sich als vorpubertäre Ratten auf orangefarbenen Fahrrädern herausstellten! Die moderne Version der fliegenden Affen im *Zauberer von Oz*.

Und waren seine Warnungen nicht wirksam? Ein Schauspieler wird ermordet. Der Fön verschwindet. Fahrradflips in der Luft, und man sagt dir einige Male, du sollst nur sie filmen? Hast du seine ganzen Achtung-Schilder nicht erkannt? Es erstaunt mich nicht. Wer hätte das schon?«

Phil stand auf und nahm den leblosen Körper des Hundes auf und legte ihn behutsam in den Korb neben der Couch. »Die Dinge verändern sich, wenn du hier bist. Zeit, ihr Ablauf. Andere Regeln.

Stell es dir einfach als einen beweglichen Flughafengang neben einem normalen vor. Auf meinem kann man zweimal so schnell gehen, wenn man geht, während er sich bewegt. Oder ich kann einfach hier stehen und mich vorbeitragen lassen, während die Leute neben mir gehen müssen. Eine andere Möglichkeit, ich kann mich umdrehen und so schnell ich kann gegen die Bewegung meines Ganges anlaufen.

Was ich sagen will, Flea ist gerade im Moment gestorben, aber wir bringen sie rechtzeitig wieder hin, damit Sasha sie sieht, wenn sie mich findet. Aber das hat nichts mit dem Thema zu tun. Ich will über dich und mich sprechen, Weber.

Du hast nie bemerkt, daß ich bei dir geklaut habe, weil du immer zu sehr damit beschäftigt warst, originell zu sein. Aber ich tat's und *viele* andere auch. Du warst dir dessen, was du tatst, immer so sicher und bekamst unweigerlich recht.

Selbst die Stadt zu verlassen war richtig! Du gewinnst einen Oscar und du verläßt die Stadt! Weißt du, wie sehr ich mich dafür gehaßt habe, dich gehen zu sehen? Ich fühlte mich wie ein Idiot, hierzubleiben und Bloodstone zu spielen, während du in Portofino Wein trankst und anschließend zurückkamst, um mit *sterbenden* Menschen zu arbeiten.

Also konnte ich ja wenigstens versuchen, mich ein wenig zu verändern, oder? Etwas Künstlerisches machen und so wenigstens ein paar Zentimeter von mir versöhnen.

Zuerst wollte ich Mr. Fiddlehead machen, aber niemand war interessiert. Also machte ich dieses beschissene Video, das jeder haßte. Zwei für zwei. Was blieb noch? Sag du's mir – was konnte ich anderes machen, als für den Rest meines Lebens ein absurdes Monster zu spielen?« Er war erregt. Sein Kopf zuckte hin und her, er warf seine Hände in die Luft, drückte sie tief in seine Taschen.

Ohne mir dessen bewußt zu sein, sagte ich »Pinsleepe.«

Er hielt inne, drehte sich um und zeigte auf mich. »Genau. Pinsleepe. Da war sie plötzlich in dieser abgewrackten Kirche, und ich wußte umgehend, was los war. Meine alte Freundin war gekommen, mir zu helfen.

Sie sagte, die einzige Möglichkeit, es jemals zu schaffen und ein Kunstwerk zu machen, das etwas bedeutet und länger als fünf Minuten hält, bestand in *Mitternacht tötet.* Mit dem ersten war ich nah dran, aber eine Banane bekam ich nicht dafür. Was ich jetzt machen mußte, war alle inneren Reserven und Kräfte zu konzentrieren und sie alle zu gebrauchen. Dem Film eine Vision geben, wie man sie noch nie zuvor gesehen hat. *Das Kabinett des Doktor Caligari, Freaks, Psycho.* Diese Art von Phantom und Illusion.

Ich schaffte es nicht! Nichts von dem, was ich tat, funktionierte. Nicht mal der Drecksbloodstone-Monolog, an dem ich so lange geschrieben hatte!«

»Was war mit Portland? Was mit den anderen Leuten, die starben, als diese Wagen abstürzten? Es *muß* geklappt haben!«

Auf der Leinwand lächelten sich die beiden an. Pinsleepe sprach zum ersten Mal. »Das war es, was du denken solltest, Weber, aber dieser Unfall im Einkaufszentrum hatte nichts damit zu tun. Absolut nichts.

Ich sagte Phil, ich wäre ihm auf jede mir zur Verfügung stehende Weise behilflich. Aber wenn er erfolglos bliebe, müßte er zustimmen, zwei Dinge zu tun – den Hund zu töten und mir dabei zu helfen, dich zu bekommen, damit du die Szenen machst.«

»Warum der Hund? Warum *ich*?«

Strayhorn machte ein bösartiges Gesicht. Ich hatte es früher schon gesehen, wenn er nicht mehr weiter wußte. »Weil sie wußte, daß *du* es schaffen würdest, Kumpel. Weil wir alle wissen, daß du der einzige wirkliche Konkurrent hier bist. Ich war nur das dumme Arschloch, das auch mal versuchen wollte, mit dir eine Runde im Ring zu bestehen.«

»Warum der Hund? Warum hast du Flea getötet?«

»Ich habe die weiße Fahne geschwenkt. Ich geb auf. Ich hab mich sogar in dir getäuscht, Alter. Sei mir nicht böse.«

Pinsleepe zog eine Schnute. »Phil war sich sicher, daß du das niemals machen würdest, weil in dir zu viel Gutes steckt. Ich sagte, Kunst und Tugend wohnen auf verschiedenen Seiten der Stadt und daß du es tun würdest, denn wenn du einmal interessiert wärst, könntest du nicht widerstehen.«

»Was tun? Die Szenen für den Film machen? *Was?*« Ich hatte eine Ahnung und gleichzeitig Angst. Wie konnten sie wissen? Selbst sie? Wie konnte überhaupt irgend jemand jetzt schon davon wissen? Es war noch nicht gemacht worden. Nur Wörter auf gelben Seiten.

Die Leinwand wurde dunkel, dann wieder hell.

Vier Frauen in schwarzen Badeanzügen plaudern miteinander.

Obwohl ich langsam zu begreifen begann, war es doch faszinierend anzusehen, denn bevor ich an jenem Abend das Haus verlassen hatte, hatte ich mir nur Notizen darüber gemacht, was ich mit den Bändern machen wollte, wenn ich wieder im Schneideraum wäre.

Aber hier war es vor mir auf einer ganzen Kinoleinwand: Eine perfekte letzte Version der beiden Szenen, wie ich sie vor mir sah.

Finky Linkys Ideen waren dabei, aber auch die anderen Teile meiner Filme, Max' Anfall, selbst drei kurze Blicke auf Sean und James, die ihre eigene Version von »Viertel nach dir« durchspielten.

Wie wunderschön die ungleichen Stücke zusammenpaßten! Wie sie sich gegenseitig steigerten, nachdem sie einmal in dieser bestimmten Reihenfolge zusammengestellt waren. Es war so sicher und ausbalanciert, wie ich es mir vorgestellt hatte – dunkel und hell ergänzten einander, Humor, Schmerz, Überraschung. Insgesamt nicht mehr als sieben Minuten oder besser, sieben Minuten ohne die Schlußszene.

Als es gerade weitergehen sollte, stoppte der Film. Pinsleepe und Strayhorn erschienen wieder.

Sie sprach. »Willst du den letzten Teil sehen? Wir müssen ihn nicht zeigen.«

»Natürlich will ich den letzten Teil sehen, verflucht noch mal! Warum habt ihr unterbrochen? Ihr müßt alles zusammen zeigen. Es ist ein Stück, oder –« Ich blickte Strayhorn an und sah seinen Mund die Wörter »Du Arschloch« formen, bevor die Leinwand dunkel wurde.

Sie zeigten es wieder von Anfang an, aber diesmal spielten sie es durch bis zum Ende.

Erst jetzt, wo ich das Ganze auf einer Riesen-Kinoleinwand sah, war mir klar, was ich getan hatte. Was ich bereit gewesen war zu tun. Im Namen der Kunst. Im Namen Gregstons.

Wenn ich darüber einen Film gedreht hätte, würde ich die Weber-Gregston-Figur an diesem Punkt wahrscheinlich aufstehen und aus dem Kino laufen lassen. Zumindest hätte er die Leinwand angeschrien. Irgendwas wie »Tut es nicht!« oder »Stellt es ab! Ich habe mich geirrt! Es tut mir leid!« Aber das wäre kitschig gewesen, und wir waren hier, um GROSSE KUNST zu machen, egal um welchen Preis.

Im wirklichen Leben saß ich da und sah mir die letzte Szene, die ich ausgewählt hatte, an. Die entscheidende Szene. Die, die alles zusammenfallen ließ. Die, durch die alles erst richtig funktionierte. Der gescheiteste Touch.

Ich sah meine gute Mutter aus dem Fenster des Flugzeugs schauen, das sie in den nächsten fünf Minuten töten würde. Ich hatte die gesamte Szene benutzt, die Strayhorn mir vor langem schon gegeben hatte, damit ich mich versichern konnte, daß sie nicht unter Qualen gestorben war. Mamas letzten Akt. Ich benutzte jede Sekunde davon.

Da, wo es im Film kam, war es brillant.

Sashas Kind soll ungefähr um dieselbe Zeit zur Welt kommen, zu der auch *Mitternacht tötet* herauskommt.

Pinsleepe sagte, es sei mein Kind von der einen Nacht (vor kurzem nur), die Sasha und ich zusammen verbracht haben. Als ich sagte, das sei absurd, sagte Strayhorn, ich solle mich an seine Analogie mit den sich bewegenden Gängen erinnern. Das Kind sei ihr Geschenk an mich. Ich habe noch nicht erwähnt, daß Pinsleepe nicht mehr schwanger war, als ich sie zum letzten Mal auf der Kinoleinwand sah.

Da ist also ein Kind und es wird geboren, wenn der Film geboren wird. Soll das vielleicht symbolisch sein? Erzählt man mir schon wieder etwas, das ich entziffern muß, wie der *Haruspex* in Rom? Wenn ich heute an Kinder denke, ist der behinderte Junge, der sich von der Straße und durch die Bäume erhebt, alles was ich sehe. Walter. Der mongoloide Engel.

Als ich fragte, warum es so wichtig gewesen sei, daß *ich* an

Strayhorns Film arbeitete, sagte er: »Im Bösen ist keine menschliche Schönheit. Du warst der einzige, der ihm das verleihen konnte.«

Pinsleepe sagte: »Er wird die Menschen zum Weinen bringen. So fängt es an.«

Strayhorn sagte: »Es gibt eine Zeile von Rilke ›Kunstwerke sind von einer unendlichen Einsamkeit... Nur Liebe kann sie fassen und halten und fair bewerten.‹«

»Willst du damit sagen, daß die Menschen das Böse wegen *Mitternacht tötet* lieben werden?«

»Ja. Wegen deiner Kunst.«

Am Ende einer jeden *Finky-Linky-Show* las Wyatt eine Fabel oder einen Mythos oder etwas Weises aus alter Zeit vor, das eine Moral oder Bedeutung hatte, die weit über dem Niveau einer typischen Kindergeschichte lag. Es war einer meiner Lieblingsteile der Sendung. Als wir nach Kalifornien flogen, sagte mir Finky, er hätte kürzlich eine Geschichte gehört, die er sehr mochte. War es ein Sufi-Märchen? Ich kann mich nicht erinnern.

Ein Skorpion und eine Schildkröte waren die besten Freunde. Eines Tages kamen sie an das Ufer eines sehr breiten und tiefen Flusses, den sie überqueren mußten. Der Skorpion schaute und schüttelte seinen Kopf. »Ich schaff's nicht – er ist zu breit.«

Die Schildkröte lächelte ihren Freund an und sagte: »Mach dir keine Sorgen, setz dich einfach auf meinen Rücken, ich bringe uns beide rüber.« Also stieg der Skorpion auf den Rücken der Schildkröte, und im Handumdrehen landeten sie sicher auf der anderen Seite.

Dort angekommen jedoch, stach der Skorpion die Schildkröte sofort.

Entsetzt blickte die Schildkröte den anderen an und fragte mit dem letzten Atemzug: »Wie konntest du mir das antun? Wir waren Freunde, und ich habe dir gerade noch das Leben gerettet!«

Der Skorpion nickte und sagte traurig: »Du hast recht, aber was soll ich machen? Ich bin ein Skorpion!«

Phantastische Bibliothek
in den suhrkamp taschenbüchern

»Phantastische Bibliothek« – das ist Verzauberung der Phantasie, keine Betäubung der Sinne, sondern Öffnen der Augen als Blick über den nächsten Horizont ins Hypothetisch-Virtuelle. Der Zukünftige verbindet sich mit dem Zeitlosen, rationales Kalkül steht neben poetischer Vision, denkbare Wirklichkeit und analytischer Blick in menschliche Abgründe neben Wunsch- und Alptraum. Anregend und unterhaltsam ist es immer.

Arche Noah. Herausgegeben von Franz Rottensteiner. PhB 242. st 1674
Bädekerl: Die Frau der Träume. PhB 273. st 1829
Ballard: Die Betoninsel. PhB 283. st 1953
– Billennium. PhB 96. st 896
– Die Dürre. PhB 116. st 975
– Der ewige Tag und andere Science-fiction-Erzählungen. PhB 56. st 727
– Der Garten der Zeit. PhB 256. st 1752
– Hallo Amerika! PhB 95. st 895
– Hochhaus. PhB 288. st 1559
– Karneval der Alligatoren. PhB 191. st 1373
– Das Katastrophengebiet. PhB 103. st 924
– Kristallwelt. PhB 75. st 818
– Mythen der nahen Zukunft. PhB 154. st 1167
– Die tausend Träume von Stellavista. PhB 79. st 833
– Der tote Astronaut. PhB 107. st 940
– Traum GmbH. PhB 164. st 1222
– Der vierdimensionale Alptraum. PhB 127. st 1014
– Die Zeitgräber. PhB 138. st 1082
Beheim-Schwarzbach: Die Goldmacher. PhB 217. st 1719
Beherrscher der Zeit. PhB 176. st 1274
Bergengruen: Der Basilisk. PhB 205. st 1499
– Das Gesetz des Atum. PhB 196. st 1441
Bester: Aller Glanz der Sterne. PhB 278. st 1955
Bioy Casares: Die fremde Dienerin. PhB 113. st 962
– Morels Erfindung. PhB 106. st 939
Blackwood: Besuch von Drüben. PhB 10. st 411
– Die gefiederte Seele. PhB 229. st 1620
– Der Griff aus dem Dunkel. PhB 28. st 518
– Das leere Haus. PhB 12. st 30
– Der Tanz in den Tod. PhB 83. st 848
Blaß sei mein Gesicht. PhB 267. st 1799
Braun / Braun: Der Irrtum des großen Zauberers. PhB 74. st 807
– Das Kugeltranszendentale Vorhaben. PhB 109. st 948
– Professor Mittelzwercks Geschöpfe. PhB 269. st 1813

252/1/4.92

Phantastische Bibliothek in den suhrkamp taschenbüchern

Bringsværd: Minotauros. PhB 237. st 1651
– Die Stadt der Metallvögel. PhB 208. st 1510
Brjussow: Die Republik des Südkreuzes. PhB 270. st 1814
Buzzati: Die Maschine des Aldo Christofari. PhB 157. st 1175
Čapek: Das Absolutum oder Die Gottesfabrik. PhB 84. st 1712
Capoulet-Junac: Pallas oder die Heimsuchung. PhB 149. st 1138
Carroll: Ein Kind am Himmel. PhB 286. st 1969
– Das Land des Lachens. Roman. st 1954
– Die panische Hand. PhB 233. st 1635
– Schlaf in den Flammen. PhB 252. st 1742
– Die Stimme unseres Schattens. PhB 222. st 1587
– Das Tal der Träume. PhB 197. st 1442
Chesterton: Der Held von Notting Hill. PhB 156. st 1174
Couperus: Das schwebende Schachbrett. PhB 201. st 1466
Derleth: Auf Cthulhus Spur. PhB 211. st 1526
Dick: UBIK. PhB 15. st 440
Die dunkle Seite der Wirklichkeit. PhB 199. st 1444
Lord Dunsany: Das Fenster zur anderen Welt. PhB 161. st 1189
Der Eingang ins Paradies. PhB 219. st 1566
Eliade: Fräulein Christine. PhB 289. st 1518
Die Ermordung des Drachen. PhB 203. st 1481
Franke: Der Atem der Sonne. PhB 174. st 1265
– Einsteins Erben. PhB 41. st 603
– Der Elfenbeinturm. PhB 279. st 1926
– Endzeit. PhB 150. st 1153
– Das Gedankennetz. PhB 266. st 1792
– Der grüne Komet. PhB 231. st 1628
– Hiobs Stern. PhB 223. st 1588
– Die Kälte des Weltraums. PhB 121. st 990
– Keine Spur von Leben. PhB 62. st 741
– Der Orchideenkäfig. PhB 234. st 1643
– Paradies 3000. PhB 48. st 664
– Schule für Übermenschen. PhB 58. st 730
– Sirius Transit. PhB 30. st 535
– Spiegel der Gedanken. PhB 253. st 1743
– Die Stahlwüste. PhB 215. st 1545
– Tod eines Unsterblichen. PhB 69. st 772
– Transpluto. PhB 82. st 841
– Ypsilon minus. PhB 3. st 358
– Zarathustra kehrt zurück. PhB 9. st 410
– Zentrum der Milchstraße. PhB 244. st 1695
– Zone Null. PhB 35. st 585
Franke / Weisser: DEA ALBA. PhB 207. st 1509

252/2/4.92

252/3/4.92

Phantastische Bibliothek in den suhrkamp taschenbüchern

Lem: Reisen und Erinnerungen des Sternfahrers Ijon Tichy. st 534/459/1455/1574 in Kass.
– Robotermärchen. PhB 85. st 856
– Der Schnupfen. PhB 33. st 570
– Sterntagebücher. PhB 20. st 459
– Die Stimme des Herrn. PhB 97. st 907
– Terminus und andere Geschichten des Piloten Pirx. PhB 61. st 740
– Die Untersuchung. PhB 14. st 435
– Waffensysteme des 21. Jahrhunderts. PhB 124. st 998
– Wie die Welt noch einmal davonkam. PhB 158. st 1181
Lem / Bereś: Lem über Lem. PhB 245. st 1996
Über Stanisław Lem. PhB 36. st 586
Levett: Verirrt in den Zeiten. PhB 178. st 1282
London: Phantastische Erzählungen. PhB 243. st 1675
Lovecraft: Azathoth. PhB 230. st 1627
– Berge des Wahnsinns. PhB 258. st 1780
– Cthulhu. PhB 19. st 29
– Das Ding auf der Schwelle. PhB 2. st 357
– Der Fall Charles Dexter Ward. PhB 8. st 391
– Der Fall Charles Dexter Ward. PhB 260. st 1782
– Der Flüsterer im Dunkeln. PhB 259. st 1781
– Das Grauen im Museum. PhB 136. st 1067
– In der Gruft und andere makabre Erzählungen. PhB 71. st 779
– Die Katzen von Ulthar. PhB 43. st 625
– Lovecraft-Lesebuch. PhB 184. st 1306
– Der Schatten aus der Zeit. PhB 281. st 1939
– Schatten über Innsmouth. PhB 261. st 1783
– Stadt ohne Namen. PhB 52. st 694
– Die Traumsuche nach dem unbekannten Kadath. PhB 287. st 1556
Lovecraft / Derleth: Die dunkle Brüderschaft. PhB 173. st 1256
Der Einsiedler von Providence. H. P. Lovecrafts ungewöhnliches Leben. PhB 290. st 1626
Marginter: Königrufen. PhB 215. st 1546
Maupassant: Die Totenhand. PhB 134. st 1040
Das namenlose Grabmal. PhB 169. st 1240
Neuwirth: In den Gärten der Nacht. PhB 255. st 1745
Phantastische Aussichten. PhB 160. st 1188
Phantastische Begegnungen. PhB 250. st 1741
Phantastische Welten. PhB 137. st 1068
Phantastische Zeiten. PhB 185. st 1307
Polaris 9. PhB 155. st 1168

252/4/4.92

Phantastische Bibliothek in den suhrkamp taschenbüchern

Polaris 10. PhB 171. st 1248
Quiroga: Geschichten von Liebe, Irrsinn und Tod. PhB 248. st 1711
Ray: Malpertuis. PhB 165. st 1223
– Das Storchenhaus. PhB 182. st 1299
Renard: Die blaue Gefahr. PhB 225. st 1596
Der rote Mond. PhB 213. st 1536
Schattschneider: Singularitäten. PhB 129. st 1021
Scheerbart: Das große Licht. PhB 194. st 1400
– Die große Revolution. PhB 159. st 1182
– Immer mutig! PhB 257. st 1759
– Der Kaiser von Utopia. PhB 218. st 1565
– Kometentanz. PhB 236. st 1652
– Lesabéndio. PhB 183. st 1300
Schefner: Bescheidene Genies. PhB 246. st 1704
Seltsame Labyrinthe. PhB 198. st 1443
Die Sirene. PhB 253. st 1688
Słonimski: Zweimal Weltuntergang. PhB 166. st 1229
Smith: Das Haupt der Medusa. PhB 221. st 1575
Smith: Herren im All. PhB 280. st 1932
– Sternträumer. PhB 193. st 1393
Springer: Leonardos Dilemma. PhB 271. st 1821
Steinmüller: Der Traum vom Großen Roten Fleck. PhB 147. st 1131
Steinmüller / Steinmüller: Pulaster. PhB 204. st 1490
Strugatzki / Strugatzki: Die bewohnte Insel. PhB 282. st 1946
– Der ferne Regenbogen. PhB 111. st 956
– Fluchtversuch. PhB 89. st 872
– Die gierigen Dinge des Jahrhunderts. PhB 79. st 827
– Die häßlichen Schwäne. PhB 177. st 1275
– Der Junge aus der Hölle. PhB 238. st 1658
– Das lahme Schicksal. PhB 262. st 1766
– Eine Milliarde Jahre vor dem Weltuntergang. PhB 186. st 1338
– Montag beginnt am Samstag. PhB 72. st 780
– Picknick am Wegesrand. PhB 49. st 670
– Die Schnecke am Hang. PhB 13. st 434
– Die Wellen ersticken den Wind. PhB 206. st 1598
– Die zweite Invasion der Marsianer. PhB 139. st 1081
Tekinay: Der weinende Granatapfel. PhB 249. st 1720
Turner: Sommer im Treibhaus. PhB 272. st 1822
Viktorianische Gespenstergeschichten. PhB 187. st 1345
Wakefield: Der Triumph des Todes. PhB 181. st 1291
Weiss: Das Haus mit den tausend Stockwerken. PhB 235. st 1644
Weisser: DIGIT. PhB 90. st 873
– SYN-CODE-7. PhB 67. st 764

252/5/4.92

Phantastische Bibliothek
in den suhrkamp taschenbüchern

Wharton: Gespenstergeschichten. PhB 268. st 1806

Whitehead: Der Zombie. PhB 172. st 1255

Wolfe: Limbo. PhB 239. st 1659

Wolfkind: Die Boten des Frühlings. PhB 167. st 1230

Wyndham: Die Kobaltblume. PhB 202. st 1474

– Kuckuckskinder. PhB 265. st 1893

– Wenn der Krake erwacht. PhB 212. st 1535

– Wiedergeburt. PhB 192. st 1386

Zondergeld: Lexikon der phantastischen Literatur. PhB 91. st 880

»Zum Roten Drachen«. PhB 265. st 1791

252/6/4.92

Neue deutschsprachige Literatur
in den suhrkamp taschenbüchern

Aschenbeck, Udo: Südlich von Tokio. st 1409
Bauer, Margrit: Überleben. Eine unsystematische Ermittlung gegen die Not aller Tage. st 1098
Behrens, Katja: Die weiße Frau. Erzählungen. st 655
Berkéwicz, Ulla: Josef stirbt. Erzählung. st 1125
– Michel, sag ich. st 1530
Blatter, Silvio: Kein schöner Land. Roman. st 1250
– Love me Tender. Erzählung. st 883
– Schaltfehler. Erzählungen. st 743
– Die Schneefalle. Roman. st 1170
– Wassermann. Roman. st 1597
– Zunehmendes Heimweh. Roman. st 649
Böni, Franz: Die Fronfastenkinder. Aufsätze 1966-1985. Mit einem Nachwort von Ulrich Horn. st 1219
Brasch, Thomas: Der schöne 27. September. Gedichte. st 903
Buch, Hans Christoph: Die Hochzeit von Port-au-Prince. Roman. st 1260
– Jammerschoner. Sieben Nacherzählungen. st 815
– Karibische Kaltluft. Berichte und Reportagen. st 1140
Cailloux, Bernd: Intime Paraden. Erzählungen. st 1707
Dinkelmann, Fritz H.: Das Opfer. Roman. st 1591
Fritsch, Werner: Cherubim. st 1672
Gall, Herbert: Deleatur. Notizen aus einem Betrieb. st 639
Genzmer, Herbert: Cockroach Hotel. Ängste. st 1243
– Freitagabend. st 1540
– Manhattan Bridge. Geschichte einer Nacht. st 1396
Goetz, Rainald: Irre. Roman. st 1224
Hänny, Reto: Flug. st 1649
Hengstler, Wilhelm: Die letzte Premiere. Geschichten. st 1389
Horstmann, Ulrich: Das Glück von Omb'assa. Phantastischer Roman. PhB 141. st 1088
– Das Untier. Konturen einer Philosophie der Menschenflucht. st 1172
Hürlimann, Thomas: Die Tessinerin. Geschichten. st 985
Innerhofer, Franz: Die großen Wörter. Roman. st 563
– Schattseite. Roman. st 542
– Schöne Tage. Roman. st 349
Kirchhoff, Bodo: Dame und Schwein. Geschichten. st 1549
– Die Einsamkeit der Haut. Prosa. st 919
– Ferne Frauen. Erzählungen. st 1691
– Mexikanische Novelle. st 1367

250/1/8.90

Neue deutschsprachige Literatur
in den suhrkamp taschenbüchern

Kirchhoff, Bodo: Ohne Eifer, ohne Zorn. Novelle. st 1301
– Zwiefalten. Roman. st 1225
Kiss, Ady Henry: Da wo es schön ist. st 914
Klix, Bettina: Tiefenrausch. Aufzeichnungen aus der Großstadt. st 1281
Kolleritsch, Alfred: Gedichte. Ausgewählt und mit einem Vorwort versehen von Peter Handke. st 1590
– Die grüne Seite. Roman. st 323
Konrad, Marcel: Stoppelfelder. Roman. st 1348
Laederach, Jürg: Laederachs 69 Arten den Blues zu spielen. st 1446
– Nach Einfall der Dämmerung. Erzählungen und Erzählungen. st 814
– Sigmund oder Der Herr der Seelen tötet seine. st 1235
Leutenegger, Gertrud: Gouverneur. st 1341
– Ninive. Roman. st 685
– Vorabend. Roman. st 642
Meinecke, Thomas: Mit der Kirche ums Dorf. Kurzgeschichten. st 1354
Meyer, E. Y.: Eine entfernte Ähnlichkeit. Erzählungen. st 242
– In Trubschachen. Roman. st 501
– Ein Reisender in Sachen Umsturz. Erzählungen. Neufassung. st 927
– Die Rückfahrt. Roman. st 578
Morshäuser, Bodo: Die Berliner Simulation. Erzählung. st 1293
– Blende. Erzählung. st 1585
– Nervöse Leser. Erzählung. st 1715
Neumeister, Andreas: Äpfel vom Baum im Kies. st 1748
Offenbach, Judith: Sonja. Eine Melancholie für Fortgeschrittene. st 688
Pedretti, Erica: Harmloses, bitte. st 558
– Heiliger Sebastian. Roman. st 769
– Sonnenaufgänge Sonnenuntergänge. Erzählungen. st 1653
Pietsch, Nikolaus: Der Gefangene von Heidelberg. st 1129
Rosei, Peter: Der Fluß der Gedanken durch den Kopf. Logbücher. st 1656
– Reise ohne Ende. Aufzeichnungsbücher. st 875
Rothmann, Ralf: Messers Schneide. Erzählung. st 1633
Schertenleib, Hansjörg: Die Ferienlandschaft. Roman. st 1277
Schimmang, Jochen: Das Ende der Berührbarkeit. Eine Erzählung. st 739
– Der schöne Vogel Phönix. Erinnerungen eines Dreißigjährigen. st 527
Schleef, Einar: Gertrud. st 942
Sloterdijk, Peter: Der Zauberbaum. Die Entstehung der Psychoanalyse im Jahr 1785. Ein epischer Versuch zur Philosophie der Psychologie. st 1445

250/2/8.90

Neue deutschsprachige Literatur in den suhrkamp taschenbüchern

Stark, Angelika: Liebe über Leichen. st 1099
Strätz, Harald: Frosch im Hals. Erzählungen. st 938
Struck, Karin: Lieben. Roman. st 567
– Die Mutter. Roman. st 489
– Trennung. Erzählung. st 613
Wachenfeld, Volker: Camparirot. Eine sizilianische Geschichte. st 1608
– Keine Lust auf Pizza. Roeders Story. st 1347
Wigger, Daniel: Auch Spinnen vollführen Balzgesänge. st 1550
Winkler, Josef: Der Ackermann aus Kärnten. Roman. st 1043
– Menschenkind. Roman. st 1042
– Muttersprache. Roman. st 1044
Zschorsch, Gerald: Glaubt bloß nicht, daß ich traurig bin. Prosa, Lieder, Gedichte. Mit einem Text von Rudi Dutschke. st 1784

250/3/8.90